오래된 미래

ANCIENT FUTURES

Learning from Ladakh

오래된 미래

라다크로부터 배우다

헬레나 노르베리 호지 지음 · 양희승 옮김

중앙books

오래된 미래

초판 1쇄 2007년 11월 15일
개정판 1쇄 2015년 7월 1일
　　　20쇄 2024년 3월 28일

지은이 | 헬레나 노르베리 호지

발행인 | 박장희
대표이사 · 제작총괄 | 정철근
본부장 | 이정아
편집장 | 조한별

기획위원 | 박정호

마케팅 | 김주희 박화인 이현지 한륜아

진행 | 문지영
디자인 | 디자인붐
사진협조 | 전명윤

발행처 | 중앙일보에스(주)
주소 | (03909) 서울시 마포구 상암산로 48-6
등록 | 2008년 1월 25일 제2014-000178호
문의 | jbooks@joongang.co.kr
홈페이지 | jbooks.joins.com
네이버 포스트 | post.naver.com/joongangbooks
인스타그램 | @j__books

중앙북스는 중앙일보에스(주)의 단행본 출판 브랜드입니다.

To Korean Readers —
Greetings
from
Helena Norberg Hodge

Shifting from Global to Local:
The Economics of Happiness

따뜻한 사랑으로 나를 든든하게 지지해준 존과 매리언

그리고 라다크의 모든 친구들에게 이 책을 바친다.

나는 그들로부터 정말 많은 것을 배웠다.

Contents

추천의 글 ——————————————————————————————————— 10
서문 —————————————————————————————————————— 13

프롤로그 ——————————————————————————————————— 38

제1부 | 전통에 관하여
  1. 리틀 티베트 —————————————————————————————— 49
  2. 대지와 함께 하는 삶 ———————————————————————— 65
  3. 의사 그리고 샤먼 ————————————————————————— 96
  4. 더불어 살아가는 사람들 ————————————————————— 109
  5. 자유로운 춤사위 ————————————————————————— 127
  6. 불교 생활의 양식 ———————————————————————— 154
  7. 삶의 기쁨 ——————————————————————————————— 171

제2부 | 변화에 관하여
  8. 서양인의 발길 ———————————————————————————— 181
  9. 화성에서 온 사람들 ——————————————————————— 185
  10. 세상을 움직이는 돈의 힘 ——————————————————— 196

11. 라마 승려에서 엔지니어로 ——————————————— 203
12. 서양을 배우다 ——————————————— 211
13. 중심으로의 이동 ——————————————— 218
14. 분열된 공동체 ——————————————— 228

제3부 | 미래를 향하여

15. 흑백논리는 없다 ——————————————— 245
16. 개발 계획의 함정 ——————————————— 258
17. 반개발의 논리 ——————————————— 282
18. 라다크 프로젝트 ——————————————— 298

에필로그 ——————————————————————— 318
감사의 글 ——————————————————————— 338
이 책에 대하여 ——————————————————— 341
국제기구·단체 및 용어의 약어 정리 ————————— 355
화보·라다크와 라다크 사람들

자연과 사람, 사람과 사람이
더불어 살아가는 가치의 회복을 위하여

달라이 라마 Dalai Lama

라다크와 그곳 사람들의 오랜 친구인 헬레나 노르베리 호지는 이 책을 통해 그들의 삶의 방식에 대한 마음 깊은 찬사와 함께 그 미래에 대한 우려를 전하고 있다.

티베트를 포함한 히말라야 인근의 다른 지역들처럼 라다크는 지난 수 세기 동안 외부의 영향에서 독립되어 독자적인 삶의 방식을 지켜온 곳이다. 혹독한 기후와 척박한 환경에도 불구하고 라다크 사람들은 별일 없이 행복하고 만족스럽게 살아왔다. 그것은 분명 그곳 사람들의 강한 자립심에서 비롯된 검소한 생활태도와 그들을 둘러싸고 있는 불교문화의 영향 때문일 것이다. 헬레나 노르베리 호지는 라다크 사회에 실재하는 인간적인 가치들을 생생하게 부각시키는 한편,

서로의 근원적 욕구에 대한 깊은 존중과 배려, 자연환경의 제약을 의연하게 받아들이는 라다크 사람들의 태도를 강조하고 있다. 라다크 사람들의 이러한 책임 있는 태도는 우리 모두가 경애하고 배울 만한 것이라 생각한다.

최근 수 세기 동안 라다크 사회에 나타난 급격한 변화는 세계화 추세의 반영이라 할 수 있다. 우리가 사는 이 세계가 점점 더 작아지고 사람들 사이의 거리가 점점 더 가까워짐에 따라 예전에는 고립된 지역에 살던 사람들이 필연적으로 지구촌 가족의 영역 안으로 들어오게 된 것이다. 적응을 하는 데 시간이 필요하고 그 과정에서 변화가 나타나는 것은 당연한 일일 것이다.

나는 위협받는 생태계에 대해 저자가 가지고 있는 우려에 대해 의견을 같이 하며 현대화를 위한 개발 계획들이 초래하는 많은 문제점에 대해 해결책을 모색해온 그녀의 노력에 경의를 표한다. 라다크 사람들이 지켜온 그 소중한 생활태도, 다시 말해 서로를 향한 그리고 그들의 환경에 대해 간직해온 자연스러운 책임의식이 앞으로도 계속 유지될 수 있고 새로운 상황에 적용될 수 있다면 라다크 사람들의 미래는 무척 밝을 것이라 생각한다. 라다크에는 현대화된 교육을 받은 젊은이들이 있고, 그들은 라다크의 발전을 위해 노력할 준비가 되어 있다. 또한 그간의 공백을 깨고 다시 조직을 갖춘 티베트 사원 시스템과의 연계가 복원됨에 따라 라다크의 전통 교육은 그 사원 시스템하에서 강화되고 있다. 그리고 또 라다크에게는 저자와 같이 지원과 격려를 보내려고 하는 수많은 외국인 친구들이 있다.

전통 농경사회가 아무리 매력 있게 보이더라도 그곳에 사는 사람들이 현대화된 개발의 혜택을 누릴 기회에서 배제되어서는 안 된다. 그러나 이 책이 이야기하는 바와 같이 그런 개발이나 교육이 전개되는 방향이 결코 한쪽으로 치우쳐서는 안 된다. 라다크와 같은 전통사회에서 살아가는 사람들 사이에는 내면적 의미에서의 발전, 즉 따뜻한 마음과 풍요로움이 발견된다. 그것은 분명 우리 모두가 본받을 만한 것이다.

지역중심의 미래, 다시 희망으로

헬레나 노르베리 호지 Helena Norberg-Hodge

《오래된 미래》가 한국의 독자들에게 새롭게 소개되어 너무나 기쁘다. 라다크의 교훈이 더 많은 독자들에게 전달되어 우리 모두가 지역 차원의 사회적 생태적 연대를 변형시키려는 글로벌 경제화의 영향력으로부터 벗어날 수 있기를 바라 마지않는다.

내가 처음 이 책을 쓴 이후에도 글로벌 경제화를 추진하려는 세력과 그것으로부터 사람들을 지키려는 세력 사이의 충돌은 날이 갈수록 첨예한 대립 양상을 보여왔다. 각국의 정부와 대기업들은 지금 이 순간에도 자본과 에너지 집약적 경제성장을 지속적으로 추진하고 있다. 그 과정은 '위로부터 아래'로 향하는 획일성을 지닌 것이며 지역의 문화 및 생물학적 요구에 지극히 무감각한 것들이다. 글로벌 경제화에 의해 파생된 많은 문제점들은 위험한 수준에 이르렀다. 지구촌은 지금 테러리즘과 지구온난화, 독성 물질로 인한 오염, 방사능, 근본주의 등 공포의 불길에 휩싸여 있다. 우리의 생존 자체가 위기에 처한 것이다.

그러나 우리에겐 아직 희망을 가질 만한 이유가 있다. 적절치 못한 개발 계획들에 맞서 건전하고 유익한 지역 차원의 유대관계를 재건하려는 시민운동들이 힘과 지지를 얻고 있는 것이다. 지역경제의 부흥 운동을 통해 상호보완과 협동의 터전이 되는 공동체의 기초가 마련될 수 있을 것이고, 그 공동체 안에서 모든 개인이 필요로 하는 기본적 요소들이 충족될 수 있을 것이다. 공동체의 구성원들 각자는 공평한 관계 속에서 의미 있는 역할을 갖게 되고 그로 인해 공동체에 대한 소속감이 더욱 커질 것이다. 사회의 지배구조가 지역 차원으로 복원됨에 따라 사람들은 관료제하의 비효율적이고 파괴적인 정책들에서 벗어나 실질적인 힘을 얻게 된다. 사람들은 풍요로운 자급 생활을 지속하면서 자신들의 경제적 미래에 대해 책임의식을 갖게 된다.

이 사람들은 바로 우리의 곁에서 새로운 천을 만들기 위해 베틀을 돌리듯 자연과 인간 본성에 조화를 이루는 인도적, 사회적 그리고 경제에 있어서의 관계 재건을 위해 노력하고 있는 것이다. 최근 두드러지고 있는 이러한 작은 움직임들은 우리 주변 어디에서나 발견할 수 있다. 정치적 주장을 담은 적극적인 행동들뿐만 아니라 상대적으로 눈에 덜 띄는 사회의 이곳저곳에서도 이러한 긍정적인 움직임들은 끊임없이 지속되고 있다. 많은 사람들이 인체와 자연계 모두를 소중하게 생각하는 총체적인 건강법에 다시 관심을 기울이는가 하면, 신학자들은 교회가 생태 보호를 위한 캠페인에 동참해야 하며 삶을 위협하고 빈부의 격차를 심화시키는 사회체제에 반대해야 한다는 주장을 펴기 시작했다. 건축가들 중에는 첨단지향적이지만, 낭비를 부추기고 생활하고 일하는 주거 공간에서 마음대로 창문조차 열지 못 할 정도로 비인간적인 건축물 디자인에 반대하고 나섰다. 또 한편에서는 정원사들이 값비싼 외래 식물 재배를 거부하며 토종 야생식물 쪽으로 눈을 돌리고 있고, 식품업계에서도 인공 색소나 방부제, 가공식품의 소비가 줄어드는 반면 천연 토산 식품들을 선호하는 경향이 점점 더 커지고 있다.

가족과 공동체의 결속력을 강화하고 자연친화를 유지함으로써 우리의 삶에 의미를 부여하려는 민간 주도 운동의 영향력, 즉 '아래로부터의 영향력' 이 인간주의의 자연스러운 요구에 뿌리를 두고 있다면 그 다른 한편에서 글로벌 경제성장의 엔진을 가속시키고 있는 '위로부터의 영향력' 은 수익 추구를 최우선으로 하고 있다. 주변 어디에서 바로 그 위로부터의 영향력 때문에 우리의 땅이 파괴되고 있으며, 급속도로 진행되는 도시화와 사회 유동의 여파로 사람들 사이의 분열현상이 심화되고 있다는 것을 한눈에 알 수 있다.

이른바 지구촌은 전 세계 경제통합의 시각에서 수익의 무한추구를 꾀하고 있는 정부와 산업계의 영향으로 그 구성원 중 어느 누구도 자신이 속한 땅과 전통, 더 나아가 지구촌 자체와의 연관성조차 느끼지 못하는 아주 심각한 획일성의 문화권 속에 매몰돼 있다. 막강한 파워를 과시하는 독점 거대 기업들은 투기 성향을 조장하는 카지노식 경제구조를 확산시키고 있으며, 그것은 결과적으로 우리의 삶까지도 숨 가쁜 속도경쟁 속으로 몰아넣고 있다. 또 그 과정에서 개성과 책임감이 결여된 익명성 또한 두드러지게 되었다.

거대 기업 조직 내에서의 전문화 확산 현상은 글로벌 경제성장을 추진하는 주도 세력의 편협한 시각을 더욱 편협하게 만들고 있다. 기업과 정부의 지도자들은 전문화되고 사전 조정된 정보들에 더 많이 의존하게 되고 그 결과 자신들의 행동에 대한 여파를 있는 그대로 파악하기가 점점 더 힘들게 되는 것이다. 왜냐하면 그들 행동의 결과는 실제와는 다른 모습으로 나타나기 마련이고, 또 그것은 그들 자신의 실제 경험과는 전혀 다른 영역 안에 갇혀버리기 때문이다. 따라서 그들이 자신들이 얼마나 성공하고 있는지를 가늠할 수 있는 유일한 척도는 종이 서류에 적힌 수치들뿐인 것이다. 그렇기 때문에 그들이 국내총생산GDP 수치에 지나칠 정도로 집착하며 그것이 증가했다는 소식에 대단히 기뻐하는 모습은 그리 놀랄 만한 일이 아니다.

이렇게 확고한 전제 아래서 정계와 기업의 지도자들은 당연히 보조금 지급, 구호사업, 수출입 활성화 정책 등 무역 규모 확대를 위해 자신들이 동원할 수 있는 모든 수단을 통해 성장률의 수치를 끌어올리려고 한다. 그러나 그 과정에서 생산자와 소비자는 분리되고 앞서 언급한 바와 같이 그들이 내리는 결정들은 결국 현실세계로부터 분리될 수밖에 없는 것이다.

결론적으로 경제 전략가들은 한 세기가 넘도록 거대 기업에 수익을 가져다주는 무역 확대를 장려하는 중간상인의 역할을 수행하며 우리가 잘 알고 있는 다국적 기업으로 합류하게 되었다. 오늘날 이 다국적 기업들은 규모와 영향력 면에서 웬만한 정부의 그것을 넘어서고 있다. 한 예로 포드사와 제너럴 모터스사의 연간 매출액을 합치면 사하라 사막 이남 아프리카 국가들의 연간 GDP 지수를 넘을 정도이다. 오늘날 세계경제를 구성하는 경제주체들의 비율을 살펴보면 그 51퍼센트를 차지하는 것이 기업들이고 국가경제의 비율은 그보다 적은 49퍼센트이다.

정부에 미치는 기업들의 파워와 그로 인해 나타나는 갖가지 영향력들은 관세및무역에관한일반협정GATT, 북미자유무역협정NAFTA, 다자간투자협정MAI 같은 자유무역 조약들에 의해 더욱 강화되고 있다. 그로 인해 기업들은 환경 규제가 느슨하고 임금과 세금이 더 낮은 곳을 찾아 이 나라 저 나라의 국경선을 자유로이 넘나들 수 있게 되었다. 또 경제성장을 바라는 저개발국의 경우 국가 정부 측에서 오히려 다국적 기업들에게 사업부지 무료 제공이나 세제 혜택, 자본 대여 등 갖가지 특혜를 제안하면서 사업의 유치와 기업의 잔류를 유도하기도 한다.

정부는 기업들에게 글로벌 경제체제로의 동참을 장려하고 다국적 기업들로의 합병을 부추기는 동시에 그러한 경제체제가 유지되고 활성화되는 데 필요한 인프라 구축에 적극성을 보이고 있다. 위성 통신망을 비롯하여 대형 댐이나 원자력 발전 시설 같은 중앙집중식 에너지 배급망을 마련하는 한편 석유화학제품 개발, 가스 수송관 건설 그리고 생명공학과 단일재배에 필요한 경작 기술의 연구와 개발로 산업형 농업 기반을 확장시키고 있다. 또 그러한 인프라의 구축을 위해 전문화된 기술 인력에 대한 교육 프로그램 역시 활발히 시행하고 있다. 이토록 적극성을 보이고 있는 정부 차원의 지원 결과로 대량생산되어 지구 둘레의 절반 정도를 이동해온 상품의 가격이 지역의 토산 상품에 비해 훨씬 유리한 가격 경쟁력을 갖게 되는 것이다. 이런 현상은 식품 생산에 있어 보다 두드러지게 나타나는데 그것은 뉴질랜드에서 수송된 사과가 왜 파리의 식료품점에서 프랑스산 사과를 밀어낼 수 있었는지 그리고 젖소를 2,500만 마리나 사육하는 몽고의 식품점 진열대에 왜 유럽산 우유 제품이 더 많이 진열되어 있는지를 잘 설명해주고 있다.

흔히 '합리적이다' '재정적으로 건전하다' '실용적이다'라는 수식어로 포장되는 이 현상들은 결국 스스로의 맹목성에 대해서마저 맹목적일 만큼 바람직하지 못한 시스템을 만들어버린다. 인간주의적 관점에서 보면 그것은 근본적으로 비합리적인 것이고, 인간과 자연의 생명들 사이의 연결고리가 완전히 파괴되는 바로 그 지점에서 경제활동이라는 의미의 성장이라는 단어가 미화되어 사용된다는 현실이 참 아이러니컬하다.

해양생물학자들은 참치와 황새치, 대구, 넙치, 가자미, 가오리 같은 어종의 개체수가 1950년 이래 90퍼센트 정도 감소했다고 보고한다. 산호초의 3분의 1이 이미 죽었고 남아 있는 것들 중 90퍼센트도 죽어가고 있다고 했다. 1990년에서 2000년까지 10년 동안 세계적으로 9,400만 헥타르의 삼림이 사라졌다고 한다. 그와 동시에 각종 동식물이 멸종되어 가는 속도는 그야말로 가공할 정도다. 저명한 생물학자 E. O. 윌슨은 현재의 추세가 계속된다면 다음 세기까지 지구상에 살고 있는 동식물의 절반 정도가 멸종될 것이라고 지적했다.

그에 못지않게 심각한 것은 첨단기술을 앞세워 지구촌 자연환경의 생물학적인 요구와 경고, 문화적 다양성을 무시한 채 획일화된 단일재배식의 개발을 강요하는 시도들이다. 이것은 생명이 지속되는 것이 궁극적으로 다양성에 근거한다는 사실을 알지 못하기 때문이다. 전통적으로 인류의 문화는 지역적 적응과정을 통해 세대를 이어가며 자신과 자연의 욕구를 서로 충족시켜 왔다. 그런 과정에서 생태계에 변화를 가하는 경우는 있었지만 그 안정성을 손상시켰던 적은 없었다.

대개의 경우 인류 문화는 지역의 생물학적 다양성을 의식적으로 끌어올림으로써 식량 수급의 안전성과 생태학적 안정성을 실질적으로 강화시켜 왔다. 오늘날의 농업생산에서의 생물학적 다양성은 해당 지역에 적응할 수 있는 종자를 고르는 데 성공했던 농민들의 오랜 노력의 결과로 얻어진 것이다.

이와는 대조적으로 세계화라는 것은 지역과 국가의 경제를 하나의 세계체제 속으로 통합시키려고 한다. 지역적응 형태의 농업생산 체계들을 균일화하려고 시도하는 한편, 그것들을 중앙통제와 농업용 살충제 과다 사용, 수출 위주의 단작 생산의 특징을 갖는 산업형 농업 생산 구조로 대치하려고 하고 있으며, 이것은 세계시장으로의 수송이 용이한 한정적 품종 생산이라는 결과를 낳고 있다.

이 과정에서 농부들이 하던 일은 에너지와 자본 집약적 기계류가 대신하게 되었고 지역 공동체에 의해 이루어지던 다채로운 품종들의 생산은 수출에 유리한 단품종 수익 작물 생산으로 대치되었다. 그 결과 수천 종에 이르던 지역별 품종의 다양성은 사라지고 있다. 실험실에서 배양된 복제 생물들이 유전자의 다양성을 대치하게 되면서 생명공학은 이러한 현상을 더욱 가속시키고 있다.

농작물과 야생식물이 생명공학에 의해 만들어진 인공작물의 영향으로 형질의 변화를 일으키는 이른바 '유전자 오염' 현상은 농업의 생물학적 다양성 유지를 저해하는 불길한 징후가 되고 있다. 한 예로 멕시코 오악사카Oaxaca의 시에라 마드레Sierra Madre 산맥 부근 산간 지역의 생태 연구 결과는 이 지역에 서식하는 멕시코의 토종 옥수수들이 이식 유전자의 유전물질DNA에 의해 오염되었다고 보고하고 있다. 유전자 오염 현상은 급속도로 확산되고 있어 유기농 작물을 재배하는 농부들마저도 오래지 않아 인공 유전물질에 오염되지 않은 종자를 완전히 잃게 될 것이다. 이런 유전자 오염 물질들이 야생에 유포된 후에는 절대 이전의 상태로 복원될 수 없다는 점에서 상황의 심각성을 실감하게 된다. 게다가 이런 유전자 변형 작물들은 자체적인 살충 성분으로 꽃가루를 먹고 사는 제주 왕나비 같은 곤충들을 무차별적으로 해치고 있다. 이런 유전자 변형 종자들을 판매하는 사람들은 그 물질들이 꿀벌 같은 곤충들에게 어떤 영향을 미치는지에 대해 아무것도 모르고 있다.

생명공학을 통해 만들어진 식품들이 전 세계를 먹여 살릴 것이고 가난한 사람들을 돕게 될 것이라는 그 지지자들의 주장은 한낱 거짓 선전일 뿐이다. 농부들은 한 해에 수확한 작물 중에서 다음 해에 파종할 종자를 남겨두는 관행을 수천 년 동안 계속해 왔는데 그런 그들이 유전자 변형 종자를 사용한다는 것은 있을 수 없는 일이다. 또 빈곤한 지역에 사는 농부들이 매년 파종할 종자를 구입한다는 것은 큰 부담이다. '골든 라이스golden rice'의 예를 보면 생명공학 산업계가 얼마나 음흉한 속임수를 써가며 이익을 챙겨 왔는지를 잘 알 수 있다. 신젠타사Syngenta와 몬산토사Monsanto에 의해 개발된 골든 라이스는 일반적인 쌀에 비해 비타민 A의 함량이 높다고 알려져 있었다. 생산사 측은 이 쌀로 인해 개발도상국 어린이 50만 명 정도가 시력을 회복할 것이라 홍보했다. 현대식 가공식품을 더 많이 소비함으로써 신선한 야채 소비가 부족해진 개발도상국 사람들에게는 비타민 A 결핍이 더욱 확산되고 있었기 때문이다. 그런데 영양분석을 실시한 결과 놀라운 사실이 밝혀졌다. 비타민 A의 보고라는 식으로 홍보되었던 골든 라이스로 결핍된 비타민 A를 보충하려면 성인 남자의 경우 매일 9킬로그램의 쌀을 섭취해야 한다는 것이다. 생명공학 지지자들의 거창한 선전 문구 뒤에 숨겨져 있는 진실은 글로벌 경제화의 중재자들과 거대 기업이 막대한 수익을 거두는 동안 문화와 유전자 다양성의 궁핍 현상은 더욱 심화된다는 것이다.

자연계 그리고 문화와 경제 구조의 다양성에 있어 붕괴 현상이 나타나면서 농업 지역에서 도시 지역으로의 대규모 인구 이동이 초래되었다. 오늘날 세계 인구의 상당수가 전원 지역에 거주하고 있지만

2025년까지 전 세계 인구의 60퍼센트가 도시 지역에 살 것이라고 추정되고 있다.

개발도상국의 경우 도시화라는 것은 혼잡한 빈민가, 실업, 빈곤, 열악한 위생 시설, 오염 등과 같은 수많은 사회문제의 원인과 동일한 의미로 받아들여진다. 심지어 선진국에서마저 대단위의 도시화는 공동체 해체의 직접 원인이 되고 있으며 그 부작용으로 소외 현상에서부터 범죄, 폭력, 마약 등의 사회문제가 빈번하게 나타나고 있는 실정이다.

글로벌 경제화의 심리적 영향력은 날이 갈수록 커져가고 있다. 몽골리아에서 판타고니아, 멜버른에서 뉴욕에 이르기까지 전 세계 수백만의 어린이들은 그들을 끊임없이 소비주의문화 속으로 몰고 가려는 광적인 캠페인의 표적이 된다. 미국의 경우 한 아동이 1년 동안 텔레비전을 통해 접하게 되는 광고 방송의 수가 평균 4만 회에 이른다고 한다. 심층적으로 파고드는 그 광고들은 어린아이들에게 '다른 사람들로부터 사랑받고 싶거나 눈에 띄고 싶거나 인정받고 싶다면 우리가 만든 운동화와 청바지와 장난감을 가지고 있어야 한다'는 메시지를 전한다. 그에 대해 아이들이 치러야 하는 대가는 자기부정, 심리적 붕괴, 폭력 성향 형성이라는 측면에서 대단히 심각한 것이라 할 수 있다.

최근 한 연구는 광고와 소비중심 문화에 지나치게 노출된 아동들에게 우울증과 불안감, 자존심 상실, 심신 불만족이 원인이 되어 두통이나 복통 증세가 빈번하게 나타난다고 보고하고 있다. 미국 아동의 다섯 명 중 한 명은 실제 정신이나 정서 혹은 행동 장애의 진단을 받았고 500만 명 정도의 아동들이 심리 치료제를 복용하고 있는 것으로 알려지고 있다. 소년들 사이 가장 흔하게 나타나는 심리적 붕괴 증상인 폭력 성향 역시 증가 추세에 있다. 1996년 이후 미국에서만 26회나 되는 학교 총격 사태가 발생했고 그로 인해 68명의 학생들이 생명을 잃었다. 가장 나이 어린 가해 학생은 여섯 살짜리 소년이었다.

중증의 우울증은 선진 세계 전역에서 날로 늘어가는 사회문제라 할 수 있다. 발생의 분포는 모든 연령대에 걸쳐 있고 모든 공동체에서 빈번하게 나타나고 있다. 현재의 추세가 계속된다면 2020년에 이르러 우울증은 심장질환에 이어 두 번째로 가장 대표적인 선진산업사회의 질환 요인으로 자리 잡을 전망이다.

글로벌 경제화는 분명 더 큰 행복을 가져다주지 않는다. 대신 공동체를 파괴하고 그것을 소비지향적 획일성 문화로 대체함으로써 건강한 정체성의 근본을 훼손시킨다. 국내총생산 대신 국내총행복GNH이라는 개념을 우리의 경제와 사회적 안녕의 척도로 사용한다면 이 세계를 전혀 다른 모습으로 바라볼 수 있을 것이다. 1999년부터 2001년 사이에 세계 65개 국가를 대상으로 실시한 통계 조사에서 나이지리아가 국민들 사이의 행복도가 제일 높은 나라로 나타났다. 나이지리아에 비해 스물두 배나 높은 국내총생산 지수를 가지고 있는 영국은 행복지수면에서 24위에 랭크되었다.

지난 몇 년 사이 테러리즘은 국제사회의 가장 주요한 위협 요인으로 떠올랐다. 글로벌 경제화는 그 부분에 있어서도 상당한 악영향을 미치고 있다. 9·11 테러가 나기 오래 전부터 이미 개발도상국들을 중심으로 적개심과 폭력 성향은 높아지고 있었다. 서구인들 대부분은 스리랑카나 에리트레아, 부탄, 터키, 과테말라, 아프가니스탄 등지에서 발생했던 인종분쟁에 대해서만 어렴풋이 인지하고 있었을 뿐이다. 이런 분쟁들은 체첸이나 보스니아의 경우처럼 선진국의 인근 지역에서 발생하거나 르완다처럼 미디어의 갈증을 풀어줄 만한 이야깃거리를 가지고 있을 때만 뉴스가 되어 세계인들에게 알려진다. 그러나 서구 산업사회에 알려지지 않은 광신과 근본주의, 인종분쟁들은 지난 몇 십 년 동안 증가일로에 있었고, 그것은 비단 이슬람 문화권으로만 국한된 것도 아니었다. 이러한 추세를 정확히 인식하지 못 한다면 최근의 테러 사태들을 단지 개별적인 사건으로 이해하게 되어 그것들의 근본 원인이 되는 총체적인 패턴을 놓칠 수밖에 없다. 날로 증대되고 있는 종교적 근본주의와 인종분쟁에 대해 정확하게 이해하기 위해서는 지구상의 모든 문화들을 상대로 일대 성전聖戰을 펼치고 있는 글로벌 경제화의 영향력을 살펴볼 필요가 있다. 그러한 이해를 통해 우리는 최근 빚어진 일련의 비극적 사태의 실상을 올바르게 파악할 수 있을 뿐 아니라 추후 그러한 폭력 사태들을 줄일 수 있는 방법을 모색해볼 수 있다. 지난 35년간 선진국과 개발도상국을 오가며 수많은 문화권을 경험하는 동안 나는 나름대로의 시각을 갖게 되었다. 그 가운데 가장 중요하다고 할 수 있는 경험은 라다크에 머무는 동안 다수의 불교도들과 소수의 이슬람교도 사이의 갈등이 고조되는 것을 목전에서 지켜보았던 것이다. 600년이 넘도록 그 두 집단은 이렇다 할 마찰 없이 공존관계를 유지했다. 수확기가 되면 서로의 작업을 도와주기도 했고 상대측의 종교 축제에 참석을 하기도 하고 심지어 종교의 제약을 넘어 결혼 관계를 맺는 사람들도 있었다. 그러나 최근 10년 내외의 기간 동안 서구식 경제개발이 추진되면서 두 집단은 싸움을 시작했고, 상대 측의 주택에 폭탄을 던지고 서로의 생명을 빼앗는 지경에 이르렀다. 10년 전만 해도 이슬람교도 이웃들과 함께 술과 차를 나누어 마시며 웃고 이야기하던 한 온화한 할머니가 이런 이야기를 할 정도였다.

"이슬람교도들을 다 죽여버려야 할 것 같아요. 그렇지 않으면 그 사람들이 우리를 죽여버릴 테니까요."

이러한 급작스러운 변화는 세계 전역에 걸쳐 개인과 다채로운 문화권을 변형시키고 있는 글로벌 경제화에 대한 이해가 없이는 절대로 설명할 수 없는 것이다. 라다크에서 진행된 자급형 지역경제의 글로벌 경제체제로의 통합은 쇠퇴와 비도덕화의 과정이었고 문화적 열등의식의 형성이란 결과를 낳았다. 그에 따라 종교적 근본주의와 폭력 사태가 이어졌던 것이다. 경제개발과 현대화에 의해 농경생활의 붕괴와 문화의 획일화 현상이 나타나면서 세계 도처에서 그와 비슷한 현상들이 이어지기 시작했다. 최근 국제부흥개발은행IBRD의 한 연구에 따르면 자유무역의 시행을 통해 고도로 전문화된 경제구조를 가진 나라들은 그렇지 않은 나라들에 비해 내전의 강도가 대략 스무 배 정도나 높다고 한다.

상황을 돌아보면 하나의 모습으로 통합되어 있는 '지구촌의 꿈'이라는 것은 그 근원에서부터 한계와 문제점을 갖고 있었던 것이라 할수 있다. 다양성이라는 것이 생태계에 있어 긍정적인 효과를 가져다주는 강점이 되는 것처럼, 인류의 문화에 있어서도 다채로움과 서로의 다른 점을 수용하려는 태도는 평화롭고 풍요롭고 조화로운 발전에 진정한 기초가 되는 것이다. 새로운 밀레니엄을 시작하고 있는 이때 우리를 위협하는 환경재난과 사회붕괴 현상을 막으려면 우리는하나의 모습으로 통일된 지구촌을 포기하고 세계화 경제의 대안인지역중심경제를 가슴으로 안아야 할 것이다.

라다크에서는 아직도 글로벌 경제화 추진 세력과 지역주의 부흥세력 사이의 긴장감이 지속되고 있다. 정부와 외부로부터의 영향력으로 인해 라다크 사람들은 세계화 추세의 일환으로서 소비주의 편향의 획일적 문화를 수용해야 한다는 압력을 계속 받고 있다. 텔레비전의 영향력이 라다크 사람들의 문화를 잠식하고 있는 가운데 막강한 보조금의 지원을 등에 업은 가공식품들이 라다크 사람들이 전통적으로 즐겨온 비가공 유기농 식품들의 자리를 빼앗으려 하고 있다. 경제와 정치 부문에서 외부로부터의 압력이 계속되고 있고 그로 인해 불안 심리와 실업률이 증대되고 있으며 또 서구의 교육 시스템이 있지도 않은 일자리를 찾는 젊은이들을 훈련시키고 있는 상황이다. 도시화가 지속적으로 추진됨에 따라 전통적 농업 생산의 구조와 농업 생산에 대한 경외심이 점점 더 퇴색되는 추세이다. 외부로부터의 압력이 증대되면서 라다크 사람들의 정체성에 대한 위기와 자기부정의 경향이 심각한 수준에 이르게 되었는데, 많은 라다크 십대 청소년들이 금발과 푸른 눈동자라는 전형적 서양인의 이미지를 동경하며 '페어 앤 러블리Fair And Lovely'라는 위험한 미백용 화장품을 사용하고 있는 것을 그 예로 들 수 있다.

그러나 이러한 부정적 추세에도 불구하고 라다크 사람들은 최악의 상황은 이미 지나갔다는 희망을 가지고 있다. 최근 들어 갈등이 진정되는 모습을 보이고 있다. 아직 깊은 상처가 남아 있는 상태지만 치료가 이루어지는 중이고, 불교도 측과 이슬람교도 측은 상호공존의 공감대를 형성한 가운데 평화를 유지하며 살아갈 수 있게 된 것이다. 이런 모습은 우리 모두에게 대단히 희망적인 징후라고 할 수 있다. 인간 정신이란 결국 폭력을 넘어 평화로운 상호공존을 선택하는 것이며 그것은 적대감과 전쟁이 아닌 상호존중의 토양에서만 꽃을 피운다는 것이다.

라다크에는 또 다른 희망의 징후들이 나타나기 시작했다. 많은 청소년들이 흰 피부의 서양인 이미지를 동경하고 있긴 하지만 그와는 대조적으로 라다크 사람들이 세계를 향해 얼마나 많은 것을 베풀어야 할까라는 의식이 고조되고 있다. 이른바 '개발된 세계'*가 라다크

---

* 여기서 다시 등장하는 이 아이러니컬한 용어는 실제로는 자연계를 퇴보시키고 훼손하는 사회를 말한다.

의 전통사회로부터 배워야 하는 가장 중요한 것은 자립정신, 검약정신, 사회적 조화, 환경적 지속성 그리고 내면적인 풍요로움 같은 실제적인 것들이다. 이런 변화의 결과로 그동안 너무 고통스럽게 보였던 자기부정의 깊은 상처는 이제 새로운 자긍심으로 치유되고 있다.

에콜로지 및 문화를 위한 국제협회ISEC를 통해 우리가 시작했던 일은 상당한 영향력을 발휘하고 있다. 더 많은 수의 국제비정부기구 NGO 운동가들과 지역의 지도자들이 라다크 사회의 자존심을 손상시켰던 외부 세력들에 맞서고 있고, ISEC의 도움을 통해 결성된 많은 민간 조직들 역시 외부로부터의 압력들로 인해 라다크 사회의 자립정신이 손상되었으며 수입식품에 대한 의존성이 생겨났다는 데 의견을 같이 하고 있다. 그들은 기초생활의 자급자족 상태를 유지하는 것이야말로 라다크 사람들에게 가장 중요한 일이라는 사실을 알게 되었다. 이 민간기구의 지도자들은 라다크의 전통적 식품 생산 체계와 전통 농업의 수호를 주장하고 나섰다. 그 결과 라다크 사회에는 농부들이 직면하고 있는 경제적 심리적 부담과 그런 부담들로부터 농부들을 자유롭게 해주어야 한다는 인식이 고조되기 시작했다.

우리의 지원으로 설립된 '라다크 생태개발그룹'은 라다크 내의 유기농산물 생산 체계 보호의 필요성을 확고히 하는 한편, 자긍심과 자립심 복원을 주장하면서 지역 내에서의 영향력을 확산해가고 있다. 이 생태개발그룹은 또 라다크 주민들에게 유전자 변형 종자, 살충제와 살균제의 유해성에 대해 경각심을 불러일으키고 있다. 정부 차원의 지원으로 그 사용이 권장되고 있는 이것들은 비싼 가격으로 유통될 뿐 아니라 자연환경에 위험한 것이라는 것이 그들의 주장이다. 생태개발그룹을 주도하던 주요 인사들은 지금 반 자치 지방 정부의 지도자로 일하고 있다.

여성연합의 활동 역시 눈여겨볼 만한데 라다크 전역에 걸쳐 4,000여 명의 회원을 보유하고 있는 이 단체는 라다크 문화의 정신적 기초를 확고히 하기 위해 부단한 사회운동을 전개하며 평판과 영향력을 날로 키워가고 있다. 이 단체는 정부 측으로부터도 라다크에 있어 긍정적 변화를 가져다주는 신뢰할 수 있는 단체라는 찬사를 받기도 했다.

라다크 프로젝트Ladakh Project도 서양인들이 라다크의 고유문화의 진정한 가치에 대해 이해할 수 있도록 하는 데 도움을 주었다. 앞서 언급한 부정적인 현상들에도 불구하고 아직 라다크 전통문화의 많은 부분이 보존되어 있으며 최근 불어닥친 변화에도 불구하고 라다크는 탈중심화 경제구조의 좋은 모델이 되고 있다. 농장 프로젝트 참가자들은 지식과 지혜와 생활방식들이 지역의 생태계와 놀라운 조화를 이루는 라다크의 문화에 더욱 깊은 존경심을 가지게 되었고 그중에는 라다크를 떠나 외부 지역에서 활동을 펼치는 사람들도 있다.

또 하나 중요한 사실은 농장 프로젝트 참가자들이 세계 전역에 나타나고 있는 전통과 진보의 충돌로 인한 긴장 상황을 직접 체험할 수 있었다는 점이다. 이들은 현실 상황에 직접 참여함으로써 그리고 개발과 세계화 프로그램이 전통문화에 미치는 파괴적 영향에 대한 정보와 지식을 습득함으로써 편안하게 방에 앉아 머리로 생각하는 서양인들에 비해 더욱 균형 있고 현실감 있는 시각을 갖게 되었다.

개발도상국가들이 정서적인 면에서나 구조적인 면에서 엄청난 압력에 직면해 있는 상황에서 가장 시급한 것은 국제적으로 유용한 정보의 공유 체계를 확립하는 일이고 아울러 반 개발을 위한 대안을 마련하는 일이라 할 수 있다. 이 과정에서 선진국의 일반 국민들은 그들의 경제주체들이 매체를 통해 전달하는 왜곡된 개발 선전문구에 현혹되지 않아야 하고, 동시에 저개발국에 현실적이고 유용한 정보를 제공해야 한다.

그것이 핵물질 오염의 공포든, 자동차 때문에 생기는 교통정체나 산업용 화학물질 남용에 대한 우려든 서구사회의 생활상들은 있는 그대로 보여져야 하며 정직하게 설명되어야 한다. 제3세계 국가를 여행하는 사람이라면 그곳 사람들이 독성 화학물질들을 아무렇지도 않게 다루고 있는 모습을 쉽게 볼 수 있을 것이다. 소금을 담는 통에 인체에 위해를 주는 DDT를 보관하거나 아무런 두려움 없이 독성이 강한 살충제를 곡식이나 야채에 뿌리기도 한다. 사용시 주의사항에 관한 문구가 포장지에 적혀 있지만 사람들은 그것을 주의 깊게 읽지 않고 무시해버리기 일쑤이다. 읽는 경우에도 경험과 인식 부족으로 그 위험성에 대해 경각심을 갖는 경우는 없는 듯하다. 바로 이런 상황에서 선진국 내부에서 유통되는 정보들이 제3세계 국가에 바르게 제공되면 사람의 생명을 구할 수도 있게 되는 것이다. 개발도상국 출신으로 환경운동 지도자가 되었거나 자신들의 고유문화 보호에 관심을 가진 사람들 중 오랫동안 선진국에서 생활을 한 사람들이 있다면 이것은 의미 있는 일이라 할 수 있다. 노숙자 보호시설, 양로시설, 정신병원 같은 구호의 현장을 방문하거나 다른 환경운동가와 만나 협력을 논의하는 경우 이들은 거대기업과 대중매체를 통해 퍼뜨려진 유토피아적 개발의 허상에 대항할 수 있는 강력한 통찰력을 갖게 된다. 이로써 서구형 경제개발 모델이 현실 문제를 해결하는 대안이 되지 못할 뿐 아니라 문화와 정서 그리고 환경적 측면 모두에 지속성을 갖지 못할 것이라는 주장에 힘이 실리게 되는 것이다.

라다크 사회를 고무시키고 있는 최근의 희망적 움직임들은 한쪽으로 치우치거나 고립된 모습으로 나타나고 있는 현상이 아니다. 근래 들어 세계 전역에서 속속 등장하고 있는 반세계화운동단체들은 이른바 세계화 추세에 거세게 반발하며 그 실효성에 대해 의문을 제기하고 있다. 재계와 정치계의 거물급 인사들마저도 최근 세계화에 대해 의문을 제기하기 시작했다. 특히 최근 10년간 세계화에 대한 저항은 더욱 거세지고 있는데, 그 기세는 그동안 추진되어 온 세계화의 흐름이 완전히 역전될 수 있을 만큼 강해지고 있다.

1999년 전 세계에 커다란 뉴스거리가 됐던 한 이벤트가 있었는데 4만여 명의 사람들이 시애틀에 모여 세계무역기구WTO 정책의 유해성에 항의하는 시위를 벌였다. 시위 참가자들은 글로벌 경제화가 그들의 직업과 공동체 그리고 환경에 어떤 영향을 미치는지에 대해 의문을 제기했다. 현장에 있었던 나는 사회의 서로 다른 영역에서 활동하던 사람들이 그토록 굳건한 연대감을 보였다는 사실에 큰 감동을 받았다. 노동 운동가들은 환경 운동가들과 손을 잡았고, 교직자들은 성직자와, 과학자들은 정치인들과 손을 잡고 굳은 결속의 모습을 보여주었다. 그 이후 지금까지 세계의 여러 나라에서 그와 비슷한 운동들이 지속적으로 등장하고 있다.

그 일련의 운동들은 이제 단순한 저항의 차원에서 보다 긍정적이고 미래지향적인 대안들을 공식화하고 홍보하는 차원으로 진화하고 있다. 현재까지 브라질과 인도, 이탈리아, 프랑스, 영국, 말리에서 개최된 세계사회포럼World Social Forum은 그 좋은 예라 할 수 있다. 선진국과 개발도상국 사이의 대화 기회를 제공하는 이 포럼을 통해 참가국 대표들은 자국의 미래를 위한 결정에 있어 바람직한 아이디어와 정보를 교환할 수 있다. 또한 포럼의 주요 활동 가운데 하나는 지역경제의 복원을 위한 대안을 마련하는 일이다.

시민단체들은 지역경제의 자생력을 강화하기 위한 갖가지 활동을 전개하기 시작했다. 그 가운데 가장 성공적인 모습을 보였던 것은 토산식품장려운동이라고 할 수 있다. 이 운동의 취지는 너무나 명확한 것이었는데 토산식품은 먼 지역에서 수송되어 온 식품에 비해 더 신선하고 더 맛있고 영양이 더 풍부하다는 것이다. 또 토산식품에는 방부제나 기타의 인공 화학 첨가물이 더 적게 들어가기 마련인데 생산자의 입장에서 보면 얼굴도 모르는 불특정 다수의 소비자가 아니라 개인적으로 알고 있는 고객을 위해 식품을 생산하는 경우 고객의 건강을 해칠 가능성은 훨씬 더 줄어들기 때문이다.

1997년 영국 바스Bath에서 태동한 최초의 농민시장Farmer's market은 도시로부터 반경 30~40마일 이내 지역에 있는 생산자들에게만 참여를 허용했다. 이 농민시장에 대한 대중들의 관심은 정말 대단했다. 개장 초기 몇 주 동안 운영자에게 400여 통의 전화가 걸려왔는데 그 대부분은 자신들이 사는 곳에서 이런 농민시장을 만들려면 어떻게 해야 하는지를 묻는 내용이었다. 현재 영국에서는 500여 개의 농민시장이 운영되고 있다.

농민과 소비자 사이의 긴밀한 접촉을 위해 설립된 '공동체지원농업기구CSA'에도 점점 더 많은 사람들이 참여하고 있다. CSA 운동은 30년 전 스위스에서 처음 시작된 이래 세계 전역으로 확산되었는데 현재 일본 지역에서만 수천 명의 회원을 확보하여 활발한 활동을 벌이고 있다. 인구의 2퍼센트 정도만이 농경 지역에 남아 있는 미국의 경우 CSA의 수가 1986년 2개로 시작했는데 이제는 1,000개를 훌쩍 넘었다. 자신들이 통제하기 힘든 원격지 시장의 변동에 취약할 수밖에 없는 영세한 농민들의 파산이 매년 놀랄 만한 비율로 증가하고 있는데 CSA에서 시행하는 소비자와의 직거래 방식은 그 비율을 역전시킬 수 있는 잠재력을 갖고 있다.

영국에서 토산식품들의 인기가 급속도로 높아져 가고 있다는 사실은 무척이나 고무적이다. 최근의 한 보고는 토산식품의 시장 규모를 370억 파운드 정도로 추정했다. 2005년 통계에는 영국의 소비자 가운데 65퍼센트가 토산식품을 구매하고 있으며 그 가운데 절반 가량이 농민시장과 농민이 직영하는 매장에서 그것들을 구매하는 것으로 나타나 있다.

유전자 변형 식품에 대한 우려가 커지기 시작함에 따라 광우병과 살충제, 성장 호르몬 남용에 대한 두려움이 더 높아졌고 그로 인해 유기농산물의 판매량은 예상 이상으로 증가되었다. 몬산토사의 유전자 변형 식품이 처음 영국에 수입되던 1996년 후반 무렵만 해도 유전자 변형 식품에 대한 대중들의 인식은 전무한 상태였다. 그러나 오늘날 그것은 뜨거운 논란거리가 되었고 여론조사의 결과에서도 대부분의 사람들이 그것을 반대하고 있다는 것을 알 수 있다.

점점 더 많은 사람들이 식품의 안전성과 영양을 확보하고 환경 피해를 줄일 수 있는 최선의 방법은 유기농산물, 그중에서도 토산 유기농산물을 사먹는 것이라는 데 인식을 같이 하고 있다. 1987년 영국의 유기농산물 시장 규모는 연간 4,000만 파운드 정도였는데 오늘날 그 규모는 370억 파운드 수준으로 증대되었다.

지역의 토산식품장려운동은 이제 전 세계적으로 확산되고 있다. 이 운동을 추진하는 가장 대표적인 국제조직 가운데 하나는 '세계농민조직Via Campesina'인데 여기에는 56개국의 농민들과 중소 농산물 생산 업체, 여성 농경인 등이 참여하고 있고 그 대부분이 제3세계 출신들이다. 이 조직은 경제와 사회정의를 장려하기 위한 갖가지 활동들을 기획·추진하고 있으며, 천연자원 보호와 자연친화적 소규모 농경을 홍보하기도 한다. 최근 서울에서 열린 '한국사회포럼Korea Social Forum'에서는 천여 명의 참가자가 모인 가운데 식품주권을 주제로 하는 또 하나의 포럼이 구성되었다. '슬로우 푸드'운동은 생태친화의 개념에 근거하여 약 20년 전에 시작되었다. 8만여 명의 회원이 가입되어 있는 이 국제운동기구는 유관 그룹들과의 연대를 이룬 가운데 다채로운 회의와 문헌 출간을 진행하고 있고 그 일련의 활동을 통해 지구와 우리가 먹는 식품 사이의 연결관계에 대한 인식을 더욱 고취시키고 있다.

앞서 언급한 것처럼 토속적이고 방대하지 않으며 친밀하고 자연적이며 인간적인 것을 추구하는 모든 노력들로 인해 우리는 혼란스런 현실에도 불구하고 결국 승리는 대자연에게 돌아갈 것이라는 사실을 깨닫게 된다. 이 세계를 움직이는 것은 돈이나 기술의 힘이 아니라 우리의 마음이며 또 자연 그 자체의 힘이라는 것이다.

이러한 민간운동들이 장기적인 관점에서의 성장과 성공을 거두기 위해서는 범국민적이고 국제적 차원에서의 정책 변화를 수반해야 한다. 예를 들어 거대 기업이 대중들과 정부 정책을 조정하고 있는 상황에서 어떻게 참여민주주의가 강화될 수 있으며, 정부가 자유무역과 거대 기업들을 전폭적으로 지원하고 있는 상황에서 어떻게 소규모 농경인들과 그들이 운영하는 지역 매장들이 발전할 수 있겠는가? 획일화된 문화의 이미지들이 전 세계 청소년들에게 폭격을 퍼붓고 있는 상황에서 어떻게 문화의 다양성이 고양될 수 있겠는가? 소규모의 재생가능에너지 프로젝트가 어떻게 해서 막대한 지원금의 혜택을 누리는 대형 댐 건설과 핵 발전 시설들과 경쟁을 할 수 있겠는가?

분명한 것은 글로벌화의 추세가 역전될 수 있다면 지역화의 주도 세력들은 정책의 변화와 함께 손을 잡고 나아가야 한다는 것이다. 분리되고 분산된 사고의 민간운동을 지양하고 공동체 기반 경제체제의 발전과 확산에 필요한 공간을 확보하여 이른바 '대규모 위의 소규모'라는 정부 시책을 더욱 고양하는 것이 필요한 시점이다.

글로벌화에서 지역화로의 근본적 방향전환의 필요성을 자각한 사람들의 수효가 충분하다면 우리의 대표자들은 지역화와 글로벌화의 공동 이익을 지키기 위해 국제 조약들과 협상을 시작해야 할 것이다. 현재 이러한 이야기들은 실현될 가능성이 없어 보일지 모르지만 이미 그와 노선을 같이 하는 지역 차원의 정치 세력들이 활동을 펼치고 있다. 글로벌화에서 지역화로의 전환되는 초기 모습들이 이미 미국에서 감지되고 있는 상황인데 지역의 정치 지도자들은 지역화를 가로막는 국가 차원의 정책에 대해 반대 입장을 표명하고 있다. 북동부 지역 9개 주와 194개 도시의 시장들은 온실가스 방출을 제한하는 탄원을 제출해놓은 상태이다. 또 2006년 멕시코시티에서 열린 '세계 물 포럼World Water Forum'에서 라틴 아메리카의 5개국은 WTO의 물 관련 정책에 반대하여 공동대응 체제를 결성하기도 했다.

우리가 기억해야 할 가장 중요한 것은 우리에게는 상황을 변화시킬 수 있는 힘이 있다는 사실이다. 선택은 우리의 몫이다. 우리는 최소한 우리에게 고통과 환경문제를 안겨주고 최악의 경우 우리의 생존마저도 위협할 수 있는 글로벌 경제화에서 벗어날 수 있다. 또한 지역화의 복원을 통해 우리의 공동체와 지역경제를 재건할 수 있으며 자연친화적 순환 체계와 행복의 기초를 복구할 수 있다. 라다크에서 얻은 30여 년의 경험을 통해 나는 어떤 길을 가야 하는지를 명확하게 알게 되었다. 라다크는 우리 모두에게 우리의 과거에 대한 가르침뿐 아니라 더욱 중요한 미래에 대한 가르침을 주고 있다.

2007년 10월

라다크로부터 배우다

왜 세상은 끊임없이 위기로 비틀거리는 걸까? 언제나 이런 모습이
었던가? 예전이 더 나빴던가? 아니면 더 좋았던가?

티베트 고원과 고대문화의 고장 라다크에서 보낸 16년이라는 시간
은 위의 질문에 대한 내 대답을 극적으로 바꾸어버렸다. 나는 그동안
알고 있던 산업문화의 모습을 전혀 다른 시각으로 바라보게 되었다.

라다크에 오기 전, 나는 진보라는 것은 어느 정도 불가피한 것이라
생각했고 그에 대해 의문을 갖지 않았다. 공원을 가로질러 새 도로가
나거나 200년 된 교회 옆에 철제와 유리로 된 건물이 들어서거나 길
모퉁이 가게 대신 현대식 대형 마트가 들어서는 것을 그저 수동적으
로 받아들이며 현대생활이라는 것은 그렇게 매일매일 힘들고 숨 가

쁘게 계속되는 것이라 느끼고 있었다. 그러나 지금은 그렇지 않다. 라다크는 내게 미래를 향하는 길이 꼭 하나가 아니라는 확신과 함께 커다란 힘과 희망을 주었다.

라다크에 머무는 동안 나는 기존의 것 이외에도 더욱 바람직한 삶의 방법이 있다는 것을 경험하는 한편 그동안 나 자신이 속해 있던 문화를 외부에서 바라보게 되었다. 라다크 사회는 그 근본부터 다른 원칙에 기초를 둔 곳이었고, 그곳에서 나는 현대화된 외부세계가 그들의 문화에 어떤 영향을 미치는 상황들을 목격했다. 처음 라다크 땅을 밟았을 때 나는 몇 십 년 만에 그곳을 찾은 외국인이었으며, 당시의 라다크는 서구의 영향을 거의 받지 않은 상태였다. 그러나 이후 불어닥친 변화의 물결은 너무나 거센 것이었다. 극명하고 생생한 대조를 이루는 이 두 문화의 충돌은 드라마틱하게 펼쳐졌다. 나는 산업사회를 지탱하고 있는 사회적 기술적 구조와 심리, 가치에 대해 알게 되었고, 또 무엇이 전통적 가치에 기반을 둔 사회를 지지하는지에 대해서도 알게 되었다. 나 같은 서구인이 내가 속한 사회 경제적 시스템과 보다 근본적이며 자연과 인간의 공동진화에 기초를 둔 또 다른 시스템을 비교할 수 있다는 것은 정말 흔치 않은 기회였다.

라다크에서의 경험을 통해 나는 파괴지향의 변화들에 대해 그간 내가 부분적으로나마 수동적인 태도를 취했던 것은 자연과 문화의 관계를 혼동했기 때문이라는 것을 깨달았다. 이전의 나는 내가 보아왔던 그 부정적 현상들이 우리의 영향력 밖에 있는 자연적 혹은 진화적 요인 때문이 아니라 바로 나 자신이 속해 있는 산업문화 때문이라는 사실을 알지 못 했다. 그런 문제에 대해 깊은 생각을 하지 못 했던 나는 그저 인류는 본질적으로 이기적 심성을 가지고 있어서 생존을 위한 경쟁은 당연한 것이며 서로 돕는 사회라는 것은 유토피아적 꿈에 불과하다고 생각했다.

내가 그런 생각을 갖고 있었다는 것은 어쩌면 당연한 일이었는지도 모른다. 그때까지 비교적 여러 나라를 다녀보긴 했지만 그 대부분이 문명화된 선진국들이었고, 여행의 범위를 넓혀 저개발 지역으로 가는 경우라 하더라도 그것은 내면적인 통찰력을 가지고 그 사회를 이해할 수 있을 정도로 충분한 것은 아니었다. 올더스 헉슬리나 에리히 프롬의 책을 읽는 것 같은 지성적인 여행을 하는 때에도 어떤 새로운 정보에 눈을 뜬 것은 사실이지만, 결국 나 자신은 본질적으로 산업사회의 산물일 뿐이며 자신의 영속성을 위해 편향적인 교육을 받은 존재라는 사실을 다시 깨달았을 뿐이다. 가치관, 역사에 대한 이해, 사고의 유형 모두 산업사회형 인간의 세계관을 반영하고 있었다는 것은 부인할 수가 없는 사실이었다.

애덤 스미스에서 프로이트 그리고 현대에 이르기까지 서구 출신의 주류 사상가들은 자신들이 속한 서구와 산업사회에서의 경험을 보편화하려는 경향을 보여왔다. 그들은 명시적으로나 암시적으로나 자신들이 설명하는 특성들은 산업문화의 산물이 아니라 인간 본성의 표상이라고 전제한다. 서구의 문화가 유럽과 북미 대륙에서 세계 전역으로 그 영향력이 본격적으로 확산되면서 서구문화의 경험을 일반화하려는 이런 경향은 거의 필연적인 것으로 받아들여지기 시작했다.

세상 모든 사회는 스스로를 우주의 중심에 두고 색깔 렌즈를 통해 다른 문화를 바라보려는 경향이 있다. 서구문화가 다른 문화와 확연히 구분되는 점 가운데 하나는 너무나 널리 그리고 너무나 강력하게 전파되고 있어서 스스로를 돌아볼 객관적인 시각을 상실했다는 것이다. 다시 말해 자신과 비교해볼 만한 상대가 없다는 것이다. 그것은 또 모든 사람들이 자신과 같거나 자신처럼 되고 싶어한다고 전제한다.

대부분의 서양인들은 무지와 질병과 끝없는 노역이 미개발 사회의 운명이라 생각한다. 또한 개발도상국 사회에 나타나는 빈곤과 질병과 굶주림은 그러한 가정이 입증되는 사례라고 생각한다. 그러나 실제 오늘날 제3세계 국가가 겪고 있는 많은 사회문제들은 주로 식민주의와 잘못된 개발의 결과물이다.

지난 수십 년 동안 알래스카에서 오스트레일리아에 이르는 세계 전역의 다채로운 고유문화들은 산업화가 조장하는 획일화된 문화로부터 침략을 받았다. 그런 침략의 주역이 되었던 현대의 정복자들은 우리가 '개발' '광고' '미디어' '관광'이라 부르는 것들이다. 전 세계의 가정에서 미국 드라마 〈달라스Dallas〉가 방영되었고 어느 나라 어느 도시에서나 서구 스타일의 줄무늬 옷이 유행한 적이 있었다. 어느 해엔가는 라다크와 스페인의 산골 마을에서 동시에 똑같은 장난감 가게가 문을 여는 것을 보았다. 그 두 가게는 모두 금발에 푸른 눈을 한 바비 인형과 기관총을 든 람보 인형을 팔고 있었다.

획일적인 산업화 문화가 확산되고 있다는 것은 여러 가지 측면에서 비극적인 일이다. 각각의 문화들이 붕괴되면서 수 세기에 걸쳐 축적된 값진 지식들이 허무하게 사라지게 되었고 다양한 인종들이 정체성을 위협받게 되면서 필연적으로 갈등과 사회붕괴 과정이 뒤를 이었다.

서구의 문화는 시간이 흐를수록 단 하나뿐인 표준적인 문화로 인식되고 있다. 많은 사람들의 성향이 더욱 경쟁적이고 탐욕스럽고 이기적인 모습으로 변해감에 따라, 그런 성향들을 어쩔 수 없는 인간의 본성이라 치부해버리는 태도가 주류를 이루고 있다. 서구사회의 사고방식은 정반대의 목소리가 지속적으로 그것을 가로막았음에도 불구하고 '인간의 본성은 근본적으로 공격적인 것이며 진화론적 투쟁 논리에 갇혀 있는 것'이라는 가정에서 오랫동안 벗어나지 않고 있다. 사회의 구성 방법과 관련하여 이러한 시각이 내포하고 있는 의미는 근본적으로 중요한 것이다. 선과 악의 내재성을 믿건 안 믿건 인간의 본성에 관한 우리의 전제는 모든 정치적 이념들의 기초가 되는 것이며 결국 우리의 삶을 지배하는 제도를 형성하는 것이기도 하다.

서구의 주류 문화에서는 발생하는 문제점의 원인을 인간의 내재적 결함 탓으로 돌리면서 '개발'이나 '진보'로 불리는 구조적 변화에 있어 자신이 정말 해야 할 역할은 무시해버리곤 한다. 기술의 개발은 진화론적 변화의 한 부분으로 이해되고 있는데 인류가 처음 직립보행을 시작하고 언어를 사용하고 도구를 사용하기 시작했던 것처럼, 원자폭탄을 만들고 생명공학을 태동시켰던 것도 그런 진화론적 맥락으로 보고 있는 것이다. 유럽이 산업혁명으로 인해 변화되고 있는 동안 세계의 다른 곳에 사는 대부분의 사람들은 자신들 고유의 원칙과 가치관을 따르며 살고 있다는 사실을 잊어버린 채 우리는 진화와 과학적 발전을 구분해서 보려 하지 않는다. 그렇게 함으로써 사람들은 서양인들이 전통적 문화권 사람들에 비해 훨씬 더 많이 진화했다고 주장한다.

서양 사람들은 또 기술적 변화나 진보를 날씨가 변화하는 것보다 더 자연스러운 현상이라 생각한다. 과학적인 발명과 발전이 어느 방향으로 나아가든 사람들은 그것을 따라가야 한다는 믿음 속에 갇혀 있는 것처럼 보인다. 물론 인간의 본성에 어두운 면이 존재하고 개발로 인해 어떤 형태로든 수익이 생긴다는 것을 부인하려는 것은 아니지만, 적어도 라다크에서는 그 개발의 진행과정에서 탐욕과 경쟁과 공격성의 경향이 가속되었고 사회붕괴의 가능성이 증가했다는 점을 지적하지 않을 수 없다. 예전에는 기후를 변화시키거나 바다를 오염시키고 산림과 생태계를 파괴하는 일이 불가능했고 지금처럼 사회와 문화를 붕괴시키는 일을 상상하기도 힘들었다. 붕괴 과정이 진행되는 규모와 속도는 이전 어느 때보다 방대하고 빠른 것이어서 역사적 선례를 찾아보기 힘들 정도이다. 우리는 지금 단 한 번도 경험하지 못한 상황에 처해 있으며 미래에 대한 전망 역시 그렇게 밝지 않다.

대규모의 환경 파괴, 인플레이션 그리고 실업 사태 같은 문제들은 좌익이나 우익 같은 정치문제와는 상관없는 기술경제적 요인으로 생겨나는 것들이다. 세계는 지금까지 과학과 기술에 기반한 단 하나의 개발 모델만을 알고 있을 뿐이다. 또 부수적으로 나타난 전문화와 중앙집중화로 인해 자본주의와 공산주의의 차이마저도 무의미하게 만드는 극단적인 사회변형이 초래된 것이다.

내가 처음 알게 된 라다크 사회는 폐기물이나 공해 그리고 범죄 같은 것이 존재하지 않는 그런 곳이었다. 무척이나 건강하고 강했으며 어머니나 할머니에게 다정한 말을 건네는 십대 소년의 모습이 너무나 자연스럽게 느껴졌던 곳이 바로 그 라다크였다. 그런 라다크 사회가 현대화의 압력 때문에 붕괴되어 간다는 사실은 그것이 비단 라다크에만 국한되는 문제가 아니라는 것을 말해주고 있다.

티베트 고원의 원시적 문화가 우리의 산업화 사회에게 뭔가 가르쳐줄 게 있다는 사실이 조금은 이상하게 보일지도 모른다. 그러나 분명한 것은 우리에게는 지금의 이 복잡한 문화상을 보다 잘 이해하기 위한 기준이 필요하다는 사실이다. 라다크에서 나는 이른바 진보라는 것에 의해 사람들이 자신이 살고 있는 대지와 분리되고 이웃들과 분리되고 결국 자신으로부터도 분리되는 모습을 지켜보았다. 그렇게 행복하게 살던 사람들이 서구의 규범을 따르기 시작하면서 오래도록 유지해온 평온함을 잃게 되었던 것이다. 그런 모습 때문에 나는 문화라는 것은 개인의 특성을 형성하는 데 있어 예전 내가 생각했던 것보다 훨씬 더 근본적인 역할을 한다는 결론에 도달했다.

오늘날 우리는 갈수록 편협해지는 근시안적 시각으로 인해 수많은 사회문제들의 근본 원인을 정확하게 보지 못 하고 있다. 말 그대로 나무는 보고 숲을 보지 못 하는 것이다. 또 서구의 문화는 장기적이고 폭넓은 시야 대신에 보다 전문적이고 즉각적인 데에만 초점을 맞추는 전문가에게 높은 의존도를 보인다. 경제개발과 자본의 힘은 사상 유례 없는 전문화와 집중화와 자본과 에너지 집약적인 생활방식 쪽으로 이 세계를 몰고 간다.

우리에게 시급한 것은 세계가 너무 한쪽으로 치닫지 않고 균형을 유지하도록 그 방향을 전환해야 하는 것이다. 도시와 지방, 남성과 여성 그리고 문화와 자연 사이의 균형을 복원해야 한다. 라다크의 사례처럼 우리는 사회를 구성하고 유지해주는 상호연계의 의미를 이해함으로써 향후 나아갈 방향을 가늠할 수 있을 것이다. 우리가 라다크에서 배울 수 있는 것은 바로 그런 것이다. 그런 폭넓은 시각을 통해 우리는 우리 자신과 우리가 살고 있는 지구를 치유할 방법을 찾을 수 있으리라 믿는다.

ISEC

'에콜로지및문화를위한국제협회International Society For Ecology And Culture (ISEC)' 는 글로벌 경제화와 개발의 영향에 대한 비판적 토론을 추진하는 비영리 국제 민간기구이다. 경제의 탈중심화와 생태계 및 공동체 복원을 위한 정책과 지역별 전략을 지원하는 것이 기구의 주요 활동이다. ISEC은 1975년 이래 인도 대륙을 중심으로 교육 및 실무 프로그램을 운영해온 라다크 프로젝트의 모체가 되기도 한다.

ISEC의 활동 목표는 '대규모 위의 소규모' 라는 슬로건 아래 글로벌 경제의 소비지향적 획일 문화에 맞서 전 세계의 지역 공동체를 지원하며 지역의 고유 문화에 기반을 둔 대안을 모색하는 데 있다.

다음은 ISEC가 중점을 두고 있는 사안들이다.

— 인습적 개발 계획과 글로벌 경제의 심리적 정신적 환경적 측면의 비용
— 소규모 농경인과 소비자 사이의 연계를 강화하는 식량 수급 및 농경 시스템
— 문화와 생물학적 다양성, 자연친화적 사회의 수익성
— 자급자족을 기반으로 하는 지역경제체제 확립과 공동체 활성화

ISEC의 상임이사인 헬레나 노르베리 호지는 위원회의 조정역을 맡고 있는 동시에 글로벌 경제화에 맞서 국제적 대응의 필요성을 주창하는 '국제글로벌포럼 International Forum Of Globalization (IFG)' 의 창립 회원이기도 하다. IFG에는 60여 명의 민간운동가, 작가, 경제학자들이 참여하고 있다.

ISEC의 이사진은 영국 내에서 가장 큰 공신력을 자랑하는 환경전문저널 *The Ecologist Magazine*의 논설을 맡고 있다. www.isec.org.uk

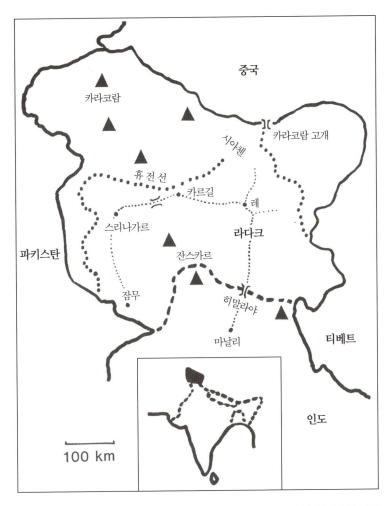

라다크는 인도의 통치 지역인 잠무와 카슈미르의 접경에 위치하고 있다. 그 곳은 불교도 거주 지역인 레Leh와 이슬람교의 구역인 카르길Kargil로 나누어져 있다. 라다크의 면적은 4만평방마일에 이르고 인구는 13만 명 정도이다. 이 책에서는 주로 라다크의 불교문화에 대한 내용과 레 지역과 카길의 잔스카르 밸리에 체류했던 저자의 경험이 중점적으로 다루어진다. 편의상 그 두 지역을 지칭하는 경우 공통적으로 '라다크' 라는 말을 사용했다는 것을 알려둔다.

part · 1

전통에 관하여

chapter 1

리틀 티베트

사람들이 알지 못 하는 어떤 곳이 있다면
우리는 그곳으로부터 세상 전체를 바라볼 수 있다.
— 게사르 왕의 서사시 중에서

스리나가르에서 시작하는 거친 굽이길을 따라가다보면, 고대 라다크 왕국의 수도 '레'에 이른다. 카슈미르Kashmir의 황록색 소나무 숲의 경사를 따라 오르면 두 세계가 드라마틱한 경계를 이루는 조지-라('라'는 인도어로 언덕이라는 뜻이다—편집자 주) 길이 나타난다. 히말라야 산맥의 거대한 그늘에 가려 온통 말라버린 듯한 그곳에 이르면 풀 한 포기 없는 대지가 눈에 들어온다. 어느 쪽을 둘러봐도 높다란 산봉우리와 광활한 고원뿐이고 그 장관의 색조는 쓸쓸한 녹빛에서 창백한 초록색으로 펼쳐지고 있다. 위쪽으로는 눈 덮힌 산봉우리들이 창공을 향해 솟아 있고 아래쪽으로 가파르게 뻗은 와인빛 돌 비탈길이 달 모양의 계곡으로 이어진다.

이런 척박한 황무지에서 어떻게 생명체가 살 수 있을까? 너무나도 황량한 불모의 땅이고 발걸음을 옮길 때마다 일어나는 것은 모래와 먼지구름뿐이다. 그러나 잠시 주의를 기울여 둘러보면 거친 코끼리 가죽에 박혀 있는 아름다운 에메랄드처럼 황량한 불모지의 한쪽에 놓인 오아시스가 눈에 들어온다.

조금 더 둘러보면 들꽃들과 풀잎들을 따라 흐르는 빙하의 개천 옆쪽으로 보리밭이 보이고 그 위쪽으로 하얀색을 띠고 밝게 빛나는 3층 높이의 민가들이 모여 있다. 그 민가에는 정교한 조각이 새겨진 발코니가 있고 지붕 위에는 소원을 적어 꽂아둔 밝은 색의 깃발들이 바람에 펄럭인다. 더 위쪽 산등성이에 있는 사원 건물은 마을을 내려다보고 있는 것처럼 보인다.

보리밭을 가로질러 가거나 민가 사이의 좁은 굽이길을 따라가다보면 반가운 미소로 인사를 하는 얼굴들과 마주치게 된다. 그렇게 황량한 곳에서 사람들이 촌락을 이루어 산다는 것이 불가능한 것처럼 보이지만 그곳의 모습을 보면 분명 그곳 사람들은 행복하게 살아가는 것 같았다. 어느 것 하나 세심하게 만들어지지 않은 것이 없었다. 산기슭을 정교하게 깎아 층층이 만들어놓은 밭이며 튼실한 작물의 종자를 심는 것까지 마치 예술가가 그림을 그려놓은 것처럼 아름다운 문양으로 심어놓았다.

집 주위의 뜰에는 야채와 과일나무를 키우는데 염소 같은 가축들이 접근하지 못하도록 돌을 쌓아 울타리를 만들어놓았고 또 그 돌로 만든 울타리 위에는 가축 배설물 덩어리를 올려놓고 햇빛에 말리고 있는데 이것들은 추운 겨울철 난방용 연료로 쓰이는 것이다. 평평한 지붕에다가는 가축의 사료로 쓰이는 알팔파, 건초, 야생 아이리스 등을 다발로 묶어 올려놓았다. 야크의 털로 만든 담요 위에는 살구를 펴 말리고 있고, 화분에 기르는 금잔화는 밝은 오렌지빛으로 자라고 있었다.

이곳의 이름인 '라다크Ladakh'는 '라 다그스La Dags'라는 티베트어에서 파생된 것으로 추정되는데 그 뜻은 '산길의 땅'이라고 한다. 히말라야의 그늘에 가려 있는 이곳은 이리저리 얽혀 있는 거대한 산맥들에 둘러싸인 고원지대에 있다. 이곳에 처음 거주했다고 추정되는 사람들은 북부 인도의 몽족과 길기트의 다드족 이렇게 두 아리안 부족이었다. 이들은 기원전 500년경 티베트에서 이주해온 몽고 유목민들과 합류하게 되었는데 오늘날 이곳에 사는 라다크 사람들은 이 세 부족의 후손들이다.

문화적인 측면을 보면 티베트의 영향을 가장 많이 받았다고 할 수 있는데 그래서 라다크는 종종 리틀 티베트라 불리기도 한다. 이것은 사용하는 언어에서는 물론 예술과 건축, 의술 그리고 음악에 이르기까지 거의 모든 분야에서 티베트의 영향이 두루두루 나타난다. 또 티베트 대승불교는 이들의 종교이고 달라이 라마는 그 정신적 지주이기도 하다. 수세기 동안 라다크 출신 승려들이 티베트의 사원에서 공부를 했고 그와 함께 라다크와 티베트 사이에는 물품교역과 사상의 교류가 지속적으로 이루어졌다.

그러나 티베트와 긴밀한 문화적 교류를 유지하기는 했지만 정치적 측면에서 라다크는 950년경부터 힌두교 세력인 도그라스Dogras의 침략을 받던 1834년까지 독자성을 유지해온 왕국 가운데 하나였다. 도그라스가 카슈미르를 장악하면서 라다크와 그 인근의 발티스탄은 잠무와 카슈미르 왕Maharaja의 지배를 받게 되었다. 1947년 인도와 파키스탄 사이의 전쟁이 발발하여 발티스탄은 휴전선을 기준으로 파키스탄 지역에 속하게 되었고 라다크는 인도의 잠무와 카슈미르에 속하게 되었다. 인도-파키스탄 간의 긴장 고조, 1950년 중국의 티베트 침공, 1962년 중국의 악사이 친 지역(라다크 지역을 중국에서는 악사이 친이라 부른다―편집자 주) 장악 등 일련의 과정을 거치면서 라다크는 인도의 가장 중요한 전략적 요충지가 되었다.

라다크 사람들의 생활은 계절의 변화에 큰 영향을 받는다. 아마 지구상에 살고 있는 다른 어떤 사람들보다 그럴 것이다. 여름에는 뜨거운 햇볕으로 더위에 시달리고 8개월 가량 계속되는 겨울에는 영하 40도 밑으로 떨어지는 추위 때문에 꽁꽁 얼어붙는다. 정말이지 너무나 혹독한 기후다. 황량한 계곡 사이로는 회오리바람이 몰아치고, 비는 내리는 일이 거의 없어 그 존재조차 모를 정도이다.

라다크 사람들의 대부분은 고원의 사막 지대 이곳저곳의 소규모 정착지에 사는 자영농들이다. 이들은 주로 산 위에 있는 눈과 얼음이 녹아 계곡 밑으로 흘러내리는 물을 생활용수로 사용하며, 그 급수원의 용량에 따라 마을의 규모가 결정된다. 여러 세대 전 라다크 사람들은 산 위쪽에 있는 물을 마을로 끌어올 수 있도록 수로를 만들었다. 산 위의 물은 바위와 돌무더기 사이를 가로질러 몇 마일이나 뻗어 있는 이 수로들을 따라 흘러 내려오는데 너무나 정교하게 만들어진 수로의 연결망은 마을 곳곳에 물을 공급하고 있다.

고도 1만 피트의 고원지대인 이곳에서는 1년 중 작물이 자랄 수 있는 기간이 4개월 정도에 불과하다. 따라서 라다크 사람들이 재배할 수 있는 작물은 한정될 수밖에 없다. 티베트 고원의 다른 지역들과 마찬가지로 이곳의 주요 작물은 보리이며 라다크 사람들은 보릿가루를 구워 만든 '은감페ngamphe'라는 음식을 주식으로 하고 있다. 밭의 3분의 2 정도에는 보리를 기르고 나머지에는 생장이 빠른 밀 종류의 곡물을 재배하는 것이 보통이다. 또 라다크 농부 대부분은 작은 콩밭과 순무밭을 경작한다. 고도 1만 1,000피트 아래 계곡에서는 살구나무와 호두나무를 기르며, 보리 같은 곡물이 전혀 자라지 않는 제일 높은 곳의 거주 지역에서는 주로 가축들을 기른다.

농가 1가구당 대개 5에이커 정도의 경작지를 가지고 있는데 여유가 있는 가구는 10에이커 정도를 경작하기도 한다. 적정한 경작지 면적을 결정하는 중요한 요소는 일할 수 있는 가족의 수이다. 대략 한 사람당 1에이커 정도가 그 적정 면적인데 이곳 농부들에게 그 이상의 땅은 소용이 없다. 기본적으로 이곳 사람들은 경작하지 못 하는 농지를 소유한다는 것에 의미를 두지 않는다.*

라다크 사람들의 경제활동에서 중심적 역할을 하는 것은 그곳의

---

* 이것은 라다크 사람들이 농지를 재는 단위에 잘 반영되어 있는데 이들은 밭의 면적을 잴 때 그 밭을 가는 데 걸리는 시간에 따라 '하루치' 혹은 '이틀치'라는 식의 단위를 사용한다.

잔스카르의 포톡사르 마을 모습

망유의 마을 모습. 라다크의 마을은 한 가구씩 서로 떨어져 있는 곳에서부터
100여 가구가 모여 촌락을 이루고 있는 곳까지 무척 다양하다

동물이다. 동물은 사람들이 연료로 사용하는 배설물을 제공할 뿐 아니라 노동력과 털과 젖을 공급하며 운송수단이 되기도 한다. 가장 흔히 볼 수 있는 가축들로는 양과 염소, 당나귀, 조랑말, 암소 그리고 이 지역에서 유명한 야크 등이 있는데 그 가운데서 제일 중요하고 유용하게 쓰이는 것은 재래 암소와 야크의 교배종인 '쪼dzo'라는 동물이다.

고도 15,000~18,000피트에 이르는 고원의 빙하 부근에는 라다크 사람들이 '푸Phu'라고 부르는 넓은 평원이 펼쳐져 있다. 이곳은 가축들의 방목지로 쓰이며, 여름 기간에는 에델바이스를 비롯한 갖가지 야생식물들이 자라난다. 온대성 기후의 유럽 같은 곳과는 달리 건조한 기후를 보이는 이곳은 특이하게도 고도가 높을수록 많은 식물들이 서식하여 상대적으로 더 푸르게 보인다. 또 푸른색의 양이나 눈표범, 늑대 등의 야생동물이 서식하면서 다채로운 생태계를 구성하고 있다. 라다크 사람들 중에는 7~9월 사이 가축들과 가족을 데리고 이 고원 지역을 찾아와 생활을 하는 사람들도 있는데 가축들을 방목하는 동안 배설물을 모아 겨울에 쓸 연료를 마련하기도 하고 버터와 치즈를 만들기도 한다.

처음 라다크에 왔던 몇 해 동안 나는 런던의 '동양-아프리카 연구소'의 일원으로 라다크의 언어와 민담들을 수집하고 분석하면서 시간을 보냈다. 모든 종교 책자에는 고대 티베트어가 사용되었는데 라다크 사람들이 일상생활에서 사용하는 말은 티베트 방언의 일종이라 알려졌지만 실제로는 전혀 다른 말이라고 느껴졌다. 원래 라다크어라는 것은 문어 형태는 없고 구어뿐이었다. 당시 나는 대부분의 시간을 불교 승려인 겔롱 팔단과 함께 《라다크-영어사전》을 만드는 데 보냈다. 내가 처음으로 티베트 철자를 사용하여 글을 쓴 것은 바로 그때였다. 라다크의 가장 훌륭한 학자 중 한 사람으로 꼽히는 타시 라브기아스는 내가 그 복잡한 문법구조를 이해하는 데 큰 도움을 주었다. 정말이지 그것은 세계에서 제일 복잡하다고 느껴질 만큼 힘든 언어였다. 그 두 사람은 오래지 않아 나의 친구가 되었다.

당시 삼십대 초반이었던 팔단은 부드러운 목소리를 가지고 있었지만 진지한 표정에 면도날처럼 날카로운 위트를 지닌 사람이었다. 젊은 시절 스리랑카에서 수도승 생활을 한 이후 티베트의 사원에서 여러 해를 보냈다고 한다. 타시는 팔단보다 열다섯 살 위였는데 승려는 아니지만 라다크에서 가장 존경받는 불교 철학가였다. 특유의 활기로 가득 찬 그의 커다란 얼굴은 언제나 밝은 미소로 빛나고 있었다. 그에게는 절대로 지루함이라는 것이 없었다.

아인슈타인의 상대성이론에서부터 라다크어의 동사변화에 이르기까지 이 세상에 존재하는 어떤 주제를 가지고도 그와 토론할 수 있었고, 그는 그 모든 대화에 넘치는 기쁨을 불어넣었다. 학자로서의 명성뿐만 아니라 타시는 자신이 만든 시와 노래를 통해 라다크 전역에서 너무나 유명한 사람이었다. 나와 함께 일하기 시작하고 얼마 지나지 않아 그는 내게 다음의 노래를 써주었다. 라다크어로 된 이 노래를 그는 나중에 영어로 옮겼다.

당신이 태어난 위대한 유럽에는
자유의 나라들이 번성하고 있지요.
물질의 풍요와 산업과 기술
모두를 가지고 있지요.

그곳은 세속의 기쁨이 더 크고
분주한 생활도 더 많겠지요.
과학도 문학도 그리고 모든 일들이
더 많이 변하고 있겠지요.

이곳에 사는 우리에게 진보는 없어도
우리에겐 기쁘고 평온한 마음이 있어요.
기술은 없어도
우리에겐 더 깊은 부처님의 가르침이 있지요.

라다크어와 티베트어로 우리가 하는 말은
지혜로운 라마 스님들의 말씀이에요.
그것은 부처님의 가르침으로 가득 찬
보배 같은 말이지요.
세상의 무엇과도 비교할 수 없습니다.

세상의 모든 화려함을

주의 깊게 바라보세요.

거기에 숭고한 의미가 있나요?

나는 아무 것도 찾지 못 했어요.

재물이 많은 사람이라도

쾌락이 차고 넘치더라도

명성과 권력을 가진 사람이라도

죽음이 그에게서 모든 것을 빼앗게 되겠지요.

죽음이 찾아온 그 순간에는

자신이 행했던 것들 말고는

한 조각의 재물도 지킬 수 없는 거예요.

우리가 하는 좋은 일과 나쁜 일 때문에

기쁨과 슬픔이 생기는 거예요.

부처님의 가르침을 깨닫지 못 한다면

이중의 망상이 남을 것이고

이해가 말을 넘어서지 못하는 한

말들만이 끊임없이 이어질 거예요.

이제는 마음을 모아 노력해야 해요.

오래지 않아 알게 될 거예요.

대단한 광경을 보게 될 거예요.

그리고 내 말의 의미를 분명하게 알게 될 거예요.

연구를 진행하는 동안 나의 최대 관심사는 라다크의 언어였지만 그 와중에 나는 라다크 사람들과 그들의 가치관 그리고 그들이 세상을 바라보는 시각에 점점 더 끌리게 되었다. 왜 이 사람들은 언제나 웃고 있는 걸까? 이 사람들은 어떻게 자신들에게 그토록 적대적이고 혹독한 환경 속에서 그렇게 편안하게 살 수 있는 걸까?

내가 처음으로 라다크 사람들의 전통적 생활상을 실제로 접했던 것은 헤미스 셔크파찬Hemis Shukpachan 마을 출신인 소남이라는 젊은이 때문이었다. 5피트 2인치 정도 밖에 되지 않는 작은 키의 소남을 사람들은 '발루Baloo' 라고 불렀는데 그것은 라다크 말로 난쟁이란 뜻이다. 고향의 부모님 곁을 떠나 레에 있는 교육청에서 사무원으로 일하는 소남은 내가 도착하고 오래 지나지 않아 고향에 갈 일이 생겼는데 그때 나를 자신의 고향집으로 초대했다.

소남과 함께 내가 처음으로 찾은 곳은 리드종Ridzong의 사원이었는데 그곳은 소남의 형 턴덥Thundup이 열쇠 관리인으로 있는 곳이다. 또한 리드종의 사원은 라다크에 있는 사원 가운데 가장 권위가 높은 곳이기도 한데 그곳의 승려들은 티베트 대승불교의 이른바 황모파黃帽派 승단에 속해 있다. 16세기경 불교 개혁가인 총카파Tsongkapa에 의해 결성된 황모파 승단은 기존의 홍모파紅帽派에 비해 보다 더 엄격하고 철저한 교리 수련을 표방하는 대승불교의 계파인데 리드종 사원은 라다크의 사원들 중에서도 그렇게 엄격한 황모파 승려들의 교리 수련으로 유명한 곳이라고 한다.

사원 건물에서 처음 받은 인상은 그것이 경외심을 표출하고 있다는 것이었다. 황량하기 그지없는 깊은 산중에 끝없이 이어지는 적막함이 사원을 둘러싸고 있었고 커다란 흰색 벽 사이에 적갈색 문양들이 점처럼 섞여 있는 사원의 외경은 거대한 바위를 연상시켰다. 산기슭을 따라 사원 입구에 이르는 가파른 길은 지그재그형으로 굽이굽이 이어졌는데 길가에는 적의赤衣를 입고 뭔가를 하고 있는 사람들이 늘어서 있었다. 멀리서 볼 때는 어떤 행사 때문에 행렬을 이루는 사람들인가 생각했는데 좀더 가까이 다가가보니 그것은 사원의 승려들이었다. 승려들은 사원 주변의 돌을 옮기고 삽을 사용하여 흙과 돌더미를 고르고 있었다. 그들은 폭풍 때문에 훼손된 사원 진입로를 복구하고 있었던 것이다. 너무나 엄격한 수도 생활을 하는 사람들이라 알고 있던 리드종 사원 승려들이 일을 하면서 서로 농담도 나누고 노래도 부르는 모습이 좀 놀랍게 느껴졌다.

리드종에서 소남의 고향인 헤미스 셔크파찬까지는 도보로 네 시간 정도 걸리는 거리다. 사원의 승려 한 사람이 우리와 함께했는데 노르부Norbu라는 이름의 그 노승은 소남과 같은 고향인 헤미스 출신이라고 했다. 대머리를 한 그가 반짝이는 이를 드러내며 웃음을 지을 때마다 나도 모르게 웃음이 머금어지곤 했다. 우리는 고도 1만 3,000피트의 고원을 가로질러 헤미스를 향해 갔는데, 가는 길은 온통 황무지뿐이었고 길가의 바위와 모래들은 내리쬐는 햇볕에 뜨거워질 대로 뜨거워져 있었다. 노르부는 두통이 있다고 했지만 그래도 웃음만은 잃지 않았다. 그는 천마 그림과 기도문이 인쇄된 깃발 하나를 길 위 돌무덤 위에 매어 놓았다. 그곳에서 아래를 내려다보니 자주빛을 띠는 돌산 사이로 민가들이 펼쳐져 있었는데 그 모습은 꼭 초록색으로 번뜩거리는 구불구불한 뱀을 연상시켰다. 길은 가팔랐고 바위가 많았다. 그래도 소남과 노르부는 잘 닦여진 포장도로를 걷는 듯 여유로운 모습이었다. 이윽고 헤미스 마을이 눈에 들어왔다. 높다랗고 곧게 뻗은 포플라 나무들과 초록색으로 물든 오곡의 전답 가운데 하얀색 민가들은 저녁노을을 받아 황금빛으로 빛나고 있었다. 우리는 마을 사람들이 오래 전 산사태를 막기 위해 만들어놓은 돌담을 돌아 마을로 들어갔다. 마을 어귀에는 티베트 불교의 가장 대표적인 상징 가운데 하나인 석탑이 있었는데 우리 일행은 마을 사람들의 종교적 관습에 따라 석탑의 왼쪽을 돌아 마을로 들어갔다. 이 지역에 있는 모든 마을의 입구에 있는 '초르텐Chorten'이라 불리는 이 석탑은 체스판의 '폰pawn'(장기에서의 '졸'—편집자 주)처럼 생겼는데 마치 거대한 산이 땅에서 우뚝 솟아 올라온 듯한 모습을 하고 있었다. 보통 석회석과 진흙을 섞어 만든다는 이 석탑은 20피트 정도의 높이인데 윗부분으로 갈수록 좁아져 끝이 뾰족한 첨탑의 모양을 갖추고 있다. 이 석탑의 모양은 불교 교리의 기본을 상징한다고 하는데 탑 윗부분의 태양을 안고 있는 초승달은 생명의 단일성, 이원성의 종식, 다시 말해 세상의 모든 생명은 결국 하나라는 의미라고 한다. 완전히 다른 것으로 여겨지는 해와 달이 그렇게 연결되어 있듯 세상 모든 것이 바로 그렇게 하나로 연결되어 있다는 것이다. 마을에 도착하여 우리는 지붕이 평평한 민가들과 살구나무 사이에 난 좁다란 길을 따라 걸어갔다. 마을 아이들이 뛰어나왔는데 우리가 분명 낯선 사람들이었는데도 아이들은 놀라거나 경계하지 않고 친밀하게 다가왔다. 여자들은 서로 즐겁게 얘기를 나누며 털실을 잣고 있었는데 그중 몇 사람은 뺨이 뽀얀 갓난아이들에게 젖을 먹이고 있었다. 주름살 많은 할머니와 긴 머리를 땋아 늘어뜨린 소녀들 그리고 어미 염소의 몸에 코를 비비는 새끼 염소도 보였다. 마을 사람들은 우리를 볼 때마다 '줄레 카루 스키오 닷-레?Jule karu skyodat-le?'라는 인사를 건넸다. 영어로는 'How are you?' 같은 통상적 인사말이었지만 직역을 하면 '어디 가세요?Where are you going?'라는 뜻이라고 한다.

소남의 집에 도착한 우리는 돌로 만든 계단을 올라 2층으로 갔다. 소남은 우리를 부엌 안쪽 넓은 방으로 안내했다. 30평방피트 정도 되어 보이는 넓은 방이었는데 밝은 바깥에 비해 내부가 너무 어두워서 잠시 동안이었지만 방 안 물건들을 보기가 힘들었다. 두꺼운 벽에는 조그만 창이 하나 있었고 음식 만드는 화로에서 나오는 연기가 방 안에 가득했다. 또 어두운 벽쪽으로 밝은 광택을 내는 놋쇠와 구리 그릇들의 모습이 눈길을 끌었다.

소남의 어머니인 체링 돌카르Tsering Dolkar 부인은 화로 위의 솥을 휘저으며 음식을 만들고 있었는데 소남이 나를 소개하자 알았다는 듯

초르텐 혹은 사리탑으로 불리는 이 석탑은 티베트 불교의 가장 대표적인 상징물이다

고개를 끄덕이더니 따뜻한 미소로 나와 노르부를 환영해주었다. 소남은 내게 화로의 옆자리에 앉으라고 했다. 라다크 사람들에게 그 화로 옆의 자리는 할아버지 같은 집안의 제일 높은 어른들이나 특별히 귀한 손님들을 위해 예비되는 곳이라고 한다. 우리는 벽을 따라 L자 모양으로 깔려 있는 카페트 위에 앉았다. 앞에는 '촉체Chogtse'라 불리는 낮은 테이블이 놓여 있었고 그 위에서 우리는 이곳에서 유명하다는 짠 맛 나는 버터차를 마셨다. 정말 독특한 향의 차였다. 놋쇠로 만들어진 찻주전자의 표면은 은으로 아름다운 문양을 새겨 장식되어 있었고 손잡이와 주둥이는 용 모양이었다. 소남의 삼촌인 푼촉Phuntsog 아저씨는 어린아이를 보자기로 감싸 등에 업고서 잠을 재우고 있었고

할머니 아비 레^{Abi-le} 부인은 무릎 위의 염주를 세면서 '옴마니밧메훔, 옴마니밧메훔' 주문을 외고 있었다. 낯선 손님을 따뜻하게 맞아준 그들의 모습에 나는 마음이 편해졌다. 마치 이전에도 내가 바로 그 곳에 여러 번 왔던 것 같은 느낌이었다.

대지와 함께 하는 삶

곡식이 아주 많이 자라 도랑까지 넘치게 하소서.
백 명의 청년이 와도 벨 수 없을 만큼 굵은 알곡을 주소서.
백 명의 처녀가 와도 나르지 못할 만큼 무거운 알곡을 주소서.
— 파종하며 부르는 라다크의 노동요

라다크의 농경기는 고도에 따라 차이는 있지만 대개 2∼6월 사이
에 시작된다. 라다크 사람들에게 있어 파종기는 정말 서정적인 아름
다움을 주는 시기이다. 태양은 더 높은 호를 그리며 일주를 계속 하고
계곡들은 또 다시 활기를 띠기 시작한다. 동쪽을 향하는 마을의 높은
곳에는 첨탑 모양을 한 돌무더기들이 있는데 그것은 라다크 사람들에
게 농사 과정의 주기를 알려주는 달력의 역할을 한다. 햇빛을 받아 마
을 아래로 드리워지는 돌무더기의 그림자 방향으로 사람들은 농사를
지으면서 지금이 무엇을 해야 하는 때인지를 알게 되는 것이다. 예를
들면 그 그림자 방향에 따라 사람들은 씨를 뿌리거나 밭에 물을 대거
나 수확을 시작해야 하는 등의 시기를 결정한다는 것이다. 태양이 파

1부 · 전통에 관하여 65

종의 시기를 알리면 농부들은 점성가로부터 본격적인 자문을 구한다. 이때 점성가는 별자리의 위치를 보며 파종을 시작하기에 가장 좋은 날을 결정한다. 정말이지 그 점성가가 땅과 물의 요소들을 잘 종합해서 가장 좋은 날을 정해주었으면 좋겠다는 생각이 든다. 점성가는 또 행운의 기운이 가장 많을 것 같은 사람을 골라 그가 첫 번째 파종을 시작하도록 한다.

파종의 다음 단계는 땅과 물의 영혼들을 달래는 일이다. 라다크 사람들은 그것들을 '사다크Sadak'와 '루Lhu'라고 부른다. 흙 속의 벌레들, 개천의 물고기 그리고 땅의 영혼은 쉽게 노여움을 타는 존재들이며 삽질을 하거나 돌을 깨거나 혹은 그냥 땅을 걷는 것만으로도 그들의 평화를 깨뜨릴 수 있다고 믿고 있는 라다크 사람들은 파종을 하기 전 제사를 지낸다. 제사는 하루 내내 진행되는데 승려들은 이날 풍작을 기원하는 제문을 읊는다. 또 이날은 고기를 먹거나 술을 마시는 일이 금지된 날이다. 나무가 무성한 마을의 가장자리에 진흙 벽돌로 만든 작은 제단을 준비하고서 그 위에 우유를 올린다. 해가 지고 나면 사람들은 다른 제물들을 개천에 던져 넣으며 풍작을 기원한다.

라다크 사람들은 제사 지내기 이미 몇 주 전에 당나귀 등에 거름을 실어 날라 밭 옆에 쌓아두는데, 제사일 새벽 시간이 되면 여자들이 나와 그 거름들을 도랑에 뿌린다. 해가 뜨고 나면 온 가족이 거름을 뿌린 밭으로 모인다. 이때 남자 둘이 두 마리의 쪼를 몰고 나무로 된 쟁기를 운반한다. 쪼의 덩치는 앞서 가는 어린아이들이 난쟁이처럼 보일 정도로 거대해 보였다. 라다크 사람들에게 일과 축제는 하나이다. 그들은 은장식이 있는 술잔으로 보리로 만든 전통술 '창Chang'을 마시는데, 그런 가운데 축제 분위기는 고조된다. 짙은 갈색 승복을 입은 승려가 제문을 읽고 나면 밭의 이곳저곳에서 흥겨운 웃음소리와 노랫소리가 하늘 위로 울려퍼진다. 그럴 때면 라다크의 혹독한 겨울이 물러간 듯하다.

사람들은 쪼에게 멍에를 씌워 일을 시킨다. 대체로 순한 동물이지만 고집이 센 편이어서 다그치듯 다루면 말을 잘 듣지 않는다. 또 대개 무심한 표정으로 쟁기를 끄는데 쪼를 부리며 파종을 하는 농부들은 이런 노래를 부른다.

> 문수사리, 지혜의 신이시여, 들으소서.
> 신들이시여, 루Lhu 시여, 대지의 신령들이시여, 들으소서.
> 하나의 씨앗에서 백 개의 곡식이 피어나게 하소서.
> 두 개의 씨앗에서 천 개의 곡식이 피어나게 하소서.
> 모든 곡식들이 쌍둥이가 되게 하소서.
> 부처님과 보살님에게 바칠 수 있도록 많은 수확을 주소서.
> 사원에 공양하고 가난한 사람들을 도울 수 있도록 많은 수확을
> 주소서.

일단 파종이 끝난 다음에는 밭에 물을 대는 것 빼고는 특별히 신경 쓸 일은 없다. 대개 물대는 일은 돌아가면서 하는데 간혹 주사위를 던져 누가 할지를 결정하는 일도 있다. 대부분의 마을에서 밭에 물을 대

는 일을 관리하는 사람은 선출되거나 임의로 지명되는데 그런 사람을 '처르폰Churpon'이라 부른다. 이 사람들은 필요할 때마다 수로를 막거나 열거나 하면서 물의 흐름을 조절한다. 각각의 수로로부터 농가들은 매주 정해진 시간에 필요한 양만큼의 물을 자신들이 경작하는 밭으로 댈 수 있다.

한번은 경작하는 밭에서 한 어머니가 두 딸과 함께 수로를 열어 밭에 물을 대는 모습을 본 적이 있는데, 그들은 작은 수로를 열어 밭으로 물을 흘려보내더니 땅에 충분한 습기가 공급되자 곧바로 한 삽 정도의 흙으로 수로를 막았다. 밭 전체에 골고루 물을 퍼지게 하는 그들의 모습은 실로 놀라웠는데, 그들은 물이 어디로 흘러갈지를 너무나 잘 알고 있었고 그것은 정말 감탄할 만한 것이었다. 그들은 밭의 이곳저곳에 한 삽 정도의 흙을 파냈다가 다시 막아가며 물길을 조정하고, 밭으로 난 수문은 바위 하나로 열고 닫는 것을 조절했다. 그 과정에서 그들의 정교한 타이밍이 정말 기가 막힐 정도였다. 때때로 그들은 삽에 기대어 옆 사람과 이야기를 나누었지만, 그러는 중에도 한눈은 물의 흐름을 놓치지 않고 있었다.

수확을 하는 계절이 되면 라다크 마을에서는 또 한 번의 축제가 열린다. 남녀노소 모든 사람들이 한 줄을 이루어 노래를 부르며 곡식을 베고 일이 끝난 저녁에 또 다시 모여 노래하고 춤을 추며 술을 마신다. 부엌에다는 버터기름 램프를 켜놓고 밀과 보리, 콩 같은 곡식으로 만든 화환을 나무기둥에 둘러놓는다.

한 단 한 단 묶어 쌓아놓은 곡식 더미를 날라다가 타작을 시작한다. 타작을 하는 곳은 지름이 30피트 정도 되는 원형 평지인데 중앙에 있는 기둥에 줄로 매인 짐승들이 주위를 돌며 곡식을 밟는다. 짐승들은 고개를 숙이고 주위를 도는 동안 곡식을 먹기도 하는데 그러면서 타작 일은 끝을 맺게 된다. 이 작업을 제일 잘하는 것은 쪼이다. 크고 육중한 체구 때문에도 그렇지만 쪼는 일단 한 번 움직이기 시작하면 몇 시간 동안이고 쉬지 않고 터벅터벅 발걸음을 옮기며 움직이는 특성 때문에 더 그렇다.

다양한 종류의 동물 여러 마리를 이용해 타작을 하는 경우도 있다. 심지어 열두 마리 정도의 동물이 타작에 동원되는 일도 있는데 예를 들면 쪼가 중심 기둥에 가까운 안쪽의 길지 않은 코스를 돌면서 곡식을 밟는 동안 바깥쪽으로는 말이나 당나귀가 쪼와 보조를 맞추기 위해 더 긴 거리를 달리기도 한다. 이때 뒤에 있는 사람은 — 간혹 이 일을 어린아이가 하기도 한다 — 동물들에게 계속 "할로 발두르, 할로 발두르Ha-lo baldur, Ha-lo baldur"라는 말을 외치거나 노래를 부르기도 하면서 흥을 돋우기도 한다. 이 사람은 또 버들가지를 엮어 만든 바구니를 하나 가지고서 타작을 하는 동물의 배설물이 땅에 떨어져 곡식에 묻지 않게 능숙한 솜씨로 받아낸다. 타작하는 평지 바로 옆에는 자기 일할 차례를 기다리는 쪼가 서 있고 다른 가축들은 그루터기에 남은 풀을 뜯고 있다.

타작 다음에 하는 키질은 너무나도 우아한 작업이다. 편안한 리듬에 맞춰 곡식들을 공중으로 띄워 올리면 겨는 바람에 날아가고 알곡은 땅으로 떨어진다. 키질은 대개 두 사람이 나무로 만든 키를 들고 서로 마주 서서 하는데 일을 하면서 휘파람을 불기도 하고 때로는 노래를 부르기도 한다.

> 오, 순결한 바람의 여신이시여.
> 오, 아름다운 바람의 여신이시여.
> 이 겨들을 가지고 가소서.
> 옹슬라 스키옷^{Ongsla skyot}.
> 겨들이 알곡에서 떨어지게 하소서.
> 인간들이 도울 수 없는 곳에서
> 신들이 우리를 돕게 하소서.
> 오, 아름다운 여신.
> 옹슬라 스키옷.

알곡들은 체로 걸러져 자루에 담기게 되는데 그것들을 자루에 넣기 직전 종교적인 의미를 갖는 형상이나 그림을 자루 위에 올려놓고 수확을 축하하기도 한다.

소남은 추수감사 축제인 '스캉솔^{Skangsol}' 기간 동안 나를 집으로 초대했다. 나는 '셔크파^{Shukpa}' 나무를 태우는 향기에 잠에서 깨어났는데 푼촉 아저씨가 향로를 들고 이 방 저 방을 다니면서 집안 전체에 향을 퍼뜨리고 있었다. 영혼을 정화한다는 의미에서 매일 치러지는 이 의식은 불교를 믿는 가정이라면 어김없이 치르는 것이라고 한다. 발코니로 나와 바깥을 둘러보니 할아버지, 아버지, 어머니 등 소남의 가족 모두가 밭으로 나와 일을 하고 있었다. 수확을 하거나 곡물 더미를 쌓아 올리거나 키질을 하는 모습이 눈에 들어왔는데, 신기한 것은 이들이 하고 있는 일마다 각기 다른 노래가 하나씩 있다는 것이다. 수확한 곡식은 마당 한켠에 모아 두는데 산더미 같이 쌓아 올린 곡식 때문에 바닥이 안 보일 정도였다. 맑은 햇살이 계곡을 환하게 비추고 있었다. 이 땅에는 흉측한 기하학도, 기계화된 생산라인도 전해진 적이 없었다. 이곳에 있는 모든 것은 보기에 편안하며 영혼을 어루만지듯 평화로운 느낌을 주는 것들뿐이다.

계곡 아래쪽에서는 한 남자가 가축들과 함께 쟁기질을 하며 자신이 데려온 그 가축들에게 노래를 불러주고 있었다.

감자밭에서 쟁기질을 하는 모습. 야크와 재래 암소의 교배종인 '쪼' 는 라다크에서 가장 유용하게 쓰이는 가축이다

오, 너희 두 거대한 황소들이여, 야크의 아들들이여.

너희의 어미는 암소지만 너희는 호랑이나 사자 같구나.

너희는 새들의 왕인 독수리 같구나.

너희는 높은 산꼭대기에서 춤을 추지 않더냐?

너희는 커다란 산들을 모두 먹어버리지 않더냐?

너희는 바닷물을 한 모금에 삼켜버리지 않더냐?

오, 거대한 황소들이여, 끌어라, 힘차게 끌어라.

    내 머리 위쪽 지붕 위에서 '장스텅Zangstung' 이라 불리는 8피트 길이의 구리 나팔이 울리며 축제가 곧 시작된다는 것을 알렸다. 다른 종교의식과 마찬가지로 그것 역시 여러 사람들이 함께 참여한다는 사회적인 의미를 갖는 의식이었다. 축제가 시작하기 전에 이미 도착한 손님들도 있었다. 남자와 여자들은 각각 다른 방에 모여 주인의 접대를 받고 있었다. 손님들은 용과 연꽃이 정교하게 새겨진 낮은 탁자 앞에 앉아 있었고 벽에는 여러 세대에 걸쳐 전해 내려왔음직한 프레스코 벽화가 걸려 있었다. 남자들은 손으로 짠 기다란 의복을 갖춰 입었는데 천연의 베이지색도 있었고 그 지역의 계곡 빛깔과 비슷한 짙은 갈색으로 염색된 옷도 있었다. 손님들 대부분이 커다란 터키석 귀걸이를 하고 있었고 앞머리는 면도를 하고 뒷머리는 땋아서 길게 늘어뜨린 전통 헤어스타일을 하고 있었다. 여자들의 옷은 풍성해서 넉넉해 보였고, 무늬가 있는 조끼를 덧입은 여자들도 눈에 띄었다. 또 하나 눈길을 끈 것은 손님들이 하고 있는 팔찌, 반지, 목걸이 등의 아름다운 장신구들이었는데 터키석과 산호를 박아 만든 '페라크 perak' 라는 아주 화려한 머리장식을 한 사람도 눈에 띄었다. 나이가 지긋한 한 중년 남성이 내게 손짓을 하며 자기 옆자리에 앉으라고 했다. 그 남성은 다른 사람들에게 자연스럽게 나를 소개했다.

"여기는 내 며느리에요."

사람들은 폭소를 터뜨렸고 중년 남성의 눈은 장난끼로 반짝였다.

소남은 쉬지 않고 손님들 사이를 오가며 차와 술을 따라주었다. 그런데 주인이 잔을 채우려 하면 손님은 그것을 몇 번 사양해야 하는 것이 관례라고 한다. 들고 있는 잔을 뒤로 빼며 몇 번쯤 사양하고 난 후에야 비로소 주인이 따라주는 차나 술을 받게 되는데 이렇듯 겸양의 덕을 보여주는 공손한 사양을 가리켜 '장스초체스dzangschoches' 라 부른다. 이러한 상황은 또 주인과 손님 사이의 대화를 담은 노래로 표현되기도 한다.

이제 창을 더 마시지 않을래요.

누군가 푸른 하늘을 모두 차지한다면 그때나 마실게요.

해와 달이 푸른 하늘을 안고 있어요.

시원한 창을 마셔요, 어서 마셔요.

이제 창을 더 마시지 않을래요.

누군가 시냇물을 모두 마셔버린다면 그때나 마실게요.

황금 눈의 물고기가 시냇물을 모두 마셨어요.

시원한 창을 마셔요, 어서 마셔요.

승려들은 주인의 집에 마련된 제사실에서 의식을 진행한다. 불교의 다섯 수호신에게 바치기 위해 버터와 꽃잎으로 장식한 보리 반죽 덩어리를 피라미드 모양으로 쌓아 올렸다. 이제 소남의 가족들은 이틀간의 스캉솔 축제를 시작한 것이다. 수확도 끝이 났고 농가들은 또다시 새로운 한 주기를 시작하고 있다. 행복과 풍요를 기원하는 기도들이 이어진다. 그 기원은 한 가족만을 위한 것이 아니라 우주에 있는 모든 생명들을 위한 것이다. 승려들의 나직한 불경소리와 법고소리가 어두운 밤이 되도록 마을 전체에 울려 퍼진다.

라다크에 온 지 오래지 않아 나는 개천에서 옷을 빨고 있었다. 세탁할 옷을 물에 담근 순간 개천 위 마을 쪽에서 일곱 살쯤 되어 보이는 어린 소녀가 내게 다가왔다.

"여기서 빨래하면 안 돼요."

수줍은 목소리의 그 소녀는 손으로 개천 아래의 마을이 있는 쪽을 가리켰다.

"아랫마을 사람들이 마시는 물이에요."

"빨래는 저 위쪽에서 하면 돼요. 그 쪽 물은 밭으로 흘러 들어가는 물이거든요."

나는 라다크 사람들이 어떻게 그토록 까다로운 환경 속에서 어려움 없이 살아갈 수 있었는지를 깨닫게 되었다. 그리고 '검약'이라는 말의 뜻에 대해서도 명확하게 이해할 수 있게 되었다. 서구에서 이 '검약'이라는 말은 대개 자물쇠가 채워진 음식 창고를 지키는 나이든 아주머니를 연상시키지만, 이곳 라다크에서는 그 의미가 전혀 다르다. 그것은 풍요의 기본이 된다. 한정된 자원을 조심스럽게 아껴 쓴다는 것은 인색함과는 관계가 없는 것이다. 아주 적은 것에서 더 많은 것을 얻는다는 것. 바로 그것이 '검약'의 본래 의미라 할 수 있다.

우리가 어떤 물건에 대해 완전히 낡아버렸고 사용가치도 다 소진되었다고 생각하는 경우에도, 라다크 사람들은 분명히 그것을 다시 사용할 방법을 찾아낼 것이다 그들은 어떤 것도 그냥 버리지 않는다. 사람이 먹을 수 없는 것이라면 동물의 먹이로 사용하고 연료로 쓸 수 없는 것들은 비료로 쓰는 것이 라다크 사람들이다.

소남의 할머니 아비 레 부인은 창을 만들고 남은 보리 찌꺼기를 버리지 않는다. 이미 익혀져 발효가 된 보리 찌꺼기에 다시 물을 부어 네 번 정도 술을 더 걸러내는 게 보통이다. 그러고 난 다음에도 보리 찌꺼기를 버리는 것은 아니라, 야크 털로 만든 담요 위에 올려놓고 잘 말린 다음 나중에 가루로 만들어 다시 먹을 수 있게 만든다. 기름을 짜내고 남은 살구씨 조각들도 버리지 않고 작은 컵에 담아두었다가 나중에 그것이 단단해지면 물레 돌리는 데 이용하기도 한다. 설거지하고 남은 물도 그냥 버리지 않는다. 아주 적은 음식 찌꺼기들이 남은 설거지 물조차도 동물들에게 조금의 영양분을 줄 수 있다고 생각하는 것이 바로 이곳 사람들이다. 라다크 사람들은 또 손으로 짠 옷들을 더 이상 기워 입을 수 없을 때까지 기워 입는다. 추운 겨울에는 옷을 두세 벌쯤 껴입는 게 보통인데 특별한 행사 때 입을 제일 좋은 옷은 가장 안쪽에 입는다. 완전히 낡아 더 이상 바느질을 할 수 없게 된 옷들은 진흙과 함께 뭉쳐서 수로의 취약한 부분에 끼워 물이 새는 것을 막는 데 쓴다.

라다크에서는 또 관목이나 풀 등 야생에서 자라는 모든 종류의 식물들을 모아 실생활에 활용한다. 그것이 자라는 곳이 전답의 주변이든 산속이든 상관없이 모든 식물은 그 나름대로의 용도로 사용되는 것이다. '버르체burtse'는 연료와 가축 사료로 쓰이고 '야그자스yagdzos'는 지붕을 만드는 데 쓰인다. 또 가시가 많은 '체르망tsermang'으로는 동물들이 밭을 망치는 것을 막기 위해 세우는 울타리를 만든다. '데목demok'은 빨간색 염료로 쓰이고 다른 것들은 약용이나 식용, 혹은 향료나 바구니를 만들기 위해 쓰인다.

외양간에 있는 흙은 비료로 쓰인다. 결과적으로 가축의 분뇨마저도 재활용이 되는 것이다. 가축의 배설물은 외양간이나 우리뿐만이 아니라 방목지의 초원에서도 주워 모은다. 또 사람의 배설물까지도 그냥 버리는 일이 없다. 라다크의 가정에는 수직으로 된 수로 위쪽으로 1층 높이의 재래식 화장실이 있는데, 화장실에서 모은 배설물에 흙과 화로에서 나온 재를 섞으면 악취가 제거되고 화학적 분해가 활발해져 아주 좋은 퇴비가 만들어진다. 그렇게 해서 만들어진 퇴비를 1년에 한 번씩 수거하여 비료로 활용하는 것이다.

라다크 사람들은 그런 식으로 아주 오랜 세월 모든 것을 재활용해왔다. 말 그대로 아무것도 그냥 버려지지 않는 것이다. 그렇게 열악한 자원만을 가지고 라다크의 농부들은 거의 완벽한 자립을 이룰 수 있었다. 외부세계에 의존하는 것이라고는 소금과 차 그리고 요리 기구나 공구 같은 몇 가지 금속 제품들뿐이다.

라다크에 체류하는 동안 맞았던 하루하루와 그때그때 얻게 된 새로운 경험들로 인해 나는 그들의 자립생활이 어떤 의미를 갖는 것인지를 더 깊이 이해할 수 있었다. 내가 라다크에 처음 왔을 때만 해도 '지속가능성 sustainability' 혹은 '생태학 ecology' 같은 개념들은 내게 그렇게 중요한 관심사가 아니었다. 그러나 시간이 흐르면서 나는 척박한 자연환경에 놀랍게 적응하는 라다크 사람들의 모습에 존경심을 갖게 되었을 뿐 아니라 내가 속해 있던 서구의 생활양식에 대해 재평가해야 한다는 필요성을 느끼게 되었다.

자연을 좀더 가깝게 지켜보게 된 이후 내가 가장 생생하게 기억하는 것은 고원지대 '푸'에서의 경험이라 할 수 있다. 그곳에 사는 동물들에게도 푸는 정말 약속의 땅이라 할 수 있는 곳이다. 이른 봄이 되면 농부들은 동물들에게 앞으로 다가올 기쁨에 대해 노래해준다.

오, 아름다운 짐승이여, 강인한 짐승이여.
네 꼬리는 길고 네 뿔은 하늘까지 뻗어 있구나.
우리의 밭을 갈아다오.
우리를 위해 열심히 일해다오.
그러면 너를 초원으로 데려가
길게 자란 풀들과 꽃을 먹게 해주련다.
그리고 아무 일도 시키지 않으련다.
오, 아름다운 짐승이여.

'태양의 초원'이라 불리는 나이말링Nyimaling의 푸에 가기 위해 우리는 고도 1만 7,500피트의 공마루-라 산길을 건너가야 했다. 한나절이 꼬박 걸리는 먼 길이었다. 친구인 체링Tsering과 나는 곧바로 돌아올 예정이었고 그녀의 누이 데스키트Deskit와 아이들은 삼촌 노르부와 함께 그곳에 더 머물기로 했다. 그들은 그곳에서 버터와 치즈도 만들고 장작과 동물들의 배설물도 모을 예정이었다. 그들은 여름 한철을 그곳에 머물며 대략 1톤가량이 되는 배설물을 모아 그것들을 추운 겨울철의 난방 연료와 조리용 연료로 사용하기 위해서였다. 다른 가족들은 집과 그곳을 오가면서 빵이나 밀가루, 창 등을 날라다주고 또 그곳에서 수거된 배설물을 다시 마을로 옮겨놓는 일을 할 예정이었다.

출발 당일 아침 우리는 일찍 일어나 방한복과 담요 그리고 보리, 밀가루, 소금, 차, 말린 살구 같은 식량들을 자루에 담아 당나귀의 등에 실었다. 점심 때쯤에 우리는 계곡의 정상 부근에 거의 도착하여 빙하가 녹아 흐르는 개천의 옆에서 잠시 멈추었다. 양쪽으로 높이 솟아오른 산봉우리들이 그 그림자로 오전 내내 내리쬐던 그 따가운 햇살을 가려준 덕분에 비교적 순조롭게 그곳까지 올라왔지만, 그때부터는 기온이 더 높아지는 시간이어서 일행 모두는 잠시 동안의 휴식이 반가웠다. 체링은 길가에 있던 나뭇가지와 동물 배설물을 모아 모닥불을 피웠다. 이전에도 물론 좋아했던 것이지만 잠시의 휴식 시간에 마신 버터차는 정말 훌륭했다. 뜨겁고 건조한 산길을 오래 걸어온 뒤여서 몸은 염분 보충을 필요로 했고 마를 대로 마른 입술은 버터가 들어오기를 바라고 있었던 것 같았다.

오후가 되어서도 우리는 꾸준한 속도로 산을 올랐다. 고요한 산정의 아름다움에 내 마음은 정말이지 말로 표현하기 힘든 기쁨과 환희로 가득 찼다. 그러나 그렇게 높은 고지대의 산길을 쉬지 않고 오른다는 것은 결코 쉬운 일이 아니었다. 점점 숨이 가빠오고 현기증이 나는 것 같아 나는 걸음을 멈추고 잠시 쉬기로 했다. 더 오를 수 있었던 다른 사람들도 함께 멈추어 섰다. 해가 막 넘어가려는 무렵 우리 일행은 정상에 이르렀다. 장대한 산맥과 고봉들이 끝없이 이어지며 저녁노을을 받아 광택을 내고 있는 그 장관을 바라보며 우리는 한동안 마법에 걸린 듯 멍하게 서 있었다. 입에서는 "신이여, 승리하소서"라는 탄성이 터져 나왔다. 우리는 기도 깃발이 있는 돌무덤 가에서 또 한 번 휴식을 취했다.

어둑해질 무렵 우리는 푸에 있는 첫 번째 민가에 도착했다. 해는 이미 지고 난 뒤였지만 아직 열기가 남아 있었고 노을의 여운 때문에 100마일 정도나 떨어진 잔스카르 봉우리들의 실루엣이 선명했다. 어두워진 하늘에는 별들이 보이기 시작했다. 노르부 아저씨는 문간에 서서 계곡 쪽을 바라보며 염소들을 점검하고 있었다. 그는 밤이 깊어지기 전 염소들을 우리 안으로 넣어야 했다.

양과 염소, 소, 야크, 쪼 같은 가축들은 모두 이곳 나이말링에서 여름을 보낸다. 라다크 사람들은 양과 염소를 매일 계곡 위쪽의 산기슭으로 몰고 가 풀을 뜯게 하는데 한곳의 풀이 완전히 없어져버리지 않도록 이곳저곳으로 이동시킨다. 소들은 계곡의 아래쪽 지역에서 방목을 하고 독립심이 강한 쪼와 야크는 빙하와 가까운 고지대에서 풀

가축들은 라다크 경제에 있어 중심적인 역할을 한다. 고기와 각종 유제품은 물론
양모와 노동력 그리고 연료를 제공한다

을 뜯는다. 이 웅장한 짐승들은 거대한 덩치에도 불구하고 가파른 산
길을 아주 손쉽게 올라간다. 속도도 놀라울 정도다. 여름철 라다크
사람들은 쪼를 모는 일에 꽤 많은 시간을 뺏긴다. 몇 마일이고 계속
돌아다니는 버릇이 있는 쪼는 간혹 산을 넘어 2~3일은 걸어야 갈 수
있는 거리까지 달아나는 일도 있는데, 어떤 경우는 그렇게 달아났던
쪼가 다시 마을에 불쑥 나타나는 일도 있다고 한다. 그런 경우 돌아
온 쪼가 농작물을 망치지 않도록 하기 위해 사람들은 그것을 다시 초
원으로 데리고 간다. 멀리 있는 쪼들의 모습은 자주빛 돌산에 있는
검은 점으로 보일 뿐인데 데스키트의 열 살짜리 아들 앙축Angchuk은
그것이 야크나 소가 아닌 쪼라는 것은 물론 그게 자기 집 것인지 아

니면 다른 집 것인지도 알아보았다.

사발 모양의 계곡 위로 2만 1,000 피트를 솟아오른 나이말링은 군데군데 보이는 초록빛 초원과 카펫처럼 깔려 있는 야생화들을 볼 수 있는 곳이다. 마멋들의 울음소리와 젊은 목동들의 노래와 피릿소리가 고원의 하늘 위로 맴돌고 있다. 푸에서 보낸 그 며칠 동안 나는 몇천 년 동안 이어져온 생활이 어떤 것인지를 조금은 알 것 같았다. 인간과 대지 그리고 동물들 사이를 하나로 연결시키는 그 친밀한 관계는 정말 감동적인 것이었다. 이전에 그런 것을 경험한 적은 없었지만 그 모습은 내게 무척이나 친숙하게 느껴졌다.

우리는 여름을 나기 위해 마련된 돌오두막에서 생활했는데 마을에 있는 집들에 비교하면 간소하게 지어진 것이었다. 낮은 출입문으로 들어서면 작고 어두운 주방이 있는데 그 뒤로 창고가 연결되어 있었다. 우리는 가지고 온 밀가루 자루를 그곳에 내려놓았다.

바짝 마른 돌 벽과 5피트 높이의 천장을 둘러보며 나는 꼭 동굴 속에 있는 것 같은 느낌이 들었다. 비좁고 연기 가득한 그 방 안은 램프가 있어야 서로의 얼굴을 겨우 알아볼 수 있을 만큼 어두웠지만 그래도 따뜻함과 활기가 넘쳐났다. 우리는 함께 노래를 불렀고 아이들은 춤을 추었고 이야기는 끊이지 않고 이어졌다.

그런데 갑자기 밖에서 뭔가 부서지는 소리가 났다. 노르부 아저씨가 "샹쿠Shanku! 샹쿠!"하고 외치고 있었다. 모두 집 밖으로 뛰어나갔다. 그때 나는 축사의 반대편에서 그림자 하나가 어둠 속으로 사라지는 것을 목격했다. 아! 세상에! 그것은 늑대였다. 램프를 들고 축사

안으로 들어간 노르부 아저씨는 어린 송아지 한 마리에 불빛을 비추었다. 다른 가축들은 축사의 다른 쪽에 모여 있었다. 그 송아지는 오래 살지 못 할 것 같았다. 예리한 칼에 베인 듯 엉덩이 쪽 살점이 크게 떨어져나간 것이다. 늑대의 이빨이 어떻게 그런 선명한 상처를 낼 수 있을까 생각하니 몸서리가 쳐졌다.

그런 상황에서도 라다크 사람들은 침착했다. 노르부 아저씨는 송아지가 길지 않은 시간이나마 평온하게 쉴 수 있는 다른 축사로 데려다 놓았다. 다시 주방으로 돌아온 아저씨는 처음 늑대를 발견했던 상황을 설명해주었다. 염소들을 축사로 몰고 가던 중 늑대를 처음 봤는데 돌을 던졌지만 맞추지 못하자, 늑대는 그곳에서 계속 송아지를 물어뜯고 있었다는 것이다. 벽을 뛰어넘어 들어가 막대기로 내려치기 시작한 다음에야 늑대는 송아지를 포기하고 산속으로 달아났다고 한다.

늑대는 그곳 고원 지대에 상존하는 위협 요인 가운데 하나이다. 큰 가축보다는 양이나 염소에게 더욱 그렇다. 심지어 200~300마리의 가축들이 녹지에서 풀을 뜯는 낮 시간에도 젊은 목동들은 긴장을 늦추지 않고 주의 깊게 주위를 살펴야 한다. 어른들이 이야기를 하는 동안 앙축은 자신의 새총을 점검하고 있었다. 산속에서 일어나는 야수들의 먹이사냥이라는 것은 어쩔 수 없는 것이었지만 그럼에도 라다크 사람들의 태도는 정말 놀라웠다. 그들의 표정에서 비통함이나 연민 같은 것은 찾아볼 수 없었다. 그 어떤 것도 라다크 사람들의 평온한 마음에 영향을 미칠 수 없는 것 같았다.

나중에 체링은 계곡을 따라 양을 몰고 가던 때의 이야기를 들려주었다. 갑자기 길 위쪽에서 땔감으로 쓰이는 공 모양의 관목 토막이 비탈을 따라 굴러 내려왔다. 울퉁불퉁한 돌무더기를 구르면서도 튕겨나가지 않고 아주 부드럽게 미끄러져 내려오는 게 아닌가! 양을 치던 여인은 놀랐다. 한 번도 그런 광경을 본 일이 없었기 때문이다. 그녀는 조금 더 가까이 다가가 굴러오는 관목 토막을 쳐다보았다. 관목 토막은 양떼가 있는 곳으로부터 불과 몇 야드 앞에서 정지하더니 그녀를 올려다보았다. 그 관목 토막이 말이다. 그 순간 그녀는 그것이 관목 토막이 아니라는 사실을 알았다. 그것은 눈표범이었다. 이 신비스런 동물은 위장하는 능력이 뛰어나고 경계심이 워낙 뛰어나 사람들의 눈에 잘 띄지 않는다. 그러나 눈표범이 가축들을 공격한다는 것은 대단히 현실적인 문제이다. 불과 몇 주 전에도 마을사람 중에 눈표범의 공격으로 양을 세 마리나 잃은 사람이 있었다. 좁은 틈을 뚫고 축사에 들어 온 눈표범의 짓이었지만 남은 것은 발자국뿐이었다.

"우리 음식들 모두 다 먹어보셨어요?"

라다크 사람들은 내게 환한 미소를 지으며 간혹 그런 질문을 던지기도 한다. 그 질문에는 '라다크의 음식 종류가 아주 많아 선택의 폭이 무척 크다'라는 의미가 담겨 있는 것 같았다. 사실 나는 라다크 음식이란 몇 가지로 한정되어 있다고 생각했었다. 보리로 만든 음식 몇 가지와 밀로 만든 것 등이 내가 알고 있던 라다크의 음식 메뉴였다.

라다크 사람들은 자신들의 음식을 사랑한다. 그리고 그 음식들은 소박하지만 영양가가 풍부하다. 주식이 되는 것은 곡물류와 버터차이다. 보리를 구운 다음 가루로 만들어 여러 가지 요리를 만드는데 차나 술 혹은 그냥 물을 섞어 만드는 즉석 음식 '은감페' 가 대표적이다. 굽지 않은 보릿가루는 수프에 타서 먹거나 마른 콩가루와 섞어 푸딩 같은 것을 만들기도 한다. 또 얇은 팬케이크 모양을 한 '타기 샤모tagi shamo' 라는 빵은 화로 위에서 굽는 빵이고 더 두툼하고 둥근 모양의 밀가루 빵 '캄비트khambit' 는 재 위에서 굽는다. 음식을 만들고 남은 보리는 술을 만드는 데 쓰이는데 어떤 때는 그 양이 보리 수확량의 4분의 1 정도가 되기도 한다. 라다크 사람들은 어린아이에게 약한 술을 주기도 한다. 이들의 음식 가운데 들어 있는 효모와 보리의 조합은 비타민 B의 공급원이 된다.

'솔자soldja' 라고 불리는 버터차는 녹차류의 잎에서 걸러진다. 찻잎에 소금과 소다를 넣어 1시간 정도 끓인 다음 버터를 섞어 만든 혼합물을 긴 실린더 모양의 나무통에 부어 걸러낸다. 이때 사용하는 실린더 모양의 차 제조기는 차 끓는 소리를 따서 '구르구르gurgur' 라고 부른다. 모든 사람이 이 버터차를 좋아한다. 라다크 사람들은 거의 하루 종일 이 차를 마신다고 해도 과언이 아닌데 집안에 있을 때뿐만 아니라 밭에서 일을 할 때도 숯불 화로 위에 버터차가 끓는 주전자를 올려놓는 것이 보통이다.

라다크 사람들은 기르는 가축들의 젖을 짜서 버터를 만든다. 대부분의 가축들의 젖을 짜는데, 그 젖을 '오마Oma' 라고 하고 버터는 '마르Mar' 라고 부른다. 이곳 가축들은 많은 양의 젖을 생산하는 것은 아니지만 그것들은 아주 진하고 풍부한 맛을 낸다. 그중에서도 야크의 젖이 그런데 야크의 젖으로 만든 버터는 진하고 노란 크림색을 띤다.

버터를 만들고 남은 것은 볕에 말려 저지방 치즈 '처르페churpe'를 만든다. 처르페는 야채와 말린 고기 그리고 이곳 사람들이 먹는 음식 중 유일하게 단 맛을 내는 살구와 함께 오랫동안 저장해두는 음식인데 보통 그 기간은 1년 이상 지속된다. 무순이나 감자 같은 것들은 집 옆에 지하 저장실을 만들어 보관한다.

겨울이 되면 라다크 사람들은 염소나 야크, 쪼 같은 동물의 고기를 특히 더 먹는 것처럼 보인다. 아마 고기를 먹지 않고는 혹독한 환경에서 생활이 힘들어서가 아닐까 생각한다. 생선을 먹는 일은 없다. 라다크 사람들은 살생을 해야 한다면 더 많은 사람들이 먹을 수 있도록 큰 짐승을 택하는 것이 낫다고 생각하는 것 같다. 생선을 먹는다면 더 많은 살생을 해야 하는데 이곳 사람들은 그런 것을 꺼리고 있는 것이다. 동물을 죽이는 것을 사람들은 가볍게 생각하지 않는다. 마음을 모아 기도를 드리며 신에게 용서를 구하고 난 다음에야 동물을 죽이는 것이 이곳 사람들이다.

> 나를 등에 태워주고 내 짐을 실어주던 짐승이
>
> 이제 나를 위해 죽임을 당했으니,
>
> 내게 먹을 고기를 주는 이 짐승이
>
> 어서 빨리 부처님의 세계에 갈 수 있도록 하소서.

헤미스 마을에 사는 푼촉 아저씨는 집 바깥의 커다란 호두나무 그늘 밑에서 베를 짜곤 했다. 그 주위에는 조수 역할을 하는 한 무리의 젊은이들이 베틀의 페달을 밟아가며 그의 이야기에 귀를 기울였다. 풍촉 아저씨는 이야기 사이사이에 노래를 섞어가며 그 젊은이들에게 뭔가를 말해주고 있었다. 그러는 동안 젊은이들은 계속 집과 마당 사이를 오가며 풍촉 아저씨에게 차나 술을 가져다주었다. 그런 젊은이들이 작업에 방해가 될 법도 해 보였지만, 풍촉 아저씨는 정말 너무나도 빠른 속도로 베틀을 돌렸고 한 나절 만에 표준치수의 옷감 하나를 완성해냈다. 라다크 사람들은 이렇게 해서 만들어진 천을 '스남부Snambu' 라 부르는데 그 단위로는 '트루Tru' 라는 치수를 쓴다. 1트루는 손가락 끝에서 팔꿈치까지의 길이를 말하는데 표준치수의 옷감 하나는 1피트 폭에 35트루이다.

라다크 사람들은 자기들이 직접 기르는 가축들에게 모직용 털을 얻거나 그렇지 않으면 곡식을 주고 교환하기도 한다. 1파운드의 털을 얻으려면 10파운드의 보리를 주어야 한다. 라다크 사람들은 이렇게 얻은 털들을 세탁하고 실을 잣고, 베틀을 이용해 천으로 만들고, 염색을 하고, 바느질을 해 옷을 만들기까지…… 그 모든 과정을 스스로 해낸다. 그 가운데 실 잣는 일은 멈추지 않고 계속되는 작업이다. 이곳에서는 남자, 여자 할 것 없이 등에 짐을 지고 걸어가면서 계속 실을 잣는 사람들의 모습을 흔히 볼 수 있는데 그것은 그 사람들이 편안하게 휴식을 하는 모습 같기도 하고 어찌 보면 명상을 하고 있는 것 같기도 했다. 남자들은 주로 염소나 야크로부터 얻은 거친 털로 실을 잣는데 그 실들로는 담요나 신발, 자루, 밧줄 같은 것을 만든다. 자신이 만든 실을 가지고 베를 짜거나 바느질을 하는 일 역시 남자들의 몫이다. 여자들은 옷을 만들 때 쓰이는 부드러운 양털로 실을 잣는다. 라다크에서 베틀을 다루는 일은 무척 유용한 기술 중 하나인데 어떤 마을에는 집집마다 베틀로 베를 짤 줄 아는 사람이 있고 또 어떤 마을에는 베틀을 다루는 사람이 부족한 경우도 있는데 그럴 때는 이웃 마을에서 베틀 다루는 사람을 데려오기도 하고 베를 짜준 대가로 버터나 곡식이나 술 혹은 양털을 주기도 한다.

그동안 나는 이런 식으로 계속 손을 움직이며 일을 하고 있는 라다크 사람들과 이야기를 나누고 함께 웃기도 했다. 저녁이면 화로에 둘러앉아 정감 어린 대화를 했고 들판에 나가 함께 술을 마시거나 산길을 함께 걷기도 했다. 가축의 털은 기다라니 아주 말쑥해 보이는 남자들의 옷을 만드는 데 쓰이기도 하고, 여자들의 치렁치렁한 주름치마를 만드는 데 쓰이기도 한다. 사람들은 모두 양가죽으로 만든 긴 모자를 쓰고 야크의 털을 염색해서 만든 신발을 신고 있는데, 앞부분이 뾰족하게 솟은 이 신발은 정말 특이한 모습이었다.

보석은 외부로부터 수입된다. 이곳 사람들이 가지고 있는 터키석이나 산호 하나하나가 모두 이곳에서 생산된 뭔가 다른 물건들과의 교환을 통해 들어온 것이다. 어느 가정에서나 수백 개나 되는 귀한 보석과 금과 은으로 된 장신구 그리고 조개껍질로 만든 팔찌 같은 것을 볼 수 있다는 사실이 무척 인상적이었다.

마을 사람들이 사는 집은 대개 2~3층 높이의 구조에 4,000평방피트 이상의 넓은 면적을 가지고 있다. 하얀색의 벽들이 평평한 지붕의 안쪽을 향해 완만한 경사를 이루고 있어 그렇게 커다란 요새 같은 규모임에도 불구하고 우아한 느낌을 준다. 라다크 사람들은 새집을 지을 때면 어김없이 땅의 신령인 '사다크'에게 예를 갖춘다. 제일 먼저 지위가 높은 라마승이 집 짓는 곳을 찾아와 축복을 기원한다. 그 다음에 라마승은 놋쇠 거울로 땅 주변의 이곳저곳을 비추며 집을 짓는 동안 사다크가 해를 끼치지 못하도록 꼭 붙들어둔다. 여기서 사용된 놋쇠 거울은 집이 완성될 때까지 상자 안에 넣어 정성스럽게 보관하는데 집이 다 지어지고 축하의식이 열리면 라마승은 다시 상자를 열어 거울과 함께 갇혀 있던 사다크를 풀어준다.

집의 1층은 주로 돌을 사용해 만들지만 전체적으로는 진흙이 제일 많이 사용된다. 가족 모두가 함께 집 짓는 데 쓰일 벽돌을 만들고 어린아이들까지도 나무로 된 틀에 진흙 섞는 일을 돕는다. 지역에 따라 토양의 성질이 다르기 때문에 마을마다 벽돌 만드는 방법이 조금씩 달라진다. 어떤 경우는 좀더 큰 벽돌을 만들기도 하고 어떤 경우에는 지푸라기를 섞어 만들기도 한다. 2주 정도 햇빛에 말린 벽돌들은 곧바로 쓰일 수 있다. 벽의 두께는 3피트 정도가 보통인데 '마르칼라 markkala'*라 부르는 부드러운 진흙 반죽을 붙인 다음 그 위에 석회석으로 흰 칠을 한다. 포플러 나무로 대들보를 만들고 그것을 가로질러 버드나무가지들을 생선 가시 모양으로 올려놓으면 평평한 지붕이 완성된다.

목조 위로 100년 동안 변형되지 않는다는 히스 류의 관목 '야그다

---

* 라다크 말로는 '버터밀크'라는 뜻이다.

헤미스 셔크파찬에 있는 전형적인 라다크의 민가.
세련된 모습의 발코니는 마을 목수들이 만들었다

스Yagdzas' 를 올려놓고 진흙과 흙으로 마감을 한다. 눈과 비가 거의 내리지 않는 지역이어서 간혹 눈이 조금 내리더라도 지붕 위에서 금방 쓸려내려갈 정도로 적은 양이고 비가 내려 천장으로 샐 것 같다는 걱정은 할 필요가 없다.

라다크 사람들의 집은 단순한 기능 이상의 의미를 갖는다. 집을 짓는 과정에서 주거의 미적인 부분을 위해서도 꽤 많은 시간이 소요된다. 그중에서도 창문과 출입문이 눈길을 끈다. 어떤 집에는 화려하게 조각된 상인방上引枋이 있는데 그것은 보통 마을 목수들이 만든다. 제일 인기 있는 디자인은 연꽃의 문양이다. 진흙과 검댕을 섞어서 만든 폭 10인치가량의 까만색 띠는 하얀색의 벽과 대비를 이룬다. 또 정교하게 조각된 작은 발코니들이 위층을 장식한다.

집의 출입문은 동쪽을 향하고 있는데 그렇게 해야 행운이 깃든다는 믿음 때문이다. 돌계단은 2층으로 연결되어 있고 1층은 보통 가축의 우리로 쓴다. 출입문을 들어서면 2층의 대부분을 차지하는 주방이 나오는데 거기에는 갖가지 저장실들이 연결되어 있다. 그 위쪽 3층 옥상으로부터 들어온 햇살이 방을 밝혀준다.

주방은 집의 심장부라고 할 수 있다. 가족들은 바로 그곳 주방에서 대부분의 시간을 보낸다. 대개의 경우 주방이 너무 넓은 나머지 반대편에 있는 사람과 이야기를 나누는 것은 어려운 일이다. 낮은 탁자와 매트 같은 것을 빼면 가구들은 별로 없는 편이다. 그래서 방 면적의 3분의 2 정도는 아무 것도 없이 비어 있는 게 일반적이다. 벽 한 면을 차지하는 목재 선반 위에는 온갖 종류의 항아리와 그릇들이 크기별로 늘어서 있다. 주방의 중심을 이루는 것은 광택이 나는 검은색의 커다란 화로이다. 언뜻 보면 철 같은 금속류의 재료로 만들어진 것 같지만 사실 그것은 진흙으로 만든 것이다. 옆면은 행운을 기원하는 상징들이나 불교의 상징들이 새겨져 있고 터키석이나 산호가 박혀 있는 것들도 있다. 가축 배설물을 말려 연료로 사용하고 염소 가죽으로 만든 풀무로 불을 지핀다.

아무 것도 재배하지 못 하는 기간이 6개월 이상 계속되는 라다크에서는 집 안에 마련된 저장실의 역할이 대단히 중요하다. 주방과 바로 떨어진 곳에 있는 주 저장실은 벽을 두껍게 만들어 더운 여름철에도 음식을 차갑게 보관할 수 있는 곳이다. 그 안에는 창을 담아 둔 나무로 된 술통이 가득하고 우유와 요구르트를 담는 항아리와 보리, 밀가루 같은 곡식을 넣어두는 커다란 통들이 있다. 지붕 위에는 가축 사료로 쓰는 '알팔파' 목초와 연료로 쓰는 가축 배설물 그리고 나뭇가지들이 쌓여 있다. 여름철에는 지붕 위에 야크 털로 만든 담요를 깔아 놓고 야채나 살구 그리고 때로는 치즈 등을 햇볕에 말린다.

꼭대기 층에는 중앙의 공간을 둘러싸는 두세 개의 방이 있다. 손님 방과 여름철에 사용하는 침실 그리고 가족 기도실인데, 이 가족 기도실은 집안에 있는 모든 곳 중에서도 제일 많은 정성을 쏟는 것은 물론이고 제일 많은 돈을 들여 꾸며놓은 곳이기도 하다. 보다 일상적이고 격식을 갖춘 손님 접대가 이루어지는 손님방에는 갖가지 장식품들이 가득하고 바닥에는 티베트산 융단이 깔려 있다. 기도실에는 불교 경전들이 비치되어 있고 오래 된 불상 같은 보물들이 진열되어 있다. 어둡고 고요한 이 방안에는 살구 기름의 강한 향이 가득하다. 벽에는 낡아 해진 탱화*가 걸려 있고 천장에는 커다란 법고가 매달려 있다. 정교한 조각과 문양들로 장식된 제단에는 은으로 만든 제기들과 버터 램프가 줄지어 서 있다. 불교의 행사가 있는 날이면 승려들은 이곳으로 모여 의식을 주관하고 가족 중 한 사람은 아침저녁으로 등의 불을 밝히고 그릇에 물을 채우며 시주를 한다. 의식에 참여하는 사람들은 진언과 기도문을 외며 참배를 한다.

혹독한 기후와 부족한 자원에도 불구하고 라다크 사람들은 단순한

---

* 천 위에 그려진 종교적 내용의 그림을 말한다.

생존 이상의 의미를 갖는 행복한 생활을 누리고 있다. 지극히 기초적인 작업 도구만을 가진 이들이 그토록 만족스러운 생활을 누리고 있다는 사실이 정말 놀랍게 느껴진다. 쟁기와 베틀 같은 것을 제외하고 라다크에서 '기술'이라 부를 만한 것은 간단하지만 정교한 구조로 고안된 물레방아 정도이다. 곡식의 낟알들 사이의 마찰력에 의해서 작업 속도가 자동으로 조절되는 이 물레방아는 사람이 계속 지켜봐야 하는 시간을 절약해준다. 그것 말고는 삽이나 톱, 낫과 망치 같은 연장들이 있을 뿐이다. 라다크 사람들은 그보다 더 복잡한 것을 필요로 하지 않는다. 커다란 기계의 힘이 필요한 작업을 하는 경우 이들은 동물의 힘을 빌리거나 협동 작업으로 해결한다. 그리고 그럴 때면 일을 하는 동안 흥을 돋우는 노래가 나오기 마련이다.

> 라모 키옹Lhamo Khyong, 라모 키옹,
> 얄레 키옹Yale Khyong, 라모 레Lhamo-le.
> (쉽게 해요, 쉽게 해요, 쉽게 해야 해요)

짐을 실어 나르는 것은 야크, 쪼, 말, 당나귀 같은 짐승들이다. 벽돌이나 돌 같은 것들은 사람들이 길게 줄을 이루고 서서 옮길 물건을 바로 옆 사람에게, 또 그 옆 사람에게 전달하는 식으로 운반하고 커다란 나무통 같이 무거운 것들은 여러 사람이 함께 운반한다.

가지고 있는 연장이 단순한 것들뿐이어서 라다크 사람들이 일하는 데 소요하는 시간은 긴 편이다. 양털에서 옷을 만드는 모직을 생산하는 일을 예로 들면 사람들이 얼마나 많은 시간을 들여 일을 하는지 잘 알 수 있다. 풀 뜯는 양들을 돌보는 일에서부터 손으로 직접 양털을 깎고 그것을 세척하고 실을 잣고 마지막으로 물레를 돌려 천을 만드는 것까지…… 그 모든 과정을 직접 해야 한다. 음식을 만드는 일도 마찬가지다. 처음 씨를 뿌려 그것이 음식이 되어 식탁에 오르기까지는 정말 많은 노동이 집약되는 과정이다. 그런데도 라다크 사람들은 시간에 대해 무척이나 여유로운 모습이다. 그들은 정말 느긋한 속도로 일을 하고 놀라울 정도로 많은 여가시간을 즐긴다.

시간을 재는 경우에도 느슨하고 여유롭게 잰다. 1분 단위로 시간을 측정할 필요가 전혀 없기 때문이다. 라다크 사람들은 "내일 낮에 찾아올게" 혹은 "저녁쯤 찾아올게"라고 말하는 경우가 많은데 라다크 사람들은 그렇게 시간에 대해 넉넉한 여유를 남겨 놓는 것이다. 라다크 사람들의 언어에는 시간을 나타내는 아름다운 표현들이 많이 있다. '공그로트gongrot'는 '어두워진 다음부터 잠잘 시간까지'라는 뜻이고 '나이체nyitse'는 '해가 산꼭대기에 걸려 있는 한낮'을 말한다. 또 '새의 노래'라는 뜻의 '치페 치릿chipe-chirrit'은 해가 뜨기 전 새들이 지저귀는 이른 아침을 뜻한다. 이 모두가 넉넉하고 친숙한 느낌을 주는 표현들이다.

곡물을 수확하는 동안에도 작업은 오랜 시간 계속된다. 급하지 않고 아주 여유롭게 진행되는 작업이어서 80대 노인들은 물론이고 어린아이들까지도 모두 일을 거든다. 일을 서둘지 않고 자신들의 여유로운 속도에 따라 웃음과 노래를 섞어가며 즐겁게 한다. 일과 놀이 사이에 분명한 구분이 있는 것 같지 않다.

눈여겨볼 만한 것은 라다크 사람들이 실제 일을 하는 기간은 4개월 정도밖에 되지 않는다는 사실이다. 8개월 가량의 겨울철에도 음식을 만들고 가축들을 먹이고 물을 날라야 하지만 일의 양은 미미한 정도다. 대부분의 겨울 기간 동안 축제와 파티가 이어진다. 물론 그런 축제나 기념행사들이 여름에도 일주일에 한 번 꼴로 있긴 하지만 겨울철에는 특히 더 연속적으로 이어진다.

겨울은 또 '이야기의 계절'이라 할 수 있다. 라다크의 격언 중에는 "땅에 풀이 자라는 동안에는 이야기를 즐겨서는 안 된다"라는 것이 있다. 이렇게 여름철에 서로 이야기 나누는 것을 금기시하는 것은 그 짧은 경작 기간 동안에는 일에 더 집중할 필요가 있다는 뜻일 것이라 생각된다. 게사르^{Gesar} 왕 전설에는 영웅적인 주인공이 험한 산을 넘어 먼 곳으로 원정을 거듭한 끝에 신의 도움으로 악의 세력들을 물리치고 사람들의 생명을 구한다는 내용이 있다. 겨울철 라다크 사람들은 화로에 둘러앉아 잘 알려진 노래 부분이나 후렴구가 나오면 다 함께 따라 부르기도 한다.

> 자, 이제 내 말을 들어보라.
> 세상의 격언들이 있으니.
>
> 젊은 여인은 잠들지 말지어다.
> 그녀가 잠들면 물레가 돌지 않을 것이고

물레가 돌지 않으면 옷감들이 없을 것이다.

그런 일이 일어나면 나쁜 소문들이 퍼져가리라.

젊은 사내는 잠들지 말지어다.

그가 잠들면 화살이 날아다니지 않을 것이고

화살이 날아다니지 않으면 적이 고개를 쳐들 것이다.

적이 고개를 쳐들면 정치가 소멸될 것이다.

궁마Gungma와 게사르는 하늘과 태양과 달과 같은 존재들이다.

그들은 자비로움과 지혜로움이며 활과 화살이다.

그들은 부처님의 가르침을 전하는 이들이다.

chapter · 3

의사 그리고 샤먼

질병이란 이해의 부족에서 오는 것이다.
— 라다크의 암치

라다크 사람들은 보는 사람들에게 행복함과 생동감, 활기를 느끼
게 한다. 외관상 라다크 사람들 대부분은 날씬하고 적당한 체격을
가지고 있다. 마른 사람은 드문 편이고 비만한 사람은 그보다 더 드
물다. 라다크에서는 실제로 비만이라는 것이 너무나 예외적인 것이
어서 가끔 웃지 못 할 상황이 일어나기도 한다. 한번은 병원을 찾은
여자 환자가 의사에게 자신의 증상을 설명하면서 "배에 이상한 주름
같은 것이 생겼다"고 이야기했다. 라다크 사람들에게는 배 둘레에
두툼한 뱃살이 붙을 수 있다는 사실이 그만큼 생소했기 때문이다.
근육이 특별히 눈에 띌 정도로 발달한 것은 아니지만 라다크 사람들
은 남녀 모두 너무나 건강해서 서양의 의사들도 깜짝 놀랄 정도다.

산악 지대 사람들 특유의 스태미나 때문에 그런지 그들은 언제나 활기찬 모습이다.

노인들은 죽는 날까지도 활동적인 모습을 보인다. 어느 날 아침 나는 여든 두 살의 할아버지가 지붕 위에서 사다리를 타고 내려오는 것을 보았다. 할아버지는 정말 생기 넘치는 모습이었고 나와 날씨에 대해 이야기를 나누었다. 그러고는 그날 오후 3시쯤 할아버지는 세상을 떠났다. 그는 아주 평화롭게 잠들어 있는 모습이었다.

물론 라다크 사람들도 병에 걸린다. 호흡기 질환이나 소화불량이 비교적 많고 피부병이나 눈병 등도 자주 발생한다. 그런데 더 심각한 것은 혹독한 겨울의 추위 때문에 영아 사망률이 높다는 사실인데 이유기 전후의 아이들이 특히 그렇다. 그러나 그런 위험한 시기가 지나고 나면 대체적으로 건강한 상태를 유지한다.

전통적 생활방식을 유지하고 있는 라다크 사람들은 스트레스가 적은 편이고 마음의 평화를 누리고 산다. 생활이 진행되는 속도 역시 여유롭고 편안하다. 그들은 맑은 공기를 마시고 규칙적이고 충분한 운동을 하며 정제되지 않은 천연식품들을 먹고 산다. 그들의 몸은 자신들이 속해 있는 자연세계를 거스르는 음식물에 익숙하지 않다. 그들이 먹는 음식은 그 지역에서 나는 것들이며 또 유기농법에 의해 생산된 것들이다. 최근까지도 라다크에는 환경 공해라는 것이 없다.

서양의 이론으로 보면 라다크 사람들의 식사는 절대로 균형 잡힌 것이라 할 수 없다. 과일과 녹색 야채는 너무 적고, 버터와 소금의 섭취는 우리의 기준으로 볼 때 위험할 정도로 높다. 그렇지만 그런 영양

라다크 사람들의 기대수명은 서양인들의 그것보다 낮지만 대체적으로 건강한 생활을 하고 있고
노인이 되어서도 활동적인 모습을 보인다.

불균형 때문에 서양 사람들 사이에 발생하는 건강 문제들을 라다크에서는 거의 볼 수가 없다. 예를 들어 극단적으로 높은 콜레스테롤 섭취에도 불구하고 심장 질환이 발생하는 일은 없다. 그 이유는 아마 다음의 두 가지인 것 같다. 첫째, 우리가 영양에 대해 알고 있는 옳고 그름의 절대적인 기준이 실제로는 그렇게 절대적인 것이 아니라는 것이다. 그것은 우리가 차츰 깨닫게 되는 것처럼 운동량이나 스트레스 정도 같은 여러 가지 요인들의 영향을 받는 것이기 때문이다. 둘째, 사람의 몸에 어떤 영양분이 어느 정도 필요한지를 결정하는 요인은 그 사람이 살고 있는 지역의 환경 상황과 밀접한 연관을 맺고 있는 것이어서 몸이 필요로 하는 영양소는 그 지역에서 나는 음식들과 일치한다고 볼 수 있다. 곡물류를 섭취하지 않고 생선과 고기만을 먹고 사는 에스키모들이 건강한 생활을 할 수 있는 것처럼 라다크 사람들은 보리와 낙농제품으로 건강하게 살 수 있는 것이다.

라다크에서 환자들을 돌보는 것은 '암치amchi'라 불리는 마을의 의사이다. 대부분의 마을에는 적어도 한 사람 이상의 암치가 있고 그보다 더 많은 경우도 있다. 암치들은 자신이 속한 지역의 공동체에서 가장 존경받는 사람들인데 조상 대대로 전해 내려오는 의술을 할아버지와 아버지를 통해 전수받는 것이 대부분이다. 그들은 의료 행위만을 하는 것이 아니라 환자들을 치료하는 때가 아니면 다른 사람들처럼 자신의 땅에서 곡물들을 경작한다.

최근 서양 사회에서도 상당히 인정받고 있는 티베트 의술은 8세기 경부터 전해 내려온 것이다. 불교의 교리와 밀접하게 연관되어 있는 이 의술 체계는 대단히 종합적으로 정리되어 있다. 네 편으로 된 기본 문헌들은 각각 해부, 생명 활동의 과정, 질병의 진단 그리고 치료법의 내용을 상세히 다루고 있고 다른 책들은 특정 약재들의 처방과 효능에 대해 전문적인 정보를 다루고 있다. 또 어떤 것은 의학용어사전 역할을 하기도 한다. 이 다양한 의료 문헌들은 많은 부분을 의술의 예방 기능과 건강 관리법 그리고 임신 중 식사법 및 유아 건강 관리법 등에 할애하고 있다.

다른 전래 의술에서처럼 티베트 의술의 경우에도 질병의 진단은 환자의 상태를 종합적으로 검진하는 것에서 출발한다. 질병이라는 것을 신체의 어느 부분이 잘못된 방향으로 기능하고 있다는 것이 아니라, 더 큰 의미에서 전체적으로 균형을 잃은 것으로 이해한다. 몸과 마음과 영혼은 궁극적으로 연결되어 하나로 통합된 것이라는 시각으로 신체 기관의 장애를 바라본다. 그 결과로 진단 이후의 처방은 종종 영적인 부분과 연결되어 나타나기도 하는데 그중에는 진언을 외워야 한다든가 제단에 절을 해야 한다는 것들도 있다. 따라서 마을 주민들의 건강을 보살피는 암치들의 임상 경험은 서양의 의료 시스템에 비해 훨씬 더 중요하다. 환자들은 암치의 이웃 사람들이어서 암치는 환자의 성격이나 습관 같은 것들을 속속들이 알고 있다.

진단 과정에서 가장 중요한 것은 환자의 맥박을 재는 일인데 그것은 오랜 기간의 숙련이 요구되는 고도의 기술이다. 우리의 몸에는 한쪽에 여섯 개씩 모두 열두 개의 맥이 있다고 한다. 처음 그 말을 들었을 때 나는 그것을 믿을 수가 없었다. 어느 암치가 내게 맥박의 의미를 설명해준 적이 있는데 그것은 동맥의 물리적 움직임일 뿐만 아니라 신체의 각 기관과 교류하는 에너지의 흐름이라는 것이다. 암치는 혀나 눈의 색깔이나 조직의 상태를 보고 진단을 하기도 한다. 얼굴 표정과 목소리의 톤 그리고 화를 내는 등의 여러 가지 행동 특성들도 진단의 근거가 된다.

한번은 무릎에 염증이 생긴 이웃집 꼬마 아이를 데리고 암치를 찾아간 적이 있다. 노련해 보이는 그 암치는 아이의 손목을 잠시 쥐어 보더니 혀와 눈의 색깔을 살펴보았고 곧바로 의료 기구들이 있는 방으로 들어갔다. 방안에는 의술에 관련된 것으로 보이는 책들과 약통들 그리고 여러 가지 종류의 약을 담아놓은 봉지들이 즐비했다. 벽면에는 탱화가 한 점 걸려 있었고 약재로 쓰이는 갖가지 가루와 액즙, 돌덩어리, 약초들 사이에는 종과 성수를 담는 그릇 그리고 기도바퀴 등 불교 의식에 쓰이는 물건들이 있었다. 암치는 약초를 몇 줌 꺼내더니 항아리에서 퍼낸 검은 가루와 물을 섞어 곱게 갈았다. 그러는 동안 암치는 진언을 외웠다. 그렇게 해서 만들어진 것은 초록빛이 감도는 검정색 고약이었는데 암치는 그 고약을 부어오른 상처 부위에 바른 다음 천으로 싸맸다. 그로부터 며칠 후 염증은 치료되었다.

대개의 경우 암치는 천연의 약재를 사용한다. 이들의 의학 서적 가운데 하나는 약재로 쓰이는 갖가지 광물질들과 약초들에 대해 그것들을 구할 수 있는 장소나 생김새에 관한 정보를 담고 있다. 치료제들은 달여서 즙을 만들거나 가루나 알약으로 만들어놓는다. 즙으로 된 약은 질병의 주요 증상을 공격하여 빠른 효과를 거두게 한다. 반면에 가루나 알약은 좀더 섬세하게 작용하여 병의 근본 원인을 제거한다고 한다. 예를 들어 만성 두통은 '티트카 갓파titka gatpa' 라는 쓴 가루약으로 치료하는데 그것은 용담 가루에 여덟 가지 꽃과 약초, 뿌리, 나무껍질을 섞어 만든다. 암치들은 또 환자들에게 특별한 식이요법을 권하기도 한다. 라다크에서 내가 접했던 가장 이례적인 처방은 잔스카르의 한 암치가 내린 것이었다. 서양 의사들에게 간염 진단을 받은 한 여자 환자에게 암치는 강도 높은 성관계를 권했는데 놀랍게도 환자는 불과 며칠만에 병세가 크게 호전되었다. 또 한 가지 특이하고도 충격적인 치료법은 뜨겁게 달군 쇠붙이를 피부에 올려놓아 상처를 내는 것이었다. 그런 치료를 받은 환자들은 내게 그 치료법은 정말 효과적이었고 통증도 없었다고 이야기했다.

암치들이 환자를 수술하는 일은 없다. 내가 들은 바로는 몇 세기 전 라다크의 38대 여왕이 수술을 받던 도중 목숨을 잃은 후 수술은 법으로 금지되었다고 한다. 또 큰 상처가 나더라도 상처 부위를 꿰매는 일은 없다. 대신 환부를 약초가루로 소독한 다음 혈액응고제를 사용해 치료를 한다. 뼈가 부러졌을 때는 나무막대를 대고 고정시킨다. 응급처치가 필요한 상황은 거의 없다. 맹장염이나 천공성 궤양 등 서양 사회에서는 흔한 급성 질환들이 발생하는 경우도 드문 편이다. 위험한 기계를 다루거나 폭주하는 차량들도 없어 사고가 일어나는 일도 없고, 또 있다 해도 극히 미미한 정도이다. 다리가 부러지는 비교적 경미한 정도의 사고 역시 이곳에서는 드문 편이다.

전통적으로 라다크의 사회에는 신경증이 두드러지게 나타난 적이 없다. 그러나 그들의 의학 서적에는 신경증에 관한 내용이 등장하기도 한다. 전에 암치 한 사람이 내게 정신장애를 겪고 있는 두 환자의 예를 들어준 적이 있었다. 그중 한 환자는 뭔가 매우 두려운 듯 아무 말도 하지 않았고 다른 환자는 말을 너무 많이 하고 공격적이어서 갑자기 방을 뛰쳐나가는 행동을 보였다고나 한다. 암치는 그 환자를 치료하려면 그를 집에 가두고 친한 친구를 들여보내서 이야기를 들려주면서 다정하게 대해주어야 한다는 것이다. 암치는 자신이 그런 환자들을 직접 치료한 건 아니지만 의술 서적에는 그렇게 나와 있다고 이야기했다.

암치들 말고도 환자를 치료하는 사람들이 더 있는데 그 하나는 '라바lhaba'라 불리는 샤먼이고 다른 하나는 '온포onpo'라 불리는 점성가이다. 마을 주민들의 걱정거리나 문제에 따라 세 사람 중 누구의 자문이 필요한지가 결정되는데 일반적으로 암치를 제일 먼저 찾는 경우가 많다. 그러나 불임 같은 문제가 있을 때는 라바나 온포를 먼저 찾는 경우도 있다.

온포는 별자리를 기록한 책에 근거해 자문을 한다. 그는 마을사람들이 겪게 되는 일상생활의 거의 모든 상황에 영향을 미친다. 예를 들면 새로 집을 지을 자리를 정한다든가 파종이나 수확을 시작할 날을 정하는 일 그리고 결혼을 앞둔 남녀의 궁합에서부터 장례 일정을 잡는 일까지 그 모든 일을 관장하는 것이 온포들이다. 온포들은 여덟 권의 점성학 책자를 가지고 있는데 그중 《기엑트치스gyektsis》라 부르는 것은 질병에 관련된 내용만을 다루고 있다. 별자리의 위치를 계산

해서 매년 새로 만들어지는 《로토loto》라는 책자에 근거하여 온포들은 질병을 진단하고 치료법을 알려준다. 그들이 내려주는 처방 중에는 경전을 읽거나 기도를 하라는 것들이 있는 경우도 있고 주사위를 던지거나 곡식이 흩어져 있는 모양을 보고 점을 치기도 한다.

라다크에 처음 온 이후 몇 년 동안 나는 외국의 촬영팀들을 도와주기도 했다. 그럴 때면 촬영팀은 어김없이 독특한 춤사위와 가면, 의상 등 볼거리가 많은 불교의식을 촬영하고 싶어했다. 또 라다크의 로열 패밀리 모습이나 샤먼들이 직접 의식을 주관하는 모습들도 촬영팀의 주 관심사였다.

라다크의 치료사들 중 가장 볼거리가 많은 것은 라바라 불리는 샤먼들이다. 무아지경에 몰입한 라바는 영혼의 대변자, 다시 말해 영매가 되어 자신의 몸을 통해 영혼의 목소리를 대변한다. 그런 상태에서 라바는 갖가지 시술법들을 선보이는 것이다. 1975년 내가 독일에서 온 프로듀서를 도와 일을 하던 때 가이드는 레 근처에 사는 어느 라바를 만날 수 있도록 주선해주었다.

약속이 있던 날 나는 이른 아침부터 서둘러 촬영팀과 함께 지프에 장비들을 싣고 레를 출발했다. 한 시간쯤 후 우리는 '티크세Thikse'에 있는 한 소박한 민가에 도착했다. 체왕이라는 이름의 라바는 지붕 위의 테라스에서 아내와 함께 곡식의 씨앗을 고르고 있었다. 그는 자주색으로 염색한 라바들의 전통의상을 입고 있었다. 그의 머리칼은 하얗게 세었는데 이마 부분이 두드러지도록 앞부분은 면도를 했고 뒷머리는 길게 땋아 늘어뜨리고 있었다. 그것 역시 라바들의 전통 헤어

스타일이었다. 그의 나이는 일흔 정도로 보였는데 반짝이는 눈매가 인상적이었다. 처음 이야기를 나누는 동안 체왕은 그간 만났던 다른 라다크 사람들보다도 훨씬 활기 있는 모습을 보여주었고 우리는 곧 친구가 되었다. 우리는 테라스에서 내려와 집으로 들어갔고 그때부터 의식 치를 준비가 시작되었다. 그는 먼저 손과 얼굴을 씻더니 제물들을 제단 위에 배치했다. 그곳에는 열 명 남짓 라다크 사람들이 치료를 받기 위해 모여 있었다. 우리 모두는 긴장감을 느끼며 바닥에 앉아 의식이 시작되기를 기다렸다. 잠시 후 다섯 면으로 된 의식용 왕관을 쓴 라바가 방으로 들어왔는데 왕관 밑으로 천이 드리워져 그의 얼굴을 볼 수 없었다. 그는 '다마루damaru'라 불리는 작은 북을 하나 들고 있었는데 그 북에는 두 개의 구슬이 달려 있었다. 북을 천천히 두드리기 시작한 그는 박자에 맞춰 노랫소리를 냈고 몸을 앞뒤로 흔들었다. 그 순간 나는 벽에 걸려 있는 탱화를 쳐다보았다. 그 탱화 속에 그려져 있는 부처와 보살들의 이름을 기억해보려고 하던 중 라바의 노랫소리에 담긴 그 무언가가 내게 어떤 기운을 주고 있다는 것이 느껴졌다. 고개를 돌려 촬영 스태프들을 둘러보았더니 그들 역시 내가 느끼는 그런 기운을 똑같이 느끼고 있는 것 같았다.

북의 리듬은 점점 빨라지기 시작했고 우리 모두는 점점 그 북소리에 빨려 들어갔다. 프로듀서는 긴장한 모습이었다. 라바의 노래는 점점 더 빨라지고 소리 또한 커졌고 목소리는 점점 더 높아지기 시작했다. 최면에 걸린 듯 그리고 마치 다른 세상에 있는 듯한 느낌이었다. 내 몸은 요동치기 시작했다. 그런데 요동을 치는 것은 나 혼자만이 아니었다.

그때 갑자기 라바의 목소리는 높은 톤의 외침으로 변했다.

"이리 와!"

라바는 아픈 아이를 데리고 온 한 여인에게 거친 동작으로 손짓했다. 라바에게 가까이 가는 그녀의 몸은 떨리고 있었다. 라바는 여인을 향해 날카로운 목소리로 소리쳤다.

"네 잘못이구나! 신령님들에게 불손하게 행동했던 거야! 경의를 표하지 않았잖아! 제사도 지내지 않았고 신령님들을 불편하게 했잖아! 계속 그렇게 하면 아이한테 안 좋을 거야!"

두 번째 환자는 손자의 장래에 대해 물어보러 온 일흔의 할머니였다. 할머니가 궁금했던 것은 손자가 자기 아버지를 이어 암치가 되어야 할까 아니면 서양 의학을 배우기 위해 외국으로 가야 할까 하는 문제였다. 북을 탁자 위에 올려놓은 라바는 허공으로 보리 한 줌을 던져 북 위로 떨어뜨렸다. 할머니는 그 보리알 중 한 개를 가리켰고 나머지는 아래로 쓸어버렸다. 모든 사람의 시선이 북 위로 집중된 순간이었다. 3피트쯤 떨어진 곳에 서 있던 라바가 신들린 듯한 노랫소리를 내자 보리알은 천천히 그리고 신비스럽게 돌기 시작했다. 라바가 그 움직임의 의미를 할머니에게 해석해주자 할머니는 흐느껴 울었다. 손자는 떠나야 한다는 것이었다.

우리 운전기사는 긴장을 풀기 위해 주머니에서 담배를 하나 꺼내 물려고 했는데 그 모습을 본 라바는 운전기사에게 달려들어 호통을 쳤다.

"담배 피우는 게 얼마나 큰 죄인지 모른단 말이요? 여기서 담배 피우면 신령님한테 혼날 줄 아시오!"

겁에 질린 운전기사는 황급히 라바를 피해 밖으로 빠져나왔다. 그는 라바의 예측 못 할 행동과 놀라운 힘에 몸을 떨었다. 나는 라바가 혹은 그의 몸을 빌린 신령님이 촬영은 부도덕한 것이라며 우리를 쫓아버릴지도 모를 거라 생각했다. 체구가 큰 사람은 아니었지만 그는 너무나 엄청난 에너지에 휩싸여 있었다.

환자들은 무릎을 꿇고서 그의 앞에 줄지어 앉아 있었다. 가슴에 염증이 있는 남자 환자의 차례가 되었다. 라바는 환자의 가슴팍을 찌르는 듯 옷을 찢어 벗기더니 자신의 머리를 환부에 파묻었다. 라바는 다시 고개를 쳐들며 바로 옆에서 아내가 들고 있는 그릇에 환자의 가슴에서 빨아들인 검은 액체를 내뱉었다.

"지금 뭐 하는 거죠?"

예기치 못 한 장면을 목격한 프로듀서는 가이드에게 물었다.

"독이에요. 지금 라바가 환자 몸에서 독을 빨아내고 있는 거예요."

환자들은 한 사람씩 라바에게 다가가 그에게 의지했다. 라바는 소리를 지르거나 밀쳐내거나 혹은 주문을 외거나 영험이 있는 쌀알을 건넸고 계속해서 환자의 몸에서 검은 액체를 빨아 내뱉었다. 촬영팀은 그 장면들을 아주 생생하게 필름에 담긴 했지만 그것은 쉬운 일이 아니었다. 라바가 내뿜는 기운은 정말 견디기 힘들 만큼 압도적이었다. 거칠게 밀치고 호통을 치면서 마지막 환자의 치료를 끝낸 라바는 몸을 돌려 구석에 있는 제단을 향해 다시 높은 톤의 목소리로 주문을 외기 시작했다. 제단에 절을 한 라바는 아무 소리도 내지 않고 바닥에 주저앉았다. 의식이 모두 끝난 것이다. 그는 피곤한 것만 빼고 다시 처음 우리와 지붕 위 테라스에서 만났던 그 친절한 할아버지로 돌아왔다. 나는 서 있기도 힘들 만큼 지쳐 있었지만 그래도 그에게 감사하다는 인사를 하고 밖에 있는 촬영팀과 합류했다.

"그 사람이 하는 말들 알아들으셨어요?"

스태프 중 한 사람이 그렇게 물었다.

"아니요. 라다크 말이 아닌 것 같았어요."

이때 가이드가 상황을 설명했다.

"마을 사람들이 그러는데 신령은 티베트 출신이랍니다. 그래서 라바가 신들린 상태에서는 티베트 말을 한다고 하네요."

우리는 아무 말도 하지 않고 타고 온 지프가 있는 곳으로 걸어갔다. 정말이지 어느 누구도 예상하지 못했던 특별한 경험이었다. 또 그것을 어떻게 받아들여야 할지 알 수 없었다.

chapter · 4

더불어 살아가는 사람들

말을 백 마리나 가진 사람도 채찍 하나가 없어 남의 신세를 져야 할 때가 있다.
— 라다크 속담

"왜 방을 못 준다는 거예요? 방값을 제대로 드리겠다니까요!"

앙축과 돌마는 절대 안 된다는 표정으로 내려다보았다. 그러고는 했던 말만 계속 반복했다.

"응가왕Ngawang 씨와 이야기하세요."

"우리는 지금 그 집에서 방을 빌려 쓰고 있잖아요. 그런데 집이 너무 시끄러워요. 다른 집에서 방을 빌리지 못할 이유가 없다구요."

"지금 응가왕 씨 댁에 계시잖아요. 저희가 당신한테 방을 빌려드리면 응가왕 씨가 언짢아하실 거예요.."

"응가왕 씨가 그렇게 자기 생각만 하지는 않을 거예요. 방을 빌려주세요. 안 되겠어요?"

"그분한테 먼저 이야기하세요. 우리는 함께 살아야 하잖아요."

1983년 여름 나는 잔스카르의 통데Tongde라는 마을에서 사회생태학 연구를 하는 교수들과 팀을 이루고 있었다. 한 달쯤 지났을 무렵 몇몇 교수는 조용한 분위기에서 연구를 진행하기 위해 방이 하나 더 필요하다고 느꼈다. 우리가 머물고 있던 집은 드센 어린아이들이 많아 늘 시끄러웠기 때문에 이웃집에 부탁하여 방을 하나 더 구하고 싶었다. 처음에는 고집스럽게 거절하는 앙축과 돌마의 태도에 화가 났다. 개인의 권리를 중요하게 생각하고 있는 내게 그들의 태도는 부당한 것으로 느껴졌기 때문이다. 그런데 그들의 입에서 "우리는 함께 살아야 하잖아요"라는 이야기가 나왔을 때 나는 더 많은 것을 생각하게 되었다. 라다크 사람들에게 있어 최우선이 되는 문제는 '공존'이라는 것을 깨닫게 되었기 때문이다. 그들에게는 이웃들과 좋은 관계를 유지하는 것이 돈을 버는 것보다 더 중요하다.

언젠가는 소남이 마을 목수에게 자기 집에서 쓸 창틀을 만들어달라고 주문을 했다. 그런데 비슷한 시기에 소남의 이웃 사람도 그 목수에게 창틀을 주문했다. 소남과 이웃 사람은 똑같이 자신들의 집을 증축하고 있었던 것이다. 일을 마친 목수는 완성된 창틀 모두를 이웃 사람 집에 갖다 주었다. 며칠 후 나는 소남과 함께 주문했던 창틀을 받으러 목수를 찾아갔는데 소남 몫의 창틀은 남아 있지 않았던 것이다. 목수가 만들었던 창틀 모두가 이웃 사람에게 배달되었기 때문이다. 소남의 입장에서 보면 참 난처한 상황이었다. 창틀이 없이는 집 증축이 진행될 수 없었고 새로운 창틀이 만들어질 때까지 몇 주 정도가 더 허비될 수밖에 없었기 때문이다. 그런데 소남은 화가 난 기색을 전혀 보이지 않았다. 나는 소남에게 그 이웃 사람이 잘못한 거라고 이야기했지만 소남은 개의치 않고 그냥 "그 사람이 저보다 창틀을 더 급하게 써야 했나 봐요" 하고 말할 뿐이었다. 그 사람들이 실수했는데 해명을 요구하지 않을 거냐고 물었지만 소남은 그저 미소를 지으며 어깨를 으쓱 올려 보였다.

"꼭 그럴 필요 있나요? 우리는 모두 함께 사는 거잖아요."

상대의 마음을 상하게 하거나 화를 내서는 안 된다는 배려는 라다크 사회에 깊게 뿌리 내리고 있다. 사람들은 마찰이나 갈등이 생길 만한 상황을 만들지 않는다. 소남의 이웃 사람의 경우에서와 같이 누군가가 사회의 불문율이 되어 있는 미덕을 깨뜨리는 때라도 그것에 대한 반응은 지극히 큰 관용뿐이다. 그러나 공동체에 대한 그와 같은 배려심이 우리가 상상하는 것처럼 개인에게 부담감을 주는 것은 아니다. 그렇게 긴밀하게 짜여진 공동체의 한 부분이 된다는 것이 오히려 더 깊은 안정감을 주는 것이라는 확신이 든다.

전통적으로 라다크에서는 어떤 종류의 것이든 공격적인 행동이란 지극히 드물었다. 그런 것은 너무나 예외적인 것이어서 사람들은 과연 그런 게 존재하는지조차 의식하지 못 할 정도이다. 만일 라다크 사람에게 가장 최근에 누군가와 싸운 것을 기억하느냐고 묻는다면 그 사람은 "나는 언제나 이웃 사람을 때리고 있어요. 어제는 그 사람을 나무에다 묶어놓고 귀를 모두 잘라버렸거든요"라고 대답할지 모른다. 그것은 물론 황당한 농담이다. 그의 진지한 대답을 들으면 라다크 마을에는 싸움이라는 게 존재하지 않는다는 것을 알게 될 뿐이다. 논쟁이 일어나는 것도 무척 드문 일이다. 나는 라다크에서 약간의 의견 차이 이상으로 사람들이 대립하는 것을 본 적이 없는 것 같다. 서구 사회와 비교한다면 그것마저도 분명 아무 것도 아닌 것이라 할 수 있다. 라다크 사람들은 자신의 감정을 꼭꼭 숨기거나 억누르고 있는 것일까? 언젠가 나는 소남에게 질문을 던진 적이 있다.

"라다크 사람들은 언쟁을 하지 않나요? 서양 사람들은 항상 하는데요."

소남은 잠시 생각을 하더니 입을 열었다.

"마을에서는 안 해요. 맞아요, 안 해요. 글쎄요…… 아주 드물어요, 어쨌든요."

"어떻게 그럴 수가 있지요?"

내가 다시 질문을 하자 소남은 미소를 지어 보였다.

"재미있는 질문이네요. 우리는 그저 함께 사는 것뿐이에요. 그게 다예요."

"두 사람의 의견이 다르면 어떻게 되죠? 예를 들어서 땅의 경계선 같은 문제로 말이에요."

"서로 이야기를 하고 따져보겠지요. 그 사람들이 어떻게 할 것 같으세요?"

나는 대답을 하지 않았다.

전통적인 라다크 사회에는 사람들이 갈등을 피해갈 수 있게 하는 하나의 장치로 이른바 '자발적 중재자'라는 것이 있다. 양자 사이에 어떤 형태로든 의견 차이가 생기면 제3자가 거기서 조정 역할을 한다. 언제 어느 곳에서든 그리고 어떤 사람이 관련되어 있든 그에 맞는 중재자는 항상 그곳에 나타나는 것 같다. 그런 일은 타의에 의해서가 아니라 자발적으로 일어난다. 그 중재자라는 것은 사람들이 의식적으로 찾는 대상은 아니다. 상황이 일어나는 곳에 있는 어느 누구라도 될 수 있는 것이 바로 그 중재자이다. 누나일 수도 있고 이웃일 수도 있고 아니면 그냥 그곳을 지나가던 사람일 수도 있다. 나는 심지어 다섯 살 정도 된 어린아이들 사이에서도 그런 중재자가 나타나 언쟁을 하던 다른 아이들 사이를 조정하는 모습을 본 적이 있다. 다투던 두 아이는 기꺼이 중재하는 아이의 말을 들었다. 갈등보다는 평화를 유지해야 한다는 생각이 뿌리 깊게 박혀 있는 이들은 자연스럽게 제3자의 중재를 따르게 되는 것이다.

이러한 장치로 인해 문제의 발생은 최초의 단계에서부터 방지된다. 갈등으로 이를 수 있는 상황에는 언제나 이 '자발적 중재자'가 나타난다. 예를 들어 두 사람 사이에 거래가 이루어지는 경우 그 사람들은 누군가가 그 중간에서 거래가 성사될 수 있도록 도와줄 것이라는 생각을 하게 될 것이다. 그런 식으로 해서 거래의 당사자들은 직접적으로 대립하는 상황을 피할 수 있다. 대부분의 경우 거래를 하는 사람들은 상대방이 누군지를 잘 알고 있다. 그렇지만 처음 보는 사람이 중간에 들어와 중재를 하더라도 그것을 간섭이라 생각하지는 않는다. 도움은 언제나 환영받는 것이기 때문이다.

어느 봄날에는 트럭을 타고 카르길에서 잔스카르까지 여행을 한

적이 있었다. 도로에 눈이 녹지 않은 상태여서 도착하기까지 더 많은 시간이 걸렸는데 고되고 불편한 점도 있었지만 내게는 정말 즐거운 경험이었다. 특히 트럭을 몰던 운전기사를 보는 일이 재미있었다. 라다크 사람으로서는 보기 드물게 크고 건장한 체격을 한 운전기사는 그 도로가 만들어진 후 얼마 되지 않아 사람들 사이에 영웅 같은 존재가 되었다고 한다. 도로 주변의 사람들은 누구나 그를 알아보았다. 2~3주에 한 번 꼴로 도로를 오가며 우편물과 짐꾸러미를 전달하는 것은 물론 사람들을 부지런히 실어 날라주는 그의 모습은 마을 사람들의 눈에 대단히 중요한 사람으로 비춰졌던 것이다.

그는 쌀을 한 자루 가지고 와서 그것으로 그 유명한 잔스카르산 버터를 구하려고 했다. 그가 한 나이 든 아주머니에게 다가가자 많은 사람들이 몰려들었다. 그때 갑자기 열두 살 남짓 되어 보이는 어린 소년이 두 사람 사이에 중재를 맡고 나섰다. 소년은 바로 그 '도로의 제왕'이라 불리는 트럭 기사에게 어느 정도 가격을 기대하는지, 어느 정도가 적당한지를 이야기해주었다. 15분 정도가 지나 운전기사와 나이 든 아주머니는 그 소년을 통해 서로 직접 흥정하지 않고서도 쌀과 버터를 교환할 수 있었다. 그 거구의 사나이가 자기 체구의 절반 정도밖에 되지 않는 소년의 말을 순순히 따랐다는 사실이 조금 어색한 느낌이긴 했지만 그래도 그것은 아주 적절한 선택이었다.

전통적으로 라다크 마을은 민주적으로 운영된다. 몇몇 예외만 빼면 라다크의 모든 가구는 자기 땅을 소유하고 있다. 빈부 간의 격차 역시 거의 없다고 볼 수 있다. 인구의 95퍼센트 정도가 이른바 중산

층에 속하고 그 나머지 5퍼센트의 절반 정도씩이 귀족 계층이나 하류 계층에 속한다. 하류 계층을 이루는 사람들은 주로 몽족인데 이들은 라다크의 초기 정착민들이고 현재는 주로 목수나 대장장이 일을 한다. 이들이 하류 계층으로 분류되는 이유는 그들의 직업이 땅에 묻혀 있는 금속을 캐내는 일을 하기 때문에 그것이 땅의 신령들을 노엽게 만들 것이라는 생각 때문이다. 이 세 계층 사이에 신분 차이는 존재하지만 그것이 사회적 긴장이나 갈등을 일으키지는 않는다. 서구 사회에서 계층 간의 경계가 분명한 것과는 대조적으로, 라다크에서는 이들 계층들이 일상에서 상호작용을 하고 있으며 하류 계층이라 할 수 있는 몽족 사람이 귀족 계층의 사람들과 농담을 주고받는 모습이 조금도 이상하지 않을 정도다.

　모든 농가가 대부분 완벽하게 자급 생활을 하고 있고 대부분 독립성을 유지하고 있기 때문에 공동의 의사결정이 필요한 경우는 거의 없다. 개개 농가는 자기가 가진 자원을 이용하여 자기 땅에서 일을 한다. 마을의 사원을 새로 단장한다든가 새해맞이 행사를 준비하는 등, 마을 사람들 모두 한자리에 둘러앉아 상의를 해야 하는 일들은 여러 세대 전 정한 절차에 따라 진행되어 왔는데, 요즘은 각 농가별로 한 번씩 돌아가면서 처리한다. 그러나 그럼에도 불구하고 마을 사람들 모두가 함께 상의하여 결정해야 하는 일이 간혹 생기기 마련이다. 상대적으로 큰 규모의 마을은 '처트소chutsos'라는 단위나 혹은 열 가구 단위로 나뉘어져 있는데, 그 각각의 공동체마다 마을협의회에 참여하는 대표자가 한 사람 이상씩 있다. 이 회의는 연중 정기적으로 열리고 마을 전체의 대표격인 '고바goba'가 그 의장이 된다.

고바는 대개 돌아가면서 지명된다. 마을 사람 전체가 그를 지지하는 경우 몇 년 동안 계속 고바의 지위를 유지할 수 있지만 그렇지 않은 경우 1년이 지나면 고바 자리를 다른 사람에게 넘겨주어야 한다. 고바는 마을의 심판관 역할을 맡는다. 물론 분쟁이 발생하는 경우가 드물지만 때로 의견 차이가 생기면 고바가 나서서 그것을 해결한다.

고바를 만나더라도 사람들은 특별히 격식을 차리지 않고 여유롭고 편안하게 대한다. 고바를 찾아간 사람들은 그 집 주방에 앉아서 차나 술을 함께 마시면서 토론해야 할 문제들에 대해 의견을 나누는 것이 보통이다. 통데에 살 때 나는 그 마을 고바인 팔조르Paljor의 집에 머물며 그가 분쟁을 해결하는 것을 본 일이 있다. 당시 나는 육아문제를 연구하던 중이었는데 그 집 주방에서 막 출산한 팔조르의 아내 체링과 이런저런 이야기를 나누곤 했다. 그럴 때면 마을 사람들이 고바인 팔조르를 찾아와 자문을 구하는 일도 있었다.

한번은 남기알Namgyal과 초스펠Chospel이라는 마을 주민이 문제를 해결하기 위해 팔조르의 집을 찾아왔다. 먼저 남기알이 자신들이 찾아온 이유를 설명했다.

"오늘 아침 일인데 내가 기르는 말, 롬포Rompo를 매두었던 끈이 풀려 있었어요. 노르부의 쟁기가 부러졌다고 해서 그 집에 가려고 했거든요. 가기 전에 분명히 큰 돌에다가 롬포를 매어 놓았는데 어떻게 된 일인지 끈이 풀려 있더라구요."

함께 온 초스펠이 다음 상황을 설명했다.

"지붕 위에서 일을 하고 있었는데 롬포라는 녀석이 우리 밭에 있는 보리를 우적우적 먹고 있었어요. 한쪽 귀퉁이를 벌써 다 먹어 치운 뒤라 녀석을 쫓아버리려고 돌을 던졌는데 픽 쓰러지더라구요. 제가 다치게 했나 봐요."

라다크 사람들은 동물들을 통제하기 위해 돌을 던지거나 야크의 털로 만든 투석기를 사용한다. 그런데 그 정확성은 정말 놀라울 정도다. 나는 라다크 사람들이 반 마일이나 떨어진 곳에 모여 있는 양떼를 돌 몇 개를 던지며 통제하는 모습을 직접 본 적도 있다. 그러나 이번 초스펠의 경우는 분명히 돌을 잘못 겨냥한 결과였다. 말의 무릎 바로 밑 부분을 맞추어 다리를 다치게 한 것이다.

누가 누구에게 보상을 해야 할까? 또 얼마나 보상을 해야 할까? 말의 부상 정도가 보리의 손실보다 더 심각한 상태였지만 남기알은 그냥 넘겨 버리지 못할 손실에 대해 책임을 면할 수 없었다. 농작물을 보호하기 위해 라다크 사람들은 가축들이 함부로 돌아다니지 못하도록 잘 관리해야 한다는 내용의 규칙에 합의했고 또 마을마다 '로라파lorapa'라는 관리인을 두어 가축들이 농작물을 훼손하는 경우 그것들을 잡아다가 주인에게 벌금을 징수하는 제도를 운영하고 있다. 한참을 토론한 끝에 팔조르, 남기알, 초스펠, 세 사람은 서로의 손실에 대해 보상을 하지는 않아도 된다는 데 합의를 했다. 초스펠은 남기알에게 이렇게 말했다.

"내가 롬포의 다리를 다치게 한 건 사고였고, 당신이 롬포를 매둔 끈이 풀린 것을 몰랐던 것은 그냥 부주의였어요."

라다크에 오기 전 나는 가장 좋은 재판관은 소송의 당사자들과 아무런 연관도 되지 않는 사람이어야 한다고 생각했다. 중립성과 거리를 유지하는 것이야말로 진정한 의미에서 정의를 구현할 수 있는 유일한 길이라고 생각했다. 아마도 지금 우리가 살고 있는 규모 정도의 사회라면 그럴 것이다. 그러나 오랜 기간 라다크에서 생활하면서 나의 생각은 자연스럽게 바뀌었다. 법률 체계라는 것이 물론 완벽할 수는 없겠지만, 작고 긴밀하게 짜여진 공동체에 기반을 두고 사람들이 자율적인 조정 과정을 통해 문제를 해결하도록 하는 이 라다크의 체계보다 더 효과적인 방법은 없을 것이다. 나는 분쟁을 해결하는 사람들이 그것에 연루된 당사자들을 잘 알고 있는 경우라도 그 판단과 결론이 공정할 수 있다는 것을 알게 되었다. 오히려 그런 친밀함이 더 합리적인 결정을 하도록 한 것이다. 작은 규모일수록 보다 인간적인 형태의 사회정의를 기대할 수 있을 뿐만 아니라 큰 규모의 공동체에서는 일상적으로 나타나는 갈등 요인들을 방지할 수도 있다.

라다크에서 오래 머물면서 나는 그 '규모'라는 것의 중요성에 대해 깨닫게 되었다. 처음에는 라다크 사람들이 항상 웃고 화를 내거나 스트레스를 받는 일이 거의 없다는 사실을 그들의 가치관이나 종교와 연결시켜 설명하려고 했다. 물론 일정 정도 분명 그런 면이 있다. 가치관과 종교가 라다크 사람들의 생활에 아주 중요한 역할을 하는 것은 분명하다. 그러나 시간이 흐를수록 나는 그들의 사회를 구성하는 외형상의 구조, 특히 공동체의 규모 같은 것 또한 대단히 중요한 역할을 한다는 것을 알게 되었다. 그것은 라다크 주민 한 사람 한 사람에게 깊은 영향을 미치면서 그 사람의 신념과 가치관을 강화시켰다.

라다크에는 100가구가 넘는 마을이 거의 없어서 그 생활의 규모에 있어서는 모든 주민들의 직접 접촉과 상호의존도가 아주 높다고 할 수 있다. 주민들은 자신이 속한 공동체의 구조와 조직의 성격에 대해 잘 이해할 수 있고 총괄적으로 조망할 수 있다. 또한 자신의 행동이 어떤 영향을 미칠 수 있는지, 그것이 다른 사람의 눈에 얼마나 잘 띌지를 알고 있기 때문에 보다 더 책임 있는 행동을 하게 된다.

경제적 혹은 정치적 상호작용 역시 거의 직접 대면 수준으로 이루어진다. 거래가 이루어지는 경우 파는 사람이나 사는 사람이나 서로 인간적인 유대를 맺고 있는 관계여서 경솔함이나 속임수 같은 것이 생기기 어렵다. 따라서 부패라든가 권력 남용의 사례는 찾아보기가 힘들다. 또 이 작은 규모의 공동체는 한 사람에게 권력이 편중되는 것을 원천적으로 차단한다. 한 나라의 대통령과 라다크 마을의 고바는 얼마나 큰 차이를 보이는 걸까? 먼저 어떤 나라의 대통령이라면 자신이 결코 직접 만나지도 않을 것이고 함께 이야기를 나눌 일도 없는 수백만 명이 넘는 사람들에게 권력을 행사하고 있는 반면, 라다크의 고바는 자신이 너무나 잘 알고 있고 거의 매일 얼굴을 맞대고 사는 몇 백 명 정도의 이웃들을 돕고 있다.

라다크 마을 주민들은 자신들의 생활에 있어 많은 부분을 스스로 조정하고 통제한다. 멀리 떨어져 있는 그 융통성 없는 관료 조직이나 매일 매일 변동하는 시장 상황에 좌우되지 않고 상당 부분을 스스로 결정한다. 이런 인간적인 규모로 인해 라다크 사람들은 자발적인 의

사결정과 특정한 상황이 요구하는 적절한 행동들을 능동적으로 할 수 있는 것이다. 융통성 없는 규칙이나 법률이 필요한 것이 아니라 실제적이고 구체적인 상황들이 요구하는 새롭고 적절한 대응방안이 필요한 것이다.

라다크 사람들은 다행히도 개인의 이익과 공동체 전체의 이익이 상충되지 않는 사회에서 살고 있다. 이곳에서는 한 사람의 이익이 다른 사람의 손해로 이어지지 않는다는 것이다. 가족과 이웃에서부터 다른 마을 사람들이나 심지어 외지에서 온 사람들에 이르기까지 라다크 사람들은 남을 돕는다는 것이 자신에게 이익이 되는 것이라고 알고 있다. 한 농부의 풍작이 다른 농부의 흉작을 불러오는 것이 아니다. 경쟁이 아닌 상호협조를 통해 경제의 모습을 만들고 있다. 다른 말로 하면 상호발전과 통합의 사회라고 할 수 있다.

협동은 많은 사회제도 속에서 구체적인 모습을 갖추고 있다. 그 가운데 가장 중요한 것은 '파스푼paspun'이다. 마을의 모든 가구는 출산, 결혼 그리고 장례 같은 것을 치러야 할 때 서로 도와주는 몇 가구 단위의 공동체에 속해 있다. 그 공동체는 대개 4~12가구 단위로 이루어지고 어떤 경우는 다른 마을의 가구들과 함께 묶이기도 한다. 일반적으로 한 공동체에 속한 가구들은 그들을 재앙과 질병으로부터 지켜준다고 믿는 같은 신을 섬긴다. 새해가 되면 각 가정의 지붕에 마련된 사당에서 그 수호신에게 제물을 바친다. 파스푼은 장례식이 있을 때 가장 활발한 역할을 한다. 사람이 죽으면 그 시신을 화장하기 전까지 대략 1주일 정도를 집에 두는데 그때 유가족들은 시신에 손을 댈 필요가 없다. 파스푼 사람들은 임종의 순간부터 화장이 완전히 끝나는 순간까지 시신을 닦고 장례 절차를 진행하는 모든 책임을 맡는다. 그들의 도움으로 유가족들은 그 슬픔의 시기에 번거롭고 궂은 일까지 하지 않아도 되는 것이다.

장례식 절차 중에는 티베트 불교의 관습에 따라 장례식이 본격적으로 시작되기 전 《사자의 서死者書》를 읽는 순서가 있는데 승려 한 사람이 찾아와 직접 읽어주면서 죽은 자의 영혼에 내세의 경험들에 대해 알려주는 것과 함께 악령들을 두려워하지 말고 순수한 하얀 빛, 즉 불교에서 말하는 '청명한 허공의 빛'을 향해 나아갈 것을 주문한다.

화장이 있는 날에는 수백 명의 사람들이 상가로 모여 관례에 따라 빵이나 보릿가루를 유가족에게 전달한다. 유가족과 친척들, 그중에서도 여자들은 주방에 모여 앉아 눈물을 흘리며 곡을 한다.

"투씨 로마tussi loma, 투씨 로마……(가을에 지는 나뭇잎 같이……)."

조문을 온 친구들과 이웃사람들이 한 사람씩 줄을 이루어 유가족에게 위로의 말을 건네는 동안 승려의 염불과 목탁소리가 집안을 가득 채운다.

내가 처음 라다크의 장례식에 가본 것은 스토크stok 마을에서였고 그곳에 사는 친구의 할아버지가 돌아가셨을 때였다. 정오가 지나자마자 식사가 제공되었는데 파스푼 사람들은 마치 자신들이 장례식의 주인인 듯 부지런히 조문객들을 맞았다. 그들은 버터차가 끓고 있는 30갤런의 커다란 솥 안을 계속 휘저었고 솥을 휘젓지 않을 때는 음식을 담은 접시들을 조문객들에게 분주히 날라다주었다. 식사를 하지 않은 사람이 없는지 계속 점검하는 게 그들의 임무처럼 보였다. 이른 오후 여자들은 집의 뒤편에 모여 있었고 승려들이 화장터로 향하는 시신의 운구 행렬을 주관했다. 북과 피리를 들고 행렬을 이끌고 있던 승려들은 검은색의 두터운 수술이 달린 머리 장식과 밝은 빛의 손으로 짠 승복을 입고 있었다. 승려들은 밭 사이로 난 길을 따라 화장지가 있는 마을의 끝을 향해 느릿느릿 걸어갔고 파스푼 사람들이 시신을 운반하며 그 뒤를 따랐다. 시신을 실은 상여를 네 사람이 들었고 나머지 사람들은 화장할 때 쓸 장작을 운반했다. 그 뒤로는 망자의 친구들과 친척들이 줄을 지어 따라갔는데 모두 남자들이었다. 화장터에 이르러 승려들은 진흙으로 만든 화로에 불을 지펴 화장을 주관했고 함께 온 사람들 중에서는 파스푼만이 화로 옆으로 다가와 불길을 살려가며 화장을 도왔다.

이렇듯 공동의 목적에 의해 결성된 파스푼은 비슷한 성격의 결합체인 처트소와 같이 그 구성원들에게 평생 함께할 수 있다는 친밀함과 일체감을 느끼게 한다. 또한 라다크 전통사회에서의 이러한 연대감은 가족이나 같은 마을의 이웃들로만 국한되지 않고 지역 전체의 모든 마을로까지 확장된다.

이렇게 상호부조가 이루어지는 과정에서도 인간 중심적 공동체들은 유연한 모습을 보인다. 예를 들어 파스푼의 구성원 중 한 사람이 자기 밭에서 수확을 해야 하거나 다른 중요한 일 때문에 이웃의 장례를 돕는 일을 하기 힘든 상황이라면 자기 일을 접어두고 반드시 그 장례를 도와야 한다는 강제적인 규약은 없다. 자기가 가기 힘든 상황이라면 파스푼의 다른 동료와 협의를 해서 대신 가도록 할 수도 있는 일이다.

농사일의 대부분은 공동작업으로 이루어지는데 지역 전체의 공동체가 모두 참여하는 경우도 있고 그보다 좀 작은 규모로 분할된 처트소에 의해 이루어지는 경우도 있다. 그 예로 수확기간 동안 농부들은 서로서로 도와가며 곡식들을 거두어들이는데 같은 마을이라도 곡식들이 익는 시기는 그 종류에 따라 차이가 나기 때문에 이렇게 서로 협동을 해서 작업을 하는 것은 여러 면에서 효율적이다. 모두 힘을 모아 함께 작업을 하게 됨에 따라 곡식이 익게 되는 시점에서 가장 빨리 수확을 할 수 있는 것이다.

이런 방식으로 협동하여 농사일을 하는 것을 '베스Bes'라 부른다. 이 베스는 종종 여러 마을 사람들이 모두 함께 모여 보다 더 큰 규모로 협동 작업을 진행하기도 하는데 그것은 단지 작업의 효율성이나 경제성만을 고려해서 그런 것은 아니다. 두 곳의 밭에 심어놓은 농작물이 동시에 익어 수확을 할 수 있는 때라도 어떤 농부들은 일부러 한쪽 밭의 수확을 미루어 둔다. 다른 농부들과 함께 수확을 하기 위해서이다. 혼자서 수확을 하는 농부의 모습은 거의 없다. 대신 수확을 할 때면 남녀노소 할 것 없이 밭에 모여 함께 일을 한다. 그럴 때면 즐거운 웃음소리와 노랫소리가 일터를 가득 메운다.

'염소 보기'라는 뜻의 '라레스Rares'는 마을 사람들이 공동으로 가축들을 돌보는 일을 말한다. 이 라레스를 통해 농가에서는 매일 방목지로 가축들을 데리고 가 직접 풀을 뜯게 할 필요가 없다. 한두 사람이 각 농가의 가축들을 함께 모아 돌봐줌으로써 나머지 사람들은 그 시간을 활용하여 다른 일을 할 수 있는 것이다.

사유재산을 공동으로 이용하기도 한다. 고원에 있는 돌오두막들은 원래의 소유주가 있지만 여러 사람들이 이용한다. 그곳을 이용하는 사람들은 그 대가로 일을 해주거나 치즈 혹은 우유 등을 제공한다. 이런 식으로 해서 곡물을 빻을 때 쓰는 물레방아도 여러 사람들이 공동으로 사용한다. 물레방아가 없는 사람이라도 그것을 가진 사람과 사용 시기를 잘 조정하여 빌려 쓸 수 있는데 물이 부족하고 또 겨울철을 대비하여 물레방아를 사용해야 하는 사람이 많아지는 늦가을에는 그 대가로 빻은 곡식의 일정량을 주인에게 주면 된다.

일손이 딸리는 농번기에는 농기구나 가축들을 공동으로 이용한다. 특히 파종을 할 때면 농가들은 모든 작업이 가능한 한 빨리 끝날 수 있도록 자신들이 활용할 수 있는 자원들을 공동으로 사용한다. 긴 겨울이 지나 땅이 파종하기 적당한 상태가 되면 농부들은 다시 일하려는 의욕을 다진다. 이렇게 농기구나 가축을 공동으로 활용하는 관행 역시 오래 전부터 하나의 제도로 굳어진 것이고 그것을 '랑제 lhangdse' 라 부른다. 그러나 이런 제도화된 구조 속에서도 높은 수준의 융통성과 유연성을 기대할 수 있다.

예전 내가 '사크티 sakti' 라는 마을에 있을 때 마을 주민들은 파종 준비를 하고 있었다. 그 마을의 두 농가는 파종이 시작되기 전까지 그들 소유의 가축과 쟁기를 나누어 쓰면서 공동작업을 하자는 데 합의했다. 앞서 말한 랑제를 맺은 것이다. 그러던 어느 날 그 두 농가의 이웃인 소남 체링이 자기 소유의 밭을 갈고 있던 중 갑자기 쪼가 주저앉아서는 더 이상 일을 하려고 하지 않았다. 나는 처음 단순하게 쪼가 일을 안 하려고 고집을 부리는 게 아닌가 생각했는데 체링의 이야기는 자기 쪼가 병든 상태이고 상태가 심각한 게 아닌가 걱정스럽다는 것이었다. 내가 체링과 밭에 주저앉아 고민을 하고 있을 때 처음 이야기했던 이웃 그 사람이 다가왔다. 쪼가 병이 들어 일을 하지 못하게 됐다는 이야기를 전해 들은 그는 주저 없이 자기가 도와주겠다고 이야기했고 그와 랑제를 맺은 그 이웃도 함께 도울 것이라 이야

해발 1만 6000피트의 고원 나이말링에서 양을 치는 어린 소녀의 모습.
라다크의 어린이들은 일찍부터 일을 시작하면서 책임감의 의미를 배운다.

기했다. 그날 저녁 자기들의 일을 끝마친 두 이웃 사람들은 쪼를 한 마리 몰고 와 체링의 밭일을 도왔다. 그들은 노래를 부르며 함께 일을 했는데 해가 지고 어두워져 그들의 모습을 볼 수 없게 됐을 때까지도 그들의 노랫소리는 계속 들렸다.

chapter 5

자유로운 춤사위

라다크의 주부는 자기 가정의 절대 권력자다. 남자들은 그녀의 권능에 의해 지배를 받는다.
그녀는 돈을 소유하고 있고 독자적으로 거래를 한다. 그녀의 말은 곧 법이다.
—M. L. A. 곰페르츠 소령, 〈신비로운 라다크〉(1928년) 중에서

두 살 연하의 앙축과 결혼했을 당시 돌마의 나이는 스물다섯이었
다. 통데에서 하천의 상류를 거슬러 산 높은 곳에 있는 작은 마을 샤
디Shadi가 그녀의 고향이다. 통데와 샤디 두 마을 사이에는 많은 교류
가 이루어진다. 통데 주민들이 샤디 출신 배우자를 구하는 비율 역시
매우 높다. 상대적으로 낮은 고도에 위치한 통데에서는 곡물류 생산
이 활발하고 그보다 높은 곳에 있는 샤디에는 동물들이 많아 두 마을
사이는 자연스럽게 물품 교역이 이루어진다.

돌마의 결혼은 다른 라다크 사람의 경우처럼 일처다부제의 결혼이
다. 그녀는 앙축의 동생인 앙두스Angdus와도 결혼을 했다. 앙축의 또
다른 형제는 독신으로 통데 사원의 승려라고 한다. 한 여자가 세 남

자 형제 모두와 결혼을 하는 경우도 있다고 들었지만 그것은 드문 일이다.

앙축은 형제 가운데 맏이어서 집안의 가장이 되고 남편 중에서도 제일 위지만 그러한 서열의 개념이 분명하거나 중요한 것은 아니다. 실제 그들이 함께 생활하는 모습을 보면 그가 정말 집안의 가장이라고 생각하기에는 어려운 부분이 있다. 돌마는 남편들을 대체적으로 동등하게 대한다. 그들을 부를 때도 똑같이 '아초atcho' 혹은 '오빠'라고 부르고 특별히 한 남편을 더 좋아하는 것처럼 보이지는 않는다.

내가 통데에서 살 때 그들을 자주 찾아갔고 그래서 돌마에 대해 잘 알게 되었다. 우리는 함께 앉아 잔스카르와 서구사회의 차이점에 대해 몇 시간이고 대화를 나누었다. 일처다부제가 가지고 있는 정서적 측면이 나의 흥미를 끌었다. 남편이 한 사람 이상이라면 어떤 느낌일까? 나는 돌마에게 두 남편 중 더 사랑하는 사람이 있냐고 물었다. 돌마는 나의 질문에 당황했다. 남편과 아내 사이의 감정이란 공개적으로 표현되는 게 아니기 때문이다. 라다크에서는 부부가 손을 잡고 다니는 것은 정말 드문 일이고 다른 사람의 눈이 있는 곳에서 키스를 하는 모습은 전혀 볼 수 없는 일이다.

"앙두스가 더 부드럽긴 하지만 저는 두 사람 모두와 가까워요."

돌마는 수줍은 표정으로 대답했다. 돌마가 '사랑한다'라는 말을 사용하지 않은 것은 라다크 언어에는 서양 사람들이 사용하는 독점적이고 열정적이며 로맨틱한 관계를 나타내는 말이 없기 때문일 것이다.

내가 앙축과 앙두스 두 사람에게 돌마와의 관계에 대해 묻자 그들 역시 당황하는 눈치였다. 특히 성에 관한 이야기가 나오자 더 그랬다. 두 사람은 번갈아가며 돌마와 잠자리를 하지만 앙두스는 장사를 하느라 집을 비우는 일이 잦기 때문에 앙축과 더 많은 시간을 함께한다고 했다. 그리고 이 말을 듣고 너무나 많이 웃어서 믿어야 할지 말아야 할지 모르겠지만 돌마를 가운데 두고 세 사람이 같이 잠자리에 든 적도 있다고 했다.

라다크 사람들은 공개적으로 애정표현을 하는 일은 없지만 성적으로 소극적인 것은 아니다. 성 문제에 대해 지나치게 억누르는 것도 난잡한 것도 아닌 것 같다. 혼외정사에 대해서는 반대 입장이지만 그래도 사람들의 태도는 '그런 일이 일어날 수 있다'는 분위기다. 미혼모의 경우에도 사회로부터 죄인 취급을 받지는 않는다. 사실 라다크에서는 화를 내는 사람이 그 어떤 사람보다 큰 질타를 받는다. 이곳에서 가장 심한 욕설은 '숀 찬schon chan'이라고 하는데, 그것은 '화 잘 내는 사람'이라는 뜻이다. 내가 라다크 민담을 영어로 옮길 당시 도움을 주었던 앙축 다와Angchuk Dawa라는 학생은 부정을 저지른 여자의 남편이라도 아내의 부정 때문에 소란을 피우는 것은 좋지 않은 것이라 이야기했다.

"아시잖아요. 남자가 화를 내면서 한바탕 소동을 일으킨다면 여자가 잘못 행동한 것보다 더 많은 비난을 받는 거예요."

일처다부제는 수 세기 동안 라다크가 비교적 안정된 규모의 인구를 유지할 수 있게 한 결정적 요인이었다. 내가 믿는 바로는 그러한 안정감이 결과적으로 균형잡힌 자연환경과 조화로운 사회를 이루는 데 상당 부분 기여했던 것 같다. 인구조절이 환경과의 균형을 유지하는 데 있어 중요한 요소라는 것은 명백한 사실이다. 아마 사회적인 조화와의 연관은 그보다는 덜할 것이다. 그렇지만 한정된 자원에 의존하며 살아가는 사람들의 수가 세대가 거듭되는 동안 변동하지 않고 그대로 유지된다면 사회적 갈등이나 마찰은 그만큼 줄어들 것이다. 그러한 상황이라면 생존을 위한 경쟁이나 다툼은 최소화될 것이 분명하다.

라다크에서는 남자와 여자의 비율이 대체적으로 비슷하게 유지되고 있다. 그래서 여러 명의 남자가 한 여자와 결혼한다면 분명히 어느 곳에서는 결혼하지 않은 여자가 생기게 마련이다. 결혼하지 않은 여자는 비구니가 된다. 그리고 실제 한 집안의 형제 중 한 사람 이상의 많은 남성들이 결혼을 하지 않고 승려생활을 하고 있기도 하다. 일처다부제는 이렇게 직접 간접으로 티베트 불교의 사원 제도와 연관을 맺고 있는 것이다.

제도상으로만 보면 일처다부제는 1942년 이후 불법이 되었다. 그래서 내가 처음 라다크에 갔을 때는 어느 정도까지인지 파악하기는 어려웠지만 그 이전에 비해 훨씬 줄어든 상태였다. 또 일부다처제가 번성했을 때도 그것이 어느 정도였는지 명확하게 알 수는 없다. 그러나 그것이 인구억제에 영향을 미칠 정도로 보편적이었다는 것만큼은 분명한 사실이다.

여기서 또 하나 흥미로운 점이 눈에 띄는데 가장 선호된다고 볼 수 있는 결혼제도는 물론 일처다부제지만 라다크 사회에는 그것 말고도 다른 결혼제도들이 있다. 일부다처제와 일부일처제 역시 존재한다는 것이다. 이런 이례적인 상황은 분명 자원이 부족한 환경에 조심스럽게 적응해가는 과정에서 비롯된 것으로 보인다. 사회 구성원들 사이의 관계를 그렇게 유연하게 유지함으로써 그들이 살고 있는 땅이나 자연과의 관계를 최적화할 수 있었던 것이다. 다시 말하면 세대를 거듭하는 동안 라다크 사람들은 활용할 수 있는 대지의 면적 그리고 자녀와 배우자가 될 수 있는 이성의 수 등을 고려하여 자신들에게 가장 적합한 형태의 결혼제도를 자유롭게 선택해왔던 것이다.

일부다처제는 여성이 아이를 낳지 못하는 경우에 선택된다. 이런 경우 아내가 된 여성의 여동생이 두 번째 아내가 되는 것이 일반적이다. 그렇지만 그것 말고 다른 이유로 인해 일부다처제가 선택되는 일도 있다. 내가 잔스카르에서 알게 된 데스키트와 앙모Angmo의 경우가 그렇다. 이 두 여성은 원래는 전혀 모르는 사이였을 뿐 아니라 앙모가 나타나기 전까지 데스키트는 남기알과 결혼을 하여 이미 자녀를 두고 있는 상태였다. 그러던 중 남기알은 앙모와 관계를 맺게 되었고 그녀가 임신을 하자 남기알은 아내 데스키트에게 앙모를 두 번째 아내로 삼고 그녀와 그녀가 낳을 아이를 집으로 데려오고 싶다고 이야기했다.

나는 데스키트에게 그 이야기를 들었을 때 어떤 느낌이었느냐고 물어보았다. 또 앙모라는 여성을 집으로 데려오겠다는 생각이 받아들일 만했는지도 물었다.

"아니에요. 좋지 않았어요. 그 이야기를 처음 들었을 때는 화가 났어요. 그런데 남기알과 앙모가 모두 다 같이 사는 걸 너무나 바라는 것 같아서 그래도 되겠다고 생각했던 거예요. 모두 다 행복하게 사는 게 좋겠다고 생각한 거죠."

그 이후 12년 동안 그들은 아주 평화롭게 살고 있다. 앙모의 이야기로는 데스키트는 처음부터 자기를 친절하게 대했다고 한다.

"우리는 다툰 적이 없어요. 가끔씩 남기알 때문에 화나는 일은 있지만요. 게으름을 피울 때가 있거든요. 그럴 때는 일을 하러 나가라고 밀쳐내지요. 그렇지만 우리 두 사람은 12년 동안 한 번도 싸운 적이 없어요."

라다크의 전통사회에서 여성들의 위치는 대단히 높다. 데스키트가 앙모를 받아들인 것도 가정 내에서 그녀가 무시되거나 낮은 위치에 있어서 그런 것은 절대 아니다. 바로 그들의 옆집만 보더라도 일처다부제 결혼을 한 부부들이 살고 있을 정도다. 그 옆집에는 노르부와 그의 동생 체왕이 팔모Palmo라는 이름의 한 아내와 함께 살고 있다. 레에서 가게를 운영하는 체왕은 통데의 집을 떠나 있는 시간이 많다. 체왕이 집에 돌아오는 때는 형 노르부가 그를 위해 잔치를 열어주고 그와 팔모는 잠자리를 함께한다.

결혼의 형태가 어떤 것이든 한 집안의 토지 소유는 온전하게 유지된다. 토지를 상속하는 데 있어서 가장 기본적인 원칙은 그것이 작은 조각으로 나누어지는 일 없이 온전한 상태로 남아 있어야 한다는 것이다. 어떠한 경우라도, 자녀의 수가 몇인가에 상관없이 토지는 온전한 상태로 한 사람의 상속인에게 승계된다. 자녀가 없는 경우에도 마찬가지인데 그럴 때는 상속을 받을 양자를 정한다.

집안의 재산을 공식적으로 상속 받는 것은 대부분 맏아들이다. 그러나 토지의 경우 그것이 거래되는 일이 없고 또 서구사회에서처럼 사적인 소유 개념이 있는 것도 아니어서 상속을 받은 맏아들은 그 토지의 소유주라기보다는 관리자 역할을 하게 된다. 아들이 없거나 상황이 허락하는 경우 맏딸이 모든 것을 상속을 받는 일도 있는데 그런 경우 그녀의 남편이 재산권을 갖지는 못 한다.

라다크 사회에 있어 아주 전형적인 가정을 이루고 있는 앙축의 경우를 살펴보기로 하자. 집안의 재산은 공식적으로 그의 소유이다. 결혼을 하면서 그는 재산을 물려받았다. 그의 부모는 관례에 따라 아들 앙축이 결혼을 하자 살고 있던 집을 떠나 그 바로 옆의 '캉구khangu'라 불리는 작은 오두막으로 거처를 옮겼다. 그래서 앙축은 그렇게 젊은 나이에 집안을 대표하는 가장이 되었다. 할머니와 삼촌은 원래의 집에 남아 앙축과 함께 살지만 부모는 할아버지와 비구니가 된 두 딸을 데리고 오두막에서 산다. 오두막에는 별도의 밭이 하나 딸려 있는데 그들은 그 밭에서 곡물을 키우고 또 주방에서 요리도 직접 한다. 원래의 집과 오두막에 사는 가족들 모두 언제나 도와가며 살고 있고 많은 시간을 함께 보내지만 그래도 각각의 독립성을 유지하고 있다.

결혼식은 일을 하지 않고 대신 축하할 일이나 잔치 등이 많은 겨울철에 주로 한다. 혼기를 맞은 남녀의 부모와 친구, 친척들은 그들에게 적당한 배우자를 찾아주기 위해 무척 신경을 기울인다. 점성가 온포는 결혼 이야기가 오가는 남녀를 두고 그들의 결혼이 점성술에 비추어 잘 어울리는지를 진단한다. 결과가 긍정적으로 나왔다면 신랑의 가족들은 길고 긴 구애의식을 시작한다. 선물과 술을 담은 단지들을 신부의 집에 보내고 친구나 친척 중 한 사람—대개는 외할아버지—을 보내 신부 측의 생각을 타진해본다. 신부 측에서 선물을 받아들이면 양쪽 집안사람들이 서로 상대방의 집을 번갈아 방문하면서 결혼식의 세부 절차를 결정한다. 가족과 친구들 그리고 친척들과 파스푼 사람들이 각자 할 일을 정하는 것이다. 마지막으로 온포는 결혼식 날짜를 정한다.

신부를 신랑의 집으로 데리고 올 사람들은 결혼식 바로 전날 신랑의 집에서 모이는데 그들은 모두 노래를 잘 부르고 춤을 잘 추는 사람들 중에서 정해진다. 결혼식 당일 그들은 실크로 만든 긴 외투를 입고 뾰족하게 솟아오른 모자를 쓴다. 저녁 시간이 되면 그들은 '다다르dadar'라고 불리는 화살과 양이나 염소의 발목뼈 조각을 들고 신부의 집을 찾아간다. 화살은 신부가 살 집의 신령을 상징하는 것이고 '양몰yangmol'이라 부르는 뼛조각은 풍요와 번창을 상징한다. 신부의 집은 차와 술을 마시는 많은 축하객들로 분위기가 한껏 고조되는데 신부를 데리러 간 신랑 측 사내들은 큰 소리로 신부는 빨리 나와 자기들을 따라 신랑의 집으로 가야 한다고 외친다. 결국 신랑 측 사내들 앞에 모습을 보인 신부는 의식의 관행대로 눈물을 보이기도 한다.

내가 라다크에서 보았던 가장 특이한 결혼식은 레에서 하루 정도 걸리는 산골 마을 망유Mangyu에서의 결혼식이었다. 결혼식이 시작된

후 처음 3일 동안은 300명이 넘는 하객들이 모여 밤낮 없이 흥겨운 시간을 보냈다. 네 번째 날 사람들은 신랑 체링 완기알Tsering Wangyal이 까다로운 암치 자격시험을 치르는 모습을 보기 위해 모였다. 마을의 의사인 암치가 되는 절차는 대개 할아버지가 아버지에게 그리고 그 아버지가 다시 자기 아들에게 의술을 세습적으로 전수해주는 것이 일반적이어서 공식적인 시험이 있는 것은 아니다. 그러나 3년 전에 세상을 떠났다는 완기알의 아버지는 암치가 아니었기 때문에 그런 시험 절차가 필요했던 것이다. 그때 옆에 있던 라브기아스가 내게 말을 건넸다.

"이런 행사를 보시게 되다니 정말 운이 좋으세요. 드문 행사거든요. 100년에 한 여덟 번쯤……. 아니, 많더라도 열 번 정도 밖에 없

라다크의 전통적 결혼식 모습. 축하연은 며칠씩이나 치러지는데
어떤 경우는 몇 주 동안 계속되기도 한다.

는 거예요."

　잠시 후 초조한 표정의 신부가 도착했다. 터키석이 박힌 신부용
'페라크' 머리 장식이 어깨 밑으로 드리워진 모습이었다. 신부는 태
어나서 처음 해보는 화려한 치장이었다. 라다크에는 어머니가 결혼
을 하는 맏딸에게 그 페라크 머리 장식을 대대로 물려주는 것이 관습
이라고 하는데 이렇게 한 집안의 모든 재산권이 여성에게서 여성으
로 승계된다는 것을 알려주는 이러한 관습은 라다크 사회에서 여성
의 지위가 얼마나 높은 것인지를 시사하고 있다.

　들러리와 안내인들이 호송하는 가운데 신부는 신랑의 집에 이르는
약 400야드 정도의 거리를 걸어갔는데 그 중간에 신부를 호송하는
안내인들과 들러리는 네 번을 멈추어 건배를 한 다음 술통 주위를 돌
며 엄숙한 분위기의 춤을 추었다. 신랑의 형인 도르제가 동전과 지폐
를 공중에 뿌리자 떨어진 돈을 주우려고 몰려든 아이들 때문에 정신
이 없었다. 신부의 행렬이 집으로 도착할 무렵 승려들은 진흙으로 만
든 항아리를 깨뜨렸다. 그것은 악령을 쫓기 위해 하는 의식이었는데
항아리가 더 작은 조각으로 부서질수록 결혼하는 부부가 다 더 풍요
롭게 살게 된다는 것이 그들의 믿음이었다.

　대부분의 의식들은 집안이 아니라 수확을 하고 난 밭에서 이루어
졌는데 땅 위에는 서리가 엷게 내려 있었다. 축하연이 시작된 것은
오후 세 시 무렵이었다. 해가 높은 산을 넘어 남쪽으로 떨어지고 오
래지 않아 시작된 축하연은 밤 아홉 시가 넘을 때까지 계속되었다.
나를 포함한 하객들은 두 줄로 깔린 카페트 위에 앉아 열두 개의 커

다란 술통을 마주 보고 있었다. 술을 마시는 동안 잔이 비기가 무섭게 새로 잔을 채워주는 모습이 인상적이었는데 그런 것이 바로 라다크식 접대문화였다. 하객 중 한 사람이 술을 더 가지고 왔는데 술의 표면이 얼 정도로 추운 날씨였다.

결혼식에 온 하객들은 신랑과 신부 그리고 가족들에게 축복을 기원하는 의미로 '카티크katak'라 부르는 하얀색 스카프를 선물하는데 내 차례가 되어 나도 그들의 목에 카탁스를 하나 걸쳐주었다. 손님들에게 받은 카탁스의 수가 100개 정도가 되어 목둘레가 너무 두터워지면 옆에 있는 사람이 그 절반 정도를 덜어내 조금 가볍게 해주고 있었다. 들러리가 하객 중 한 사람의 목에 카탁스를 둘러주며 춤을 추기 시작하자 참석한 하객들은 그 느린 동작의 경건해 보이는 라다크 전통 춤에 합류했다. 원형을 이루어 춤을 추는 동안 거의 최면 상태에 빠지는 느낌이었다.

밤이 깊어지면서 잔치의 흥겨운 분위기는 더욱 고조되었다. 춤추는 사람들의 행렬은 느릿느릿 그리고 불규칙하게 움직이며 좁다란 길을 따라 내려가고 있었다. 길은 하객들을 위해 미리 정리가 되어 있었다. 그때 행렬의 앞에 있던 사람이 외치는 소리가 들렸다.

"너무 취했나 봐!"

한 시쯤 되어서 타시 라브기아스는 잠을 자기 위해 슬그머니 무리를 빠져나와 자기 방으로 들어갔는데 한 시간 반쯤 지나고 술을 마신 사람들이 그의 방으로 몰려가 곤히 자고 있는 그를 깨웠다.

"이봐, 타시, 일어나! 오늘은 학자라고 해서 빠질 수 없어. 빨리 일어나서 노래하고 춤 추자고!"

다행스럽게도 우리가 마신 창 술은 숙취가 별로 없는 술이었다.

300여 명이나 되는 많은 하객들을 아주 편안하고 친절하게 접대하는 신랑 가족들의 모습이 정말 놀랍게 느껴졌다. 다음날 아침 가족들은 하객들 모두에게 따뜻한 물과 비누, 수건을 주었다. 그 집에 수도 시설은 없었지만 매끼 식사를 할 때마다 하객들에게는 따뜻한 물이 제공되었다. 가족들과 파스푼 사람들은 매 시간 돌아가며 음식을 준비했다. 아침 식사로는 간단하게 '캄비르khambhir'라는 통밀빵과 버터차가 나왔다. 처음 그 집에 도착했을 때 나는 주방에 버터와 캄비르가 정말 산 같이 많이 쌓여 있는 것을 보았는데 4일이 지나자 거의 다 없어지고 말았다. 점심과 저녁 식사는 푸짐했다. 커다란 솥으로 지은 쌀밥과 야채와 고기가 나왔다. 너무나 세심한 배려들이 조화를 이룬 환대였지만 놀라운 것은 그것을 총괄적으로 지휘하는 사람은 없다는 것이었다. 그럼에도 불구하고 그들이 일하는 모습은 촛불이 하나 거의 타버릴 무렵에는 누군가가 항상 그 옆에서 새로운 초로 바꾸어놓을 만큼 자율적이고 원활했다.

신랑 완기알은 결혼식 내내 들뜨거나 흥분하지 않는 편안한 모습이었다. 서양 결혼식과 비교하면 엄숙함이나 형식적인 면이 덜 했고 여유로운 느낌이었다. 생각해보니 결혼식을 계속 지켜보았지만 성혼이 선언되어 신랑과 신부가 그때부터 부부가 되었다는 것이 공식화된 특정한 순간은 없었던 것 같았다. 아마도 두 사람이 행운을 상징하는 고대의 상징물 '스와스티카swastika' 두 개를 올려놓은 카페트 위에 앉아 함께 음식을 먹던 순간이 아니었나 생각된다.

결혼식의 네 번째 날 완기알은 자격시험을 주관하는 여덟 명의 엄격한 암치 심사관들을 만났을 때도 침착함을 잃지 않았다. 시험이 시작되자 완기알은 제일 먼저 권위를 자랑하는 암치 의술 서적의 내용을 40분 동안 암송했다. 그러고 나서 검은색과 흰색의 조약돌을 카페트 위에 배열하여 생명의 나무를 상징하는 도표를 만들었다. 완기알이 만든 도표는 신체의 각 기관을 나타내는 것이었고 각각의 기관에 생길 수 있는 질병들이 선으로 연결되어 있었다. 다음에는 심사관들이 구경하고 있는 사람들 가운데 임의로 한 어린 소년을 뽑았다. 완기알은 소년의 양 팔목을 짚어가며 여섯 군데의 맥박을 짚고 소년의 상태를 진단했다. 심사관들은 완기알의 진단이 맞는지를 점검한 다음 마지막 순서로 완기알을 향해 의술에 관한 질문들을 퍼부어댔다. 완기알이 정확한 답변을 하고 나서 심사관들은 그를 암치로 인정했다.

신생아의 출산은 대체적으로 따뜻한 여름철로 집중된다. 아이가 태어나면 아버지는 이후 일주일 동안 밭일을 하지 않는다. 그것은 일을 하면서 혹시 땅에 사는 작은 벌레라도 해치게 되면 땅의 신령을 노엽게 해서 아이에게 좋지 않은 일이 생길지도 모른다는 두려움 때문이다. 산모와 신생아는 바깥세상과 완전히 차단된 방에서 평화롭게 생활한다. 가족들은 가장 신선하고 진한 우유와 최고 품질의 야크 버터를 가져다주며 산모와 신생아를 극진히 보살핀다. 버드나무를 엮어 만든 천장에다가는 행운의 화살을 걸어둔다.

점성가 온포가 허락하면 출산한 지 7일째 되는 날부터 신생아를 보러 오는 외방객들의 출입이 이루어진다. 새로 태어난 아이를 보러 온 친척들과 부모의 친구들은 밀가루와 버터를 수북이 담은 접시와 '신들의 말' 형상을 한 밀가루 반죽을 가지고 와서 아이의 탄생을 축복해준다.

기도실에는 승려들이 피워 놓은 향불이 타오르고 집안 전체에 불경과 음악소리가 가득하다. 아이들은 신명나게 뛰어놀고 어른들은 정겹게 이야기를 나누는 동안 무거운 법고소리가 함께 뒤섞여 집안 가득 흥겨움이 더해간다.

아이가 태어난 지 한 달이 지나면 마을 주민 모두가 함께하는 축하연이 열린다. 새로 태어난 아이가 마을의 일원이 되었다는 의미에서 대장장이는 숟가락과 팔찌를 선물하고 음악가들은 축하음악을 연주한다. 마을 사람들은 아이의 아버지와 어머니에게 음식이나 '카타크' 같은 축하의 선물들을 건넨다.

점성가 온포는 또 새로 태어난 아이가 처음으로 집 밖으로 나가는 날을 정한다. 우연히 정해지는 것은 아무것도 없다. 모든 징조들이 길하게 나타나야 하고 모든 요소들이 조화를 이루어야 한다.

아이의 부모는 행운을 비는 의미로 아이의 머리에 버터를 발라주고 악령들을 쫓는 의미로 이마에 숯과 기름으로 검정 표시를 남긴다. 부모는 아이에게 손으로 짠 긴 옷을 입히고 은으로 '옴om' 자를 새긴 털모자를 씌운다.

그로부터 두세 달 후 부모는 아이를 데리고 사원을 찾아가 축복을 받고 악령들로부터 아이를 보호하는 내용의 기도문을 받는다. 바로 그때 아이는 지위 높은 라마승 린포체^{rinpoche}로부터 처음으로 이름을 받는다. 린포체가 지어주는 이름은 불교에서의 개념과 교리로부터 나오는 것들인데 예를 들면 '앙축'과 '완기알'은 각각 '강력한' 그리고 '승리하는'이라는 뜻인데 모두 자아를 극복한다는 의미를 가진 것들이다. 이렇게 지은 이름에 성은 없다. 라다크 사람들은 살고 있는 집과 토지의 이름으로 그 사람의 신분을 인지하는데 그것은 그들이 발붙이고 살아가는 땅과의 깊고 지속적인 유대감을 아주 분명하게 시사하고 있다.

돌마의 아이들은 앙축과 앙두스를 모두 '압바^{abba}' 혹은 '아버지'라고 부른다. 그런데 자녀를 둘 만한 나이가 된 남자라면 누구나 압바라 불릴 수 있다. 돌마는 두 아이의 아버지가 각각 누군지 알고 있다고 했다. 큰아이의 아버지는 앙축이고 작은아이는 앙두스의 아이라고 했다.

"그걸 어떻게 알아요?"

"그냥 알아요."

앙축과 앙두스 모두 어느 아이가 자신의 아이인지 개의치 않으며 두 아이 모두를 동등하게 대한다.

돌마의 가족들과 함께 지내면서 나는 아이들이 어떻게 양육되는지를 지켜보았다. 그들은 서로 지속적인 신체접촉을 하는데 그것은 아이들의 발달에 중요한 역할을 하는 것이다. 돌마는 생후 6개월이 된 앙축의 아이와 조금 더 많은 시간을 보낸다. 이 아이는 원할 때는 언제라도 젖을 먹을 수 있도록 엄마의 품에서 밤새 잠을 잔다. 낮에 밭에서 일을 할 때에도 돌마는 아이를 데리고 간다. 그러나 엄마인 돌마 혼자서 아이를 돌보는 것은 아니다. 가족 모두가 아이를 보살핀다. 아이 곁에는 언제나 누군가가 있고 그들은 아이를 돌보며 입을 맞추거나 꼭 껴안아준다. 남자나 여자나 모두 똑같이 어린아이를 좋아한다. 심지어 옆집에 사는 십대 소년이 아이를 어르며 자장가를 부르며 잠을 재우는 모습이 전혀 어색하지 않게 느껴질 정도다.

알 로 로 로Alo-lo-lo
알 로 로 로
우리 귀여운 아기가 행복하게 잠들게 해주세요.
알 로 로 로

라다크의 전통 생활방식의 특징 중 하나는 아이와 엄마가 항상 함께 있다는 것이다. 마을 주민들이 함께 모여 상의할 일이 있는 경우나 축제, 잔치 할 것 없이 아이들은 항상 자리를 같이 한다. 심지어 노래와 춤과 술이 있는 사교적 모임에도 아이들은 늦은 시간까지 함께 한다. 스스로 졸음을 느껴 잠이 들 때까지는 어른들과 함께 즐긴다. 지금 8시 30분이 됐으니까 이제 들어가서 자라고 말하는 사람은 아무도 없다.

나는 돌마에게 서구사회에서는 어린아이들이 어떻게 양육되는지를 이야기해주었다. 엄마와 꽤 오랫동안 떨어져서 생활하고, 밤에는 엄마와 다른 방에서 잠을 자야 하며, 배가 고파서 울면 젖을 주는 게 아니라 정해진 시간마다 플라스틱 병에 든 우유를 마신다는 이야기를 들려주었다. 돌마는 섬뜩해 하는 표정을 지었다.

"제발요. 헬레나, 당신에게 아이가 생긴다면 제발 그런 식으로 키우지는 마세요. 아이를 행복하게 키우고 싶다면 우리처럼 하세요."

라다크 사람들은 어린아이가 보채는 경우에도 화를 내는 일이 없다. 예전 나는 라다크의 암치인 예셰Yeshe와 함께 일한 적이 있었다. 그가 가지고 있는 전통 의술 서적 가운데 출산에 관한 것을 영어로 번역하는 일이었다. 그때 예셰는 이웃집 손자를 돌보며 나와 함께 일을 하고 있었다. 그 꼬마는 계속해서 방에 있는 책을 집고서 책장을 잡아 뜯으려 했다. 거의 책장들이 찢어질 정도였다. 그러면서 쉬지 않고 "이게 뭐야? 이게 뭐야?" 하고 묻기를 계속했다. 잠시도 쉬지 않고 똑같은 질문을 계속했는데 정말 일에 집중하기가 불가능한 상황이었다. 그런데 예셰는 놀라우리만치 참을성이 있었다. 꼬마가 책을 집을 때마다 꼬마의 손을 부드럽게 책에서 떼놓으며 "이건 책이란다. 이건 책이란다. 이건 책이란다"라는 대답을 반복했다. 아마 똑같은 말을 100번 정도는 했던 것 같다. 산만한 분위기 때문에 일에 집중하지 못하는 나와는 달리 그는 조금의 흔들림 없이 일에 집중하고 있었다.

돌마는 세 살배기 아들이 뜨거운 찻주전자를 잡으려 하자 그를 찰싹 때린 적이 있다. 그리고 거의 동시에 그를 꼭 껴안았다. 나는 그런 불명확한 행동들이 아이를 혼란스럽게 할지도 모른다는 생각이 들었다. 그러나 그와 비슷한 상황을 몇 번 더 보고 나서 그것이 "너를 사

통데 마을에 사는 데스키트가 어린아이를 목욕시키고 있다. 물기를 닦아낸 후
건조함과 추위로부터 아이를 보호하기 위해 아이의 몸에 버터 녹인 기름을 발라준다

랑해. 그렇지만 그건 하지 마"라는 메시지를 담았다는 것을 깨달았다. 돌마는 자기 아들이 아니라 아들이 한 행동을 꾸짖었던 것이다.

라다크의 아이들은 자신을 둘러싸고 있는 모든 사람으로부터 무한정의 그리고 무조건적인 사랑을 받는다. 그런 것이 서양 사람들에게는 어린아이를 '버리는 것'으로 비추어질 수도 있겠지만 실제 라다크의 아이들은 다섯 살 정도만 되어도 다른 사람에 대한 책임의식을 배운다. 이들은 어느 정도 힘만 있어도 자기보다 어린아이를 등에 업고 보살핀다. 이들은 자기의 또래집단으로부터 떨어져서 생활하는 일이 없다. 성장하는 과정에서 이들은 갓난아이에서부터 증조할아버지에 이르기까지 모든 연령대의 사람들에게 둘러싸여 생활한다. 다시 말해 라다크의 아이들은 사람들 사이의 주고받는 관계의 사슬 속에서 자신이 그 한 부분이 된다는 사실을 인지하며 성장하는 것이다.

누가 시키지 않더라도 이들은 자기가 가진 비스킷을 쪼개서 친구나 형제와 나누어 먹으려 한다. 이런 것은 의식을 가지고 취하는 관용의 제스처가 아니라 지극히 자연스럽고 자발적인 행동이다. 라다크에서 생활하는 여러 해 동안 나는 어린아이들이 그 끈적거리는 조그만 손가락으로 살구나 콩, 빵조각 같은 것을 내 손에 쥐어주었던 일을 셀 수 없을 만큼 많이 경험했다. 스캉솔 축제 기간 중 있었던 어떤 잔치에서 열 살 정도 되어 보이는 두 소년이 음식이 담긴 접시를 받아 든 모습을 보았다. 접시에는 쌀밥과 야채와 고기가 담겨 있었다. 음식을 먹기 시작한 소년들은 빠른 손놀림으로 접시 위에 있던 쌀밥을 금세 먹어치웠다. 쌀밥을 다 먹자 소년들은 먹는 것을 멈추고 식사를 다 했다는 듯 입을 닦았다. 접시 위에는 맛있어 보이는 고기 요리만 남은 상태였고 나의 호기심은 점점 커졌다. 소년들은 전형적인 라다크식 양보의 미덕을 보이며 똑같이 접시 위의 고기를 안 먹겠다고 했다. 서로 상대방이 그것을 먹어야 한다는 것이었다. 마치 고기에 관심이 없다는 듯 접시를 밀어버리기도 했다.

성장기에 있는 아이들이 자기보다 어린 아이를 돌보고 그 아이에 대해 책임의식을 갖게 된다는 것은 당사자의 성장발달에 있어 중요한 영향을 미치는 것이다. 남자아이의 경우에는 특히 그렇다. 그런 성장기의 경험을 통해 누군가를 보살필 수 있는 역량을 키울 수 있기 때문이다. 그러한 역량 때문에 라다크 사회에서 남성 고유의 특성이 약해지는 일이란 없다. 오히려 남성 고유의 특성을 유지하는 동시에 더욱 큰 포용력을 갖게 되는 것이다.

라다크 사회에서는 서구사회에서와 같이 구성원 사이의 역할 구분이 그렇게 뚜렷하지 않다. 대부분의 사람들이 자신만의 전문 영역을 구축하고 있는 것은 아니지만 자신들이 필요한 것을 스스로 충당할 수 있는 방법을 총체적으로 알고 있다. 예를 들어 밭가는 일 같이 힘을 필요로 하는 일을 남자가 한다는 몇 가지 예외만 빼면 거의 모든 종류의 일이 특별한 조직의 구분 없이 이루어진다. 집안일이나 마을 일 모두 남녀 구분 없이 자율적으로 이루어진다.

퉁데 마을에서 사는 동안 나는 라다크 사람들이 과연 일을 어떻게 조정하는지를 알아내기 위해 많은 시간을 소비했다. 이들의 일은 특별히 토론을 하거나 일정한 패턴 없이도 잘 이루어지고 있었다. 돌마와 앙축의 주방에 앉아 그들이 일하는 모습을 보면 꼭 미리 짜놓은 안무없이 이루어지는 너무나 자유로운 춤사위를 지켜보는 느낌이었다. "당신이 이것 좀 하세요"나 "내가 이걸 할까?"라고 말하는 사람은 아무도 없었다. 그런데도 해야 하는 일은 모두 자연스럽게 이루어졌다. 잠시 아이를 어르고 있던 다와 아저씨는 어느새 화로 위의 솥을 휘저었고 그러고 나서는 창고에서 솥에다 넣을 밀가루를 꺼내왔다. 다와 아저씨가 아이를 돌마에게 넘겨주자 돌마는 아이를 무릎 위에 올려놓고서 야채를 썰기 시작했다. 풀무질을 하며 불을 지피던 앙축은 다와 아저씨가 가져온 밀가루를 받기 위해 솥을 옮겨놓았고 할머니는 반죽을 만드는 앙두스를 대신해 화로를 보기 위해 자리를 옮겼다. 이때 돌마는 물을 길으러 집 옆으로 흐르는 개천으로 나갔고 다와 아저씨는 다시 화로 옆에 앉았다. 그는 광택이 나는 놋쇠 기도바퀴를 돌리며 부드러운 목소리로 염불을 외고 있었는데 그것은 마치 가족들이 하고 있는 집안일에 대해 반주를 넣고 있는 듯한 느낌이었다.

라다크의 노인들은 생활의 모든 부분에 참여하고 있다. 실제로 이들이 할 일이 없어 허공을 멍하게 바라본다거나 소외되거나 외로워하는 일은 없다. 노인들은 세상을 떠나는 날까지 공동에 있어 중요한 구성원이 된다. 라다크에서는 나이가 들었다는 것이 곧 값진 경험과 지혜를 가졌다는 의미를 지닌다. 할머니와 할아버지가 물론 젊은이들보다 힘이 세지는 않지만 분명 그들이 공동체에 기여할 수 있는 것은 얼마든지 있다. 또 이곳의 일이라는 것이 그렇게 급하게 진행되는 것이 아니기 때문에 나이 든 노인들이 천천히 일을 한다 해도 별로 문제될 것이 없다. 그들은 가정이나 사회에서 자신이 맡은 역할을 활발하게 수행하고 있어서 대개 나이가 여든 정도가 된 다음에도 좋은 체격을 유지하는 것은 물론 건강한 신체와 맑은 정신을 가지고 있다. 노인들이 그렇게 활발함을 유지하고 있는 이유 가운데 하나는 그들이 지속적으로 젊은 사람들과의 접촉을 유지하고 있기 때문이다. 할아버지, 할머니와 손자, 손녀의 관계는 분명 부모, 자녀의 관계와는 다른 것이다. 가장 높은 연령대의 사람들과 가장 낮은 연령대의 아이들은 아주 특별한 유대관계를 형성하는데 그들은 정말 좋은 친구가 된다.

돌마의 가정을 예로 들면 아이들은 다치거나 혹은 누군가에게 꾸중을 들었을 때 제일 먼저 할머니에게 달려가 위로를 받는다. 그럴 때 할머니는 아이가 슬픔이나 속상함에서 벗어날 때까지 얼러주고 함께 놀아준다. 아이들을 대신해서 부모에게 뭔가 특별한 부탁을 한다거나 작은 염소 모양의 치즈를 만들어주고 그것을 먹고 싶을 때 조금씩 뜯어먹을 수 있도록 머리에 둘러주는 것은 모두 할머니이다.

이 글을 쓰고 있는 지금도 내 눈앞에 어떤 상황이 펼쳐지고 있다. 창밖을 바라보니 멀리 보리밭에서 내가 있는 집 쪽으로 암갈색의 두 물체가 다가오고 있다. 가파르고 울퉁불퉁한 길을 따라 다가오는 그것을 자세히 보니 어린 동자승이 나이 많은 노승을 도와 길을 걷고 있는 것이었다. 여든 정도로 보이는 노승은 등이 굽고 몸을 약간 떨고 있었는데 길에 돌이 있거나 돌아가야 할 때면 몸을 움직이기가 불편해 보였다. 동자승은 바로 그의 옆에서 몸을 이리저리 옮겨가며 그를 부축하기 제일 좋은 위치를 찾느라 분주했다.

라다크에 처음 왔을 때 나에게 제일 강한 인상을 남긴 것 가운데 하나는 여성들의 얼굴에 피어나는 환한 미소였다. 라다크의 여성들은 가고 싶은 곳은 어디든 자유롭게 돌아다녔고 남성들과 이야기를 나누거나 농담을 주고받을 때도 거리낌 없이 자연스러운 모습이었다. 어린 소녀들은 때로 수줍음을 보이기도 했지만 성숙한 여인들에게는 자신감과 개성, 위엄 같은 것이 느껴졌다. 나보다 먼저 라다크에 와본 사람들의 이야기에서도 이곳 여성들의 강력한 파워와 확고한 지위에 대한 이야기가 어김없이 등장했다.

서구사회의 시각에서 라다크의 외형적이고 형식적인 구조를 바라보는 인류학자들이라면 잘못된 인상을 받게 될지도 모른다. 외관으로 보면 공적인 위치에 있는 것은 남성들이고 남성과 여성이 따로 앉아 있는 모습이 빈번하기 때문이다. 그러나 여러 곳의 산업화된 사회를 접해본 내 경험에 비추어 분명 라다크는 내가 알고 있는 문화권 가운데 여성의 사회적 지위가 가장 확고한 곳이다. 사회의 내부를 있는 그대로 들여다볼 수 있었던 나는 라다크에 존재하는 남녀 간의 역할 구분이 성적인 불평등을 의미하는 것이 아니라는 사실을 알게 되었다. 나는 또 라다크 사회에서 어떤 역동적인 균형감을 감지했다. 남성과 여성 중에 진정한 권력을 쥐고 있는 것이 누구라고 이야기하기가 정말 힘들 정도다. 돌마가 다른 여자 친구들과 함께 자유롭게 대화를 나누는 모습을 보면 라다크에 성차별이라는 것은 존재하지 않는다는 사실이 분명해진다. 남녀 사이의 성 차이가 있다고 하더라도 그것은 서구사회에서와 같이 명확하게 구분되는 것은 아니다. 예를 하나만 들자면 서양에서 사용하는 대명사에는 '그 남자He' 나 '그 여자She' 와 같이 성을 구분하지만 라다크에서는 '코 Kho' 라는 대명사 하나로 남녀 모두를 통칭한다.

언젠가 내 라다크 친구 한 사람이 자신은 결혼을 하지 않을 것이고 아이도 낳지 않겠다고 이야기한 적이 있다. 그녀는 비구니가 되고 싶다고 했다. 경우에 따라 결혼을 해서 자녀를 가진 여성이 비구니가 되려고 집을 떠나는 일도 있고 비구니가 결혼을 하는 일도 있다. 또 그 와중에 혼외관계로 인해 사생아가 생기는 일도 있다. 그런데 라다크의 비구니들을 보면 그들이 하는 일이 놀라울 만큼 융통성이 있고 이례적으로 느껴지는 부분이 있다. 대부분의 비구니는 자신의 집에서 생활한다. 이들은 짧은 머리 때문에 외관상으로 일반인과 구분되고 다른 가족들보다 집안의 기도실에서 보내는 시간이 더 많은 것뿐이다. 이들은 밀접하게 연결된 가정과 지역공동체의 혜택을 누리며 산다. 독신으로 지내긴 하지만 아이들을 돌보는 일을 하기 때문에 언제나 아이들과 친밀한 유대관계를 맺고 있다.

물론 공식적인 서열상 남성 승려들이 비구니보다 높은 지위에 있는 것은 사실이지만 근본적으로 남성과 여성의 균형은 불교 교리에 있어 중심적인 역할을 한다. 어느 승려의 말을 인용하자면 한 마리의 새가 날기 위해선 두 날개가 균형을 이루어야 하는 것처럼 지혜와 자비심이 함께 하지 않는다면 깨달음에 이르지 못한다는 것이다. 여성은 지혜의 상징이고 남성은 자비심의 상징이다. 그 둘이 함께함으로써 불교의 근본이 형성된다는 것이다.

라다크 사회에서의 여성의 지위를 이야기할 때 가장 중요한 의미를 갖는 것은 여성의 지위는 형식적인 영역에서보다 비형식적인 일상에서 더욱 폭넓은 역할을 하고 있다는 사실이다. 물론 그 중심에 서 있는 것은 여성이다. 경제구조의 초점을 이루는 것은 가정이며 구성원들의 기본적인 필요 충족과 관련된 중요한 결정들은 대부분 가정경제의 차원에서 이루어진다. 그래서 여성들이 아이를 돌보며 가정에 머무르는 것과 사회 일선에 나서서 경제생활을 해야 하는 것 가운데 꼭 하나만 택하라는 식의 강요를 받는 일은 없다. 앞서 이야기한 것처럼 공동의 의사결정이 요구되는 상황은 거의 없기 때문에 산업화된 사회와 비교해 공격적이고 적극적인 모습을 보이는 남성 주도 성향의 공적 영역은 그다지 큰 중요성을 갖지 않는다.

그 차이를 이야기하는 게 의미 없는 일이겠지만 라다크에서는 여성들이 남성들보다 더 열심히 일을 한다. 그러나 서구사회와 다른 점이 있다면 라다크의 여성들은 그들이 하는 일이 어떤 것이라도 그에 합당한 인정을 받고 있다는 것이다. 라다크라는 이름의 이 농경사회에서는 가정과 공동체와의 좋은 유대관계를 유지하는 것이 중요시된다. 또한 땅과 동물들에 대한 지식을 익히는 것 역시 무척 중요한 일이다. 그런 분야에 있어 여성들은 남성들에 비해 앞서 있다.

언젠가 나는 라다크의 한 젊은 여성과 이야기를 나눈 적이 있는데

라다크의 여성들은 강인하고 자신감에 넘친다.
전통적 농경 경제체제에서 여성들의 역할은 남성들의 역할 못지않게 높이 평가되고 있다

그녀는 자신의 오빠가 몇 달 전에 결혼을 했다고 이야기했다.

"중매결혼이었나요?"

"네, 오빠가 중매결혼을 원했어요. 가족들의 의견을 듣는 것이 아주 중요하거든요. 이렇게 중요한 결정을 할 때는 가족들의 경험과 알고 있는 것들을 모두 다 모으는 게 중요한 것 같아요."

"아내를 고를 때 사람들이 특별히 중요하게 보는 게 있나요?"

"글쎄요. 아무래도 사람들하고 잘 지내는 사람이어야죠. 공정하고 참을성도 많아야 하구요."

"또 어떤 게 중요한가요?"

"일 솜씨가 좋으면 좋겠지요. 게으르지 않아야 하구요."

"예쁜지 아닌지가 중요한가요?"

"그렇지는 않아요. 중요한 건 그 사람 내면이 어떤가 하는 거예요. 외모보다 성격이 더 중요하지요. 라다크에는 '호랑이의 줄무늬는 밖에 있지만 사람의 줄무늬는 안에 있다'라는 말이 있어요."

chapter 6

불교 생활의 양식

세상 모든 것이 이와 같음을 깨달아라.
신기루이며 구름의 성이며
꿈이며 환영과 같다는 것을 깨달아라.
본질은 없이 겉으로 보이기만 한다는 것을 깨달아라.

세상 모든 것이 이와 같음을 깨달아라.
밝은 하늘에 떠 있는 달이
호수에 들어가는 일이 없지만
맑은 물 위에 비춰지고 있음을 깨달아라.

세상 모든 것이 이와 같음을 깨달아라.
메아리는 음악과 소리와 울음 속에서 나오지만
메아리에는 선율이 없다는 것을 깨달아라.

세상 모든 것이 이와 같음을 깨달아라.
마술사는 말과 황소와 마차와 그 모든 환영을 만들지만
모든 것은 보이는 것과 같지 않음을 깨달아라.
— 사마디라자수트라

라다크에 있는 모든 것에는 종교의 유산과 영향이 반영되어 있다.
풍경을 둘러보면 점점이 보이는 석탑들과 기원석의 모습들이 눈에
들어오고 불어오는 바람을 타고 펄럭이는 깃발이 보낸 기도소리가
들려오는 듯하다. 멀리 보이는 높은 산에는 사원의 거대한 흰 벽이

우뚝 솟아 있다. 기원전 200년경 인도에서 전래된 불교는 이후 라다크 사람들의 절대 다수가 믿는 전통 종교가 되었다. 현재 티베트 대승 불교의 모든 종파는 달라이 라마의 영적 지도를 받고 있다.

내가 살았던 마을들은 불교 신자들이 거주하는 곳이었다. 하지만 수도에 거주하는 사람들 가운데 절반 가량은 무슬림이었다. 그 밖에도 몇백 명 정도의 기독교인들이 작은 공동체를 이루고 있기도 하다. 이 세 종교 집단 사이의 관계는 최근 변화되었지만 내가 라다크에 처음 왔을 때만 해도 그들 모두는 서로에 대해 깊은 존중심과 넉넉한 관용의 모습을 보여주었고 종교의 경계를 넘어선 결혼들이 빈번해지면서 관계는 더욱 강화되고 있었다. 각 종교의 주요 축제일에는 모든 그룹의 교인들이 축제가 열리는 장소에 한데 모여 카타크를 교환하며 축하를 주고받았다. 라다크에 도착하고 몇 달 지나지 않아 나는 이슬람교도의 축제인 이드[id] 행사에 초대되었다. 그때 불교도와 이슬람교도가 한자리에 모여 앉아 이야기를 나누던 그 훈훈하고 즐거웠던 느낌을 앞으로도 잊지 못 할 것 같다.

불교 교리의 핵심을 이루는 것 중 하나는 이른바 '공空'의 철학이다. 처음 그 의미를 이해하기가 어려웠는데 해를 거듭하며 타시 라브기아스와 대화를 나누는 동안 조금 더 명확하게 이해할 수 있었다.

"그건 대화를 통해 쉽게 이해할 수 있는 게 아니에요. 말만으로는 절대 이해할 수 없는 개념이죠."

타시 라브기아스는 말을 이었다.

"깊은 사유와 경험을 결합할 때만 그 의미를 깨달을 수 있어요. 그래도 좀 간단히 설명해보겠습니다. 어떤 대상 하나를 예로 들어보지요. 이를테면 나무를 생각해보세요. 그러면 당신은 나무를 다른 사물과 구분하고, 정의를 내림으로써 나무의 본질에 다가서려고 합니다. 하지만 보다 더 중요한 단계에 도달하게 되면 그 나무는 독립된 실체가 아닌 것이 됩니다. 대신 그것은 관계의 사슬 속으로 녹아들어가는 것이지요. 나뭇잎 위에 떨어지는 빗방울이나 그것을 흩날리게 만드는 바람 그리고 그것을 지지해주고 있는 토양 등 그 모든 것이 나무를 구성하고 있다는 의미입니다. 궁극적으로 우주 만물이 바로 나무라는 존재의 실체를 구성하고 있는 본질인 것입니다. 각각의 존재는 절대 분리될 수 없는 것입니다. 또 그 본질은 결코 같은 상태로 머물지 않고 매순간 변화하고 있습니다. 바로 그것이 우리가 말하는 '공'의 의미입니다. 그렇기에 각각의 사물은 결코 독립적으로 존재할 수 없는 것이지요."

'수니아타Sunyata'의 개념을 정의하기 위해 사용된 '공'과 '무無'라는 용어로 인해 많은 서양의 사상가들은 불교를 허무주의적인 종교라고 생각하게 되었다. 또 불교신도들은 죽고 사는 문제에마저 무감각한 무리라는 오해도 생겼다. 그런데 역설적이게도 언젠가 타시 라브기아스도 기독교에 대해 그와 비슷한 정서를 표현한 적 있다.

"기독교에서는 사람의 운명은 이미 정해져 있는 것이라고 하는군요. 신에 의해 모든 것이 결정되고 조정되는 운명은 인간을 무기력하게 만듭니다. 그래서인지 기독교에는 불교에서처럼 개인적 성장의 여지가 없어 보였어요. 우리는 영적 수련을 통해 내적 성장의 기회를 가지고 있습니다."

불교는 아무것도 존재하지 않는다고 말하지 않는다. 또 염세주의를 조장하는 것도 아니다. 오히려 우주의 원리를 이해하고 나면 외부에서 일어나는 일들에 영향을 받지 않는 영원한 행복을 깨닫게 된다는 것이 그 가르침이다. 우리는 무지함 — 감각과 선입관에 의존하는 세상의 경험 — 으로 인해 사물이 분리되어 존재하는 일상세계 너머의 영속성을 보지 못 한다. 계속 그런 무지함의 시각으로 세상을 바라보는 한 우리는 존재의 굴레 속에 갇혀버리게 된다. 불교의 가르침은 우리에게 세계의 실체를 부인하라고 요구하는 것이 아니라 그것에 대한 시각을 바꾸라는 것이다. 사물은 우리가 감각을 통해 인지하는 영역 안에 존재하는 것이다. 우리는 육체를 가지고 있고 숨을 쉬기 위해 공기를 필요로 한다. 중요한 문제는 과연 어디에 중점을 두는가이다. 감각기관에 의해 인지된 세계를 버리라는 것이 아니라 그것을 다른 종류의 빛을 통해 바라보라는 것이다. 부처는 우리의 감각과 한계성에 의해 만들어진 이 세상 너머에서는 현상의 세계가 역동적인 변화 속으로 녹아들어간다고 가르쳤다. 현실의 진정한 본성은 언어 체계와 선형적 분석 체계 너머에 존재한다. 타시는 팔종조사八宗祖師 나가르주나Nagarjuna의 말을 인용했다.

"존재를 믿는 사람은 소만큼이나 어리석다. 비존재를 믿는 사람은 그보다 더 어리석다. 사물이란 존재하는 것도 아니고 존재하지 않는 것도 아니다. 그 둘 다인 것도 아니고 둘 다 아닌 것도 아니다."

우주는 끊임없이 흐르는 강물과 같다는 말이 있다. 그것의 전체성과 단일성은 변하지 않지만 언제나 움직임 속에 있다. 강물은 하나의 전체로서 존재하지만 그것이 무엇으로 이루어졌다고는 단정할 수 없다. 그 흐름을 멈추거나 관찰할 수도 없다. 모든 것은 움직임 속에 존재하고 분리할 수 없이 얽혀 있다.

타시는 또 이렇게 이야기했다.

"모든 것은 '연기緣起'라는 법칙에 따릅니다. 나가르주나가 말한 것처럼 '모든 관계들을 관통하는 근원점은 풍요롭고 깊은 부처님의 보배'입니다. 바로 이 단계에서 우리의 범주와 특성과 '너'와 '나' 혹은 '정신'이나 '물질' 같은 이름표들은 하나가 됩니다. 우리가 고정적인 실체를 가지고 있다고 생각하는 것이 실제로는 순간순간 변화하고 있는 겁니다. 나무의 본질이 '공'인 것처럼 자아의 본질도 결국 '공'입니다. 그것을 깊이 생각해보면 당신도 주변에 있는 모든 것의 한 부분으로 녹아들 수 있다는 것을 알 수 있습니다. 결국 자아라는 것은 우주에 있는 다른 사물들로부터 분리된 것이 아닙니다."

자아는 독립적으로 존재하는 것이라는 착각은 아마도 깨달음에 이르는 데 있어 가장 커다란 장애가 되는 것일 것이다. 절대적이고 영원한 실체에 대한 믿음은 끊임없이 반복되는 욕망을 낳고 또 그 욕망은 고통을 가져온다. 분리된 자아와 분리된 사물에 대한 관념에 집착함으로써 우리는 끊임없이 뭔가 새로운 것을 찾으려고 노력하게 된다. 그러나 찾고 있던 것을 얻는 순간 그 빛은 사라져버리고 우리는 또 다시 다른 곳으로 눈을 돌린다. 만족스러운 순간은 거의 없고 있다 하더라도 아주 짧은 순간일 뿐이다. 그로 인해 우리는 영원히 좌절하고 있는 것이다.

> 감각이 있는 모든 사물을 기쁘게 하는 것 말고는
> 부처님을 기쁘게 할 수 없다.

타시는 가끔 내게 지식과 이해라는 것이 그 자체만으로는 충분한 게 아니라는 것을 상기시켜 주곤 했다. 그는 실제 자비심과 함께하지 않는 지식이나 이해는 위험하다고 이야기했다.

"달라이 라마는 자기의 진정한 종교는 친절이라고 말한 적이 있어요. 우리의 기도문들을 한번 보세요. 거기에는 언제나 사람들에 대한 관심과 배려가 담겨 있지요."

> 고귀한 권능과 신실한 노력으로
> 나를 자애롭게 키워주신 부모님과
> 내게 보살의 도를 가르쳐주신 은사님들과
> 내게 따뜻함을 주었던 소중한 형제들과
> 나와 함께 물질과 재물을 교류했던 모든 사람들이
> 하루 빨리 부처님의 경지에 이르기를 기원합니다.

불교의 가르침에 따르면 이른바 '깨달음의 방법'에 있어 그 근간이 되는 것은 자비심이다. 티베트의 성자이자 시인인 밀라레파Milarepa는 자비심은 '공'의 개념에서 나온다고 말했다. 개개의 존재들 사이의 경계가 허물어지고 나면 '너'와 '나'는 완전하게 분리된 개별적 존재가 아니라 일체一體가 된다.

종교는 라다크 사람들의 생활에 거의 모든 곳에 스며들어 있다. 미술과 음악은 물론, 문화 전반과 농경활동에 이르기까지 방대한 영향을 미치고 있다. 또 라다크 사람들은 깊은 신앙심을 가지고 있다. 그러나 서양 사람들의 눈에는 이들이 이상하게도 종교문제에 대해 무심한 것으로 비추어지기도 한다. 이런 역설적인 모습을 내가 이상할 정도로 강하게 느낀 것은 달라이 라마가 여러 해 만에 처음으로 라다크를 방문했던 1976년이었다. 그의 방문이 있기 몇 달 전부터 라다크 분위기는 흥분과 기대감으로 들뜨기 시작했다. 사람들은 집을 새로 단장하고 기도문을 새긴 깃발과 새 옷을 준비했다. 달라이 라마의 방문을 기해서 그렇게 정성스럽게 꾸며놓았던 머리장식을 풀어버리는 사람들도 있었다. 또 터키석과 산호들을 깨끗이 세척하고 펠트 천으로 된 안감을 빨간색 옷감으로 바꾸었다. 달라이 라마의 설법 행사는 레의 외곽에 있는 인더스 강둑에서 '칼라차크라Kalachakra'라는 이름으로 열릴 예정이었다.

행사가 시작되기 한참 전부터 라다크 전역의 사람들이 물밀듯이 모여들었다. 버스나 트럭을 타고 온 사람들도 있었고 수천 명이나 되는 사람들은 수도인 레에 도착하기까지 며칠 동안 그냥 걷거나 다른 교통수단을 이용해 행사장을 찾아왔다.

일주일로 예정된 행사의 중반에 이르자 사람들의 수는 4만 명까지 불어났다. 행사의 분위기는 경건했지만 한편으로는 아주 놀랍게도 흥겨운 축제의 느낌을 주는 것 같기도 했다. 내 앞에 앉은 한 남자는 한순간 달라이 라마에게 시선을 고정한 채 경애심에 몰입하는 것 같더니 잠시 후에는 옆 사람의 농담에 웃고 있었다. 그러고 나서는 다시 기도바퀴를 돌리며 무아의 경지에 빠져드는 듯했다. 그곳에 모인 사람들에게 있어 일생을 통해 가장 중요한 의미를 갖는 행사였음에도 사람들은 웃거나 잡담을 나누었고 그 진행 중간에도 들락날락하는 모습이었다. 마치 소풍을 나온 듯 아이들은 신나게 뛰어놀면서 친구를 부르느라 소리를 지르기도 했다.

달라이 라마의 망명지인 다람살라Dharamsala에서 불교 공부를 했다는 한 프랑스 청년이 행사에 참가하고 있었다. 자신의 종교에 대해 너무나 진지했던 그 청년은 라다크 사람들의 모습을 보고 큰 충격을 받았다. 그는 몹시 실망스럽다는 듯 이야기했다.

"이 사람들은 진지하지 못 하군요. 불교 신자들이라 생각했는데……"

그런 그의 반응에 뭔가 잘못된 부분이 있다고 생각했지만 막상 그에게 어떻게 이야기해주어야 할지 당황스러웠다. 나 자신도 종교가 일상생활과는 분리되어 있는 문화권에서 성장했다. 종교라는 것은 그저 소수의 사람들이 일요일 아침에 하는 경건하고 엄숙한 분위기의 행사일 뿐이었다. 단지 그게 다였다.

매일매일 하는 기도에서부터 연례로 행해지는 축제에 이르기까지 라다크 사람들의 달력은 그 전체가 갖가지 종교행사들로 가득 메워져 있다. 티베트의 음력으로 15일이 되는 보름날은 부처가 잉태되고

피앙 사원의 축제 모습. 사진에 보이는 거대한 탱화는 1년에 한 번뿐인 축제 때만 공개된다

득도를 하고 세상을 떠난 날이다. 그 외에도 매달 2주에 한 번 꼴로 종교적 의미를 갖는 기념일들이 이어진다. 예를 들면 10일에는 인도에서 티베트로 불교를 전파한 종교 지도자 린포체의 탄생 축하행사가 있다. 이날 마을 사람들은 서로의 집을 돌며 함께 먹고 마시며 경전을 읽는다. 티베트 달력의 첫 번째 달에 있는 '나이에네스nyeness' 행사 때는 사원에 모여 금식과 명상을 한다. 또 성일聖日이 되면 깃발에 기도문을 새로 인쇄한다. 빨강, 파랑, 초록, 노랑, 흰색의 다섯 가지 성스러운 색상의 천에 기도문이 새겨진 목판을 압착하여 기도깃발을 만드는데 이렇게 만들어진 새 기도깃발을 원래 있던 깃발 위에 달아둔다. 원래의 깃발은 떼어내지 않고 계속 달아두어 기도의 메시지를 바람에 실어 보내는 동안 서서히 닳아 없어지게 한다.

라다크의 가정에는 그 지역의 불교 유산을 표현하고 있는 물건들이 가득하다. 주방의 화로에는 '스팔비spallbi'라 부르는 정교한 매듭이 달려 있는데 풍요를 기원한다는 이 매듭은 그 시작과 끝이 없이 이어지는 독특한 모습이다. 그것은 객실 벽에서 종종 볼 수 있는 티베트 불교의 여덟 가지 행운의 상징 가운데 하나이다. 지붕의 모퉁이마다 매달려 있는 기도깃발과 함께 집 앞에는 커다란 깃대가 서 있는 경우가 많다. 이 깃대를 세워놓은 것은 그 집 기도실에 대승불교의 기본 경전 16권이 모두 있다는 것을 의미한다. 《반야바라밀다경 Prajnaparamita》라 불리는 이 경전의 이름은 '완전한 지혜'라는 뜻을 가지고 있다. 외벽 한쪽으로는 작은 발코니가 있는데 거기에 서 있는 오렌지, 파랑, 흰색의 탑들은 각각 지혜와 힘과 자비심을 상징한다.

초창기 불교에서 전래된 오래된 상징물들도 오늘날 불교문화의 영역 곳곳에서 좋은 조화를 이루고 있다. 지붕 위에는 '라토lhato'라는 이름의 작은 굴뚝이 있는데 윗부분에 버드나무가지 다발이나 화살을 올려놓는 이 굴뚝은 집의 수호신을 위해 만든 것이다. 굴뚝의 안에는 곡식이나 물 혹은 귀금속을 담은 그릇을 넣어두는데 새해가 되면 새 것으로 바꾸어가면서 집안의 번창을 기원한다.

집의 바깥벽에 '사즈고 남고Sazgo namgo'*를 두는 경우도 가끔 있다. 이것은 양이나 개의 두개골을 다이아몬드 모양의 나무틀에 붙여놓고 그 안에는 주인 부부의 이름을 적은 모직 조각과 사진을 넣은 물건인데 그 위에는 '이 문이 악령들로부터 보호되기를 기원한다'는 내용의 글이 적혀 있다. 백마를 타고 있다는 신령 '찬tsan'을 기쁘게 하기 위해 집을 빨간색으로 단장하는 경우도 있는데 작은 인물상이나 점을 배열하거나 혹은 '만卍'자로 장식하기도 한다. 이 찬이라는 신령은 앞에서 보면 아름다운 모습이지만 뒤쪽에는 화가 난 것처럼 무시무시한 표정의 얼굴을 하고 있는데 그 표정을 보게 된 사람에게는 큰 액운이 찾아온다는 이야기가 있다.

라다크 사람들은 그런 신령들에 대해 친근하게 생각하는 듯 보인다. 신령들을 위한 의식들을 치르기는 하지만 분명히 신령들을 두려워하지는 않는다. 실제로 그들이 존재한다는 것을 절대적으로 확신하지는 않아 보인다. 언젠가 나는 소남에게 질문을 한 적이 있었다.

---

* 땅의 문, 하늘의 문이라는 뜻이다.

그는 느릿느릿한 말투로 대답했다.

"그런 신령들이 진짜 있다고 생각하나요?"

"글쎄요. 사람들 이야기로는 그렇다고 하네요."

"제가 직접 본 적은 없어요. 그런데 누가 알겠어요?"

티베트 문화 속의 사원은 외부사람들이 그 사회를 봉건적인 것으로 이해하게 만들었다. 처음에는 나도 사원과 나머지 사회 구성원들의 관계가 착취적인 연계를 맺고 있지 않을까 하는 생각을 가지고 있었다. 어떤 사원들은 마을 주민 전체가 경작을 하는 거대한 토지를 소유하기도 한다. 자기 토지를 가지고 있는 농부들 중에는 사원의 토지를 경작하여 작물의 일부를 거두어가는 사람들도 있다.

그러나 보다 넓은 사회적 시각으로 바라보면 사원이 주민들에게 경제적 이익을 안겨준다는 것을 알 수 있다. 실제로 사원은 지역의 공동체에 대해 '사회보장'을 제공하면서 어느 누구도 굶주리지 않게 만들고 있다. 가령 부양가족이 너무 많은 가정이 있다면 아들들 중에 누구라도 승려가 될 수 있다. 대개는 맏아들이 아닌 동생들이 그런 경우가 많다. 그들은 종교적인 봉사의 대가로 공동체로부터 부양을 받게 되는 것이다. 사원과 지역 주민 사이의 이런 상호부조의 관계는 문화적으로나 종교적인 면 모두에서 풍요로운 전통을 유지하고 있는데 바로 그런 관계 속에서 모든 구성원은 거기에서 발생하는 수익의 혜택을 받고 있다. 또한 남녀노소를 막론하고 어느 누구라도 결혼 생활 대신 독신으로서 영적 헌신의 기회를 가질 수도 있다.

앙축의 동생 린첸Rinchen은 특별한 능력이나 학식으로 존경받는

잔스카르에 있는 푸크탈 사원의 모습. 사원은 정신적인 역할을 수행하는 것과 함께
지역 공동체에 경제적 이익을 가져다주기도 한다.

'학승學僧'이나 '환생 라마승' 같은 지위에 있지는 않지만 승려로서
존경을 받고 있다. 린첸은 사원이 부여한 기본적인 의무들은 가지고
있지만 생활에서의 자유로움이 많은 승려다. 사원 안에도 자기 방이
있기는 하지만 린첸은 대부분의 시간을 종교의식을 주관하며 지역
주민들의 가정에서 보낸다. 통데 마을뿐만 아니라 인근의 샤디나 쿠
믹Kumik 마을에 가는 경우도 있다. 거의 1년을 통틀어 각 가정의 기도
실에서는 중요한 의식들이 열리고 있고 특히 파종기와 수확기에는
더 빈번해지는데 그 의식들을 주관하는 린첸은 더욱 바빠지게 된다.
그것은 또 린첸에게 있어 주요한 생활수단이 되는 것이기도 하다. 린
첸의 주관으로 의식을 마친 가정에서는 그에게 보상을 해주는데 최

근에는 그것을 현금으로 지불하는 경향이 많아지고 있다. 린첸은 본가의 자기 방에서 잠을 자는 일도 있다. 본가에 머물 때면 자기가 해야 할 집안일을 하는데 그가 제일 잘하는 것은 바느질이다.

사원에서는 중요한 불교 의식이나 축제들이 연중 이어진다. 며칠 연속으로 치러지는 것들도 있고 어떤 것은 몇 주간이나 계속되기도 한다. 여름에 있는 '야르나스yarnas' 기간 동안에는 승려들이 자신도 모르게 벌레를 밟아 죽이는 일을 방지하기 위해 한 달 정도 바깥 출입을 삼가기도 한다. 연중행사 가운데 가장 규모가 큰 것은 '참cham' 이라는 무용 축제이다. 이 기간 동안에는 불교의 기본 교리들이 연극으로 만들어져 상연이 되며 모든 사람의 적이 되는 '자아'의 형상을 만들어 그 적을 죽이는 의식을 행한다. 티베트 신령들을 상징하는 다채로운 가면을 쓰고 춤을 추는 승려들의 모습을 보기 위해 수백에서 수천의 주민들이 사원을 찾는데 승려들이 쓴 형형색색의 가면 속에 등장하는 신령들 하나하나에는 상징적인 의미들이 담겨 있다. 이 의식에 진행되는 동안 나팔과 북소리에 실린 염불소리가 신도들의 웃음소리와 한데 어우러진다.

"무지함이 있는 곳에는 '의식儀式'이 필요합니다. 그것은 우리가 어떤 수준의 영적 단계에 오르고 나면 버려도 되는 사다리와 같은 것입니다."

스타크나Stakna 사원의 수석 라마승은 언젠가 내게 그렇게 말했다. 라다크에서 볼 수 있는 그 풍성한 행사와 의식들이 종교활동에 있어 중요한 부분을 차지하고 있는 것은 사실이지만 정작 그런 것들이 겉으로 보이는 만큼 불교의 가르침에 있어 중심이 되는 것은 아니다. 적어도 내게 있어 라다크 불교문화의 가장 심오한 모습이 되었던 것은 가장 소박한 농부에서부터 가장 높은 학식을 지닌 승려에 이르기까지 그 모든 사람들이 가지고 있는 그 신비롭고 섬세한 가치관과 태도들이었다.

삶과 죽음을 바라보는 라다크 사람들의 시각은 비영원성에 대한 직관적 이해에 그 근거를 두고 있는 것으로 보인다. 그로 인해 집착을 버리는 태도를 갖게 되었던 것 같다. 라다크의 친구들은 내게 계속 그런 모습을 보여주었다. 일이 이렇게 되어야 한다는 생각에 집착하는 대신 기쁜 마음으로 모든 일을 있는 그대로 받아들이는 그들의 모습은 정말 축복받은 듯한 느낌을 준다. 예를 들어 수확을 하는 기간에 눈이나 비가 내려 여러 달을 정성을 들인 보리나 밀농사를 망쳤을 때도 그들은 전혀 낙심한 모습을 보이지 않는다. 그 힘든 상황에 대해 오히려 농담을 주고받을 정도다.

심지어 죽음이라는 문제에 대해서도 편안하게 받아들인다. 내가 라다크에 온 지 2년째 되던 해 친구 한 사람이 두 달 된 아이를 잃은 일이 있었다. 나는 그녀가 그 충격으로 인해 정신을 잃을 정도일 거라 생각했다. 그 소식을 들은 후 처음 그녀를 만났을 때 그녀는 분명히 혼란스러운 상태였다. 그렇지만 나는 그녀의 반응에서 다른 점을 발견했다. 그녀는 너무나 슬프다고 이야기했지만 환생에 대한 그녀의 믿음 때문에 아이의 죽음을 서양 사람들과 같이 종말의 의미로 받아들이지는 않는다는 것이었다.

존재에 대한 라다크 사람들의 개념은 윤회, 다시 말해 멈추지 않는 반복의 과정이라는 것이다. 이번 인생이 유일한 것이라는 관념은 없다. 그들에게 죽음이란 것은 끝이기도 하지만 시작을 의미하는 것이기도 하다. 그것은 하나의 탄생에서 다음의 탄생으로 옮겨가고 있는 것뿐이며 최종적인 해체를 의미하는 것은 아니다.

라다크 사람들의 그러한 태도는 명상으로부터 영향을 받은 듯하다. 사원의 영역 밖에서 깊은 명상이 행해지는 경우는 드물지만 사람들은 꽤 많은 시간을 준명상의 상태에서 보낸다. 특히 나이 든 사람들은 걷거나 일을 할 때 진언을 외는 경우가 많다. 일상의 대화에서도 기도문이 나오는 경우가 빈번하다. 몇 마디의 말 다음에 같은 호흡으로 '옴마니밧메훔, 옴마니밧메훔'이라는 기도문의 후렴을 하기도 한다. 최근 서구의 한 연구에 따르면 명상을 하는 동안 전체나 패턴을 인지하는 의식의 형태가 더욱 두드러지게 나타난다고 한다. 이것은 라다크 사람들의 전체적이고 그 맥락을 중요시하는 라다크 사람들의 세계관이 형성되는 데 중요한 역할을 했을 것이다. 또 그런 세계관은 불교의 가르침에 대해 잘 알지 못하는 사람들에게도 특징적으로 나타날 수 있는 보편적인 것이다.

라다크 사람들의 언어 역시 불교의 자취를 보여주는 것이라 말할 수 있다. 내가 아는 서양의 언어와 비교하자면 라다크의 언어는 상대성에 보다 중점을 두고 있는 것으로 보인다. 따라서 라다크 사람은 자신이 말하고자 하는 내용의 전후 맥락을 더욱 중시하게 된다. 가장 눈에 띄는 부분은 영어의 'Be 동사'에 해당하는 라다크어인데, 구체적인 상황에 따라 특히 말하는 사람과 듣는 사람의 주제에 대한 상대적인 친밀도에 따라 스무 가지도 넘게 변형될 수 있다는 점이다. 서양 사람들과는 달리 그들은 경험하지 못한 것에 대해 확신을 가지고 이야기하지 않는다. 직접 참여하지 않은 일에 대해 설명할 때는 자신이 알고 있는 것이 한정되었다는 사실을 표현하는 동사를 사용한다. 예를 들면 '그렇다고 합니다' '그런 것 같습니다' '그럴 것 같습니다' 등의 표현들이다. '이 집은 큰 집인가요?' 라는 질문을 받는다면 그들은 '제가 보기에는 큰 집 같습니다' 라는 식으로 답할 것이다.

경험한 것에 대해 말하는 때에도 우리처럼 분류하거나 판단하려는 대신 매우 신중한 모습을 보인다. 좋은 것과 나쁜 것, 빠른 것과 느린 것, 그리고 이곳이나 저곳은 분명하게 구별되는 다른 성질의 것들이 아니다. 마찬가지로 라다크 사람들은 정신과 육체 혹은 이성과 직관을 근본적인 대립의 관계로 보지 않을 것이다. 라다크 사람들은 '샘바samba' 라 부르는 관념, 번역을 하자면 '마음과 정신 사이의 연결'을 통해 이 세상을 경험한다. 이것은 지혜와 자비심이 분리될 수 없다는 불교의 가르침을 반영하고 있다.

삶의 기쁨

모든 사람이 우리처럼 행복하지는 않다는 건가요?
—체링 돌마

어느 해 여름이 끝날 무렵 나는 당시 예순 살의 탱화 화가 응가왕 팔조와 함께 카슈미르의 스리나가르에 갔다. 그는 그때 '곤차goncha' 라고 부르는 모직 옷을 입고 있었고, 쓰고 있는 모자며 야크 털로 만든 부츠며 모두가 전통적 차림이었다. 카슈미르 사람들의 눈에 그는 분명 라다크의 벽지에서 온 사람으로 보였을 것이다. 어느 곳에 가든 사람들은 그를 놀려댔고 그는 계속해서 조롱거리가 되었다. 택시 운전사, 상점 점원, 거리의 행인들 모두가 어떻게든 그를 놀렸다. "저바보 같은 모자 좀 봐!" "저 웃기는 신발 좀 봐!" "저런 미개한 사람들은 씻지도 않는대!" 나는 이해할 수 없었지만 응가왕은 그런 반응에 대해 전혀 개의치 않았다. 그는 여행을 즐기고 있었고 눈에 생기를 잃지 않았다. 그는 사람들이 자신을 놀린다는 상황을 잘 알고 있었지만 그것은 그에게 전혀 문제가 되지 않았다. 그는 언제나 미소를 지었고 겸손한 자세로 일관했다. 사람들이 놀리는 투로 라다크식 인사말 '줄레 줄레Jule, jule'를 외치면 그는 그저 '줄레 줄레'라고 답할 뿐이었다. 내가 화가 나지 않느냐고 물어도 그는 왜 화를 내야 하느냐는 반응이었다.

응가왕의 그런 평상심은 라다크 사람들에게 특별한 것이 아니었다. 그들은 정말 억누를 수 없는 '삶의 기쁨'을 누리는 사람들이다. 그 기쁨의 느낌이 그들 사이에 너무나 굳건히 자리를 잡고 있어 어떠한 환경이라도 그것에 영향을 줄 수 없어 보인다. 라다크를 찾은 사람이라면 누구나 그들의 전염성 강한 웃음에 이내 감염되고 말 것이다.

처음 나는 라다크 사람들이 보이는 것처럼 그렇게 행복할 수 있다는 것을 믿을 수 없었다. 그들의 미소가 진짜라는 것을 받아들이기까지는 오랜 시간이 걸렸다. 그런데 라다크에 온 지 2년째 되던 해 나는 어느 결혼식에 참석하여 뒷자리에 앉아 즐거워하는 하객들을 바라보고 있었다. 그 순간 나도 모르게 "아! 저 사람들은 정말 저렇게 행복하구나!"라는 말이 나왔다. 내가 그동안 문화적 편견이라는 눈가리개를 쓰고 라다크 사람들이 보이는 것처럼 행복한 건 아닐 거라는 생각을 하며 돌아다녔다는 것을 깨달았던 것은 바로 그 순간이었다. 그들이 그렇게 농담을 나누고 행복한 웃음을 보이는 그 이면에는 내가 살아온 사회에서처럼 좌절과 질투와 결함이 있으리라 생각했다. 나는 그간 의식하지도 못한 채 '행복을 향한 인간의 잠재력에는 문화적인 차이 같은 것은 없다'라고 전제하고 있었던 것이다. 내가 그런 식으로 무의식적인 전제를 하고 있었다는 것이 정말 놀라웠다. 깨달음 이후 나는 라다크 사람들의 실제 모습에 더욱 개방적인 태도를 갖게 되었다.

물론 라다크에 사는 사람들도 슬픔을 느끼고 여러 가지 골치 아픈 문제들을 가지고 있다. 또한 병이 나 죽음이란 상황에 대해 슬퍼하기도 한다. 내가 본 것은 절대적인 차이가 아니라 그 정도의 문제였다. 중요한 것은 바로 그 정도라는 것이다. 1년에 한 번씩 산업화된 문명 사회로 돌아갈 때마다 그 차이는 더욱 명확한 대비를 보였다. 생활의 많은 부분을 불안함과 두려움으로 색칠을 하고 사는 우리들에게는 집착을 버린다는 것 그리고 우리 자신과 우리를 둘러싸고 있는 환경에 대해 일체감을 느낀다는 것이 쉽지 않은 일이다. 그런데 라다크 사람들을 보면 그들은 정말 넓고도 포괄적인 자아의식을 지니고 있는 것 같다. 그들은 우리처럼 두려움과 자기보호의 경계선 뒤로 움츠러들지 않는다. 실제 그들은 우리가 자부심이라 부르는 것을 갖고 있지는 않지만 그것은 스스로에 대한 존중심이 없다는 것을 의미하지는 않는다. 반대로 그들의 자기존중은 의심의 여지가 없을 정도로 깊은 뿌리를 가지고 있다.

언젠가 나는 트럭을 타고 잔스카르를 떠나 먼지가 자욱이 이는 울퉁불퉁한 길 위를 달리고 있었다. 트럭 안에는 열 다섯 명쯤의 라다크 사람들과 콜카타에서 온 학생 두 명이 함께 타고 있었다. 시간이 흐르며 지루한 트럭 여행이 계속되자 학생들은 침착함을 잃고 불편해하기 시작했다. 그들은 야채 자루 위에 앉아 있는 중년의 라다크 남자를 밀치기도 했다. 잠시 후 라다크 남자는 자리에서 일어나더니 자기보다 스무 살 정도는 어려보이는 학생들에게 그 자리를 양보했다. 두 시간쯤 뒤 트럭은 잠시 휴식을 위해 멈춰 섰는데 학생들은 그 라다크 남자에게 물을 길어오라고 했다. 그리고 나서도 또 불을 피우라거나 차를 끓이라는 등 이것저것 계속 시키기만 했다.

라다크 남자는 완전히 하인 취급을 받았는데 아마도 그런 일은 난생 처음이었을 것이다. 그런데 그는 전혀 위축되거나 굴종적인 모습이 아니었다. 아부하는 듯한 느낌도 없었고 위엄을 잃는 것 같지도 않았다. 그는 그저 학생들이 요구한 것을 하는 가운데서도 친구를 대하듯 자연스러운 모습이었다. 다른 라다크 사람들도 화를 내거나 어이없어 하지 않았고 그 상황을 단지 재미있는 것 정도로만 여기고 있었다. 그 중년 남자는 너무나 여유롭고 자신감이 있는 사람이어서 굳이 자신의 존재나 자존심 같은 것을 증명해 보일 필요가 없었다.

나는 라다크 사람들 같이 정서적으로 건강하고 안정감 있는 사람들을 만나본 적이 없었다. 물론 그들의 그런 모습은 복합적인 요인들에 의해 형성된 것이고 그들 특유의 생활방식이나 세계관에서 비롯된 것이라 할 수 있다. 그러나 그 가장 중요한 요인은 라다크 사람들은 자신이 자기 자신보다 훨씬 더 거대한 그 무엇인가의 한 부분이라고 생각한다는 점이고, 또 자신은 다른 사람들 그리고 주변의 환경과 분리될 수 없는 연결 속에 존재한다고 믿는다는 점이다.

라다크 사람들은 자신들의 땅에 속한 사람들이다. 그들은 친밀한 일상의 접촉관계를 통해 그리고 계절의 변화, 필요한 것들, 한정된 것들 등 환경에 관한 이해를 통해 자신이 살고 있는 곳과 연결되어 있다. 그들은 자신들이 속해 있는 생활의 흐름에 대해서도 잘 알고 있다. 별들이나 해와 달의 움직임은 그들의 일상생활에 영향을 주는 아주 친근한 리듬이 된다.

또 한 가지 중요한 것은 라다크 사람들의 그런 확고한 자아의식은 사람들 사이의 긴밀한 유대관계와 관련되어 있다는 것이다. 앞서 말한 결혼식에서 나는 파스푼 사람들이 서로 웃으며 농담을 주고받는 모습을 지켜보고 있었다. 그런데 그들은 잠시 후 조용히 앉아 차를 마시며 자신만의 생각에 빠져드는 모습이었다. 그렇게 한참 동안을 서로 이야기를 나누지도 않았다. 라다크 사람들은 서로서로 슬픔이나 기쁨 등의 많은 경험들을 함께 나눈다. 일상생활에서의 중요한 전환점이 되는 행사가 있을 때에는 서로를 도와주며 일도 함께 한다. 나는 라다크 사람들 사이에 형성된 유대관계의 깊이를 들여다볼 수 있게 되었다.

라다크의 전통사회에서는 삼촌이나 숙모, 승려나 비구니를 포함한 모든 사람이 고도로 상호의존적인 공동체의 일원이 된다. 어머니가 자녀들과 떨어져 혼자 지내는 일은 없다. 어머니는 언제나 자신의 자녀 그리고 손자 손녀의 삶에 있어 한 부분을 차지한다.

라다크의 문화를 직접 경험하기 전까지 나는 집을 떠난다는 것은 개인의 성장에 있어 그 일부가 되는 것이며 성인이 되기 위해 필수적

라다크 사람들이 보여주는 그 기쁨이 넘치는 생활태도는
사람과 사람 사이의 그리고 사람과 자연 사이의 친밀한 유대관계의 산물이다

으로 거쳐야 하는 과정이라 생각했다. 그러나 지금 나는 대가족제도
와 작은 규모의 공동체 생활이 성숙하고 균형 있는 인격이 만들어지
는 데 있어 더욱 훌륭한 기초를 형성한다고 믿고 있다. 건강한 사회
란 구성원 사이의 친밀한 연관관계와 서로 돕는 분위기를 더욱 북돋
아주어야 하는 것이며 개개인에게 무조건적으로 정서적인 지원을 제
공할 수 있는 사회를 말한다. 이런 풍요로운 구조 속에서 개인은 자
신이 정말 자유롭고 독립적인 존재가 된다는 확신을 통해 안정감을
느끼게 되는 것이다. 역설적으로 들릴지 모르지만 나는 라다크 사람
들이 산업화된 사회에서 사는 우리 같은 서양인들보다 정서적인 면

에서 훨씬 덜 의존적이라는 사실을 알게 되었다. 이들에게 있어 사랑과 우정은 격정적이거나 집착하는 모습으로 나타나지 않는다. 한 사람이 다른 사람을 소유하는 형태가 아닌 것이다. 언젠가 한 어머니가 집을 나간 지 1년 만에 돌아온 열 여덟 살짜리 아들을 맞이하는 것을 본 일이 있다. 어머니는 놀랄 만큼 차분했다. 그동안 아들이 보고 싶지도 않았던 것 같은 생각이 들 정도였다. 내가 그런 모습을 이해하기까지는 오랜 시간이 걸렸다. 내가 겨울 한 철을 다른 곳에서 보낸 후 다시 돌아왔을 때에도 라다크 친구들의 반응은 정말 뜻밖이었던 것으로 기억된다. 나는 그들이 좋아할 만한 선물까지 준비했다. 나는 그들이 다시 돌아온 나를 너무나 반갑게 맞아줄 것이고 선물을 보고도 너무 좋아할 것이라 생각했다. 그런데 정작 그들의 반응은 내가 언제 떠나 있었던가 하는 듯 무심하기 그지없었다. 선물을 고마워하기는 했지만 내가 기대하던 분위기는 아니었다. 내가 원했던 것은 너무너무 반가워하는 그들의 모습이었고 그로 인해 우리의 특별한 우정을 확인하고 싶었는데 그들은 내게 그런 모습을 보여주지 않았다. 나는 실망스러웠다. 6개월을 떠나 있든 하루를 떠나 있든 그들이 나를 대하는 태도는 똑같았다.

그러나 나는 상황을 조절할 줄 알고 어떤 상황에서든 기쁨을 느낄수 있는 능력이야말로 커다란 장점이 된다는 사실을 깨닫게 되었다. 결국 나는 라다크 친구들의 그런 편안하고 여유로운 태도를 이해하게 되었고 마치 내가 떠난 적이 없었던 것처럼 대해주는 그들의 모습이 좋아졌다. 라다크 사람들은 우리처럼 어떤 것에 그렇게 집착하지 않는 것 같다. 물론 그들 역시 사람의 삶에 영향을 미칠 수밖에 없는 집착이라는 것으로부터 완벽하게 벗어나 있는 것은 아니다. 그렇지만 그 부분에도 정도의 차이─대단히 큰 차이라고 할 수 있다─가 있다. 친구를 떠나보내거나 소중한 것을 잃을 때는 불행하다고 느낄 수도 있다. 그러나 그렇게 많이 불행하지 않을 수도 있다.

만일 라다크 사람에게 '레에 가고 싶으세요? 아니면 그냥 마을에 머물고 싶으세요?' 라고 물으면 그는 분명 '레에 가면 좋을 것 같네요. 그런데 안 가더라도 좋을 거예요' 라는 식으로 대답할 것이다. 이쪽이든 저쪽이든 그게 그렇게 중요한 것은 아니다. 그들은 일상의 음식보다 잔치를 더 좋아하고, 불편함보다는 편안함을, 아픈 것보다는 건강한 것을 더 좋아한다. 그러나 결국 그들이 보여주는 기쁨의 모습과 마음의 평화는 적어도 외부 환경에 의해 좌우되지는 않는 것으로 보인다. 그런 특성들은 그들 내부로부터 나오는 것이라 할 수 있다.

라다크 사람들은 사회 구성원 사이의 유대관계 그리고 주변 환경과의 관계를 통해 내면의 평화로움과 기쁨이 넘치는 삶의 태도를 부양할 수 있었다. 그리고 종교는 그들로 하여금 자신들이 건강하고 따뜻하고 편안하고 풍요로움을 누릴 수 있다는 것을 일깨워주었다. 그러나 '무지함' 속에 머물고 있는 한 그들이 행복해질 수 없다는 것 역시 종교의 가르침이었다.

만족이라는 것은 자신이 삶의 흐름에 있어 한 부분이 된다는 것을 느끼고 이해하면서 그것과 함께 여유롭게 흘러가는 데서 나오는 것이다. 만일 당신이 긴 여행을 떠나려는 순간 비가 쏟아진다 해도 굳이 참담한 느낌을 가질 필요는 없을 것 같다. 당신이 그런 것을 좋아하지는 않겠지만 라다크 사람들은 그런 경우 '굳이 불행하다고 생각할 이유는 없지요' 라는 반응을 보이리라는 것은 알아둘 필요가 있다.

part · 2

변화에 관하여

chapter · 8

서양인의 발길

거만한 말을 타고
왕처럼 날아다니며
모든 것을 알고 있다고 생각하는 사람들이 있는데,
그들은 새들도 날 수 있다는 것을 모르는 걸까?
—타시 라브기아스, 여행객들에게 분개하며, 1980년

1부에 소개된 내용들은 대부분 라다크가 아직 서구세계의 영향을 심각하게 받지 않았던 당시 내가 경험한 것들이다. 1975년 내가 처음 라다크에 갔을 때 주민들의 생활은 그 자체의 규칙에 따라 변함없는 환경 속에서 수세기 동안 내려오던 똑같은 기초 위에서 이루어지고 있었다. 부족한 자원과 혹독한 기후 그리고 용이하지 않은 접근성으로 인해 라다크는 식민주의와 개발의 영향권으로부터 벗어나 있었다.

물론 세월이 흐르고 세대가 거듭되는 동안 그 고유의 문화는 변화를 경험했다. 아시아의 주요 교역로에 위치한 라다크는 지정학적 요인으로 외부 문화의 영향에 노출되어 있었다. 그러나 예전에는 외래 문화가 일으키는 변화의 속도가 내부의 적응 과정을 허용할 정도로 느린 것이었고 그런 외부의 영향들은 자체 문화의 영역 안에서 서서히 통합되어 왔다.

그러나 최근에는 외부로부터의 거센 영향력이 눈사태처럼 쏟아지면서 라다크 사회에 크고 급격한 붕괴 양상을 가져왔다. 파키스탄과 중국의 침략을 막기 위해 1962년부터 주둔해온 인도군에 의해 문화적인 영향을 입은 바 있다. 그러나 그 변화의 과정이 본격화된 것은 인도 정부가 그 지역을 관광 지역으로 개방했던 1974년부터였다. 그것은 라다크가 인도의 통치권에 있다는 사실을 분명하게 하려는 의도였던 것 같다. 그 지역을 개발하려는 움직임이 본격화된 것도 그무렵부터였다. 그 이후 현재까지 개발은 주로 레와 그 인근 지역으로 집중되었고 라다크 인구의 70퍼센트 정도는 아직까지도 전통적인 생활방식을 유지하고 있다. 그러나 현대화에 의한 심리적 충격은 전 지역으로 파급되었다.

라다크 개발 정책이 수립되는 곳은 카슈미르 주정부와 델리에 있는 중앙정부이다. 라다크 측은 의원 한 사람을 델리로 보내고 지역 대표 한 사람을 카슈미르 주정부에 보낸다. 라다크 내에서 그 정책을 집행하는 것은 라다크인이 아니라 라다크 언어도 모르는 행정관리들이다. 개발정책 집행의 책임자인 개발감독관은 인도 정부 소속 관리인데 파견 기간은 보통 2~3년이다. 내가 라다크에 머물렀던 16년 동안 일곱 명의 개발감독관이 거쳐갔다.

세계의 다른 지역에서와 마찬가지로 라다크에서의 개발 역시 서구식의 개발을 의미한다. 그 과정은 주로 도로나 에너지 생산시설 등

이른바 인프라 구조의 건설로 구성되어 있다. 정부 예산이 가장 많이 투입되는 것은 전력 부문인데 얼마 전 건립된 인더스강 유역 4메가와트 용량의 수력발전 시설에 20년간에 걸쳐 수백만 달러의 예산이 투입되었을 정도다. 의료와 교육 부문도 서구식 개발의 영향력이 두드러진 분야이다. 보건소와 학교들이 외딴 벽지 마을까지도 확산되고 있고 레에 있는 법원이나 경찰 관서, 은행 그리고 라디오나 텔레비전 방송의 영역이 확산 중에 있다.

개발의 영향력으로 인해 공적 부문의 성장이 빠르게 진행되고 있다. 금융의 각 분야에서 화폐경제가 활성화되고 있고 정부는 수입 분야의 규모를 확대하기 위해 보조금을 편성하고 있다. 1985~1986년 사이 보리와 쌀의 유입량이 레, 한 지역에서만도 6,000톤에 달했고 연간 90만 파운드의 석탄과 5만 입방피트의 장작이 수입되고 있다. 그 대부분의 과정이 정부 보조금의 지원하에 이루어진다. 하루 수백 여 대의 트럭이 짐을 싣고 인도 평원으로부터 긴 운행을 계속함에 따라 교통량은 기하급수적으로 증가하고 있다. 수천 명의 관광객들을 실은 지프와 버스들의 범람으로 인해 주변 도로와 레에는 교통정체와 대기오염이 확산되고 있기도 하다.

현대화된 세계의 영향으로 인해 최근 몇 년간의 인구증가율은 인도를 앞지르고 있다. 1971~1981년까지 10년 동안 인구는 5만 1,891명에서 6만 7,733명으로 31퍼센트나 늘어났다. 1901~1911년 사이의 증가율이 3퍼센트였다는 것과 비교해보면 그야말로 놀라운 변화라 할 수 있다. 이 괄목할 만한 인구증가율은 농촌인구의 도시유입 현상으로 더욱 가속되면서 레와 그 주변 지역에 건설 붐을 일으켰다. 그 결과 도시의 구획이 불규칙하게 변하는 이른바 '스프롤sprawl' 현상으로 다른 제3세계 국가들의 슬럼가를 닮아가기 시작했다.

외화획득의 통로가 되는 관광산업은 개발계획에 있어 불가결한 부문이다. 1974년 가을 미미하던 관광객 수는 10년 뒤인 1984년에는 1만 5,000명으로 늘어났다. 관광객의 유입은 주로 6~9월까지의 4개월 동안 집중되는데 대부분의 관광객은 인구 1만 명의 도시 레를 찾는다. 관광산업의 활성화는 연쇄적으로 연관 산업의 붐으로 이어졌는데 관광용 숙박시설을 찾아볼 수 없었던 레에는 100개가 넘는 호텔과 접객시설이 생겨나기도 했다.

관광산업이 물질문화에 미치는 영향은 광범위하고 불안한 모습을 보이고 있다. 그러나 더 중요한 것은 그것이 라다크 사람들의 정서에도 큰 영향을 미치고 있다는 사실이다.

화성에서 온 사람들

나는 어느 마을에서 카메라와 사탕과자와 펜으로 무장한 한 무리의 여행자들이
주민들을 공격하는 모습을 보았다. 초록색, 빨간색, 파란색으로 휘황찬란하게 차려 입은
그들은 순진한 마을사람들의 얼굴에 한 마디 말도 없이 카메라를 들이대더니
또 다른 희생자를 찾아나섰다.
—분노한 관광객, 1991년

일상적인 생활이 계속되던 어느 날 갑자기 잠에서 깨어보니 다른 행성에서 온 사람들이 당신이 사는 곳을 침략했다고 상상해보자. 이상한 모습을 한 외계인들은 이상한 언어를 사용했고 정말 특이한 생활을 하고 있었다. 일이 무엇인지도 모르는 것 같아 보이는 그들은 계속 여가를 즐기고 있었다. 게다가 그들은 아주 특별한 능력을 가지고 있었고 엄청난 부를 가지고 있었다.

상상을 조금 더 펼쳐보자. 당신의 자녀들이 그런 상황에 어떻게 반응할지, 또 자녀들이 그런 상황에 얼마나 매혹될지를 생각해보자. 외계인들을 따라가면 안 되고 당신과 함께 집에 있어야 하는 것을 설명한다는 일이 얼마나 어려울지 생각해보기로 하자. 당신은 어떤 방법

2부 · 변화에 관하여　185

으로 자기의 정체성을 찾고 있는 그 감수성 예민한 십대들이 중심을 잃지 않도록 도와줄 것인가?

관광산업이 본격화되기 시작하던 무렵 나는 라다크에 있었다. 그래서 나는 사회적 변화가 전개되는 과정을 처음부터 지켜볼 수 있었다. 라다크 언어를 잘하는 상태였기 때문에 나는 이른바 현대화가 불러온 그 강력한 정서적 압박감을 들여다보게 된 것이다. 라다크의 시각에서 현대사회를 바라보면서 나는 서구문화가 그 내부에서보다는 외적으로 볼 때 더욱 성공적으로 보인다는 사실을 알게 되었다.

외부세계 사람들은 사전 예고도 없이 라다크 땅으로 몰려들었다. 많은 외부인들은 매일 100달러의 돈을 썼는데, 라다크 사회가 느끼는 그 돈의 강도는 미국에서 어떤 사람이 하루에 5만 달러를 쓰는 것과 비슷한 것이었다. 라다크의 전통적 생활경제에서는 돈의 역할이 그리 크지 않았다. 그간 돈이 사용되었던 것은 주로 금 · 은 · 보석 같은 귀금속류를 구입하는 정도로 한정되어 있었다. 의식주 같은 기본적인 요소들은 돈 없이도 제공된다. 생활에 필요한 노동력 역시도 정교하게 짜인 인간관계의 한 부분으로 무상으로 제공되는 것이다.

외국 관광객 한 사람이 하루에 쓰는 돈은 라다크의 가정이 1년 동안 쓰는 돈과 맞먹을 정도이다. 라다크 사람들은 외국인들에게 돈의 용도가 그렇게 다를 수 있다는 것을 알지 못 했다. 집에 돌아오면 생존을 위해 돈을 써야 하는 외국인들의 입장이 그들에게는 너무 생소했다. 먹을 것을 구할 때도 의복을 구할 때도 거처를 마련할 때도 모두 돈이 필요하고, 그것도 아주 많은 돈이 필요한 외국인들의 생활을 이해하기 힘들었던 것이다. 그런 외국인들의 모습을 보던 라다크 사람들은 갑자기 자신들이 가난하다는 생각을 하게 되었다. 내가 라다크에 처음 왔을 때는 처음 보는 어린아이가 달려와 내 손에 살구를 꼭 쥐어주는 일이 많았는데 지금 그 어린아이들은 낡은 서양식 옷을 입고 디킨스 소설에나 나오는 거리의 아이들을 연상시키는 칙칙한 모습으로 변해버렸다. 외국인들과 마주치면 빈손을 내밀며 '한 푼만 주세요, 한 푼만 주세요'라고 말하는 것이 어린아이들에게 입버릇이 되어버렸다.

관광객들은 자신의 입장에서 라다크 사람들을 바라보며 그들이 낙후된 사람들이라 생각한다. 물론 마을 주민의 집에 초대되어 환대를 받은 적이 있는 사람이라면 누구라도 그것이 자기의 휴가에서 제일 인상적인 시간이었다고 이야기하겠지만 대부분의 외국 관광객들은 라다크 문화를 표면적으로만 볼 수 있을 뿐이다. 자신의 문화와 경제 개념에 비추어 그것을 바라보기 때문이다. 외국인들은 라다크에서도 돈은 자기 나라에서와 같은 역할을 할 것이라고 전제한다. 그들이 하루에 2달러 정도 밖에 벌지 못하는 라다크 사람을 만난다면 너무나 큰 충격을 받을 것이고 자신이 충격을 받았다는 것을 표현할 것이다. 그리고 어떤 형태로든 동정심을 표현할 것이다.

"오, 너무 가엽군요. 팁을 많이 주어야겠네요."

서양 사람들의 눈에 라다크 사람들은 가난하게 보인다. 그들은 라다크 사람들이 입고 있는 낡은 모직 옷이나, 쟁기를 끄는 쪼의 모습이나, 불모의 고원 같은 것을 보며 라다크 사회의 물질적인 측면만을 생각하는 것이다. 그들은 라다크 사람들이 갖고 있는 마음의 평화나 가정과 공동체의 가치에 대해 알지 못 한다. 또한 그들은 라다크 사람들의 정서적, 사회적, 정신적 풍요로움을 보지 못 한다.

외국 관광객들은 라다크 사회에 서양 사람들은 모두 엄청난 갑부라는 환상을 심어주는 것뿐만 아니라 자신들의 현대화된 사회에서는 일을 하지 않고도 살 수 있다는 왜곡된 이미지를 확산시키고 있다. 그것은 마치 발달된 기술이 사람들이 할 일을 대신해준다는 식으로 전해지기도 한다. 그러나 오늘날의 산업화 사회에서 사람들은 실제 농경사회에 속한 사람들에 비해 더 많은 시간 일을 한다. 그러나 라다크 사람들의 눈에는 그렇게 보이지 않는다. 그들이 생각하는 '일'이라는 것은 육체적인 것을 말한다. 걷거나 물건을 나르는 등 몸을 움직여 하는 일을 말이다. 자동차 운전석에 앉아 있거나 타자기의 자판을 두드리는 것은 그들에게는 일을 하는 것으로 보이지 않는다.

언젠가 나는 열 시간 동안이나 계속 편지를 쓴 적이 있었다. 너무 지치고 스트레스가 쌓여 두통이 생길 정도였다. 그날 저녁, 내가 머물던 집 식구들에게 너무 일을 많이 해서 피곤하다고 이야기했더니 그들은 웃고 말았다. 내가 농담을 했다고 생각한 것이다. 그들의 눈에는 내가 일을 한 것이 아니었다. 책상 앞에 편안하게 앉아서 종이 위에 펜으로 글씨를 썼던 것뿐이었다. 이마에 땀이 나지도 않았으니 말이다. 그것은 일이 아니었다. 라다크 사람들은 서구사회의 꽤 많은 부분을 차지하는 스트레스나 지루함, 좌절감 같은 것을 경험한 적이 없었다. 한번은 내가 마을 사람들에게 스트레스의 개념을 설명하려고 한 적이 있었다. 그들의 반응은 이랬다.

"그러니까 일을 해야 되기 때문에 화가 난다는 말인가요?"

나는 매일 서로 다른 두 개의 문화에 속한 사람들을 본다. 전혀 다른 세상에서 살아가는 그들은 서로에게서 피상적이고 일차원적인 이미지만을 바라보고 있다. 외국 관광객들은 등에 짐을 지고 높은 산을 넘어 먼 길을 가고 있는 사람들을 보고 이렇게 이야기한다.

"정말 끔찍하군! 얼마나 고생스러운 인생일까?"

그들은 자기들이 수천 마일이나 되는 먼 거리를 여행했고 무거운 짐을 지고 라다크 사람들이 오르던 바로 그 산을 올라가는 기쁨을 위해 수천 달러를 지불했다는 사실을 잊고 있다. 그들은 또 너무 움직이지 않아 자신의 몸이 얼마나 힘들어하는지도 잊고 있다. 일하는 시간에는 운동을 하지 않기 때문에 자유 시간에 그것을 보충하려 한다. 어떤 사람은 러시아워에 오염된 도시 공기를 가로질러 운전을 해서 헬스클럽에 가기도 한다. 그리고는 지하실에 앉아 아무 곳으로도 가지 않는 자전거의 페달을 밟아댄다. 그리고는 그 대가로 돈을 지불한다.

개발 계획이 전개되는 과정에서 관광산업이 본격화된 것과 함께 서구와 인도 영화의 유입이 활발해졌고 최근에는 텔레비전의 보급이 확산되고 있다. 이런 미디어들은 라다크 사람들에게 거부할 수 없을 만큼 강력한 기세로 '화려함'과 '힘'이라는 이미지를 전달한다. 그중에는 셀 수 없이 많은 도구들과 마술 같은 장치들이 있다. 또 그 많은 기계들 중에는 사진을 찍어주는 것도 있고 시간을 알려주는 것 그리고 불을 피워주는 것도 있다. 심지어 사람을 다른 장소로 여행을 시

라다크가 겪고 있는 문화충돌 현상의 한 예로 영화를 들 수 있다.
서구화된 인도 영화들은 젊은이들 사이에 큰 영향력을 미치고 있는데 그로
인해 젊은이들은 자신들의 전통문화에 대해 열등의식을 갖게 되었다

켜주는 것과 멀리 떨어진 사람들이 서로 이야기를 할 수 있게 하는 기계도 있다. 기계는 이렇게 모든 일을 할 수 있다. 그것을 사용하는 외국 관광객들이 너무나 깨끗하게 보이고 그렇게 부드럽고 하얀 손을 가지고 있다는 사실은 그리 놀랄 만한 게 아니다.

영화 속에서는 돈 많고 아름답고 용감한 사람들이 기쁨과 매력이 넘치는 생활을 누리고 있다. 라다크의 젊은이들에게 영화는 저항하지 못할 만큼 강력한 영향을 미친다. 영화의 장면들과 대비되는 자신들의 삶은 미개하고 시시하고 무능한 것 같다. 현대화된 사회의 겉모습만 보고서 그들은 얼굴을 얻어맞은 것 같은 기분이 든다. 그래서

스스로가 아주 어리석고 창피한 사람 같다. 부모들은 그들에게 밭에 나가 일을 하라면서 돈 한 푼도 생기지 않는 일 때문에 손에 흙을 묻히게 한다. 서양에서 온 관광객들이나 영화 속의 주인공이 사는 세계와 비교해보면 자신들의 문화는 정말 한심하게 느껴질 뿐이다.

세계 전역의 농경 문화권에 사는 수백만의 청소년들은 서구의 문화가 그들 고유의 전통문화에 비해 더 우월한 것으로 생각한다. 현대화된 서방 세계의 화려하고 풍요로워 보이는 물질적인 측면을 겉으로만 보고 있는 그들이 그러한 느낌을 갖는다는 것이 그리 놀라운 일은 아니다. 그들은 서구사회의 내부에 존재하는 사회적이고 정서적인 측면들, 예를 들면 스트레스 과다, 고독감, 늙어가는 데 대한 두려움 같은 상황을 보지 못 한다. 또한 환경파괴 현상이나 인플레이션 그리고 실업문제 같은 것들도 보지 못 한다. 그러나 한편으로 그들은 자신이 속한 문화에 대해서는 그 한계나 불완정성 같은 것들까지 속속들이 알고 있다.

서구문화의 영향력이 갑작스럽게 유입됨에 따라 라다크 사람들 가운데 특히 젊은이들 중에는 자신들의 고유문화에 대한 열등의식에 사로잡히는 사람들이 생겨났다. 그들은 자신들의 고유문화를 전적으로 거부하고 새로운 문화를 껴안으려 하고 있다. 그들은 현대화의 상징이 되는 물건들을 향해 앞다투어 몰려든다. 선글라스와 워크맨, 몸에 꽉 끼는 청바지들이 그것들인데, 사람들이 청바지를 입는 이유는 그것이 매력적이거나 편안한 옷이어서가 아니라 현대화의 상징이 되기 때문이다.

현대화의 상징물들이 가져온 영향력으로 인해 라다크 사회에서는 공격적 성향이 짙어지기 시작했다. 폭력이 미화되는 영화들을 보며 어린 소년들은 현대화된 사람이 되기 위해서는 줄담배를 피우고 빠르게 달리는 멋진 차를 가져야 하고 시골길을 질주하며 사람들에게 총을 쏘아대야 한다는 인상을 받기가 쉽다.

라다크의 젊은 친구들에게 그런 변화의 모습을 본다는 것은 정말 고통스러운 일이다. 물론 그들 모두가 폭력적으로 변한 것은 아니지만 화를 내는 일이 많아졌고 안정감이 약화된 것은 사실이다. 젊은 청년들이 아이를 돌보며 할머니와 다정하게 지내던 행복하고 온화한 문화가 시간의 흐름과 함께 변화해갔던 과정을 나는 모두 다 지켜보았다.

내가 다와를 처음 봤을 때 그는 열 다섯 살로 고향에서 살았다. 관광객들이 몰려오기 시작하던 무렵 그는 여행 가이드가 되었다. 그는 당나귀와 노새를 준비하여 관광객들의 짐을 싣고서 지역 트레킹을 안내하는 일을 했다. 몇 년 동안 연락이 끊긴 상태였는데 그가 자신의 여행사를 차렸다는 소식을 듣게 되었다. 라다크에서 처음으로 사업을 시작했던 사람들 가운데 하나가 바로 다와였다. 어느 날 시장에서 최신 유행하는 옷차림을 한 젊은이와 마주쳤는데 그는 선글라스를 쓰고 미국 록밴드가 인쇄된 티셔츠를 입고 꼭 달라붙는 청바지에 농구화를 신고 있었다. 그가 바로 다와였다. 나는 그에게 라다크 말로 이야기했다.

"다와, 정말 몰라볼 뻔했구나!"

"좀 변했지요? 네?"

라다크의 소년 소녀는 어린 시절부터 자신보다 더 어린아이들을 돌보는 일의 즐거움을 경험하며 성장한다

그는 자신감 넘치는 어조의 영어로 이야기했다. 나는 그와 함께 세계 전역에서 온 관광객들로 북적대는 레스토랑에 들어갔는데 그는 계속 영어로 이야기했다.

"제가 사업 시작한 거 아세요? 사업이 잘 되고 있어요, 헬레나. 정말 손님이 많고 돈도 많이 벌고 있어요. 지금 레에 숙소가 있어요."

"그동안 네가 안 보여서 궁금했어."

"네, 그런데 여기에 있는 일은 별로 없어요. 스리나가르에 가서 사람들을 직접 모아서 트레킹을 하거나 사원 관광을 시켜주면서 시간을 보내거든요."

"새로운 일이 좋아?"

"네, 좋아요. 관광객들이 대부분 귀빈들VIP이에요. 하루 종일 빈둥 거리는 라다크 사람들하고는 달라요."

그는 싱긋 웃었다. 그러고는 가지고 있던 배낭을 가리키며 말을 이었다.

"뉴욕에서 온 외과의사가 이걸 줬어요."

"마을에는 자주 들르니?"

"두세 달에 한 번씩은 가요. 쌀하고 설탕을 가져다주려구요. 그런 데 갈 때마다 저한테 돌아와서 추수일 거들라고 하네요."

"집에 갈 때는 기분이 어때?"

"지루해요. 너무 뒤떨어진 곳이잖아요. 전기도 아직 안 들어오니까요. 할머니는 전기가 필요 없다고 하신대요."

"할머니는 옛 것을 좋아하시는 거잖아."

"그걸 원한다면 계속 옛 것들에만 매달려 있을 수도 있겠지요. 그래도 라다크는 변할 거예요. 밭에서 농사짓는 일은 할 만큼 했잖아요. 헬레나, 우리는 이제 더 이상 그렇게 힘들게 일하지 않을 거예요."

"조금 전에 라다크 사람들은 하루 종일 빈둥거린다고 이야기하지 않았니?"

"그건 사람들이 앞서 갈 줄 모른다는 뜻이었어요."

다와는 주머니에서 말보로Marlboro 담배 한 곽을 보란 듯이 꺼냈다. 나는 안 피우겠다고 하자 그는 담배 하나를 꺼내 불을 붙인 다음 내쪽으로 몸을 기울이며 걱정스러운 표정을 지었다.

"오늘 아침에 여자친구와 싸웠어요. 아까 헬레나 선생님 만났을 때 그 애를 찾고 있었던 거예요."

"아, 그래? 여자친구가 누구지?"

"그 애가 아직도 저를 남자친구로 생각할지는 모르지만 아무튼 네덜란드에서 온 아이에요. 제가 관광을 맡았던 팀에서 만났는데 저하고 같이 지내려고 계속 머물고 있었던 거예요. 그런데 이제 여기가 싫어져서 집에 가고 싶대요. 저보고 같이 가서 함께 살자는 거예요."

"그렇게 할 거니?"

"가족들을 떠날 수는 없어요. 제가 돈을 벌어다 주어야 하니까요. 그런데 그 애는 그걸 이해 못 해요."

chapter 10

세 상 을 움 직 이 는 돈 의 힘

이곳에 가난이라는 건 없어요.
— 체왕 팔조르, 1975년

당신들이 우리 라다크 사람들을 도와줄 수 있으면 좋겠어요. 우린 너무 가난해요.
— 체왕 팔조르, 1983년

라다크 사람들은 자신들의 전통문화를 유지하는 가운데 돈이 없이
도 기초적인 욕구들을 원활하게 충족시켜 왔다. 고도 1만 2,000피트
의 고원 지역에서도 보리를 재배할 수 있는 기술을 개발했고 더 높은
지역에서 야크 등을 사육하기도 한다. 그들은 주변에서 구할 수 있는
것들을 이용해 자신들의 손으로 집을 지을 줄도 안다. 실제 그들이
외부세계로부터 구해야 하는 것은 소금뿐이고 그것은 교역을 통해
충당한다. 그들이 화폐를 사용하는 경우는 지극히 제한적인데 주로
귀금속이나 장신구를 구하는 때다.

그런데 그러하던 라다크 사람들이 갑자기 국제 화폐경제의 한 부
분이 되면서 아득히 먼 곳에 있는 외부세계의 영향력에 의존하는 상

황에 놓이게 된 것이다. 기본적인 욕구충족을 위한 영역마저도 예외
가 아니다. 그들은 라다크라는 곳이 세상에 존재하는지조차 모르는
사람들이 내린 결정에 큰 영향을 받게 되었다. 미국 달러의 가치가 변
동하면 그것은 인도 화폐 루피에 영향을 미치게 되는데 그로 인해 생
계를 위해 화폐를 사용해야 하는 라다크 사람들은 국제금융을 좌지우
지하는 사람들의 영향권으로 들어가게 되었다. 땅을 경작하며 살던
시절 그 모든 생활의 주인이었던 사람들이 이제는 그런 상황에 처하
게 된 것이다.

처음에는 사람들이 새로운 경제체제가 그런 의존성을 가져오리라
는 사실을 알지 못 했다. 돈이라는 것은 그저 편리하고 도움을 주는
것으로만 보였다. 예전부터 라다크 사람들에게 돈이라는 것은 좋은
것이었다. 멀리 떨어진 외지에서 나는 화려한 귀금속과 보석을 바로
그 돈을 이용해 구할 수 있었기 때문이다. 돈을 많이 가지고 있다면
무조건적인 발전이 가능할 것 같았다. 요즘은 돈을 가지고 예전에는
보지도 못 했던 그 모든 외국 제품들을 살 수 있게 되었다. 3분이면
끓여 먹을 수 있는 라면이나 디지털 시계 같은 것들을 말이다.

기본적 욕구 충족에 필요한 재화의 공급마저도 전혀 다른 경제체
제에 의존하게 되고 예측하지 못 할 인플레이션에도 민감할 수밖에
없는 상황에 이르자 사람들이 온통 돈에 정신을 빼앗기고 있는 현실
이 그리 이상하게 느껴지지 않을 정도다. 지난 2000년 동안 라다크에
서 보리 1킬로그램은 그냥 보리 1킬로그램일 뿐이었다. 그러나 요즘
은 그 가치를 확실히 알 수가 없다. 오늘은 10루피를 가지고 보리 2킬

로그램은 살 수 있지만 내일은 그 돈으로 얼마나 살 수 있을지 아무도 알지 못한다. 라다크 친구들은 내게 이렇게 말할 것이다.

"끔찍하네요. 사람들이 너무 탐욕스러워지고 있어요. 예전에는 돈이 전혀 중요하지 않았는데 요즘은 사람들이 온통 돈 생각만 하고 있잖아요."

라다크 사람들은 오래 전부터 자신들이 활용할 수 있는 자원이 많지 않다는 것을 알고 있었고 또 개인으로서의 책임의식을 가지고 있었다. 노인들은 이런 이야기를 했다.

"땅 덩어리를 쪼개고 사람 수가 더 늘어나면 도대체 어떻게 될 것 같소? 그건 말도 안 되는 이야기지……."

라다크의 농경은 전통적으로 가족 구성원이나 지역 주민들 사이의 연대를 통해 공동작업으로 이루어진다

그러나 새로운 경제체제는 사람을 땅으로부터 분리시킨다. 기본적인 생활의 기반이 되는 하천과 토지를 볼 수 없는 도시에는 임금을 받는 일자리들이 있다. 농촌에서는 어떤 땅을 보면 그 땅에서 어느 정도의 곡식이 나올 것이고 그래서 몇 식구 정도를 부양할 수 있는지를 한눈에 알 수 있다. 어떠한 땅이라도 그 땅에서 거둘 수 있는 수확량이라는 것은 한계가 있다. 그래서 사람들은 그러한 수확량을 고려하여 인구를 안정된 수준으로 유지하는 일이 중요하다는 것을 알게 되었다. 그러나 도시에서는 그렇지가 않다. 그곳에서 중요한 것은 한 사람이 돈을 얼마나 가지고 있는가 하는 문제이며 출산율은 더 이상 중요한 문제가 아니다. 돈이 더 많을수록 더 많은 식량을 살 수 있다. 그리고 돈은 순환, 제한성 같은 자연의 법칙에 따라 성장하는 보리나 밀보다 훨씬 더 빠른 속도로 불어난다. 돈이 불어나는 데는 한계가 없는 것 같다. 잠무카슈미르은행은 '귀하의 예금은 우리와 함께 빠르게 자라납니다'라는 광고문을 내걸기도 했다.

지난 수 세기 동안 라다크 사람들은 서로 도와가며 동등한 친구의 자격으로 일을 해왔다. 그런데 요즘은 수확기를 맞아 임금을 지급하는 용역이 등장했다. 고용인은 가능한 한 임금을 적게 주려고 하고 피고용인은 가능한 한 많이 받고 싶어 한다. 인간관계가 바뀌어버린 것이다. 돈으로 인해 사람들 사이에 생긴 틈은 점점 더 벌어지고 있는 것이다.

체링과 소남, 돌마의 친구들이 전통적인 상부상조의 관습에 따라 함께 일을 하러 모일 때면 집 안에는 축제 분위기가 가득했다. 그때마다 소남은 특별 음식을 준비했다. 그러나 최근 2년 사이 그런 관습은 사라졌고 레의 근교에 있는 그들의 농지에서는 임금 노동의 비중이 점점 증가했다. 소남은 못마땅하다는 표정으로 오르는 물가와 높은 임금에 대해 불만을 털어놓았다. 친구들과 함께 일하던 때의 축제 분위기는 사라져버렸다. 임금 노동을 하는 인부들은 외지인들인데 그중에는 라다크 언어를 모르는 네팔이나 인도 평원 출신들도 있다.

경제구조의 변화로 농부로 남아 있는 것이 힘들어지고 있다. 예전에 공동작업으로 농사를 지을 때는 돈이 필요하지 않았지만 인부들에게 지불해야 하는 임금이 많아지면서 그것을 감당하지 못하는 농부들은 농촌을 버리고 돈을 벌기 위해 도시로 가기도 한다. 또 농촌에 남아 있는 농부들에게는 자급자족의 수준을 넘어 이윤을 창출해야 한다는 압력이 가중되고 있다. 농부들이 수익성 추구라는 시장경제 원칙에 충실하면서 환금성 농작물의 재배가 일반화되기도 한다.

새로운 경제구조는 부자와 가난한 사람 사이의 간격을 점점 더 멀어지게 만든다. 전통적 경제체제에서도 부의 차이는 존재했지만 그것을 축적하는 데는 자연적인 한계가 있었다. 한 가구가 사육할 수 있는 야크의 수나 저장할 수 있는 보리의 양에는 한계가 있었지만 돈이라는 것은 얼마든지 쉽게 은행에 모아둘 수 있다. 그래서 부자는 더 부자가 되고 가난한 사람은 더 가난해지는 것이다.

나는 레에서 골동품 가게를 하는 로브장Lobzang이라는 남자를 알게 되었다. 다른 라다크의 상점 주인들처럼 그는 돈을 벌기 위해 농촌을 떠나 레로 온 사람이다. 아내와 아이들은 아직 농촌에서 산다고 했다. 그는 아이들에게는 제일 좋은 것만 주고 싶어 했다. 그는 주거가 안정되기만 하면 아이들을 도시로 데려오겠다고 했다. 아이들이 도시 교육의 혜택을 누리기를 바라고 있었고 특히 영어를 배워야 한다고 생각했다.

그냥 인사나 하려고 로브장의 가게에 들어갔는데 그곳에는 버터 담는 항아리를 팔러 로브장의 고향 마을에서 온 한 할아버지가 있었다. 그 마을에서 레까지 오려면 버스를 타고 걷기를 반복해서 꼬박 한나절이 걸리는 것으로 알고 있다. 할아버지는 아마도 항아리를 판 돈으로 집에 가지고 갈 물건들을 좀 사고 레에 있는 친척들과 이틀 정도 함께 지내려는 것 같았다. 자줏빛 모직으로 된 전통의복을 입은 할아버지의 모습은 위엄이 있어 보였다. 그는 카운터 위에 항아리 두 개를 올려놓았다. 항아리는 오랜 세월을 두고 내려온 것이라는 것을 이야기해주듯 고풍스럽고 온화한 윤기가 흘렀다. 결이 고운 살구나무로 만들어진 그 항아리는 단순하지만 우아한 모습을 하고 있었다. 분명 관광객들이 좋아할 것 같다는 느낌이 들었다. 나는 할아버지에게 말을 건넸다.

"정말 좋은 물건이군요. 그런데 이 항아리가 없으면 버터를 어디에 넣어두세요?"

"헌 우유 깡통에 담으면 되지요."

그들은 가격을 흥정했다. 몇 주 전에 로브장은 할아버지에게 지금 제시한 가격보다 더 높은 가격을 쳐주겠다고 약속했었는데 항아리에 금이 있다는 이유로 가격을 더 이상은 올려주지 못하겠다고 했다. 나는 그가 그 물건을 관광객들에게 열 배는 더 비싸게 팔 것이라는 것을 알고 있었다. 할아버지는 좀 도와달라는 듯 애처로운 표정으로 나를 쳐다보았다. 하지만 내가 무슨 말을 할 수 있었을까? 결국 설탕 몇 킬로그램 살 정도의 돈을 받아 쥔 할아버지는 실망한 나머지 어깨를 축 늘어뜨리고 가게를 나갔다. 로브장은 내게 핀잔을 주었다.

"아까 좋은 물건이라는 이야기는 왜 했어요? 그래서 돈을 더 주게 됐잖아요."

"같은 고향 사람인데. 꼭 그렇게 야박하게 했어야 하나요?"

"저도 그렇게 하기는 싫어요. 하지만 어쩔 수 없잖아요. 다른 가게였으면 그 가격 못 받았을 거예요."

chapter · 11

라마 승려에서 엔지니어로

승려들이 왜 있어야 하는 거죠?
— 라다크의 젊은이, 1984년

　　라다크에서 개발 계획이 진행되는 과정을 보면 돈과 기술 가운데
어느 것이 과연 그 변화의 보다 근본적인 원인이 되는지를 구분하기
가 어려워진다. 그러나 분명한 것은 그 두 가지는 서로 밀접하게 연결
되어 있으며 사회의 구조 변화에 기초를 이루고 있다는 사실이다. 아
직까지 라다크 내에서 기술 수준의 변화가 광범위하게 이루어진 것은
아니지만 현재의 추세가 계속된다면 머지않아 그런 시점에 이를 것으
로 보인다. 그리고 지금까지 나타난 변화들만으로도 서구식 기술 개
발의 부작용을 설명하기에는 충분하다고 생각된다. 하나의 예가 되는
것은 최근 레에 세워진 디젤엔진구동식 제분공장이다. 이곳에서는 예
전 수력을 이용하던 방앗간에 비해 몇 배나 더 빠른 속도로 곡식을 빻

지만 농부들은 그곳까지 곡식을 가져오기 위해 먼 길을 이동해야 하고 제분 비용을 지불해야 한다. 또 작업의 속도를 올리는 과정에서 열이 발생하는데 그로 인해 곡물의 영양가는 감소되기 마련이다. 게다가 이 공장은 오염된 가스를 공기 중에 내뿜기도 한다.

농경 지역에서 활용되는 기술이란 전통적으로 전해 내려온 지식에 기반을 두고 있으며 그 지역에서 구할 수 있는 자원들을 이용한다. 땅을 가는 쟁기는 그 지역에서 나는 나무로 만들어졌고 쇠로 된 쟁기의 부분을 만든 사람은 마을 대장장이다. 쟁기를 끄는 야크나 쪼는 고원에서 야생의 풀을 먹고 산다. 이와 같이 쟁기를 사용하는 과정에 있는 거의 모든 기술과 재료는 재생이 가능한 것들이고 언제든 구할 수 있는 것들이다.

전통적 기술들을 로맨틱하게 묘사하는 것은 쉬운 일이다. 그러나 서구사회에서는 그것이 갖는 장점들을 무시하려는 경향이 있다. 타시 라브기아스는 예전의 것이 새로운 것보다 좋은 점에 대한 이야기를 들려주곤 했는데 특히 기계를 사용하는 대신 동물을 이용하는 경우의 이야기를 하곤 했다.

"짐승들은 당신의 친구가 됩니다. 그것들과 관계를 맺게 되는 거예요. 만약에 짐승들이 일을 잘했거나 열심히 일했다면 뭔가 먹을 걸 줄 수도 있지요. 그렇지만 기계는 생명이 없잖아요. 그러니까 관계를 맺을 수 없는 거지요. 기계하고 같이 일을 하다 보면 당신도 기계처럼 되는 거예요. 생명이 없어지는 거지요."

물론 전통적인 쟁기질은 시간이 많이 걸리는 일이다. 1에이커를 가는데 반나절 정도나 걸린다. 따라서 타시와 다른 생각을 가진 농부라면 난생 처음 보는 현대 기술로 인해 시간이 절약되는 것을 반가워할 것이다. 트랙터를 쓰면 30분 만에 할 일을 왜 반나절 동안이나 해야 하지? 그러나 사실은 빠르게 느껴지는 현대 기술들이 실제로는 시간을 절약해주지 않는다.

전통적 경제체제에서는 시간이 풍부했고 계절이 바뀌는 경우에만 제한을 받았다. 그러나 해야 할 일들은 원활하게 이루어졌고 생활은 사람들 고유의 페이스에 알맞게 조급하지 않은 속도로 전개되었으며 모든 사람은 무리하거나 서두르지 않는 참을성을 지킬 수 있었다. 그러나 현대 경제체제는 시간을 상품화한다. 시간마저도 팔거나 살 수 있는 것으로 만들어버리는 것이다. 어느 순간부터 시간은 수량화되었고 더 작은 조각으로 나누어졌다. 시간을 구하기 위해서는 돈이 필요해졌고 사람들은 생활의 속도를 더욱 빨라지게 만드는 시간절약 기술들을 사용하기 시작했다.

요즘 라다크 사람들에게는 예전처럼 이웃과 함께 보내거나 자기 자신을 위해 보내는 시간이 줄어들었다. 그 결과 그들은 자연현상의 미묘한 변화에 대해서도 예전처럼 예민하게 감지하지 못 하게 되었다. 예를 들면 날씨가 아주 조금씩 변해가는 것이나 별의 움직임 같은 것들 말이다. 그런 상황에 대해 마르카 계곡 출신의 한 친구는 이렇게 이야기했다.

"이해할 수가 없어요. 제 여동생이 레에 살거든요. 여동생은 일을 빨리 하게 만드는 것들은 뭐든지 가지고 있어요. 옷을 가게에서 구하고 지프를 타고 다니고 전화기나 가스 요리기도 가지고 있어요. 그런 것들 때문에 시간이 많이 절약될 텐데 제가 찾아갈 때면 저하고 이야 기 나눌 시간조차 없을 정도로 바쁘답니다."

변해가는 라다크 사람들이 내게 가르쳐준 가장 놀랄 만한 교훈 가 운데 하나는 현대세계의 생활도구와 기계들이 그 자체로는 시간을 절약하게 해주지만 그것들을 사용하는 가운데 진행되는 새로운 생활 은 전체적으로 시간을 빼앗아가버리는 효과를 초래한다는 것이다. 개발의 결과로 도시 지역에 사는 라다크 사람들은 활용가능한 기술 의 속도에 의해 경쟁을 해야 하는 새로운 경제체제의 한 부분이 되어 버렸다. 그것은 내게 있어 너무나도 중요한 의미를 시사하고 있다. 전화기를 사용하는 사회를 가정한다면 그 안에서 전화기가 없이 생 활하는 사람은 경제적으로나 정서적으로나 상당한 불이익을 감수해 야 한다. 메시지를 전해야 할 때마다 직접 상대방에게 찾아가서 전할 수는 없는 일이다. 마찬가지로 자동차나 버스가 운행되는 사회에서 는 걸어 다니거나 짐승을 타고 다닌다는 것은 상상하기 힘든 일이다. 잠에서 깨어나 '오늘은 운전을 해서 갈까? 아니면 그냥 걸어갈까?' 라는 식으로 선택할 수 있는 일이 아니라는 것이다. 사람들의 생활이 진행되는 속도는 당사자의 의지와 상관없이 이미 결정된 것이기 때 문이다.

전에 헤미스 셔크파찬 마을에 있는 소남의 집에 처음 갔던 때가 기 억이 난다. 주방의 화로 주위에 둘러앉아 서로 이야기를 나누고 있었 는데 그때 소남은 자신이 레에서 보았던 관광객들 이야기를 꺼냈다.

"너무 바빠 보였어요. 가만히 앉아 있지를 못하더라고요. 그저 찰 칵, 찰칵, 찰칵……."

소남은 관광객들이 사진을 찍던 모습을 흉내냈다. 그는 듣는 사람 들의 반응을 의식하지 못할 정도로 열심히 설명했다. 그리고는 다시 어린 여동생의 어깨를 톡톡 치며 관광객 흉내내는 것을 계속했다.

"'자, 이 볼펜 너한테 줄게.' 그 사람들은 이런 식으로 계속 바쁘게 뛰어다니기만 하더라고요."

소남은 마치 그런 관광객인 양 주방 이곳저곳을 소란스럽게 뛰어 다녔다.

"그 사람들은 왜 그렇게 바쁜 거지요?"

기술의 변화는 빈부의 격차를 더욱 벌어지게 만들었다. 자동차를 타고 질주하는 사람들은 걸어가는 사람들에게 자욱한 먼지를 남겨놓 는다. 물질적으로도 정서적으로도 그렇다. 사는 곳과 일하는 곳이 달 라지면서 새로운 사회문제들이 생겨났다. 여성들은 홀로 남겨졌고 지역의 공동체는 분할되었다.

로브장은 정부기관의 운전기사였다. 은퇴를 하고 나서 그는 지프 를 한 대 사가지고 고향 마을로 돌아왔다. 여름철이면 그 지프에 관광 객들을 싣고 사원까지 운행을 한다. 다른 계절에는 마을 사람들을 레 까지 태워주고 요금을 받는다. 그 결과 로브장과 마을 사람들 사이의 관계는 변하기 시작했다. 그에게는 마을 사람들이 갖고 있지 않은 자 동차가 있다. 그래서 그는 더 이상 마을 사람이 아니게 되어버렸다.

"멀지 않은 미래에 버튼만 누르면 원하는 것이 뭐든 나오는 기계가 등장할 거예요. 플라스틱 물통이나 사과나 뭐든지 말이에요."

카슈미르의 대학을 다니다 돌아온 체링 도르제[Tsering Dorje]는 내게 그런 말을 했다. 그는 대학에서 물리학에 관심을 갖게 되었다고 했다. 내가 놀랍다는 표정을 보이자 그는 이런 이야기를 했다.

"모든 것은 궁극적으로 똑같은 원자들로 만들어졌으니까 그것들을 다시 배열하면 우리가 원하는 것은 뭐든 만들 수 있을 거예요."

그의 이야기에는 라다크 사람들이 태도와 가치관에 있어 근본적인 변화를 겪고 있다는 사실을 반영하고 있다. 그것은 인간으로 하여금 다른 생명체의 위에 군림할 수 있는 엄청난 권력을 부여하는 세계관이 라다크에서 탄생했다는 의미이다. 전통 사회에서 가장 존경받는 사람은 라마 승려였지만 현대화된 도시 지역에서는 엔지니어가 그 위치를 차지하고 있다.

스토크 마을의 스만라[Smanla] 가족들의 집에 머물고 있을 때 나는 그 집 할머니와 아버지가 막내아들의 진로에 대해 이야기하는 것을 본 적 있다. 그들의 대화는 다른 가정에서도 많이 볼 수 있었음직한 전형적인 내용이었다고 기억된다. 할머니는 손자가 승려가 되기를 원했다. 할머니 이야기는 가족 중에 누군가는 승려가 되어야 한다는 것이었다. 그러나 아버지는 아들이 현대식 교육을 받아 정부기관에서 일하는 공무원이 되기를 원했다. 아버지 역시 신앙을 가진 사람이었지만 자신의 아들만큼은 새로운 세계를 배울 수 있기를 바라고 있었던 것이다.

큰 아들 니잉마[Nyingma]는 이미 카슈미르의 농과대학에서 공부를 하

전통적인 것의 상징들과 현대적인 것의 상징들

고 있었다. 할머니는 이렇게 이야기했다.

"니잉마를 좀 보라고! 학교 다닌다고 집을 떠나더니 이제는 신앙에 대해서 존경심도 없어졌잖아!"

그러자 아버지가 말을 받았다.

"그래요. 하지만 그 아이는 곧 돈을 벌 거예요. 요즘 꼭 필요한 게 돈이잖아요! 제일 좋은 게 뭔지 어떻게 알겠어요? 이런 마을에서는 새로운 세상을 알 수가 없잖아요!"

라마승과 엔지니어의 세계관은 무척이나 다르다. 예전의 신앙은 모든 생명체에 있어 통일성과 근본적인 연관성을 강조하는 실체의 해설에 기반을 두고 있는데 반해 새로운 과학적 시각은 그것의 분리성을 강조한다. 그것은 마치 우리가 다른 모든 생명체의 외부에 홀로 서 있다고 말하는 것 같다. 또 자연의 법칙을 잘 이해하려면 그냥 더 작은 조각으로 나누어놓고서 그렇게 분리된 여러 종류의 조각들을 잘 살펴보기만 하면 된다고 이야기하는 것 같다.

라마승에서 엔지니어 세계관으로의 변화는 모든 생명체 사이의 자비로운 관계를 부흥하는 윤리적 가치관에서 윤리적 기초를 갖지 못한 가치중립의 '객관성'으로의 이전을 의미한다.

chapter · 12

서양을 배우다

아는 것이라도 남에게 물어보는 것이 더 좋다.
— 라다크 속담

아무도 진정한 교육의 가치를 부인할 수는 없다. 그러나 오늘날 지식을 확장시키고 더욱 풍요롭게 해야 하는 교육 본래의 취지가 다른 양상으로 나타나고 있다. 요즘의 교육은 어린이들을 자신들의 문화와 자연으로부터 분리시키는 한편, 서구화된 도시 환경에 맞는 편협한 시각의 전문가를 양성하는 방향으로 나아가고 있다. 이러한 현상은 특히 라다크에서 더욱 두드러지게 나타나고 있는데, 현대식 교육은 실제로 아이들이 자신들이 살고 있는 곳의 주변 상황의 흐름을 보지 못하도록 가로막는 눈가리개 역할을 하고 있다. 어린이들은 자신들이 가진 자원을 활용할 줄도 모르고 자신들의 세계에서 어떤 역할도 할 줄 모르는 상태로 학교를 마치게 된다.

사원에서의 종교 수련 정도를 제외하면 라다크의 전통 문화 내에는 '교육'이라 부를 만한 분리된 과정은 없다. 그들에게 있어 교육이란 공동체와 자연환경 사이의 친밀한 유대관계의 부산물로 얻어지는 것이었다. 어린이들은 모든 것을 할아버지, 할머니, 가족 그리고 친구들로부터 배웠다. 어린이들은 파종 작업을 거들며 마을의 한쪽은 좀 따뜻하고 다른 쪽은 조금 더 춥다는 것을 자연스럽게 알게 되었다. 자신들의 직접적인 경험을 통해 아이들은 보리의 품종들을 구별할 줄 알게 되었고 품종별로 최적의 생장 조건들을 터득했다. 그들은 심지어 가장 작은 야생 식물에 대해서도 알게 되었고 그것을 어떻게 이용해야 하는지도 알게 되었다. 그들은 또 먼 산기슭에 있는 짐승을 보고 그것이 어떤 짐승인지도 알 수 있었다. 아이들은 관계와 과정, 변화에 대해 배웠고 그들을 둘러싸고 있는 자연계의 촘촘한 유대관계에 대해서도 배웠다.

세대를 거듭하면서 라다크 사람들은 스스로 의복과 주거를 마련하는 방법을 배우면서 성장했다. 그들은 야크 가죽으로 신발을 만들었고 양털을 이용해 옷을 만들었다. 또 돌과 진흙으로 집을 지었다. 그들의 교육은 지역의 특수성을 반영하고 있었고 살아 있는 세계와의 관계를 더욱 돈독히 하는 것이었다. 그로 인해 어린이들은 성장하는 과정에서 자원을 효과적이고 지속적으로 활용할 수 있는 직관적인 자각능력을 갖게 된다.

현대식 학교에서는 그런 지식을 가르쳐주지 않는다. 아이들은 생태질서를 존중하는 사회보다는 기술이 중심이 되는 사회의 전문가가 되기 위해 훈련을 받는다. 학교는 전통적인 기술들을 잊어버리게 만드는 곳이 되었고 더 나쁜 것은 전통적인 것을 무시하는 태도를 갖게 한다는 것이다.

서구식 교육이 라다크에 처음 들어온 것은 1970년대였고 현재 200여 개의 학교가 있다. 기본 교과과정은 인도 학교의 교과과정을 부실하게 모방한 것인데 인도의 교과과정 역시 영국의 것을 모방한 것이다. 라다크에 관한 것은 아무 것도 가르쳐주지 않는다. 언젠가 레에 있는 학교 교실을 둘러본 적 있었다. 학생들의 교과서에는 런던이나 뉴욕에서 볼 수 있는 어린이 침실이 그려져 있었는데 네 개의 기둥이 달린 침대 위에 깔끔하게 접어놓은 손수건들이 있었고 그것들을 어느 서랍에 넣어야 하는지를 알려주는 설명이 써 있었다. 소남의 여동생이 가지고 있는 학교 교과서에도 적절하지 않은 그들의 현실과 동떨어진 내용들이 담겨 있다는 것을 알게 되었다. 소남의 여동생은 학교에서 숙제로 내주었다는 문제를 풀고 있었는데 바로 '피사의 사탑'이 얼마나 기울어져 있는지 그 각도를 계산하라는 문제였다. 언젠가는 그 어린 소녀가 《일리아드 Iliad》를 영어로 번역하느라 곤욕을 치르고 있는 모습을 본 적도 있다.

라다크의 어린 학생들이 학교에서 배운 것들 대부분은 그들이 실제 활용할 수 있는 것들이 아니다. 그들은 뉴욕 학생들에게 적당한 교과 내용을 빈약하게 변형시켜 놓은 내용을 가지고 교육을 받는다. 그들이 가지고 있는 교과서를 쓴 사람들은 단 한 번도 라다크 땅을 밟은 적이 없고 그들이 1만 2,000피트 고원에서 보리를 재배한다거나 햇빛에 말린 벽돌을 가지고 집을 짓는다는 사실을 전혀 모르는 사람들이다.

　오늘날 세계의 곳곳에서 '교육'이란 이름으로 진행되고 있는 과정들은 공통적으로 동일한 전제에 뿌리를 두고 있으며 유럽 중심의 모델에 기초하고 있다. 또한 그것들은 현실과 거리감이 있는 사실과 숫자 그리고 세계 공용의 지식에 초점을 맞추고 있다. 교과서는 지구촌 전체에 적용되는 정보들을 전파한다. 그러나 이것은 특정한 생태계와 특정한 문화권의 상황이 제거된 채 한 종류의 지식만이 전 세계에 똑같이 적용될 수 있는 것이어서 학생들이 배우게 되는 내용은 본질적으로 실제적인 생활의 맥락으로부터 동떨어진 것이라 할 수 있다. 보다 높은 수준의 교육과정으로 올라가면 학생들은 집 짓는 방법을 배울 수도 있는데 그런 집들은 콘크리트와 철강을 사용하여 만들어지는 것들이다. 전 세계적으로 비슷비슷한 모양을 하고 있는 상자 같은 집이라 할 수 있다. 농업에 관한 공부를 하는 경우도 학생들은 화학비료와 살충제 그리고 거대한 농기계와 합성 종자를 사용하는 산업형 농경을 배우게 될 것이다. 서구의 교육 시스템은 전 세계의 모든 사람들에게 고유의 환경을 무시하고 똑같은 자원을 이용하라고 가르침으로써 우리 모두를 더 가난하게 만들고 있다. 그것은 이런 식으로 해서 인위적인 결핍 상황을 만드는 한편 사회 구성원 사이의 경쟁을 부추기고 있다.

　라다크의 경우 그러한 현상을 가장 분명하게 보여주는 예가 하나 있는데 그것은 야크와 그 교배종인 가축이 저지 젖소Jersey cow에 의해 대체되어가고 있다는 사실이다. 야크는 전통적 경제체제에서 중요한 역할을 하는 가축이다. 라다크 지역의 자연환경에 완벽하게 적응한 야크는 고도 1만 6,000피트 이상의 빙하 고원 부근에 머물기를 실제로 더 좋아한다. 고원 지역의 방대한 영역에서 사육되면서 풀을 뜯기 위해 수직의 경사를 오르내리기도 하고 그 척박한 환경에서 드물게 자라나는 풀을 먹으면서도 잘 살아간다. 그 긴 털은 추위를 막아주고 거대한 몸집에도 불구하고 울퉁불퉁한 바위 위에서도 놀라울 정도로 유연하게 균형을 잡는다. 야크는 연료와 고기와 노동력을 제공해주며 담요를 만드는 털까지 제공한다. 그 암컷은 또 하루 3리터 정도로 한정된 양이기는 하지만 대단히 영양가 높은 젖을 제공하기도 한다.

현대화된 시각으로 바라보면 분명 야크는 비효율적인 가축일 것이다. 서구식 교육을 받은 농업전문가들은 종종 야크를 비웃기도 한다.

"야크는 하루에 젖을 3리터 정도 밖에 생산하지 못 해요. 우리에게 필요한 건 저지 젖소예요. 하루에 30리터나 되는 젖을 생산하니까요."

그 전문가들이 받은 교육은 그들에게 자신들이 이야기하는 내용에 담긴 문화적 경제학적 생태적 연관성에 대해 보다 더 폭넓은 시각을 갖지 못 하도록 가로막는다. 야크는 방대한 지역에서 풀을 뜯으며 에너지를 모은다. 그 에너지는 음식이나 의복이나 노동력의 형태로 사용된다. 반면 저지 젖소는 그곳에서 생존하는 것은 차지하고라도 고도 1만 6,000피트의 고원까지 올라가지를 못 한다. 사람들이 사는 고도 1만~1만 2,000피트 정도의 지역에서만 살아갈 수 있고 별도로 우리를 만들어주어야 한다. 사료도 별도로 마련해야 한다.

현대식 교육은 지역의 자원들을 무시하는 것뿐만 아니라 청소년들에게 자기 자신과 자신들의 고유문화에 대한 열등감을 갖게 만든다. 그들은 자존심을 빼앗겨버렸다. 학교의 모든 교육 내용은 서양의 것들이 우월한 것이라고 가르치고 있으며, 그 직접적인 결과로 어린 학생들은 자신들의 고유한 전통을 부끄러워 하게 되었다.

라다크의 환경에 완벽하게 적응한 야크들이 고원 지대에서 풀을 뜯고 있다

1986년도에 어린 학생들에게 2000년도가 되면 라다크의 모습이 어떻게 변해있을지 예상을 해보라고 했었는데 그때 한 소녀는 이렇게 이야기했다.

"1974년 이전에는 라다크가 세상에 알려지지 않았어요. 사람들은 개화되지 않았어요. 사람들의 얼굴마다 미소가 있었어요. 또 사람들에겐 돈이 필요 없었지요. 무엇을 가지고 있더라도 풍요로웠어요."

또 다른 아이의 이야기는 이러했다.

"우리 노래를 부를 때 사람들은 부끄러워하면서 부르는데 영어나 힌두어 노래는 너무 신나게 부르죠. 요즘 우리는 고유 의상을 잘 입지 않아요. 창피하다고 생각하는 것 같아요."

교육은 사람들을 농촌에서 끌어내 도시로 데려간다. 그곳에서 사람들은 화폐경제에 종속되고 만다. 전통적 라다크 사회에는 실업이라는 것이 없었다. 그러나 요즘 도시 지역에서는 주로 정부기관에서 내놓은 몇 안 되는 일자리를 놓고 치열한 경쟁이 펼쳐지고 있다. 그로 인해 이제 실업은 심각한 사회문제가 되었다.

현대식 교육은 글을 읽고 쓰는 것이나 수를 이해하는 문제에 있어서는 눈에 보이는 발전을 가져왔다. 또한 라다크 사람들이 외부세계에 대한 정보를 갖는 데 도움을 준 것도 사실이다. 그러나 그렇게 하는 과정에서 라다크 사람들은 서로와 땅으로부터 분리될 수밖에 없었고 세계경제의 사다리 제일 아래에 자리를 잡게 되었다.

chapter · 13

중심으로의 이동

라다크의 문화를 보여줄 수 있는 것은 하나도 남지 않을 거예요.
—라다크의 변화에 대한 에세이 중에서, 돌마(8세)

얼마 전 나는 버스를 타고 레를 떠나 사크티 마을로 향하고 있었
다. 마을 사람들이 내게 말을 거는 것은 흔한 일이었는데 그 날도 버
스 안에 타고 있던 한 여성이 내게 고국인 스웨덴의 생활에 대해 질
문을 했다.

"멋지군요. 참 편리하게 생활하실 것 같네요."

"아니에요. 지금 상상하시는 것하고는 많이 달라요. 아마 놀라실
거예요. 거기도 불편한 점들이 많이 있어요."

나는 그녀에게 우리나라의 문제점들을 이야기해주었다. 얼마나 많
은 사람들이 대도시에 모여 북적거리며 사는지, 어떻게 이웃사람 이
름도 모르며 살아가는지 어떻게 부모들이 자녀들을 위해 시간을 낼

수 없는지, 어떻게 공기가 오염이 되었는지 거리는 왜 그렇게 시끄러운지에 대해 이야기해주었다. 내 이야기가 끝나자 버스의 뒤편에 앉아 있던 한 남성이 그 여성에게 내가 무슨 이야기를 했는지 물어보았다. 여성의 대답은 이러했다.

"이 분 이야기는 그 나라는 꼭 요즘의 레 같다고 하네요."

내가 처음 레에 갔을 때 그곳은 참 아름다운 곳이었다. 포장도로는 두 개뿐이었고 자동차를 볼 수 있는 일도 드물었다. 소들이 길을 가로막는 것만 빼면 교통체증이 생길 일이 없었다. 공기 또한 너무 맑았다. 정말 공기가 너무 맑아 수십 마일이나 떨어져 있는 계곡 저편의 눈 덮인 산봉우리가 꼭 손으로 만질 수 있을 것처럼 가깝게 보였다. 도심에서 어느 방향으로든 5분 정도만 걸어가면 농가와 함께 군데군데 보리밭이 있었다. 레라는 곳의 분위기는 정말 마을 사람들 모두가 서로 잘 알고 있어 매일매일 인사를 나누는 그런 분위기였다.

그런데 지난 16년 동안 나는 이 마을에서 도시화 과정이 진행되는 모습을 지켜보았다. 영혼이 없고 감옥 같은 주거 시설이 푸른 초원을 잠식하기 시작하더니 먼지 나는 사막 지역까지 퍼져갔고 나무가 자라야 할 이곳저곳에 나무 대신 전신주가 서게 되었다. 낡아서 벗겨져 나간 페인트칠 자국이며 녹이 슨 쇠붙이들, 깨진 유리조각 그리고 플라스틱 쓰레기들이 널려 있다. 지나가는 곳곳에 서 있는 입간판에는 담배와 분유 광고가 사람들의 눈길을 끈다.

지난 수 세기 동안 레는 자연친화적인 경제체제에 기반을 두고 있었다. 그로 인해 레는 오랜 기간 지속이 가능한 안정감 있는 생산구조를 유지할 수 있었다. 도심과 교외 지역 사이에는 역동적인 균형관계가 이루어졌다. 그것은 한쪽이 언제나 다른 한쪽을 보완해주는 관계였다. 주민의 일부가 외부세계와의 교역으로 생활을 하는 경우는 있지만 대부분의 경제활동은 지역의 자원에 기반을 두고 이루어졌다. 그런데 지금 진행되고 있는 개발 계획은 레를 이질적인 경제적 기초의 중심으로 변형시키고 있다. 외부세계로 연결되는 도로가 건설되면서 라다크는 세계 거시경제의 구조 속으로 편입되었고 지역의 경제활동을 레로 집중시켰다. 또한 현대생활의 모든 요소들이 유입되기 시작했다. 전기가 들어오고 처음으로 가스 충전소라는 곳이 세워졌고, 정부의 활동과 임금 노동이 활발해졌다. 또 처음으로 서구식 병원이 생겼고 극장, 학교, 은행에 축구장까지 생겨났다. 다른 지역의 경우와 같이 라다크의 개발 과정은 사람들을 쉴 새 없이 중심으로 끌어당기는 소용돌이와도 같았다.

지난 16년 사이 레의 인구는 두 배로 불었다. 교육과 취업을 위해 젊은 사람들이 도시로 떠나면서 농촌의 인구는 감소하기 시작했다.

그 좁은 지역이 많은 사람들로 북적대면서 적지 않은 사회문제들이 생겨났다. 여름철이면 레의 도로들은 붐비는 차량으로 인한 교통 체증으로 몸살을 앓을 정도가 된다. 공기는 디젤의 매연으로 숨이 막힐 지경이다. 전통사회의 예절은 현대 도시 생활의 밀어붙이기식 생활태도에 밀려나버렸다. 좁고 북적거리는 도시에서 사람들은 살을 맞대고 사는 것처럼 보이지만 실제 그들 사이의 거리는 예전보다 훨씬 더 멀어져 있다. 서로 돕고 사는 분위기를 북돋아주던 지역의 정치경제구조는 이제 붕괴되고 만 것이다. 몸이 아프거나 누군가의 도움이 필요한 경우 레에 사는 사람들은 옆집에 사는 낯선 이웃보다 고향 마을의 친지를 먼저 찾는다. 주거공간도 너무 비좁다. 주방과 욕실이 없는 방 두 개짜리 주거공간에 여덟 식구가 모여 사는 경우도 있다.

노르부는 스토크 마을 출신이다. 그는 하얀색으로 칠한 벽돌과 조각 장식을 한 발코니가 있는 3층 집에서 자랐다. 정면으로 보이는 방들은 벽화로 장식되어 있었고, 그 바깥으로는 늘어 선 포플러 나무들과 빙하 녹은 물이 흐르는 개천이 보였다. 집의 한쪽 옆으로 사원이 하나 있었고 다른 쪽으로는 왕궁이 있는 곳이었다.

지금 노르부는 레에 있는 작은 단칸방에서 혼자 살고 있다. 창밖을 내다보면 먼지 자욱한 축구장의 한쪽 구석이 보이고 전선들이 얽혀 있는 울타리와 전신주 그리고 끊어진 전선 더미들이 어지럽게 널려 있다. 근처에는 허물어져가는 담벼락이 하나 있는데 행인들에게 공중 화장실 역할을 하는 그곳에는 짐승들의 접근을 막기 위해 부서진 유리조각을 박아 놓았다.

노르부가 고향 마을을 떠나 레에 온 것이 누군가의 강요는 아니었지만 또 전적으로 자신의 선택 때문만도 아니었다. 그것은 사람들을 도시의 중심으로 끌어당기는 강력한 현대화의 압력이었다. 노르부가 받은 교육은 도시 지역에서 일을 하기 위한 것이었고, 모든 일자리가 도시에 있었다. 실제적으로나 정서적으로나 그는 더 이상 농부가 되기에 적합한 사람이 아니었다.

오늘날의 중앙집중식 경제구조는 방대한 양의 에너지 사용에 의존

한다. 또한 자원의 소비량 역시 대체적으로 높다. 새로운 도로의 연결망 건설에 대규모의 투자가 이루어지면서 더 먼 곳에서 생산된 상품에 대한 의존도가 더욱 커진다. 요즘 레의 모습을 보면 자급자족이 되는 것은 아무 것도 없다는 것을 알 수 있다. 의식주와 관련된 모든 것들이 공해를 내뿜는 트럭의 행렬에 실려 외부에서 유입된다. 남부 인도 지역의 상품이 들어오는 일도 있다. 주변 교외 지역의 관개시설 규모가 감소하면서 물까지도 수입해야 할 지경에 이르렀다. 그 결과 공동작업을 위주로 하는 종래의 경제구조는 붕괴되고 있는 것이다.

사람들은 수입된 신제품들이 건강을 해칠 위험성이 있다는 가능성에 대해 알지 못 한다. 많은 라다크 사람들은 석면 조각 위에서 빵을 굽고 있고 살충제 통에 소금을 담아두기도 한다. 인도에서 사용되는 살충제의 70퍼센트가 서구에서는 금지되거나 엄격하게 제한되고 있다. 라다크의 경우 해충이 거의 없는데도 농부들 사이에는 DDT보다 훨씬 더 강력한 농약인 BHC의 사용이 권장되고 있다. 전에 한번은 라다크 친구들에게 그들이 이용하는 버터에 포름알데히드가 들어 있어 건강에 좋지 않다는 걸 이야기해주었는데 그때 그들은 무척이나 놀랐다. 그렇게 해로운 것을 그 많은 사람들이 먹고 있고, 그것을 가게에서 팔고 있다는 사실을 믿을 수 없었던 것이다.

전통 마을에서는 어떤 형태로든 쓰레기라는 것이 존재하지 않았다. 그러나 레에는 쓰레기를 재활용할 수 있는 방법이 전혀 없다. 음식 찌꺼기에서 플라스틱, 유리, 종이 그리고 원거리 수송에 필요한 금속 포장재까지 온갖 종류의 쓰레기가 쌓여가고 있다. 또한 전통적 경제체제에서 가치를 인정받던 지역의 자원들은 점점 무용지물이 되어 가고 있다.

예를 들어 인간의 배설물은 더 이상 땅을 기름지게 하는 비료로 쓰이지 않으며 그 처리문제 때문에 골칫거리가 되고 있다. 그것을 처리하기 위해서는 그나마 빈약한 자원이라도 사용해야 되기 때문이다. 수세식 화장실의 사용으로 인해 별도의 에너지 사용이 불가피해지는데 귀한 물을 지붕 위까지 끌어올려야 하고 몇 갤런씩이나 되는 물을 몇 마일씩 되는 파이프와 물탱크를 통해 흘려보내야 한다. 인파가 밀집되어 있는 레에서는 물탱크의 누수 때문에 오염이 발생하는 일이 많아졌고 간염이나 갖가지 수인성 질병이 빈번하게 번져가고 있다.

현대화가 이루어진 도시 지역에서는 예전에는 거의 알려지지 않았던 암, 뇌졸중, 당뇨병 같은 이른바 '문명형 질병'이 일상적인 것이 되었다. 운동 부족과 과다한 스트레스 그리고 지방과 설탕 함량이 높은 가공 식품들을 즐겨 먹게 되면서 비만이나 이상 체형으로 변해가는 라다크 사람들을 많이 보게 되었다.

수만 명에 이르는 라다크 사람들의 진료는 레에 있는 병원 한 곳으로 집중되고 있다. 대부분의 개발도상국에서처럼 최종 진료 결과는 서양 의학의 모방 이상이 될 수 없다. 물론 훌륭한 의사들도 있기는 하지만 그들 역시 과중한 업무 조건의 부담을 안고 일할 수밖에 없다. 현대화된 경제구조는 지나칠 정도로 자본과 에너지에 의존하는 모습을 보인다. 라다크의 의료 수준을 서구의 수준으로 끌어올리기 위해서는 개발 예산 전체를 투입해도 모자랄 정도다. 지금 상황에서는 의사의 진료를 받기 위해서는 오랜 시간을 기다려야 한다. 병원 시설은 언제나 환자들의 인파로 북적대고 있고 직원 수도 모자라고 장비나 의약품도 불충분하다. 물의 공급은 원활하게 이루어지지 않고 위생 시설은 소름이 끼칠 정도로 열악하다.

그러나 이렇게 열악한 수준의 서구의료체계만으로도 라다크의 전통의료체계를 붕괴시키기에는 충분하다. 현대식 의료교육 과정은 라다크 사람들을 그들의 문화와 자원으로부터 떼어 놓으며 전통의료체계마저도 무시해버린다. 암치의 의술은 많은 시간을 필요로 하는 것이다. 의술을 익히고 수련생을 가르치고 환자를 진료하고 치료약을 준비하는 데 오랜 시간이 필요하다. 산에서 약초를 구하고 그것을 다시 말리고 갈아서 약재로 만들어야 하는 암치 한 사람이 어떻게 과연 정부의 지원을 받는 그 거대한 제약회사와 경쟁할 수 있겠나? 예전에는 모든 마을에 한 사람씩의 암치가 있었지만 요즘은 그 수가 줄고 있고 수련생의 수는 더 적어졌다.

지역의 농업 역시 훼손되고 있다. 레에서 판매되는 수입 곡물은 정부 지원금의 혜택으로 싼 가격에 유통되는데 펀자브 지역에서 수입된 밀가루는 인근 마을에서 온 것에 비해 훨씬 싼 가격으로 팔리고 있다. 쌀이나 설탕 그리고 다른 수입 식품들도 지원금의 혜택을 받고 있다. 그 결과 자급자족을 위한 곡물 재배는 경제성을 잃게 됐는데 이것은 전통 경제의 개념으로는 상상도 할 수 없는 상황이다.

이처럼 현대 경제체제는 상식을 파괴하기에 이르렀다. 예를 들어 요즘 레에서 흙을 이용해 건물을 지으면 엄두가 나지 않을 정도로 높은 비용이 들지만 시멘트 가격은 상대적으로 떨어지고 있다. 이것은 서구식 개발이 어떤 식으로 지역의 경제체제를 파괴시키고 있는지를 보여주는 좋은 예로 볼 수 있다. 히말라야 산맥을 넘어 수송되어 온 그 무거운 가공 제품들이 어디서든 돈 없이도 구할 수 있는 진흙과 가격 경쟁을 할 수 있다는 사실이 불가능해 보이지만 바로 이 불가능한 상황이 실제로 라다크에서 일어나고 있는 것이다.

도시 지역에서는 토지마저도 화폐 가치로 환산할 수 있는 상품이 되어 버렸다. 더 많은 사람들이 몰려들면서 그들에게 할당되는 공간은 점점 더 줄어들게 되었고 예전 돈과는 무관했던 토지의 가격이 점점 더 올라가고 있는 현실이다. 진흙으로 벽돌을 만드는 경우 예전에는 집 주변의 땅 아무 곳에서나 진흙을 구했지만 지금은 그것을 구하러 도시 외곽의 먼 곳까지 가야 하는 것은 물론 진흙 자체에도 값을 지불해야 한다. 거기에다 벽돌을 만드는 비용이며 그것을 다시 도시 지역으로 운송하는 비용까지 지불해야 한다. 시간은 곧 돈을 의미한다. 그래서 진흙으로 집을 짓는다는 것은 또 다른 불이익을 가져온다. 진흙으로 집을 짓기 위해서는 더 많은 시간이 소요되기 때문이다. 또한 앞서 이야기한 것처럼 교육을 받은 사람들은 대부분 스스로 집을 짓는 방법을 모르기 때문에 시멘트와 철근으로 집을 짓는 전문 기술자에게 의뢰할 수밖에 없다. 그 결과 진흙을 이용해 집을 짓는 일은 드물어지게 되었고 그래서 그 비용은 점점 높아지고 있는 것이다. 거기에는 또 정서적인 측면도 있다. 사람들은 자신들이 살아가고 있는 지역이 뒤쳐져 보이는 것을 두려워한다. 그런데 전통적인 것들

산카르 마을의 겨울 풍경. 집을 짓는 데 사용된 두터운 어도비 벽돌은 혹한기의 추위를 막아준다.

은 모두 뒤쳐져 보인다. 사람들은 현대식으로 지은 집에서 살고 싶어
한다. 진흙으로 지은 집은 좋은 이미지가 아니기 때문이다.

식료와 주거문제와 함께 의복문제 역시 새로운 경제체제의 영향을
받고 있다. 모직으로 된 전통 의복은 합성섬유로 만든 옷들에 밀려나
고 있으며 심지어 수입 모직 제품까지 판매되고 있는 것이 요즘의 현
실이다. 예전에는 구하는 데 돈이 전혀 필요 없었던 손으로 짓는 의
류들이 요즘은 너무나 비싼 옷이 되어 버렸다.

나는 그동안 사회의 모든 분야에 동시다발적으로 가해지는 여러
종류의 압력들로 인해 라다크 사람들이 자신들의 자원과 분리되어
가는 모습을 지켜보았다. 그 원인들은 너무나 복합적인 것들이고 또
생활의 모든 양상에 관련된 구조적 변형에 관한 문제라 할 수 있다.
그러나 분명한 것은 모든 것을 중심으로 이동시키는 원동력은 상당
히 계획적이고 의도적인 것이라는 사실이다. 경제성장에 중독되어
있는 서구의 개발 계획은 다른 사람들에게 개발을 강요하는 방향으
로 압력을 가한다. 또 개발에 필요한 여건들을 만들기 위해 각 정부
는 사회의 재구성에 필요한 방대한 규모의 자원을 투입한다. 중앙집
중식 에너지 생산의 현상에서 서구식 도시화 교육의 현장에 이르기
까지 하부구조의 현실은 세계 어느 곳에서나 똑같다. 또한 그 과정에
서 발생되는 문제점들 역시 어느 곳에서나 똑같다.

chapter 14

분열된 공동체

유행만을 좇아간다면 교만한 마음만 커가고 서로를 위하는 마음은 줄어들 거예요.
— 라다크의 변화에 대한 에세이 중에서, 노르부(10세)

라다크에 왔던 첫 해에 나는 한 친구와 함께 칠링Chilling을 떠나 마르카Markha 계곡을 오르고 있었다. 우리는 잠시 후 수백 피트의 가파른 낭떠러지가 산 아래로 흐르는 강물까지 이어져 있는 너무나 험한 지점에 이르렀다. 그런데 그때 다른 쪽 길에서 한 노인이 지팡이를 집고 한 걸음 한 걸음을 단단히 내딛으며 다가오고 있었다. 그곳은 계속 서 있기가 너무 불편한 곳이어서 우리는 걸어가며 인사를 나누었다. 나는 계속 걷기가 너무 힘들어서 걸음의 속도가 계속 느려지고 있었다. 그로부터 한 10분쯤 뒤 노인이 나를 부르는 소리를 들었다. 그는 이미 험한 길의 끝자락에 도착했으나 내가 힘들어하고 있을 거라고 생각했던 것 같다. 그는 걸음을 되돌려 내가 있는 곳으로 왔다. 그는 가지고 있던 지팡이를 내게 건네며 내가 그것을 가지고 있는 게 더 나을 것이라 이야기했다. 그러고는 미소를 지어 보였다. 그런데 요즘 레에 있는 혼잡한 정류장에서 버스에 오를 때면 인파를 뚫고 차 안으로 들어가기 위해 한바탕 전쟁을 치러야 한다. 내게 지팡이를 건넸던 그 노인 연배의 사람들까지도 나를 밀치며 버스에 먼저 오르려고 한다.

전통경제체제에서는 사람들이 서로에게 의존해야 한다는 것을 알고 있었고 그래서 서로를 보살펴주고 있었다. 그러나 새로운 경제체제에서는 사람들 사이의 간격이 더욱 더 벌어지게 되어 더 이상 서로를 필요로 하지 않는 듯한 모습을 보일 정도다. 물론 궁극적으로 사람들은 서로에게 필요한 존재가 되긴 하지만 예전 가족, 친구 이웃들 사이에 존재하던 직접적인 유대감은 보이지 않는다. 사람들 사이의 정치 경제적 상호작용은 정체불명의 관료체제를 거쳐 간접적으로 이루어진다. 지역 내의 상호관계는 붕괴되고 있으며 전통사회에서와 같은 절제심이나 협동심 역시 마찬가지다.

이런 현상은 레 근교의 마을들에서 더욱 두드러지는데 이곳에서는 지난 2년 사이 마을 공동체와 가족들 사이의 분쟁과 반목 현상이 엄청나게 증가했다. 나는 스카라^{Skara} 마을 주민들이 수로의 물을 분배하는 문제를 놓고 심하게 논쟁을 벌이는 모습을 지켜보았는데 예전에는 그런 정도의 것은 지역의 협력이라는 차원에서 원활하게 처리될 수 있는 문제였다.

상호협동의 정신이 멀리 있는 외부세계의 통제력에 의해 밀려남에 따라 사람들은 스스로의 삶의 문제에 대해 결정을 내리는 때에도 무

기력함을 느끼기 시작했다. 모든 상황에 수동적인 태도와 무기력함
이 파고든다. 사람들은 개인의 책임의식을 포기하고 있다. 전통 마을
에서는 관개수로를 보수하는 일은 공동체 전체가 분담하여 처리하던
일이었다. 수로에 누수가 생기는 경우 지역 주민들은 곧바로, 자발적
으로 삽을 들고 현장에 모여 보수 작업을 시작했다. 그러나 요즘 사
람들은 그런 일은 정부가 해야 할 일이라 생각한다. 그래서 정부가
그것을 고쳐놓을 때까지 방관하기만 한다. 정부가 자신들을 위해 더
많은 것을 해줄수록 사람들은 스스로를 위해 뭔가를 해야겠다는 태
도가 더 줄어드는 경향을 보인다. 나는 누를라^{Nurrla}라는 마을에 세워
진 수력발전소에 대해 정부관리 한 사람과 이야기를 나눈 적 있다.

"정말 이해할 수가 없어요. 예전에 물레방아는 그렇게 정성스럽게
관리를 하던 사람들이 이 발전소에는 전혀 신경을 안 쓰고 있는 거예
요. 올해 초여름에 터빈에 돌이 들어가 발전기가 고장이 났는데도 사
람들은 꿈쩍도 하지 않는 거예요. 그래서 전기가 끊긴 거예요."

오늘날 '개발'은 사람들을 계속 커져가는 정치와 경제의 단위 영
역 안으로 끌어들이고 있다. 과거에는 그 단위 영역의 규모가 크지
않았고 공동체의 다른 구성원들과 직접적인 교류관계에 있었기 때문
에 개인들은 실질적인 힘이 있었다. 정치적인 의미에서 이야기하면
지금 라다크 사람은 자신의 국가 총 인구인 8억 명 가운데 한 사람이
고 지구촌 경제 전체로 보았을 때는 몇 십억 분의 1이 된다.

매체를 통해 나타나는 문화의 중앙집중화 현상으로 인해 사람들
사이에는 불안감과 수동적인 생활태도가 두드러졌다. 전통적으로 라

다크에는 노래하고 춤추고 연기하는 문화가 활발했다. 남녀노소의 구분 없이 모든 사람들이 그랬다. 사람들은 화로나 모닥불 주위에 둘러앉아 춤을 추고 노래를 했고 걸음마를 못 했던 갓난아이까지도 어른들의 도움을 받으며 그런 자리에 함께 했다. 모든 사람들은 노래하고 연기하고 연주하는 법을 알고 있었다. 그런데 라다크에서 라디오 방송이 나오는 요즘 사람들은 노래를 부르거나 이야기를 직접 할 필요가 없어졌다. 그냥 앉아서 최고의 가수와 최고의 재담가들의 노래나 이야기를 들을 수 있게 된 것이다. 그러나 그 결과 사람들은 소극적이고 내성적으로 변해갔다. 사람들은 더 이상 자신을 주변에 있는 친구나 이웃들과 비교하지 않는다. 어떤 사람은 자신보다 노래를 더 잘하고 또 어떤 사람은 춤을 좀 못 추겠지만 그들은 비교 대상이 되지 않는다. 중요한 건 사람들이 라디오에 나오는 스타들을 절대 앞서지 못 한다는 것이다. 함께 모여 노래하고 춤을 추는 대신 사람들은 그냥 소극적으로 자리에 앉아 라디오에서 들려주는 최고의 것들을 듣는다. 그러는 사이 공동체의 연대관계는 무너져버린 것이다. 레의 공항에서 비행기를 기다리고 있던 중 그곳에서 우연히 다와와 그의 친구들을 만난 적이 있었다. 다와는 공항에서 독일에서 온 관광팀을 기다리는 중이었고 그의 친구들은 새로운 사업거리를 구상 중이라고 했다. 그중 한 사람은 숙박시설을 운영하고 있었고 다른 하나는 여행 가이드였다. 그들은 최근 라다크에서 제작된 힌두어 영화에 대해 이야기를 시작했다. 그들은 영화 세트장에서 영화 촬영을 구경했고 몇 시간을 기다린 끝에 결국 배우들의 사인을 받았다며 내게 그 사인을 보여주기까지 했다. 다와는 재미있다는 듯 여배우의 목소리를 흉내 내기도 했다. 그들은 영화 주인공의 세세한 행동 하나하나에까지 몰입하고 있었다. 걸음걸이는 어땠고 담배를 피는 모습은 어땠으며 어떤 담배와 어떤 위스키를 좋아했는지를 속속들이 알고 있었다. 주인공의 화려한 모습에 깊은 인상을 받은 것 같았다. 그 대화는 나를 슬프게 만들었다.

같은 날 늦은 시각 나는 라다크 민요를 번역하는 일을 도와주는 팔조르를 만났다. 팔조르와는 일주일에 한 번씩 만나 같이 일을 하고 있었다. 나는 그에게 다와와 그 친구들을 공항에서 만났다는 이야기를 해주었다.

"팔조르, 젊은 사람들이 그런 식으로 변하고 있다는 데 대해 화나지 않아요? 다와는 자기의 정체성에 대해 혼란스러워 하는 것 같아요. 꼭 영화 속에 나오는 주인공 흉내를 내면서 강한 사나이처럼 행동하더라고요."

"알아요, 내 아들도 그래요."

깊이 있고 오래도록 지속되는 타인과의 유대관계를 통해 안정감과 자기 정체성을 유지해오던 라다크 사람들은 그것을 잃어버리게 되었다. 그 결과 자신들이 누군지에 대해 의심을 품기 시작했다. 그와 동시에 관광산업과 매체의 활성화를 통해 소개된 새로운 이미지에 의해 라다크 사람들은 자신이 어떤 모습이 되어야 하겠다는 목표 설정에 큰 영향을 받고 있다. 그 새로운 이미지가 말하는 것은 그들이 본질적으로 서양식 테이블에서 식사를 하고 자동차를 몰고 세탁기를 사용하는 등 서구식 생활을 해야 한다는 것이다. 모든 소비상품이 그 사회가 문명사회임을 가늠케 하는 선행조건이 되었고 현대식 주방과 현대식 욕실을 가지고 있다는 것은 높은 신분의 상징이 되어 버렸다. 그 이미지들은 라다크 사람들에게 달라져야 한다고 말하며 더 나아져야 한다고 주문하고 있다.

아마도 또 한 가지 놀랄 만한 것은 현대화로 인해 개성의 파괴 현상이 나타나고 있다는 사실이다. 사람들이 자신에 대해 소극적이고 불안감을 갖게 되면서 상황에 순응해야 하고 또 이상적으로 보이는 이미지를 좇아 살아가야 한다는 압력을 받게 되었다. 그렇게 보면 모든 사람들이 똑같은 옷을 입고 똑같은 생김새인 것 같이 느껴지는 전통 마을 사람들은 오히려 여유로운 생활을 누릴 수 있고 자신의 정체성에 충실할 수 있는 자유를 더 많이 가지고 있는 것 같다. 긴밀하게 연결된 공동체의 한 부분으로서 사람들은 자신의 모습에 충실할 수 있다는 점에서 더욱 큰 안정감을 느끼게 된다.

지역의 정치 경제적 연계가 붕괴됨에 따라 사람들은 점점 더 자신의 본질에서 벗어나 익명성의 그늘 속으로 숨어들어가는 경향을 보인다. 생활의 속도는 더욱 빨라지고 사회적 유동 경향이 증가하면서 친밀했던 인간관계들마저도 피상적이고 간편한 것으로 변질되고 있다.

사람들 사이의 연결 고리들은 대부분 외형적인 면으로만 치우치게 되었다. 사람들은 자신이 어떤 사람인지 대신 무엇을 가지고 있는지에 의해 평가되기 시작했다. 그리고 자신이 입고 있는 옷과 다른 소유물의 뒤에 숨어들어갔다.

　라다크의 변화되는 모습 가운데 내가 가장 슬프게 생각하고 있는 것은 개인들이 느끼는 불안감으로 인해 가족과 공동체 사이의 연계가 점점 더 약화되고 있다는 것이다. 그것은 또 다시 개인들의 자부심을 흔들어놓는 파급효과를 낳는다. 소비지향주의는 이 모든 과정에서 중심적인 역할을 한다. 그것은 정서적인 불안감이 물질적으로 표현되는 신분의 상징물에 대한 욕구를 유발하기 때문이다. 타인으로부터 인정받고 싶은 욕구는 뭔가를 소유해야만 한다는 강박관념을 증대시킨다. 그 당사자는 자신의 소유물들이 자신을 대단한 사람으로 보이게 할 것이라 생각하고 있는 것이다. 이것은 결국 소유물 자체에 빠져드는 것보다 훨씬 더 중요한 동기 요인이 된다. 사람들이 누군가에게 존경을 받고 사랑을 받기 위해 물건을 구매하는 모습을 지켜본다는 것은 정말 가슴 아픈 일이다. 실제로는 그것이 정반대의 결과를 낳을 수밖에 없기 때문이다. 만일 어떤 사람이 빛이 번쩍거리는 멋진 승용차를 새로 구입했다면 그 사람은 그런 것을 갖지 못한 사람들로부터 멀어지게 될 것이다. 그렇게 되면 그 사람은 사람들의 무리에 속하고 싶다는 욕구가 더 강해지기 마련이다. 이런 순환 과정이 계속 반복되는 동안 사람들은 자기 자신과 다른 사람들로부터 점점 더 분리되고 마는 것이다.

　나는 사람들이 여러 가지 상황에서 서로에게서 분열되는 모습을 지켜보았다. 젊은이와 노인, 남자와 여자, 부자와 가난한 자, 불교도와 이슬람교도 등 그 모든 사람들 사이가 점점 멀어지고 있다. 그중에서도 최근 제일 두드러지게 나타나는 것은 현대식 교육을 받은 전문가 그룹과 글을 알지 못하는 낙후된 농부들 사이의 이질감이다. 현대화된 도시 지역인 레에 사는 사람들의 생활모습은 고향 마을에 남아 있는 친척들보다는 델리나 콜카타 출신들의 생활모습과 더 많은 공통점을 가지고 있다. 그들은 또 자신들보다 현대화의 정도가 덜한 사람들을 무시하는 경향을 보인다. 현대화된 도시에 사는 어린이들 중에는 부모나 할머니 할아버지들과 떨어져 생활한 지가 오래 되어 심지어 사용하는 언어가 다른 경우도 있을 정도다. 우르두Urdu어나 영어로 교육을 받은 아이들은 자신들의 고유 언어마저도 알지 못하는 상황에 처하게 된 것이다.

그러한 분열 양상의 원인 중에서도 가장 두드러진 것은 남성과 여성의 직무 구분이 더욱 뚜렷해짐에 따라 그들 사이의 역할 차이가 점점 더 양극화된 모습을 보인다는 것이다. 산업화가 진행되면서 세계 전역에 나타난 공통적인 현상은 남성들이 돈을 벌기 위해 고향인 농촌 지역을 떠나 도시로 몰려든다는 것인데, 라다크 역시 예외는 아니다. 가정의 외부에서 기술에 기반을 둔 생활을 영위하고 있는 남성들만이 가족 구성원 중 유일하게 생산력을 갖춘 존재로 인식되고 있는 것이다.

내 친구 소남이 좋은 예가 된다. 그의 홀어머니와 여동생들은 아직도 고향인 헤미스 마을에 살고 있다. 그는 몇 년 전 결혼을 했는데 신부를 고향 집에 남겨놓고서 1년에 네 번 정도만 만난다고 한다. 아내와 아이들을 자기 숙소에 데려오는 때에도 많은 업무량 때문에 그들과 함께 보낼 시간을 내기 힘들 정도다.

여성들은 자신에게 주어진 역할에 갇혀 보이지 않는 그림자와 같은 존재가 되고 만다. 일을 하고는 있지만 그것으로 돈을 버는 것은 아니기 때문에 '생산적인' 존재로 비춰지지는 않는다. 여성들이 하는 일은 국민총생산GNP으로 환산되지도 않는다. 정부의 통계자료에는 도시 지역에 거주하는 10퍼센트의 주민들만이 그들의 직업으로 인해 경제활동인구로 잡혀 있고 주부들과 전통농경활동에 종사하는 농부들을 포함하는 90퍼센트의 나머지 사람들은 생산활동을 하지 않는 사람들로 분류되어 있다. 결과적으로 사람들이 자신과 다른 사람을 바라보는 시각에는 변화가 생겨났다. 또한 그런 식으로 누군가에게 인정을 받지 못한다는 사실은 정서적인 측면에서 당사자에게 큰 충격이 되었다. 사회적으로 '열등한 부류'로 비춰진 농부들과 여성들은 안정감과 자신감을 점점 더 잃어버리고 만다.

지난 몇 년 동안 나는 그렇게 강하고 활발한 모습을 보이던 라다크 여성들이 자신감 없고 외모에 대해 지나칠 정도로 신경을 쓰며 변해가는 모습을 지켜보았다. 라다크에서는 전통적으로 여성의 외모를 중시하긴 했지만 인내심이나 사회적인 역할들을 더 중시했다.

어느 날엔가 데스키트의 집에 들렀을 때 그녀는 TV 앞에 혼자 앉아 있었다. 시간은 오전 10시쯤이어서 아이들은 학교에 갔고 남편은 일하러 나간 뒤였다. 새로 장만한 널찍한 비닐 소파와 팔걸이 의자가 있는 제일 좋은 방이었지만 그녀는 그냥 바닥에 앉아 있었다. 내가 그녀를 처음 알았던 것은 그녀의 고향 마을에서였고 당시 그녀는 수

줍었지만 예쁘고 생기가 넘쳤다. 그녀는 지금도 예쁘지만 생기를 잃은 것 같았다. 그녀는 분명히 행복해 보이지 않았고 너무나 위축된 모습이었다.

내가 데스키트를 찾아간 것은 그녀의 이모가 내게 그녀가 요즘 힘들어 하고 있는 것 같으니 좀 찾아가 돌봐주었으면 좋겠다는 이야기를 듣고서였다. 데스키트 자신이나 그녀의 이모 모두 왜 그녀가 힘들어하는지를 알지 못했다. 겉으로 보기에 그녀는 자신이 원했던 것을 모두 다 가지고 있는 것처럼 보였기 때문이다. 그녀의 남편은 의사라는 안정된 직업을 가졌고 아이들은 레에서 제일 좋은 학교에 다니고 있고 사는 집은 현대식으로 지은 쾌적하고 편안한 집이었다. 그러나 개발 계획이 진행되는 과정에서 데스키트는 핵가족이라는 영역 안에 갇혀버리고 만 것이다. 개발은 그녀로부터 예전 그녀가 속해 있었던 공동체의 생활을 빼앗아갔고 그녀가 보람을 느꼈던 일들로부터 그녀를 멀어지게 했다. 그것은 또 그녀와 아이들 사이마저 멀어지게 했다.

사회적으로 주도적인 역할을 맡게 된 남성들 역시 가정과 공동체의 붕괴로 인한 여파 때문에 힘든 생활을 하고 있다. 그들 또한 아이들과 만날 수 있는 기회를 잃어버렸다. 어린 시절에는 강력한 남성이 되어야 한다는 강박관념으로 인해 감성을 표현하는 법을 배우지 못했고 성장 이후 가장이 되어서는 바쁘게 일을 하느라 가정으로부터 멀어질 수밖에 없었다.

전통문화 속에서 아이들은 아버지와 어머니 모두에게 끊임없는 보살림을 받았을 뿐만 아니라 공동체에 속한 다양한 연령대의 사람들로부터 살아가는 방법과 지혜를 배우면서 성장했다. 아이들에게도 자기보다 어린아이들을 돌봐야 한다는 책임감은 지극히 자연스럽게 형성되었다. 어린아이의 입장에서도 어른들에 대한 존경심과 친밀함이 자연스럽게 생겨났다. 그들에게 있어 성장이라는 것은 그렇게 자연스러운 것이었고 경쟁의식 같은 것이 필요치 않은 과정이었다.

요즘 학교에서는 아이들을 연령대별로 분류한다. 그런데 이러한 구분법은 대단히 파괴적인 효과를 불러오는 것이다. 같은 나이의 모든 아이를 하나로 묶어 인위적인 사회적 단위를 만들어 놓음으로써 서로를 돕거나 서로로부터 뭔가를 배울 수 있는 기회가 줄어든다. 대신 자기 옆에 있는 아이만큼 자신도 좋아져야 한다는 압박을 느끼는 아이들 사이에는 경쟁의식이 자동적으로 싹트게 된다. 나이가 서로 다른 아이를 열 명의 그룹으로 만든 경우 열 살짜리 아이들만으로 그룹을 만들었을 때보다 서로 도우려는 분위기가 더 커지는 것이고 그것은 지극히 자연스럽게 이루어지는 현상이다.

연령대별 그룹으로 구성원을 분류하는 일이 학교에서만 일어나는 것은 아니다. 최근에는 같은 연령대의 또래 집단끼리만 함께 시간을 보내려는 경향들이 빈번해지고 있는데 그 결과 젊은 층과 노년층 사이의 이질감이 표면화되고 있다. 요즘 어린아이들이 고향에서 생활하는 할머니, 할아버지와 함께하는 시간이 가면 갈수록 줄어들고 있다.

지난 몇 년 동안 전통적 가족체계를 유지하던 많은 가정들을 지켜보면서 나는 할머니, 할아버지와 손자, 손녀 사이에 형성된 그 유대감의 깊이를 경험한 바 있다. 그것은 너무나도 자연스러운 관계였고 부모와 자녀 사이의 관계와는 또 다른 차원의 것이었다. 그러한 유대 관계를 훼손한다는 것은 너무나 비극적인 일이다.

그와 비슷한 종류의 압력이 지금 라다크의 전통적 가족체계를 붕괴시키려는 방향으로 가해지고 있다. 이른바 '핵가족'이라는 서구식 가족 모델이 일반화되어 가고 있는데 그 여파로 라다크 사람들은 자신들의 일처다부제 전통에 대해 부끄러움을 느끼기 시작했다. 일처일부제를 선호하는 젊은이들이 전통적 가족구조를 거부하면서 인구는 현격하게 증가하고 있다. 승려와 사원 역시 예전의 지위와 입지를 잃어가고 있다. 승려와 비구니의 숫자 역시 점점 줄어들면서 그에 따라 인구가 증가하기 시작했다.

흥미로운 사실은 많은 라다크 사람들이 출산율의 증가를 현대식 민주주의의 수용과 연관시켜 생각한다는 것이다. 소남 린첸은 권력이란 선거의 결과로 나오는 것이라는 이야기를 했다. 도시 지역에서 어떤 집단의 사람들의 수가 더 많아질수록 그 집단에 속한 사람들에게 더 많은 권력이 할당된다는 것이다. 중앙으로 편향된 사회구조 속에서 일자리와 정치권력을 얻기 위한 경쟁이 치열해지면서 라다크 사회는 더욱 극명한 분열의 모습을 보였다. 인종과 종교가 다른 집단들 사이의 갈등은 정치적인 차원으로까지 떠올랐고 그들 사이의 적대감은 예전에는 유례를 찾아볼 수 없을 정도로 확대되었다.

바로 이런 갈등 양상은 내가 라다크에서 지켜본 분열의 모습 중에서도 가장 가슴 아픈 것들 가운데 하나였다. 아이러니컬한 점은 이러한 대립 양상이 커질수록 각 종교 집단들의 신앙심의 모습은 그와 반비례해 쇠퇴하고 있다는 것이다. 이 책의 앞부분에서 이미 이야기했던 것처럼 처음 라다크에 왔을 당시 나는 불교도와 이슬람교도들이 보여준 상호존중과 협력의 모습에 감동을 받았다. 그러나 최근 몇 년간 계속 고조되어 온 두 집단 사이의 갈등은 폭력 사태에까지 이르렀다. 이전에는 개별적인 마찰만 간헐적으로 발생했는데 1986년에 라다크 친구 한 사람이 내게 불교도니 이슬람교도니 하는 식으로 사람들을 분류해서 이야기했을 때 나는 처음으로 집단 차원의 대립이 시작된 것을 실감했다. 이후 두 집단 사이의 갈등은 이곳저곳에서 빈번하게 일어나기 시작하더니 1989년 아무도 예측 못 한 폭력사태가 일어났다. 레의 시장 지역에서 대규모 소요 사태가 발생했는데 경찰의 총격으로 네 사람이 사망했고 라다크 대부분 지역에 계엄령이 선포되었다.

그 사건 이후 표면으로 드러나는 대결 양상은 없었지만 상대에 대한 불신과 편견은 지속적으로 두 집단 사이의 관계를 악화시켰다. 폭력이나 불화 같은 것들과 거리가 멀었던 라다크 사람들에게 그러한 상황은 정말 충격적인 경험이었다. 이슬람 측의 한 여성이 내게 눈물을 흘리며 하소연을 한 적 있었는데 그녀의 이야기는 라다크 사람들 모두가 꼭 들어야 할 이야기였다.

"이번 사건 때문에 우리 가족은 갈기갈기 찢어지고 말았어요. 가족 중에 불교도도 있고 기독교도도 있었는데 지금은 서로 말도 안 해요."

소요 사태의 직접적인 원인은 불교도들 사이에 이슬람교도 위주로 구성된 주정부가 해당 지역의 불교도들을 차별하고 있다는 인식이 확산되었던 것이다. 한편 이슬람교도들의 입장은 상대적으로 소수 집단인 자신들은 다수인 불교도들의 정치적 주장에 맞서 스스로의 이익을 지킬 수밖에 없다는 것이다. 그러나 실제 그 소요 사태의 근본원인은 더 광범위하고 포괄적인 것이다. 라다크가 겪고 있는 갈등 상황은 그 지역으로 한정되는 게 아니라는 이야기다. 카슈미르의 이슬람교도들과 힌두교도들이 주도하는 델리 중앙정부의 긴장을 비롯하여, 힌두교도들과 부탄의 불교도 정부, 불교도들과 네팔의 힌두교도 정부 등 그 모든 인근 지역의 갈등 상황이 라다크 소요 사태의 배경에 있었다는 것이 나의 생각이다. 현재의 개발 모델은 무서운 기세로 중앙집중화를 지향하고 있다. 다양한 인종 집단을 자신들의 지역에서 끌어내 도시 지역으로 이동시켰으며 의사결정권과 정치권력을 소수의 손에 쥐어주었다. 취업의 기회 역시 한정되어 있어 공동체의 연대감은 파손되었으며 구성원 간의 경쟁의식은 높아져만 가고 있다. 특히 도시 지역에서 현대식 교육을 받은 젊은이들은 자신들이 생존경쟁의 사슬에 묶여 있다는 것을 깨닫게 된다. 이러한 상황에서 종교나 인종 집단 사이의 이질감은 아주 자연스럽게 과장되고 왜곡된다. 또한 권력을 가진 집단은 필연적으로 자기 집단의 이익에 편향되기 마련이고 나머지 집단은 차별이라는 불이익을 감수할 수밖에 없다.

개발도상국의 경우 사람들은 현대화가 인종 집단 사이의 적대관계를 더욱 악화시키고 어떤 경우는 새로 만들어내기까지 한다고 한다.

그러나 개발을 주도하는 사람들은 그런 갈등을 진보의 대가로 어쩔 수 없이 지불해야 하는 비용으로 간주해버리려고 한다. 그들은 완전히 세속적인 사회를 만드는 것만이 집단 사이의 갈등문제를 해결할수 있는 방법이라 생각한다. 한편 서양 사람들은 종종 현대 민주주의가 사람들을 해방시키는 과정에서 예전의 편견과 증오심이 표면에 보이기 시작했기 때문에 인종 및 종교 집단 사이의 갈등이 늘어난 것이라고 전제한다. 예전에 평화라는 것이 존재했다면 그것은 억압의 결과였다는 것이 그 사람들의 주장이다.

사람들이 왜 폭력을 문화나 종교의 갈등의 결과물이라고 믿고 있는지 그리고 왜 그 책임을 현대화가 아닌 자신들의 전통 쪽에 전가하는지를 이해한다는 것은 쉬운 일이다. 인종 갈등은 분명 식민주의나 현대화 이전부터 존재했다. 그러나 인도의 이 부속 지역에서 얻은 16년간의 직접 경험을 통해 나는 이른바 '개발'이 이미 존재하던 긴장 상황을 더 악화시켰을 뿐 아니라 새로운 갈등을 만들어냈다고 확신하고 있다. 개발은 사람들에게 인위적인 결핍감을 느끼게 했고 그 결과 구성원 사이의 경쟁의식은 더욱 커졌다. 사람들은 서구식 모델을 표준으로 삼아 모든 행동과 사고를 그에 맞게 따르라는 압박을 받고 있다. 대부분의 사람들은 금발이 아니고 푸른 눈을 갖고 있지도 않고 자동차를 두 대씩 가지고 있지도 않다. 그런데도 이런 이미지가 우리가 사는 '지구촌'에서 이상적인 것으로 받아들여지고 있는 것이다.

강요된 서구의 표준 이미지를 추구한다는 것은 자신의 고유문화와 뿌리를 부정하는 것이며 결과적으로 자신의 정체성을 부인하는 것이다. 그에 따른 소외 현상은 적개심과 분노를 초래할 뿐만 아니라 오늘날 세계 전역에서 나타나고 있는 폭력 사태와 근본주의의 원인이 되는 것이다. 산업화된 사회에서도 사람들은 매체를 통해 전달되는 그 상투적인 이미지에 피해를 입고 있지만 현실과 서구에서 만들어진 이상과의 차이가 너무나 커서 제3세계의 경우 사람들이 느끼게 되는 절망감은 훨씬 더 치명적이다.

part · 3

미래를 향하여

chapter · 15

흑백논리는 없다

만일 간디가 라다크에 왔더라면 그의 마음이 갈망했던 거의 모든 것을 찾았을 것이다.
—M. L. A. 곰페르츠 소령, 〈신비로운 라다크〉(1928년) 중에서

1부와 2부를 통해 나는 라다크의 전통적 생활방식과 도시 지역에 나타난 변화의 영향력에 대해 개괄적으로 설명하려고 했다. 라다크 고유문화에 담겨 있는 행복함과 협동심 그리고 대지와 사람이 이루는 균형에 대해 이야기했고 그것들과 대비되는 소외 현상과 사회붕괴 그리고 도시 지역에서의 공해문제에 대해서 이야기했다. 나의 설명이 다소 과장된 것으로 보였을지도 모르겠다. 전통적인 생활상은 장밋빛 렌즈를 통해 들여다보고, 현대화에 관한 부분에는 검은 칠을 너무 많이 했다는 느낌을 받을 수도 있을 것이다. 라다크의 전통문화를 묘사한 부분은 긍정적이고, 새로운 변화들을 묘사했을 때는 부정적으로 묘사했던 것이 분명 사실이지만 그것은 내가 주로 유대관계와 연결관

계에 대한 부분을 중점적으로 다루었기 때문이라 할 수 있다. 나는 개별적 요인들에 초점을 맞추는 대신 대조를 이루는 두 가지 문화의 모습과 그 느낌들을 설명하고자 했다.

전통문화에 속한 수많은 사람들의 모습은 물론 이상적인 것과는 거리가 멀다. 거기에는 추운 겨울의 난방 시설처럼 우리가 기초적 편의 시설이라 부르는 것들이 결핍되어 있다. 외부세계와의 교류도 제한되어 있다. 문맹률은 높고 영아사망률은 더 높으며 개인의 기대수명은 서양보다 낮다. 이 모든 것은 심각한 문제들이고 나는 그것을 부인할 생각이 없다. 그러나 라다크의 실제 모습은 외부의 시각으로 바라본 모습과는 차이가 있다. 서양의 잣대로 측정하려 한다면 분명 잘못된 결과를 얻게 될 것이다. 해를 거듭하며 라다크 사회와 긴밀한 접촉을 계속하는 동안 나는 앞서 언급한 한계들을 조금 다른 관점에서 바라보게 되었다.

라다크의 전통 마을 주민들은 매일매일 개천에서 물을 길어 온다거나 배설물 연료를 사용하는 화로로 조리를 하는 등의 일을 힘든 것이라 생각하지 않았다. 분명히 우리와는 다른 모습이었다. 또 우리가 느끼는 것만큼 추위를 느끼지도 않았다. 어느 해 늦가을에 나는 헤미스 마을 출신의 비구니와 함께 하이킹을 한 적이 있었다. 개천을 건너던 중 물이 너무나 차가워 나는 그만 소리를 지르고 말았다. 내 발은 냉기 때문에 붉게 변했고 한참이 지나서야 원래 상태로 돌아왔다. 그런데 그녀는 아무렇지도 않다는 듯 개천을 걸어갔다. 가끔씩 멈추어 서서 상류를 바라볼 정도로 여유로운 모습이었다. 내가 춥지 않냐고 물었을 때는 내 물음 자체를 이해를 못 하겠다는 눈치였다.

라다크의 열악한 통신환경 역시 내게는 다른 의미로 받아들여졌다. 그간 내가 라다크의 전통사회에서 직접 경험했던 그들의 그 놀라운 생동감과 행복감은 삶의 기쁨이라는 것이 바로 자신들이 살고 있는 그곳에 있고 또 자신과 함께 살아가는 '이웃' 안에 있다는 믿음과 연결되어 있다는 것이다. 내가 확신하는 것이 바로 그것이다. 라다크 사람들은 자신들이 세상의 주변부에 있다고 느끼고 있지 않았다. 그들에게 있어 세상의 중심은 자신들이 살고 있는 바로 그곳이었다. 거실에 앉아 텔레비전을 보면서 다른 세상의 소식을 접한다 해도 그것은 우리의 생각만큼 그들의 생활을 풍요롭게 해주지는 못 할지 모른다. 실제로는 그와 반대의 상황이 벌어질 수도 있다. 텔레비전에 등장하는 이상적인 모습의 스타들은 오히려 사람들을 위축시키고 소극적으로 만들 뿐만 아니라 브라운관을 통해 전해진 화려한 모습들 때문에 라다크 사람들이 살고 있는 바로 그곳의 색깔은 퇴색되어버릴 수도 있다.

내가 문맹을 옹호한다는 것은 물론 아니다. 라다크 사회가 글을 해독하는 능력을 더 많이 갖출 필요가 있다는 사실에는 반론의 여지가 없다. 우리 사회에서는 글을 읽지 못 한다는 것은 곧 무력해진다는 것을 의미한다. 날이 갈수록 늘어나는 여러 정치 집단들로 인해 우리는 문서화된 언어들에 더 많이 의존할 수밖에 없다. 그러나 라다크 전통사회의 경우 그 규모는 어느 누구라도 말을 할 수만 있으면 공동체의 의사결정과정에 영향을 미칠 수 있는 정도이다. 글을 읽지 못하는 사람이라도 자신의 생활에 관련된 문제를 결정할 때는 서구사회 시민과 비교해도 그들의 평균 수준을 넘는 의사결정권을 가지고 있다. 라다크 전통사회에 있어 문맹이란 용어는 현대화된 사회에서와는 다른 의미를 갖는 것이다.

현대화된 사회와 라다크 전통사회를 비교하는 많은 기준들 중에서도 가장 중요한 것은 구성원들의 건강 상태와 기대 수명일 것이다. 라다크 사회에서는 서구사회에 이미 치료법이 알려져 있는 질병들 때문에 목숨을 잃는다. 영아 사망률 역시 15퍼센트나 된다. 질병 발생률을 줄이고 건강을 증진시키는 일은 의문의 여지없이 중요한 목표일 것이다.

그러나 제3세계 국가에서 시행되고 있는 서구식 의료체계의 현실에는 명확하지 않은 부분들이 있다. 분명한 것은 1000년 넘게 전해 내려온 전통 의술의 지식들과 치료법들을 하루아침에 폐기해버린다는 것이 분별 있는 일은 아니라는 것이다. 또 허술하게 모방한 서구식 의료 시스템을 도입하는 것 역시 적절하게 보이지는 않는다. 그것이 대다수의 주민들에게 적절한 진료 서비스를 제공하기 어려울 뿐만 아니라 경제적인 측면에서도 원활하게 유지될 수 있는 것이 아니기 때문이다. 복합적인 상황을 더 폭넓게 이해하려는 노력 없이 문제점들을 분리시켜 다루려는 관행에 대해서는 의문을 제기해야 한다. 예를 들어 영아 사망률을 줄이는 문제에 있어서도 전체적인 인구증가에 대한 고려 없이 그 한 문제만을 놓고 접근한다면 장기적인 맥락에서 사람들의 이익에 도움이 되지 않을 것이다. 현대 의학이 수명 연장에 도움을 준다 해도 만일 노년기를 맞은 사람이 자녀나 손자 손녀들과 떨어져 지내야 하고 신체장애나 불구가 되어 살아야 한다면 장수한다는 것은 우리가 생각하는 것만큼 의미 있는 것이 아닐 것이다.

또 나이를 먹는다는 것 그리고 죽음을 바라보는 시각은 절대적으로 중요한 것이다. 라다크 사람들 사이에 나이 들어간다는 것은 자연계 순환의 한 부분으로 받아들여진다. 죽음도 마찬가지다. 내가 처음 사귀었던 라다크 친구들을 오랜만에 다시 만났을 때 그들은 '지난 번보다 더 나이 들어 보여요'라는 식으로 말할 것이다. 그것은 겨울이 지나 봄이 왔다는 등의 자연현상의 변화에 대해 이야기하는 것처럼 현상 그 자체를 스스럼없이 이야기하는 것이다 그들은 내가 나이 들었다는 말을 싫어한다고 생각하지 않는 사람들이다. 또 라다크 사람들은 세월이 흘러가는 데 대한 두려움 속에서 살아갈 필요가 없는 사람들이다. 그들에게 있어 삶의 과정과 각각의 시기들은 그 나름대로의 의미를 갖고 있는 것이기 때문이다.

그들은 또 이번의 생이 유일한 것이라고 믿지 않는다. 그들에게 삶과 죽음은 끊임없이 반복되는 과정에 있어 두 가지의 상반되는 양상일 뿐이다. 그들의 문화는 죽음과 조화로운 관계를 맺으며, 현실에서 만나는 죽음을 대하는 태도는 필연적인 변화들을 경건하게 받아들이는 그 이상도 이하도 아니다. 따라서 어린아이의 죽음 같은 비극적인 사건마저도 그들은 또 다른 의미로 받아들이는 것이다.

그간 전통사회가 어려움을 겪고 있는 분야에 대해 개발 계획의 진행으로 인해 현실적으로 개선되거나 진보된 부분도 있다. 자본과 기

술 그리고 현대 의학의 도입으로 인해 실질적인 혜택이 주어진 것이
사실이다. 오늘날 많은 라다크 사람들은 예전보다 안락한 생활을 한
다. 또 여행을 할 수 있다는 것과 외부 지역에서 다양한 상품을 구입
할 수 있다는 사실에 고무되어 있다. 예를 들어 예전에는 무척이나
귀해 사치품 같이 여겨지던 쌀이나 설탕이 이제는 일상생활용품이
된 것이다.

교육은 그것의 혜택을 입는 사람들에게 새롭고 흥미로운 기회를
제공한다. 그리고 대장장이와 같이 미천한 직업을 가진 사람들에게
현대화는 더 높은 위치로 오를 수 있게 하는 사다리 역할을 하기도
한다. 특히 젊은이들에게 현대화를 통해 소개된 자유로움과 유동성
같은 것들은 무척이나 매혹적인 것이다. 새롭게 제시된 이상들은 젊
은이들을 지역공동체의 연고에서 해방시킨다. 그들은 이제 이웃이나
부모 그리고 조부모의 말에 귀를 기울일 필요가 없어졌다. 사실 현대
화에 있어 이상적인 인간형은 강인하고 독립적인 남성이다.

전통사회가 안고 있던 현실적 문제점들이 현대화의 진행으로 어느
정도 개선된 모습을 보였음에도 불구하고 최근의 상황은 예상했던
것과는 다른 모습을 보이고 있다. 그런 다른 모습은 개인과 그가 속
한 땅과의 관계 그리고 개인과 그 이웃, 개인과 그 자신 사이와 같은
중요한 관계들을 돌아볼 때 분명하게 나타난다. 보다 넓은 관점에서
바라볼 때 예전의 것과 새로운 것의 차이들은 너무나도 명확하게 드
러나지만 물론 그런 것들을 흑백으로 구분할 수 있는 것은 아니다.
확실한 것은 자연환경에 기반을 둔 전통사회가 그 모든 결함과 한계

를 갖고 있음에도 불구하고 사회적 측면과 환경적 측면 모두에서 더욱 지속적으로 유지될 수 있다는 사실이다. 그것은 인간과 자연환경 사이의 대화의 결과였다. 즉 2000년이 넘는 세월 동안 고유의 문화는 시행착오를 겪으며 계속 변화해 왔다는 것이다. 불교의 전통적 세계관은 변화의 의미를 강조한다. 그러나 그 변화라는 것은 자비심 혹은 관용이라는 틀 안에서 이루어지며 세상의 모든 현상 사이의 유대관계를 전제로 한다.

예전의 문화는 자연환경의 한계에 대해 인정하는 태도를 갖는 동시에 인간의 기본적 욕구들을 반영하고 있었다. 전통적 체계 속의 관계들은 서로서로를 보강해주었고 조화와 안정감을 더 향상시켰다. 그 가운데에도 가장 중요한 것은 지난 16년 동안 라다크 친구들을 지켜보면서 내가 경험했던 그들의 결속력과 책임의식이었다. 전통사회의 구성원들이 보여준 결속력과 책임의식은 부담감과는 다른 것이었다는 것을 나는 의심하지 않는다. 그것들은 서로에게 내적 평화와 풍요로운 행복감의 선행조건이라 할 수 있는 깊이 있는 안정감을 주고 있었다. 나는 개발이 진행되기 전 전통사회 속에서 생활하던 라다크 사람들이 지금보다 더 행복했다고 믿는다.

사회의 가치를 판단하는 여러 기준들 가운데 어떤 것이 더 중요한 것인가를 생각해본다면 사회적인 측면에서는 구성원들의 행복이 그 척도가 되어야 하고 환경적인 측면에서는 유지가능성이 그 척도가 되어야 한다.

그런 기준에 비추어 현재의 라다크는 아주 낮은 점수를 받을 수밖에 없다. 현대식 문화는 방치하는 경우 돌이킬 수 없는 몰락을 초래하는 환경문제들을 발생시킬 수도 있으며, 사회적인 측면에서는 공동체의 붕괴와 개인의 정체성 상실을 초래하기도 한다.

내가 거듭해서 경험한 바로는 서구인들은 비서구문화를 열등한 것으로 판단하고 있다. 서구인들의 그런 판단은 해당되는 사회의 실제 모습 대신 자신들이 만들어놓은 이상적 기준에 근거를 두기 때문이다. 예를 들어 인류학자들은 라다크 전통사회의 계급 차이를 완전한 평등이라는 이상적 기준과 비교한다. 그들은 자신들 사회에서의 빈부격차가 라다크 사회에서보다 훨씬 더 크다는 사실은 생각하지 못한다. 또 서양 사람들은 전통적 문화들을 개발을 통해 얻어질 수 있다는 가상의 '이상'들과 비교하면서 바로 그 개발에 의해 세계 전역에 빚어진 현실적 문제들은 무시해버린다.

내가 유럽과 북미 지역에서 강연을 해보면 사람들은 동일한 질문을 하곤 했다. 그들은 라다크 사람들의 모습이 담긴 두 종류의 상반된 사진들을 보았는데 한쪽은 환하고 거침없이 웃는 사람들의 표정과 아름다운 전통 예술 작품들 그리고 건축물과 풍경이 담겨 있었고, 다른 쪽에는 도시 지역 사람들의 비탄에 빠진 표정들이 담겨 있었다.

"라다크 사람들이 어떻게 하면 그들의 낙후된 전통문화에서 벗어날 수 있을까요? 그 사람들도 변화를 원할 거예요. 분명히 그래요. 전통문화 속에 무슨 결함 같은 것이 있어서 그걸 포기하고 싶을 거예요. 그 전통문화라는 게 별로 안 좋았던 것 같아요."

사람들이 왜 그런 가정을 했는지를 이해하는 것은 어렵지 않은 일이다. 만약 내가 라다크에 온 첫 해부터 지금처럼 그들의 언어를 익히지 못했다면, 그리고 만약 현대 세계가 그들의 의식 속에 파고들기 이전에 라다크 친구들과 그토록 가깝게 지낼 수 있는 행운을 갖지 못했다면 나 역시 그런 식으로 생각했을 것이다. 그렇지만 내가 알고 있던 라다크 사람들은 행복한 삶을 살고 있었고 자신들의 생활에 불만을 품지 않았다. 라다크 사람들에게 내가 사는 나라 사람들은 자신이 너무 불행하게 사는 것 같이 느껴서 의사를 찾아가 치료를 받기도 한다는 이야기를 들려주었을 때 그들이 얼마나 충격을 받았는지를 아직도 기억하고 있다. 그들은 믿을 수 없다는 듯 입을 벌린 채 나를 쳐다보았다. 그런 상황은 그들이 경험하거나 상상하지 못한 것이었다. 그들에게는 뿌리 깊은 행복감이 당연한 것이었기 때문이다.

라다크 사람들이 외부의 문화를 받아들이고 싶었다면 쉽게 받아들였을 것이다. 레는 수 세기 동안 아시아를 횡단하는 무역 통로의 중심이었다. 라다크 사람들은 당시 종교적 순례자로서 그리고 무역 활동의 당사자로서 여러 지역을 여행했고 다채로운 외부 문화의 영향에 노출되어 있었다. 많은 경우 그들은 외래문화의 요소들과 관습들을 흡수하여 자신들의 문화를 강화시키는 데 이용했지만 외부 문화를 전면적으로 받아들이는 일은 없었다. 누군가가 중국에서 레를 찾아왔다고 해서 젊은 사람들이 중국 모자를 쓰고 중국 음식만 먹고 중국어로 이야기하거나 하지는 않는다.

이 책의 앞에서 전하려고 했던 것처럼 문화의 붕괴를 일으키는 압력들은 그 수가 너무 많고 종류 또한 다양하다. 그러나 가장 중요한

라다크 사람들은 그들의 천성인 긍정적인 인생관을 통해 현대화의 압력을 이겨낼 수 있을까?

것은 개발이 진행되는 동안에는 사람들이 현재 그들에게 어떤 일이 일어나고 있는지를 개괄적으로 파악하지 않거나 파악할 수 없다는 것이다. 현대화라는 것은 겉으로 볼 때 문화에 대한 위협으로 느껴지지는 않는다. 현대화의 결과로 나타나는 개별적 변화들은 처음에는 아무런 조건 없는 발전인 것처럼 보인다. 오랫동안 지속되는 부정적 결과들은 예측하기가 어렵다. 라다크 사람들은 다른 나라에서는 그 개발이라는 것 때문에 어떤 변화들이 일어났는지 알지 못 한다. 개발이 불러오는 파괴적 영향이란 시간이 흐른 뒤 그간의 과정을 돌이켜 보아야만 명확하게 알 수 있는 것이기 때문이다.

문화의 파괴 현상에 있어 또 하나 중요한 요인은 현대 세계와의 접촉이 초래하는 상대적 열등의식이다. 예전 라다크 사람들은 정서적으로나 물질적으로나 자급적인 생활을 영위하고 있었다. 그때만 해도 이후에 '기본적인 필요 요건'으로 생각하게 된 그런 종류의 개발이라는 것을 바라지는 않았다. 나는 그들에게 라다크에 불고 있는 변화의 바람에 대해 어떻게 생각하는지를 여러 번 물어봤지만 그들은 현대화에 대해 이렇다 할 관심을 보이지 않았다. 간혹 그것에 대해 의문을 품기도 하는 모습이었다. 외딴 마을에서 도로가 건설되던 때도 사람들은 그 도로가 완성된 다음의 상황에 대해서도 반신반의하는 정도의 반응을 보일 뿐이었다. 전기가 들어왔을 때도 그랬다. 1975년 스타그모Stagmo 마을 사람들은 인근 마을이 새로 전기설치 공사를 하느라 일대 소동에 휩싸이는 것을 보고 웃음을 터뜨리며 농담을 주고받았다. 나는 그 장면을 아직도 생생히 기억한다. 스타그모 마을 사람들에게는 그 전기 설치 공사라는 것 때문에 그 많은 돈과 노력이 들어가야 하는 것이 아주 우스운 일 정도 밖에는 되지 못 한 것이다.

"고작 그런 물건을 천장에 다는 일 때문에 꼭 그렇게 소란스러워 야 하나요?"

2년 전 나는 마을 의회와의 일 때문에 스타그모 마을을 다시 찾아 갔는데 그때 그곳 사람들은 나를 보자마자 이렇게 이야기했다.

"무슨 일로 어둠 속에 잠겨 있는 이 뒤떨어진 마을에 수고스럽게 찾아오셨나요?"

물론 그것은 농담조로 한 이야기였지만 그 사람들은 분명히 자기 마을에 전기가 없다는 것을 부끄러워하고 있었다.

자부심과 자신의 가치에 대한 인식이 흔들리기 이전에는 자신들이 문명화되어 있다는 것을 증명해 보이기 위해 굳이 전기 같은 것을 설치할 필요가 없었다. 그러나 개발의 영향력은 짧은 기간 동안 사람들의 자존심을 침식해버렸고 그 결과 전기는 말할 것도 없이 펀자브 지방에서 생산된 쌀이나 플라스틱 제품들까지도 그들의 생활필수품이 되어 버렸다. 나는 시계를 볼 줄 모르는 사람들이 그 소용없는 손목 시계를 자랑이라도 하듯 손목에 두른 모습을 보기도 했다. 사람들 사이 자신이 현대화된 것으로 보이고 싶어 하는 분위기가 높아지면서 고유문화를 부정하려는 경향이 더욱 두드러지고 있다. 전통 음식을 먹는다는 것도 이제는 더 이상 자부심을 가질 만한 일이 아닌 상황이 되어 버렸다. 마을 사람들의 집에 초대되었을 때 그들은 즉석라면이 없어 전통 음식인 보리빵을 내놓을 수밖에 없다는 것에 대해 미안해 하기도 했다.

이런 과정에서 라다크 사람들은 자신들의 과거를 다른 시각으로 바라보게 되었다. 예전 그들은 내게 라다크에는 굶주림이라는 것이 존재한 적이 없었다고 이야기하곤 했다. 내가 그들로부터 아주 빈번하게 들었던 표현은 '퉁보스 자보스tungbos zabos'라는 것인데 그것은 '먹을 것도 많고 마실 것도 많다'는 뜻이다. 그런데 지금 도시 지역에서 자주 듣게 되는 말은 이런 것이다.

"개발은 필수적인 것이에요. 예전에는 살기가 어려웠어요. 넉넉하지 못했지요."

이렇듯 이제 라다크 사람들 대부분은 개발을 필수적인 것으로 생각하고 있다. 물론 전통사회를 옹호하는 입장에서 두 사회를 비교할 경우에도 전통사회가 완벽한 사회라고 할 수는 없다. 분명 그 안에도 개선할 점은 있기 때문이다.

그렇지만 나는 개발이라는 것이 꼭 파괴의 의미를 지니는 것이라고 생각하지 않는다. 나는 라다크 사람들이 수 세기 동안 영위해온 사회적, 생태학적 균형을 희생하지 않고서도 그들의 삶의 수준을 끌어올릴 수 있다는 것을 확신한다. 그러나 그렇게 하기 위해 그들은 관습화된 개발의 방향을 답습하여 고유의 것들을 해체해버리기보다 오래 전부터 내려오던 그 기반 위해 새로운 것들을 건설해야 할 것이다.

chapter · 16

개발 계획의 함정

라다크를 개발하기 위해서는 그곳 사람들을 탐욕스럽게 만들 방법을 찾아야 한다.
그렇지 않고서는 그들을 움직일 수 없다.
— 라다크 개발 감독관, 1981년

처음 라다크에 도착했을 때 나를 너무나 놀라게 했던 것은 사람들
의 욕심 없는 모습이었다. 그곳 개발 감독관이 이야기한 대로 라다크
사람들은 물질적인 이익을 위해 자신들의 여가나 일상의 기쁨을 포
기하려는 사람들이 아니었다. 당시 그곳을 찾은 관광객들은 돈을 아
무리 많이 준다고 해도 자신들이 가지고 있는 물건을 절대 팔지 않았
던 라다크 사람들에게 놀라움을 금치 못 할 정도였다. 그러나 개발
계획이 추진되고 몇 년이 흐른 요즘 돈을 버는 일은 라다크 사람들에
게 매우 중요한 관심사가 되어 버렸다. 새로운 욕구들이 나타나게 된
것이다.

외국 관광객이나 광고 그리고 외국 영화 속에 그려지는 이미지들

은 이른바 개발의 메신저 역할을 하게 됐는데 그런 것들은 은연중에 라다크 사람들을 향해 그들의 전통적 관습들은 낙후된 것이고 현대 과학이 천연자원의 활용을 더욱 높여 더 많은 생산량을 얻는 데 도움을 줄 것이라 이야기해왔다. 개발은 불만족과 탐욕을 부추기면서 1000년이 넘도록 사람들의 욕구를 안정감 있게 충족시켜 온 경제체제를 파괴하고 있다. 전통적으로 라다크 사람들은 놀라울 만큼 정교한 기술로 인근 지역의 자원들을 활용했고 비교적 안락하고 부러울 만큼 안정된 생활을 할 수 있었다. 그들은 자신들이 가지고 있는 것들에 대해 만족하고 있었다. 그러나 지금 그들은 무엇을 가지고 있든 그것이 부족하다고 느끼고 있다.

개발 계획이 추진되고 16년 정도가 흘렀을 무렵 나는 라다크 사회의 빈부격차가 더 커졌다는 것을 알게 되었다. 여성들은 자신감과 힘을 잃어버렸고 실업과 인플레이션과 범죄발생률이 증가하기 시작했다. 경제 상황의 변화와 심리적 압박감으로 인해 인구증가율은 가속되었고 자급형 경제구조가 외부세계에 대한 경제 의존성에 의해 서서히 밀려남에 따라 가정과 공동체는 붕괴되었고 사람들은 자신의 땅과 분리되기 시작했다.

놋쇠 항아리가 분홍색 플라스틱 물통에 밀려나거나 야크 털로 만든 신발이 값싼 현대식 신발들 때문에 외면 받는 현실을 처음 목격했을 때 나는 제일 먼저 공포심을 느꼈다. 그러나 나는 이내 나 자신이 나름대로의 생각만으로 그 사람들에게 어떤 것이 좋고 어떤 것이 그렇지 않다는 식으로 이야기할 권리는 없다는 생각을 하게 됐다. 현대

세계의 침략이 추악하고 부적절한 모습이었지만 그래도 그로 인해 물질적인 이익이 생겼다는 측면도 분명히 있는 것이다. 이후 몇 년이 지난 다음 나는 비로소 그 개별적인 상황들을 하나로 연결시켜 라다크 문화의 체계적 해체라는 하나의 과정에 나타나는 다채로운 양상으로 이해할 수 있었다. 새로운 신발이나 새로운 건물이 처음 사람들의 눈에 띄게 되는 것 같은 일상생활에서의 점진적인 변화들을 경제적 종속, 문화의 거부, 환경의 퇴보와 같은 더 큰 그림의 일부로 바라보기 시작한 것이다.

그러한 연관관계들이 더 명확하게 느껴지면서 나는 이른바 '개발'이란 이름으로 알려진 그 과정에 대해 의문을 품게 되었다. 기술의 진보와 경제성장을 통해 생활의 수준을 향상시킨다는 바로 그 계획된 변화의 과정은 이익보다는 해악을 불러온 것 같이 느껴졌다. 나는 사회적으로 탐욕이 생겨나는 것은 근본적으로 개발이라는 이름의 더 커다란 변화 과정의 한 부분일 뿐이라는 것을 깨달았다. 세계 전역의 다른 지역의 경우에서처럼 라다크에서의 개발은 이른바 '인프라'에 대한 대규모의 지속적인 투자를 전제로 하는 체계적인 사회구조의 재구성을 필요로 했다. 도로를 건설하고 서구식 의료 시스템을 구축하고 학교와 방송국과 공항을 건설해야 하고 더욱 중요한 것은 발전 시설의 건설을 필요로 하는 것이었다. 이 모든 과정은 어마어마한 규모의 자본 투자를 포함할 뿐만 아니라 그에 상응하는 규모의 노동력과 행정력의 지원이 필수적인 것이다. 개발이 추진되는 과정의 어떠한 단계에서도 사상 유례 없는 이 엄청난 규모의 사업이 불러올 결과에 대해 의문이 제기된 적이 없었다. 마치 개발이 추진되기 전에는 라다크에 '인프라' 같은 것은 존재하지 않았던 것처럼 모든 것이 원점에서부터 시작되는 것 같았다. 예전에는 의료도 없었고 교육, 통신, 교통시설이나 무역 같은 것들이 하나도 없었던 것 같은 분위기였다. 거미줄처럼 연결된 도로들과 통행로와 무역이 이루어지던 교역로도 있었고 수세기에 걸쳐 긴요하게 활용되던 정교한 관개수로도 있었지만 라다크의 문화와 경제활동을 반영하던 그 모든 것들이 전혀 존재하지 않았던 것처럼 취급된 것이다. 라다크는 지금 아스팔트, 콘크리트, 철강으로 상징되는 서구의 가이드라인에 의해 재건되고 있다.

오늘날까지 온전하게 존속하고 있는 자급경제공동체의 하나로서 라다크는 개발의 진행 모든 과정을 단계별로 살펴볼 수 있는 독특한 지역이었다. 특히 현대 세계와의 충돌 과정은 급격하고도 드라마틱했다. 그러나 지금 라다크가 겪고 있는 변화의 과정은 결코 독특한 것이 아니다. 본질적으로 똑같은 과정이 세계 전역에 영향을 미치고 있는 것이다.

내가 라다크에 나타난 변화의 과정을 다른 지역에서의 비슷한 패턴들과 연결시키기 시작하면서 불가피하게 광범위한 일반화를 차용할 수밖에 없지만 나는 그 부분에 대해서 석연치 않게 생각하지는 않는다. 왜냐하면 바로 그 현대화의 과정 자체가 본질적으로 하나의 커다란 일반화를 전제로 하는 것이기 때문이다. 현대화란 지역의 다양성과 독립성을 하나의 단일 문화와 경제체제로 대체하는 과정을 의미한다.

개발은 자본의 도입을 절대적인 진보라고 전제한다. 개발의 관점에서 돈이란 많으면 많을수록 좋은 것이다. 그러나 이것을 주류의 경제구조에 속한 사람들에게는 적용할 수 있지만 지역의 자원들을 기반으로 한 비화폐경제체제나 자급경제체제에 속한 수백만 명의 사람들에게는 적용할 수 없는 것이다. 의식주 문제를 자급하는 사람들에게 있어 불안정한 금전적 이익을 위해 고유의 문화와 독립성을 포기해야 한다는 것은 삶의 질이라는 측면에서 중대한 손실을 의미하는 것이다.

라다크의 상황이나 인근 지역인 히말라야 부탄 왕국의 상황은 인간을 위한 복지의 수준을 금전의 관점에서 정의하는 것이 얼마나 적절치 못한 일인가를 생생하게 보여주고 있다. 두 곳 모두 대부분의 제3세계 국가에 비해 높은 생활수준을 누리는 곳이다. 사람들은 기초적인 생활필수품을 자급할 수 있고 아름다운 예술품과 음악을 즐기고 있다. 가족이나 친구들과 함께하는 시간이나 여가 활동을 하는 시간이 서방 세계에 사는 사람들보다도 많다. 그러나 IBRD는 부탄을 세계에서 제일 가난한 나라 가운데 하나로 기록하고 있다. 부탄의 GNP가 거의 0에 가깝기 때문에 국제간의 경제 규모 순위에서 바닥에 랭크된 것이다. 그것은 결과적으로 뉴욕 거리의 노숙자들과 부탄이나 라다크의 농부들 사이에는 아무런 차이점이 없다는 의미이다. 그들 모두 수입이 없다는 공통점이 있지만 그 통계수치의 뒤에 있는 현실은 낮과 밤의 차이만큼이나 다른 것이다.

자급경제체제를 유지하는 오지의 나라이건 산업화 세계의 심장부

전통 가옥과 현대식 가옥. 이런 모습이 인습적 경제개발에서 말하는 진보다

이건 GNP를 사회복지의 주요 지표로 활용하는 국가의 재무시스템에는 분명 문제가 있다. 그런 시스템에서는 토마토를 팔거나 교통사고가 났거나에 상관없이 돈이 다른 사람의 손으로 넘어갈 때마다 GNP로 환산이 되어 더 잘사는 나라가 됐다는 결과를 낳는다. 그래서 환경이나 사회에 악영향을 끼치는데도 불구하고 GNP를 끌어올리기 위한 정책이 시행되기도 한다. 예를 들면 삼림의 나무들을 모두 베어 민둥산을 만든다 해도 국가의 대차대조표는 더 나아 보인다. 벌목이라는 것이 돈을 만드는 것으로 계산되기 때문이다. 범죄율이 증가하고 사람들이 오디오나 비디오 플레이어를 도난당해 새 것을 구입하는 경우에도, 또 노인이나 환자를 진료비가 비싼 의료시설에 입원시키는 경우에도 정서장애나 스트레스 때문에 상담을 받는 경우에도 물이 오염되어 병에 든 생수를 사서 마시는 경우에도 GNP 지수는 올라가게 되어 그만큼 경제가 성장한 것으로 측정된다.

정말이지 어이없는 상황이 되어버린 것이다. 자기 집 정원에서 기른 감자보다는 다른 지역에서 재배한 다음 가루로 만들고 얼리고 말린 밝은 색깔의 감자과자를 사먹는 게 경제성장을 위해서는 더 좋다고 한다. 이런 식의 소비과정은 더 많은 운송량과 더 많은 화석연료와 더 많은 공해물질과 더 많은 화학첨가물과 방부제가 소요된다. 또한 생산자와 소비자 사이의 간격은 더욱 벌어지게 된다. 그러나 그것 역시 GNP 상승을 일으키는 것이어서 경제성장의 차원에서 권장되고 있다.

개발 전문가들과 경제학자들이 선호하는 일차원적 진보관은 경제성장의 부정적 효과들을 은폐하고 있었고 지역적 자급형경제구조의 가치를 가리고 있었다. 그에 따라 지구촌의 모든 사람들, 특히 제3세계의 농경 지역에 사는 수백만의 사람들 사이에는 상황에 대한 중대한 오해가 빚어질 수밖에 없었다. 개발 프로그램들은 실제 그들에게 이익을 가져다주는 것이 아니라 낮은 수준의 생활수준을 정착시킬 뿐이었지만 그런 사실은 철저하게 미화되고 곡해되었던 것이다.

자영농의 형태나 공동체와의 협동작업을 통해 다양한 곡물들을 경작하며 가축들을 사육하던 농부들은 오늘날 원격지 시장에의 진출을 위해 환금성 단일 농작물을 경작해야 한다는 분위기에 휩싸이고 있다. 이런 상황에서 농부들은 거대한 운송망이나 석유가, 국제 금융시장의 변동성 같이 스스로는 제어할 수 없는 외부의 영향력에 의존하게 되었다. 시간이 흐르며 농부들은 예전에는 직접 경작했던 곡물들을 사기 위해 현금이 필요했는데, 인플레이션이 발생함에 따라 현금의 가치가 하락해 더 많은 생산량을 거두지 않으면 안 될 상황에 처하게 되었다.

가장 낮은 수준의 임금과 급여까지도 진보한 것으로 간주되는 화폐 경제의 속성상 환금성 작물의 경작과 그에 따른 무역과 운송의 규모 증가는 의심할 여지없는 수익의 증대로 받아들여진다. 그러나 실제로는 농촌 인구가 도시의 빈민 지역으로 이동하면서 그 인습적인 개발 계획의 여파는 빈곤층의 형성을 초래하기도 한다. 사람들은 결국 지역의 자원을 중심부로 끌어들이는 경제체제 안에 갇혀버리고 만다. 이 경제체제의 특성은 모든 것을 비산업화 지역에서 산업화 지역으로, 지방에서 도시로, 가난한 사람들에서 부자들에게로 옮겨가게 한다는 것이다. 지역의 자원들은 가공되고 포장된 상품으로 변신하여 그 원산지로 돌아가기도 하는데 그때 그 상품에는 가난한 사람들에게는 큰 부담이 되는 높은 가격이 매겨져 있기 마련이다.

그 과정에서 개발의 비용은 시장거래의 증대를 목표로 하는 대규모의 사업들 속으로 자유롭게 유입된다. 여론의 수렴과정이나 공적인 논의과정을 거치지 않은 상태에서 수십억 달러의 돈이 도로, 댐, 비료 공장 같은 것들을 건설하는 데 아주 조용히 흘러들어간다. 그 모든 것들은 중앙집중화와 에너지 소비에 대한 의존성을 더욱 강화하는 결과를 낳는다. 그러나 지역 규모의 수력발전소나, 태양열 오븐, 온수기 같이 지역의 자급에 도움을 주는 소규모의 시설들에 대해서는 과연 그것이 경제성이 있을까 하는 의문이 제기된다. 핵에너지 시설이나 대형 댐의 건설은 대규모의 지원금 혜택을 누릴 수 있지만 에너지 재활용에 기반을 둔 소규모의 기술을 지원하려는 곳은 없다. 개발 과정에서 드러난 가장 괄목할 만한 형상 가운데 하나는 그 어마어마한 잠재력에도 불구하고 개발도상국 가운데 단 하나의 나라도 탈중심화를 가능케 하는 태양 에너지 시설의 추진을 최소한의 규모로도 시도한 바가 없다는 것이다.

세계 전역에서 진행된 개발의 과정은 지역의 자급경제와 소규모의 경작을 통해 살아가던 농민의 계층을 붕괴시켰다. 산업화 지역의 경우 90퍼센트가 넘는 인구가 농경 지역을 떠나 도시로 이동했는데 지금 제3세계에서도 똑같은 현상이 나타나고 있다. 농경 지역의 자급구조가 서서히 붕괴됨에 따라 그 추세는 더욱 급격하게 확산되고 있다. 농부들을 그들의 지역에서 끌어냈던 개발의 영향력은 이제 자본과 에너지 집약적인 산업형 농경산업을 추진하고 있다. 단순 농경에서 산업형 농경으로의 이전 과정은 수확량 증대를 위해 필요한 것이고 수확량 증대는 늘어나는 인구를 먹여 살리기에 필수적인 것이라는 것이 그 전제가 된다. 그러나 산업형 농경이 지속성을 결여하고 있다는 것이 속속 입증되고 있다. 비료와 농약으로 인해 수질오염과 토양오염이 발생하고 수확량의 경우도 최초의 경작에서 증가한 이후에는 감소세를 보인다. 또한 단일경작과정에 사용되는 화학 성분의 농약이 해충들에 대한 곡물의 면역 체계를 약화시킨다. 화학 농약을 쓰도록 권유받은 라다크 농부들은 그 농약 때문에 해충들이 더 많아졌다고 입을 모은다.

산업형 농경은 지역마다의 환경에 잘 적응하고 있던 농작물의 다양한 종자들을 없애버리고 표준화된 종자를 사용한다. 다국적 기업과 대규모 석유화학 기업들은 제3세계로부터 곡물의 종자들을 탈취하고 수천 년간 지역 환경에 적응하고 있는 그것들의 유전정보를 이용하여 합성종자를 만들어낸다. 그리고는 그 합성종자를 화학 성분의 비료나 농약과 함께 제3세계 농부들에게 되판다. 그런 합성 종자들은 자체적인 재생 능력이 없는 경우가 많은데 그 때문에 농부들은 대기업들로부터 종자와 화학 물질들을 계속해서 구입해야 하는 순환적 종속구조에 갇혀버리게 된다.

산업형 농경의 논리가 확산되면서 상황은 갈수록 좋지 않은 모습을 보이고 있다. 원하는 유전정보를 다른 조직에 이식하는 생명공학의 혁명으로 과학에 의한 대규모의 생명현상 조작이 모습을 드러냈다. 자연이 산업화가 요구하는 방향으로 변형될 수 있게 됨으로써 표준화와 획일화라는 결과가 나타났고 취약성은 더 증대되었다.

그 과정에서 중요시되는 것은 인류의 복지문제가 아니라 상업적 이익이었다. 이 분야의 연구들이 대부분 공공의 기금으로 이루어졌지만 그로 인해 완성된 기술을 통제하는 것은 다국적 기업들이고 그들은 이제 동물과 식물은 물론 인간의 유전자까지 조작하여 특허 출원과 판매가 가능한 상품으로 만들 수 있는 능력까지 갖추게 되었다.

물론 그동안 인류는 농경 활동이 시작되면서부터 여러 가지 형태의 합성종이나 교배종 생명체를 만들곤 했다. 라다크 사람들이 만든 쪼는 지역의 환경에 잘 적응할 수 있는 교배종의 좋은 보기라 할 수 있다. 그러나 요즘 등장하는 합성종이 그와 다른 점은 지역의 생태계와 아무런 연관을 갖지 못 한다는 점이다. 또한 생명체의 유전적 기반이 그것의 장기적인 영향력에 대한 명확한 고려 없이 조작되고 있다는 점이다. 우리는 이런 류의 기술들이 생명의 다양성을 침식하는 한편 생물학적 상호보완성의 연결고리를 끊고 있다는 사실을 이미 알고 있다. 생명공학을 통해 탄생된 제품들은 병충해와 가뭄에 강하고 수확량이 풍부하다는 점에서 천연의 제품보다 나은 것이라는 것을 강조한다. 그러나 특허를 받은 옥수수가 그 굵고 노란색을 얼마나 오랫동안 유지할 것이며 양분이 고갈되어가는 토양이 얼마나 오랫동안 유지될 수 있을까? 과학과 기술을 맹신하는 사람들에게 이런 것들은 전혀 걱정할 일이 아닐 지도 모른다. 몇 년 전 나는 유명한 석유 회사의 고위직 임원과 이야기를 나누던 중 토양오염에 대한 나의 우려를 밝힌 적 있었다. 그의 반응은 다음과 같았다.

"걱정할 필요 없어요. 지금 새로운 합성물질을 개발하고 있으니까요. 앞으론 땅이 없어도 농작물을 생산할 수 있는 시대가 올 겁니다."

과학의 진보에 대한 이런 맹목적인 믿음 때문에 사람들의 시각은 점점 더 전문화되고 협소해지고 있으며 자연계에 대한 조작의 영향력은 보다 방대한 규모로 확산되고 있다. 첨단 분야에서 일하는 전문적인 과학자들마저도 현대생활의 곳곳으로 확산되는 조작으로 인해 어떤 결과들이 나타날지 예측하지 못할 정도다. 그러나 사람들은 이런 조작들에 대해 경계심이나 주의력을 갖지 않는다. 대신 조작된 합성 물질에 있어 연구의 단계에서 시장 적응 단계까지 소요되는 시간을 최소화했다.

물론 내가 이야기하고자 하는 것이 과학적인 탐구 자체가 불필요하다거나 기술 자체가 쓸모없다는 것은 아니다. 문제는 그 두 가지의 영역이 근시안적인 수익과 기대라는 협소한 목표와 연결되어 있어 우리 사회의 모습을 형성하는 데 있어 무책임한 영향을 미칠 수 있다는 점이다. 우리는 윤리와 가치관을 잃어버릴 수도 있는 심각한 위험 상황에 처해 있는 것이다.

지금까지 나는 '개발' '현대화' '서구화' '산업화'라는 용어를 대체적으로 비슷한 의미를 실어 사용했다. 이 용어들은 과학과 기술의 끊임없는 혁신과 편협한 경제 패러다임 사이의 상호작용을 지칭하는 것이었다. 그 과정은 지난 몇 세기 동안 유럽의 식민주의와 산업화의 확산으로부터 본격화되었고 그것을 통해 다양한 개성을 유지하던 이 세계가 산업화된 국가들과 다국적 기업 그리고 제3세계 국가 내의 엘리트 집단 사이의 막강한 이해관계에 의해 주도되는 단일 경제체제 안으로 편입되어 버렸다.

이런 인습적인 경제개발이 내거는 약속이란 개발된 국가들의 발자국을 따라간다면 저개발 국가들도 부자가 되고 안락하게 살 수 있다는 것이다. 또 가난은 사라질 것이고 인구과잉이나 환경문제 같은 것도 해결된다는 것이다.

그러나 이러한 주장은 처음 보기에는 타당한 듯 보이지만 실제로는 내재적인 결함을 가지고 있을 뿐만 아니라 심지어 속임수일 수도 있다. 선진국들이 자원을 활용하는 방식은 실제로 저개발국의 입장에서는 절대로 답습하기 불가능한 것이다. 세계 인구 가운데 3분의 1에 해당하는 선진국 사람들은 전 세계 자원의 3분의 2를 소비하면서 나머지 사람들에게 자신들이 하는 대로 따라 하라고 말하는 것은 기만에 가까운 행위다. 개발이란 많은 경우 착취나 신식민주의의 완곡한 표현이라 할 수 있는 것이다. 개발과 현대화의 영향력은 대부분의 사람들을 자급경제로부터 끌어냈고 환상을 좇아가게 한 다음 정면으로 쓰러지게 만들었다. 그 결과 제3세계 사람들에게 물질적으로는 빈곤을 초래했고 심리적인 면에서는 방향 감각을 잃게 했다. 대다수의 사람들은 빈민 지역 거주자로 전락했다. 자신들이 속했던 땅과 지역경제를 떠난 결과 결코 이룰 수 없는 도시화의 꿈이 드리워진 그림자 속에 갇혀버린 것이다.

그런데 어떻게 그러한 기만행위가 현재까지도 지속될 수 있었을까? 그 이유를 이해하는 것은 무척이나 쉬운 일이다. 외관상 엄청난 수익을 아무런 대가 없이 제공하는 개발계획은 라다크 사람들에게는 너무나 매력적으로 보였을 것이다. 예를 들자면 그들은 자신들이 돈이 많아지고 자동차를 소유한다면 할머니나 할아버지와의 관계가 지금과 바뀔 것이라는 것을 알 길이 없다. 그렇다면 이미 그 개발이라는 것을 경험했던 우리 같은 사람들은 어떤 이유에서 모든 사람들이 아메리칸 드림을 이루리라는 신화를 붙들고 있는 것일까? 그 해답은 개발을 둘러싼 이해관계에서 찾을 수 있을 것이다. 제3세계 국가 내의 엘리트 집단이 개발 자금을 착복한다는 것은 관행화된 사실이며 산업화 국가들의 주요 관심은 자신들의 전문 분야와 상품들을 진출시킬 시장을 구축하는 것이다.

그러나 그런 것만이 전부는 아니다. 총체적인 시각으로 보면 개발은 편협하고 이기적인 사람들에 의해서만 주도되는 것이 아니다. 물론 많은 개발 전문가들 중에는 순수한 시각에서 개발의 생태학적인 측면을 바라보는 사람들도 있다. 그러나 현재의 추세는 이전과 비교해 크게 달라지지는 않아 보인다. '자조' '자급' '지속가능' 이란 용어가 자주 회자되는 상황에서도 개발이 초래한 종속성과 부채의 수준은 증대하고 있는 추세다. 그리고 대단위 자본투자는 사회적인 해악을 일으킬 가능성이 많거나 환경 파괴적인 성향의 사업들로 집중되고 있다.

개발을 추진하는 당사자들은 천연자원의 한계를 무시하면서 모든 사람이 뉴요커처럼 될 수 있다는 분위기를 조장한다. 이런 문제를 두고 경제학자들과 환경학자들 사이에는 오랜 논쟁이 이어지고 있다. 경제학자들과 낙관적 성향의 기술주의자들은 자원고갈을 극복할 수 있는 기술이 발명될 것이고 과학의 힘으로 지구의 부존자원이 극대화될 수 있다고 전제한다. 그러나 그러한 시각은 인간의 의지로 영향을 미칠 수 없는 자원의 유한성을 부인하는 한편 부의 재분배를 자신들의 편의에 따라 교묘하게 조작하는 것이다. 만일 활용할 수 있는 자원이 고갈되지 않고 언제까지나 원활하게 돌아가기만 한다면 그들이 이야기하는 변화라는 것도 필요하지 않다고 할 수 있다. 그것이 진실이라면 제3세계 국가의 국민들로서는 그저 교육만 잘 받으면 되는 일이고 선진국의 큰 형님들이 지나갔던 길을 충실하게 답습하면 되는 일이다.

이러한 주장을 요약한다면 현대사회의 가장 중요한 문제점은 빈곤과 인구과잉이며 그 해결책이 되는 것은 바로 경제개발이라는 것이다. 그러나 실제 그러한 근본적이고 심각한 문제의 원인은 바로 인습적인 경제개발에 있다. 경제개발이 추진하는 도시화와 산업화는 농경 및 지역경제를 무시하는 한편 전례가 없었던 대규모의 빈곤을 초래했다. 내가 라다크에서 경험한 바로는 경제적인 측면이나 사회 심리적인 압력들로 인해 인구과잉이 초래된다고 이해되고 있지만 그 주된 요인은 사람들과 지역 자원과의 분리 현상이라 할 수 있다. 인구학자들의 인식에서도 실제 현대화된 세계와의 접촉 이후 인구가 급속하게 증가한다는 사실이 확인된 바 있다.

갈수록 증가하는 환경문제와 제3세계 부채 그리고 기아문제들은 현재 진행되고 있는 경제개발의 모델에 뭔가 잘못된 부분이 있다는 것을 시사하고 있다. 이 문제를 놓고 최근까지 많은 논란이 집중되고 있기는 하지만 만족할 만한 결과가 얻어졌다고 볼 수는 없다. 국제규모의 기구들에서 소규모 민간단체에 이르기까지 이 문제에 관련된 모든 관계자들 사이에 생태계와 그 지속성의 유지를 위한 프로젝트들을 지원하는 정책이 수립되어야 한다는 공감은 있다. 그러나 바로 그 개발의 본질이 포괄적이고 조직적인 과정으로 이해되고 있지 않기 때문에 개발에 의해 파생되는 파괴적 효과들은 대부분 부작용이나 자연스러운 부산물 정도로 여겨지는 경향이 있다. 지속가능한 개발을 주제로 하는 연구 자료들의 대부분에서도 사회와 환경의 파괴현상에 관한 근본 원인이 직접적으로 다루어지지는 않았다.

경제문제에 대해 이상적으로 접근하는 소규모의 유관단체들 역시 근본적인 문제를 외면한 채 지역마다의 다양성과 진정한 자급경제를 지원하는 것보다 사람들을 대규모 거시경제로의 종속관계 안으로 유도하려는 경향을 보인다. 그런데 그에 못지않게 중요한 것은 이런 단체들은 현재의 경제개발교육의 유형에 대해 전혀 의문을 제기하지 않고 있어 경제개발의 방향 변화에 관한 필요성을 이해하지 못 한다는 것이다. 그들 대부분은 현재까지도 사람들을 서구 도시 취향의 소비자가 되도록 만드는 교육을 지지하고 있다.

이와 마찬가지로 재생가능한 에너지에 기반을 둔 소규모의 기술

활용을 표방하는 그룹들조차도 그런 소규모의 기술은 농촌 지역의 가난한 농부들을 위한 것일 뿐이며 그것과 함께 정부 차원의 지원을 받는 대규모의 개발이 병행되어야 한다는 입장을 보이고 있다. 이러한 시각은 녹슨 금속 조각들 옆에 쭈그리고 앉아 있는 사람들의 모습을 상징적으로 보여주는 기술관련 전문자료들에 잘 나타나 있다. 대부분의 기술관련 자료들은 경제와 문화에 대한 광범위한 고려가 없이 기술진보라는 주제를 분리해서 다루고 있다. 이러한 상황이라면 그들이 이야기하는 최적의 기술이란 실패할 수밖에 없다. 바로 이 최적의 기술이 바람직한 형태로 확립되지 않는다면 생태와 문화의 다양성을 유지할 수 있는 희망은 없는 것이다. 그런 경우 개발도상국가들은 첨단기술을 도입하기 위해 외화획득 경쟁에 몰입하게 되어 부채증가와 종속성의 순환이 끊임없이 반복될 것이다.

유럽 중심의 과학으로부터 탄생했고 서구인들 혹은 서구화된 엘리트 집단에 의해 시행되는 경제개발은 문화의 다양성을 축소시켜 하나의 획일적 문화로 변형시키고 있다. 그 전제가 되는 것은 의식주에 관한 사람들의 욕구나 취향은 세계 어느 곳에서나 동일하다는 것이다. 시멘트로 지은 똑같은 건물들과 똑같은 장난감, 똑같은 영화와 똑같은 텔레비전 프로그램이 세계 전역으로 퍼져가고 있다. 현대화된 공동체의 일원이 되기 위해서는 영어를 익히는 것이 필수적인 일이기 때문에 사람들이 사용하는 언어마저도 획일화되고 있다.

수치를 측정하는 척도 역시 유럽인들에 의해 만들어져 세계 전역에서 똑같이 사용되고 있다. 예를 들어 어린아이의 경우 몇 살이 되면 표준체중이 어느 정도 되어야 한다든가 실내 온도는 어느 정도가 적당하다든가 건강을 위한 식사는 어떤 것이라든가 하는 등의 기준이 전 세계적으로 동일하다. 서구 전문가들은 라다크의 사람들과 동물들에 대해 '왜소하다'라고 이야기한다. 국제표준보다 작다는 의미다. 방사능 노출 허용 기준도 젊은 유럽 남성에 맞추어 성별, 연령, 체격과 상관없이 전 세계에서 일괄적으로 적용된다. 자신의 분야에만 편협하게 몰입하는 전문가들은 자신들이 하는 일의 포괄적 의미와 자신들이 천편일률적으로 제시하는 대안들이 문화적으로 얼마나 무감각한지를 보지 못 한다. 최근 있었던 어느 심포지엄에서 참석자들에게 아프리카에 외국의 야채 종자가 수출되기 전까지 그 사람들은 어떤 야채를 먹고 있었는지를 묻는 질문이 주어졌다. 그때 스웨덴의 한 농업 전문가는 '그들은 그 이전에는 야채를 먹지 않았고 그들이 먹었던 것은 잡초였다'고 대답했다. 그 스웨덴의 전문가에게는 아프리카 사람들이 먹었던 식물들은 자신들이 먹고 있는 '야채'와는 격이 다른 것이었다.

라다크에서 생활하는 동안 나는 점점 더 늘어가는 사회문제들이 라다크 사람들 자체의 갑작스런 변화보다는 현대의 산업문화와 더 밀접한 연관을 맺고 있다는 사실을 깨달았다. 나는 라다크 사람들이 이기적이고 탐욕적으로 변한다거나 개천에 쓰레기를 던지거나 하는 행동들에 대해 비난받아야 할 것은 인간의 본성이 아니라는 것을 알게 되었다. 이런 변화들의 근본 원인은 그 사람들을 이웃과 그들의 땅으로부터 분리시켜놓은 기술과 경제개발의 압력이다.

그러한 상황을 이해하며 나는 인습적인 경제개발이 세계의 다른 지역에 가하고 있는 압력의 실체까지도 명확하게 알아볼 수 있었다. 라디크에서 현대화가 진행되는 동안 레에 나타났던 그 재앙 같은 모습들은 인도 전역의 도시화 중심지에서 대규모로 펼쳐졌던 끔찍한 현상들을 그대로 답습하고 있다. 아름다운 호반의 도시 스리나가르에는 상업주의가 거세게 들이닥쳤고 대기와 수질오염 그리고 사회동요와 정서적 불안감의 위협이 계속되고 있다. 최근 2년간 스리나가르는 인도 당국에 대항하는 분리주의자의 저항으로 인해 말 그대로 전쟁터가 되어 버렸다. 한편으로 델리의 공해 피해도 매년 증가하고 있다. 기하급수적인 교통량 증가로 인해 호흡기 질환의 발생이 급증하고 있는 가운데 예전 콘크리트의 주택단지와 음울한 산업단지가 도시의 구획을 넘어 팽창해가고 있다. 물은 마시지 못할 만큼 오염되어버렸고 거리는 더 이상 안전한 곳이 되지 못한다. 폭력과 좌절감은 피부로 느껴질 만큼 증가했다. 여성을 대상으로 하는 가정폭력이 놀라운 증가세를 보이고 있는 한편 범죄와 윤리와 종교 갈등이 만성적 질병이 되어버렸다.

독립 이후 40년간 인도는 대대적인 산업개발 계획을 시행해왔다. 그리 길지 않은 이 기간 동안 인구는 두 배 이상 증가했고 그 구성원들은 점점 더 가난해져만 갔다. 인구과잉의 압박감과 자연계의 남용으로 인해 환경파괴 현상은 더욱 가속되었다. 경제개발의 혜택을 입은 사람들은 인구의 15~20퍼센트에 불과했고 대다수의 사람들은 이전보다 더 궁핍해졌고 경제체제의 주변부로 밀려나고 말았다.

매년 유럽으로 돌아올 때마다 나는 경제와 기술의 변화가 초래하는 압력들이 제3세계에서의 상황처럼 유럽의 문화에도 영향을 미친다는 것을 알게 되었다. 우리 같은 유럽 사람들 역시 개발의 영향에 놓일 수밖에 없었던 것이다. 유럽 지역에서도 농경 지역에 남아 있는 인구는 2~3퍼센트에 불과하며 그 소규모의 농업 인구마저도 고통스러운 압력 속에 시름하고 있는 실정이다. 산업화에 의해 가정의 구조가 핵가족으로 축소되었지만 경제 상황은 아직도 그러한 구조를 침식하고 있다. 기술의 진보는 생활의 진행 속도를 더욱 빠르게 만들며 사람들로부터 시간을 빼앗아버린다. 늘어나는 무역량과 전례 없이 증가한 유동성의 규모는 익명성의 확산과 공동체 붕괴를 초래한다. 서구사회에서는 이러한 경향들에 '개발' 대신 '진보'라는 상표를 붙이고 있다. 그러나 그것들은 모두 필연적으로 중앙집중화와 사회붕괴, 그리고 자원의 낭비를 야기시키는 동일한 산업화 과정에서 비롯된 것이다.

진보는 오늘날 세계의 많은 지역에서 보다 높은 단계로 접어들었다. 어느 곳을 둘러봐도 냉혹한 진보의 논리가 영향을 미치고 있다. 사람이 하던 일을 기계가 대신하고 지역의 상호보완성을 글로벌 시장경제가 대신하고 웨일즈의 시골길을 고속화 도로가 대신하고 독일의 구멍가게를 대형 마트가 대신한다. 이런 추세를 보면 공산주의와 자본주의의 차이를 따진다는 것마저도 무의미할 정도다. 그 두 사상 모두 인간이라는 존재를 다른 피조물들과 분리하여 그 우위에 놓는 공통의 과학적 세계관에서 비롯된 것이고 또 두 사상 모두 자원의 활용이 무한하게 이루어진다고 생각한다. 차이가 있다면 그 자원을 어떻게 분배하는가 하는 문제일 뿐이다.

각국의 정부는 그들이 표방하는 정치 형태에 상관없이 국제 교역을 최대한 늘려가려는 경제체제 속으로 매몰된다. 무역을 장려하기 위해 여러 형태의 지원이 이루어지는데 특히 통신이나 운송의 네트워크를 구축하고 확장하는 데 정부 차원의 대대적 지원이 집중된다. 정부 지원금의 혜택을 입었지만 오염 방지 비용을 투입하지 않아 가격 경쟁력을 갖게 된 스웨덴 비스킷이나 뉴질랜드산 사과는 그 에너지 집약적 생산 과정으로 인해 미국이나 프랑스 시장에서 국내산에 비해 우위를 점유하게 된다. 경제의 세계화는 '자유무역'이라는 기치 아래 거침없이 행군하고 있고 그로 인해 수익이 생겨난다는 것이 일반적인 인식이 되었다. 스웨덴 사람들은 유럽공동체에 합류해야 이익을 얻는다는 말만을 들을 뿐이고 멕시코에서는 미국과 자유무역협정을 통해서만 경제가 좋아질 거라는 말에 어느 누구도 이의를 제기하지 않는다. GATT의 우루과이라운드[UR]가 국제 무역의 활성화에 있어 그 윤활유 역할을 하리라는 홍보 활동이 적극성을 띠고 있다. 그러나 이러한 국제간 무역관련 협약들의 반민주적이고 불공정한 측면들은 감추어져 있다. 다국적 기업들은 사상 유례 없는 막강한 경제 통제권을 손에 쥐게 되는 한편 국제 경제 내에서 제3세계 국가들의 지위는 더욱 하락한다. 이런 관점에서 보면 통합된 글로벌 경제에 대한 저항이 거의 없고 그것으로 인해 파급되는 사회적 그리고 환경 측면에서의 피해에 대한 논의가 거의 이루어지지 않는다는 것도 그렇게 놀라운 일이 아니다. 통합이라는 개념은 대단히 상징적인 호소력을 가지고 있다. 총체적인 조화 그리고 함께 하자라는 그것의 이상은 모든 종교계와 사상계로부터 환영을 받는 것뿐만 아니라 인간주의의 가장 높은 목표를 반영한다. '하나의 시장'은 공동체와 협력을 의미하고 '지구촌'이라는 말에서는 관용 그리고 상호교류라는 의미를 느낄 수 있다. 그 어디에도 경제의 통합과 기술의 획일화로 인해 환경파괴와 공동체의 해체가 나타난다는 인식을 찾아볼 수 없다. 오늘날의 경제 상황은 실제 사람들을 하나로 만드는 대신 사람들을 점점 더 분열시키는 한편 빈부의 격차 역시 더욱 벌어지게 한다. 사람들은 그 막강한 정치경제권력의 중앙집중화 속으로 빨려 들어가고 있다. 각국의 정부는 유럽공동체EC나 IBRD 같은 초국가적 기구들의 이익을 고려하여 그간 행사하던 통제권과 책임 및 권한을 이양하는 추세이다. 그런 기구들은 자신들이 대표해야 하는 일반 국민들과 점점 더 멀어져 가고 있고 그들의 다양한 이해와 필요에 대해 응답하지 못한다.

사실 이러한 정치적 변화는 다국적 기업들에게 정부보다 우월한 영향력과 권력을 부여하는 경제집중화 현상을 반영하고 있다. 민주적 통제의 영역 밖에 있는 이 다국적 기업들로 인해 극단적으로 불안한 현상들이 지속되고 있는 것이다. 노동단체와 환경단체들은 이 거대기업들의 기동력을 저지하는 데 역부족일 수밖에 없다. 이 단체들이 몇 년 동안 노동자권리 보호와 유독성 화학물질 규제를 위한 관련 법규를 제정하느라 각고의 노력을 기울인다 해도 해당 기업은 문제

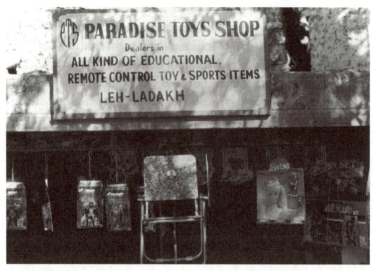

레의 장난감 가게에 있는 바비와 람보 인형. 인형들은 새롭게 변한 라다크의 역할 모델이 되고 있다

가 된 사업장을 규제가 덜한 지역으로 옮겨버리고 만다. 바로 이런 것이 다국적 기업들을 위한 자유시장의 의미다. 말하자면 새로운 이익을 창출하기 위해 규제로부터 자유로워진다는 것이다.

오늘날 글로벌경제는 자원남용, 기술혁신, 시장창출, 수익증대를 가속시키는 냉혹한 추진력에 의해 움직이고 있다. 금전적인 부담과 심리적 압박감은 선진국과 개발도상국 사람들 모두를 맹목적 소비지향주의로 밀어붙이고 있다. 그 모토는 '인류의 발전을 위한 경제성장'이다. 광고와 미디어는 사람들로 하여금 그들이 무엇을 해야 하는지를 계속 말해주고 있다. 그런데 사실상 매체가 전달하는 메시지들은 사람에게 어떤 사람이 되어야 하는지를 말해주고 있다. 다시 말해 현대화되고 문명화되고 부를 갖춘 이상적인 인간형을 제시하고 있는 것이다.

제3세계 농경 지역 국민들은 현대화된 생활의 이미지를 왜곡된 형태로 받아들이게 된다. 모든 사람이 아름답고 모든 사람이 깨끗하며 편안하고 화려한 생활. 바로 이런 것이 그들에게 비쳐진 현대생활의 이미지다. 그들이 보는 것은 빠르게 질주하는 멋진 승용차와 전자레인지 그리고 비디오 플레이어들이며 엄청난 부를 축적한 사람들이 얼마나 많은 급여를 받는지를 전해 듣는다. 경제개발은 이제 세계 전역에 걸쳐 자동조정 장치에 의해 작동되는 듯한 모습이다. 특별히 계획된 개발 프로그램이 시행되지 않는 지역에서도 그것은 현대생활에 대한 일차원적 이미지를 전하고 있다. 그 이미지에는 물론 개발로 인한 부작용, 오염, 심리적 스트레스, 약물 중독, 노숙자 같은 것들은 담겨 있지 않다. 경제개발이란 동전의 한쪽 면만을 접해본 사람들은 현대화에 대해 내성을 갖지 못한 채 그것을 열망하는 반응을 보이고 있는 것이다.

chapter 17

반개발의 논리

우리는 지금도 하늘을 향해 가고 있지만
선진국 사람들은 다시 내려오고 있다.
그들은 그 위는 텅 비어 있다고 말한다.
—겔롱 팔단, 마을 모임에서, 1990년

경제개발로 라다크가 변모하는 것을 지켜보면서 나는 사람들이 자신들의 생활을 변화시키고 있는 그 외부의 힘에 대해 거의 알지 못 하고 있다는 사실을 깨닫기 시작했다.

1987년 라다크 농업부 최고 책임자와 공해문제에 대해 이야기를 나누던 중 나는 그가 유럽의 삼림 지역이 죽어가고 있다는 것을 모르고 있다는 것을 알게 되었다. 내가 독일의 수목 가운데 거의 절반 정도가 산성비 때문에 병들거나 죽어간다는 이야기를 들려주자 그는 충격을 받았다. 내 친구인 양스키트 돌마Yangskit Dolma는 눈물을 흘리며 이렇게 말했다.

"그곳 사람들은 폭탄을 많이 가지고 있다고 들었어요. 고국으로 돌아가시면 그 사람들에게 그런 것은 그만 하라고 이야기 좀 해주세요. 우리는 그런 것을 원하지 않는다고요."

레에서 만난 카슈미르 출신의 어느 무역상은 자랑스럽다는 듯 내게 이렇게 말했다.

"우리 야채가 이 지역에서 난 것들보다 더 좋아요. 우리 것에는 화학 성분이 일곱 가지나 들어 있거든요."

몇 년 전 라다크의 한 엔지니어는 놀란 표정을 지으며 이렇게 말했다.

"우리는 이제 온실을 그만 지어야 할 것 같아요. 온실이 아주 끔찍한 피해를 일으키고 있나 봐요. 온실문제 때문에 지금 큰 국제회의가 열렸다고 하던데요."

이러한 순진함이 지적 능력의 부족에서 비롯된 것은 물론 아닐 것이다. 그것은 대신 산업화 문화에 대한 정보부족에서 비롯된 것이라 할 수 있다. 자신이 살고 있는 공동체에 얼마든지 의견을 말할 수 있는 양스키트가 어떻게 해서 내가 속한 공동체에서는 그렇게 하는 것이 불가능하다는 것을 알 수 있겠는가? 서구사회의 생활에 대해 알지 못하는 그녀로서는 당연히 나도 그렇게 할 수 있다고 생각했을 것이다. 또 그 카슈미르 출신 무역상이 어떻게 농업용 살충제의 유해성을 알 수 있겠는가? 그가 들어 알고 있는 것은 그것들이 야채 재배에 도움이 되는 좋은 것들이라는 이야기들뿐이었을 것이다.

분유가 영아에게 미치는 장기적인 효과라든가 화석연료의 의존성이 어떤 효과를 일으킨다든가 하는 정보들은 개발의 진행이 미진한 지역까지는 원활하게 전달되지 않는다. 미디어를 통해 전달되는 그 매혹적인 이미지들과 광고는 유독성 폐기물이나 토양침식, 산성비, 지구 온난화 등에 대한 경고를 함께 전달하지 않는다.

개발도상국가에 사는 사람들은 이런 상황에 대한 대응으로 산업화된 사회에 사는 많은 사람들이 지구의 균형을 회복시키기 위한 방법을 모색하고 있다는 사실 역시 알지 못 한다. 그들은 거대한 도심으로 몰려든 사람들이 진정한 공동체와 자연과의 접촉에 대한 열망을 안고 '진보'라는 것의 이면에 있는 문제점들에 대해 의문을 제기하고 있다는 사실을 듣지 못 한다. 그들은 또 자동차 때문에 생기는 사회적 환경적 부작용을 듣지 못 하며 자동차에 의존하고 사는 사람들은 자동차보다 기차나 자전거 타는 것을 더 원한다거나 아예 걸어다니고 싶어 한다는 사실 역시 듣지 못 한다. 그런 것뿐만이 아니다. 산업화 국가들의 의료계는 자연적 치료법으로부터 점점 더 많은 부분을 빌려오고 있고 현실상황에 대한 이해가 기계적인 해석에서 정신적인 해석 쪽으로 옮겨가고 있다는 현상 역시 개발도상국가에서는 주요 뉴스로 다루어지지 않는다. 심각한 생태문제들 때문에 유럽과 북미 지역 국가들에서는 농업의 방향 전환이 이루어지고 있으며 소비자들은 화학첨가물을 사용하여 가공하지 않은 식품들을 사먹기 위해 두 배의 가격을 지불하고 있고 심지어 정부까지 개입하여 화학첨가물 사용이 없는 유기농법 사용을 권장하고 있지만 그런 것들은 개발도상국가에 잘 알려지지 않는다.

또한 서구사회에 사는 사람들에게도 제3세계 원조와 개발의 실상에 관한 정보가 부족한 것이 현실이다. 납세자들 대부분은 자신이 낸 돈으로 조성된 기금이 어떤 효과를 일으키고 있는지를 알지 못한다. 아마 안다고 해도 그 기금들이 가난한 사람들이 사는 지역에 병원이나 도로를 건설하는 데 쓰일 것이라는 정도이고 그렇게 해서 발전이 이루어질 것으로 생각할 것이다. 선진국 사람들은 제3세계 농경사회에 사는 사람들이 서구 시장에 팔 수 있는 커피, 코코아, 쌀 같은 농작물을 재배하는 것보다 자급을 하거나 지역시장 수급에 적당한 정도의 경작을 하는 것이 장기적으로는 더 이익이 된다는 것을 알지 못한다. 그래서 그들은 그런 수입 농산물을 팔아주는 일이 가난한 나라 사람들을 도와주는 일이라 믿는 경향이 있다. 경제적인 측면에서 상대적으로 독립성을 유지하고 있는 공동체들은 거의 알려지지 않는 실정인데 예를 들면 히말라야 산기슭에 벌목회사가 찾아왔을 때 그들을 막기 위해 나무를 꼭 껴안고 떨어질 줄 몰랐던 칩코Chipko의 여성들 이야기는 세상에 거의 알려지지 않았다.

또한 우리 같은 서양인들 자신은 산업화 체제에서의 생산품들이 야기시킬 수 있는 잠재적 위험 요소들에 대해 점점 더 잘 알아가고 있지만 제3세계 국가들은 그러한 정보들을 갖지 못 하고 있다는 열악한 현실을 알지 못 한다. 강력한 성분의 약물과 화학약품의 예기치 않은 부작용을 경험해본 우리들로서는 그런 것들에 대해 경계심을 갖게 됐지만 제3세계 국가에 사는 사람들에게는 문제가 달라진다. 밭에서 일을 하며 DDT를 뿌리는 농부들은 보호장비를 전혀 하지 않아 그 약품에 무방비 상태인 경우가 많다. 서구사회에서는 사용이 금지된 유독성 약품들을 의사의 처방도 없이 끔찍하게 많은 양을 사용하는 경우도 있다.

많은 선진국가들에서는 관련법규와 압력단체들의 감시를 통해 공해를 유발하거나 유독성 위험 물질의 무분별한 마케팅이 어느 정도 견제를 받는다. 그러나 개발도상국가의 경우 그러한 견제가 효율적으로 이루어지지 못 하고 있다. 1989년 EC가 주최한 한 회의는 바로 그러한 상황을 너무나 드라마틱하게 보여주는 좋은 예가 되었다. 이 회의에서 산업형 농경의 폐해에 관한 주제를 놓고 환경론자들은 관련업계 최고 경영자들과 정책 입안 책임자들을 중심으로 한 참가자들에게 자신들의 입장을 표명하고 있었다. 환경론자들이 서부 유럽 지역 생태계 파괴 현상에 관한 공포에 대해 발표를 하고 있던 중 프랑스에서 온 기업의 책임자 한 사람이 갑자기 손을 들더니 발표자들에게 소리치며 말했다.

"그래요, 그래요, 좋아요. 하지만 제3세계는 우리에게 맡겨두세요!"

개발과 진보라는 이름의 파괴 현상이 더 이상 지속되는 것을 막기 위해 우리에게 시급한 것은 전면적인 정보 캠페인이라 할 수 있다. 이 세상을 사회적 생태적 붕괴 상태로 몰고 가려는 산업화 시스템의 불완전하고 오도된 이미지들을 바로잡기 위한 교육 프로그램이 무엇보다 절실히 요구되는 시점이다. 더 이상의 개발 대신 이른바 '반개발'이라는 것이 필요하다.

바로 이 '반개발'의 우선적 목표는 사람들로 하여금 적절하고 충분한 정보를 확보한 상태에서 스스로의 미래에 자율적인 결정을 할 수 있게 하는 방법을 제시하는 일이다. 위성 텔레비전에서 면대면 대화에 이르기까지 활용가능한 모든 통신 수단을 동원해서라도 우리는 오늘날의 자본 및 에너지 집약형의 경제개발이 자급형 사회구조를 저해할 뿐이라는 사실을 널리 알릴 필요가 있다. 그 목표는 궁극적으로 사람들의 자긍심과 자급구조를 더욱 장려함으로써 생명체 유지의 다양성을 지키는 한편 지역을 기반으로 하는 진정한 의미의 지속적 개발을 창출하는 것이다.

서구식 경제개발이 갖는 결정적인 폐해 요인 가운데 하나는 정량적 분석 방법, 다시 말해 수치 자체에 더 큰 비중을 두는 분석 방법에 의해 주도되는 편협하고 단기적인 시각이다. 반개발은 산업화 사회의 구조적 토대를 드러내 보이기 위해 전문화와 단편적 전문 지식의 영역을 뛰어넘는다. 반개발은 또 가정과 공동체의 붕괴 현상에 주목할 것이고 화석연료를 사용하는 사회의 감추어진 부작용들을 드러내 보일 것이며 환경 피해로 인한 손실 비용을 경제 대차대조표의 부채난에 기록할 것이다. 간단히 말해 산업화 사회 생활방식에서의 증가하는 피해 비용을 모두 다 드러내 보일 것이다.

이와 함께 반개발은 새롭고 더욱 폭넓고 더욱 인간적인 의미에서의 '진보'의 개념을 장려하고 홍보할 것이다. 또한 보다 나은 대안을 찾기 위해 노력하고 있는 세계 곳곳의 지역 운동들을 부각시킬 것이다. 아울러 전통적 시스템의 효용성을 지적하는 한편 영구농법, 생체역학 유기농법 등 농경 분야의 새로운 흐름에 관한 정보를 제공할 것이다. 또 생물지역주의와 지역경제체제, 물리학에 대한 새롭고 총체적인 접근 방법에 대한 보고를 계속할 것이고 덴마크와 캘리포니아 지역의 풍차의 활용 상황이나 침술과 동종 요법 등 자연 요법에 대해 관심이 고조되고 있다는 것도 홍보할 것이다. 반개발은 또 환경보호와 토양유지, 공기와 수질보존 등 세계적인 관심사가 되고 있는 현안들을 가시화하는 데 더 많은 노력을 기울일 것이다.

반개발의 추진 과정은 무분별하게 돌진하는 인습적 개발에 맞서 전면적이고 대규모가 되어야 하며 즉각적으로 이루어져야 한다. 획일성 문화에 맞서 싸우기 위해 우리는 먼저 글로벌 지향적이고 하향적이며 급속하고 자본집약적이라는 그 문화의 특성을 이해할 필요가 있다. 추진의 효율을 기하기 위해 반개발 프로그램들은 실질적 규모의 기금을 필요로 한다. 예를 들어 인도의 테리 댐 건설을 저지하거나 열대우림의 벌목을 막기 위해서는 상당한 노력과 자금이 필요하다. 식민주의와 경제개발의 특징 가운데 하나는 권력과 영향력을 쥐고 있는 대다수의 사람들은 몇 안 되는 유럽의 언어 가운데 하나를 사용한다는 것이다. 따라서 다양성을 홍보하기 위한 교육 프로그램은 메시지를 원활하게 전할 수 있는 바로 그 몇 안 되는 언어를 사용함으로써 신속하고 용이하게 이루어질 수 있다.

반개발의 개념이 아직 본격적으로 인식되지는 않았지만 그와 방향을 같이 하는 많은 노력들이 이미 진행되고 있다. 아쉽게도 내가 아는 개발 기구에서 이 프로그램을 시행하고 있지는 않지만 점차적으로 더 많은 환경단체들이 반개발의 방향에 입각하여 활동을 펼치고 있다. 압력단체들의 연합체에서는 IBRD에 대해 환경전담부서의 설치를 촉구한 바 있고 동 유럽 지역 비정부 단체들에 무료로 배포하기 위해 핵에너지의 위험을 경고하는 문헌을 편찬했으며 필리핀에서는 농업공동체의 결속 강화를 위해 농촌 주민들을 도시 빈민가에 데려와 그 지역 주민들과 이농현상의 문제를 주제로 한 토론을 개최하기도 했다.

이러한 노력들 가운데 눈길을 끌 만큼 세련된 모습을 보이는 몇몇 사례는 제3세계 출신 개인들로부터 영감을 얻은 것들인데 그들은 오랜 기간 산업화 사회에 머무는 동안 매력적인 서구 생활방식의 허구성을 파악했던 인물들이다. 그 좋은 예로 꼽을 수 있는 사람은 10년이 넘게 독일에서 생활했던 《백인의 천국, 아프리카의 지옥인가?*White Paradise, Hell for Africa?*》라는 책의 저자인 은세쿠에 비니마나Nsekuye Bizimana로, 그는 처음 자신이 이상적인 것이라 생각했던 서구의 이미지가 어떤 식으로 발전했는지를 묘사했다. 패스트푸드, 멋진 자동차, 자유로움, 익명성 등 그 모든 것들이 놀라웠다. 그런데 그로부터 2~3년이 지났을 무렵 그는 겉모습의 이면을 보게 됐다고 했다. 화려함의 이면에 있는 고독함, 불행, 부정의와 낭비 등을 보게 된 것이다. 환상은 하나하나 깨지기 시작했고 그 과정에서 그는 자신의 고국문화가 오히려 서구사회가 잃어버린 많은 장점들을 가지고 있다는 것을 깨달았다. 서구사회의 내부를 경험하면서 그는 서구식의 개발이 아프리카에게는 도움이 되지 않을 뿐 아니라 적절하지 않다는 것을 확신하게 되었다. 그로부터 그는 자신의 고국이 유지해온 자급경제체제의 장점들을 옹호하기 시작했다.

이 분야의 다른 지도급 인물들도 비슷한 경험에 영향을 받았다. 그 대표적인 사람들을 꼽자면 말레이시아에서 활동하는 제3세계 네트워크의 마틴 코Martin Khor, 케냐의 왕가리 마타이Wangari Maathai, 인도의 반다나 시바Vandana Shiva와 아닐 아가르왈Anil Agarwal, 부르키나파소의 피에르 라비Pierre Rabhi 등이 있다. 의식을 갖춘 제3세계 출신 인물들이 서구사회를 직접 체류하면서 현대화의 어두운 면을 체험해본다는 것은 중요한 일이라 할 수 있다.

현재의 상황에 대해 우려하고 있는 서구인들이 반개발 운동에 참여하는 것 역시 중요한 일이다. 서구사회에서 생활한 경험이 있는 사람이라면 특별한 전문성을 갖추지 않은 경우라도 반개발 추진에 있어 역할을 맡을 수 있다. 특정한 소속이 없는 민간인으로서도 우리는 정부와 구호 기구에 압력을 미칠 수 있고 자급형 사회 구현을 위해 노력하는 단체들을 지원할 수 있으며 지역의 문화권이 파괴적 변화에 저항할 수 있도록 적절한 정보를 제공할 수 있다.

많은 사람들은 서구 사람들이 제3세계의 문제에 개입하는 것은 옳지 않은 일이라 생각한다. 물론 그것은 원칙적으로 타당성 있는 주장이다. 그러나 그러한 주장은 우리가 집에서 조용히 지내는 동안에도 서구인이라는 우리의 생활방식은 그 물리적 실체로 머물지 않고 지구촌 저편에까지 영향을 미친다는 사실을 의도적으로 간과하는 것이다. 또한 우리가 가진 산업화의 값진 경험은 개발도상국에 도움이 될 수 있다. 우리가 제3세계의 문제에 개입하지 말아야 한다면 그곳의 어머니들이 오염된 물에 분유를 타서 아기에게 먹인다는 말을 듣고도 그저 어깨만 한번 으쓱 올리는 것과 다를 바 없는 일이다.

제3세계 사람들도 스스로 배워야 하며 스스로 헤쳐나가야 한다고 이야기하는 사람들도 있다. 제3세계 문제에 관심과 우려를 가진 사람들이 그런 식으로 이야기하는 것을 나는 수없이 들어왔다. 그러나 그런 태도는 제3세계 사람들을 어린아이 같이 다루는 것이고 아무리 아이에게 주의를 준다 해도 그 주의만으로 아이가 뜨거운 불에 손가락을 넣으려 하는 것을 막을 수는 없는 일이다. 또한 그러한 태도는 고의가 아니더라도 결과적으로 개발의 속임수를 영구적으로 지속시키는 데 도움을 주는 것이다. '스스로 헤쳐간다'는 것은 반복할 수 없는 개발의 모델을 따라가야 하는 것을 의미하지만 동일한 자원이 없는 상태에서 그것을 따라 한다는 것은 불가능한 일이다.

진정으로 효과적인 반개발은 오늘날의 문제들에 대한 해법을 찾는 데 있어 선행조건이 된다. 소비지향적이고 획일적인 문화의 확산이 중단되지 않는 한 빈곤과 사회분열과 생태계 붕괴를 막을 수 있다는 희망은 없다. 그러나 반개발 자체만으로는 충분치 않다. 기술의 획일성에 반대하는 것과 함께 지역 자원과 지식, 기술의 최대한 활용을 장려함으로써 생태와 문화적 다양성 유지를 적극적으로 지원할 필요가 있다. 선진국이나 개발도상국 모두에서 농경의 자립화는 경제체제의 중심적 역할을 맡아야 한다. 여성의 시각과 가치관에도 동일한 비중이 주어져야 하고 가족과 공동체의 유대는 더욱 강화되어야 한다.

우리의 출발점이 사람과 자연에 대한 존경심이라면 그 필연적 결과물은 다양성의 복원이라 할 수 있다. 우리의 출발점이 기술과 경제적 요구라면 지역의 주민들이나 특성과는 위험할 정도로 동떨어지고 위로부터 아래를 향해 변화를 강요하는 경직화된 경제개발모델을 낳게 될 것이다. 오늘날 바로 우리가 직면하고 있는 문제이다.

우리는 지역적인 것과 세계적인 것 사이의 균형을 복원해야 한다. '세계적으로 생각하고 지역적으로 행동하라'는 표어가 자주 회자되기는 하지만 현대화의 추진력은 전적으로 세계화의 방향으로 움직이고 있다. 지역의 문화와 경제체제는 사라져가고 있고 그 과정에서 동물과 식물의 종도 줄어들고 있다. 지역적인 것과 세계적인 것 사이에서 지속가능한 중도를 찾는 과정은 탈중심화를 향한 적극적인 노력을 포함한다. 국내 부문과 국제 부문 모두에서 이미 극단적인 종속성이 형성된 상황이기 때문에 하루아침에 경제체제 사이의 연결고리를 끊고 원조를 중단한다는 것은 무책임한 일일 것이다. 예를 들어 대외무역에 전적으로 의존하는 제3세계 국가의 커피나 목화 구매를 갑작스럽게 중단할 수는 없다는 것이다. 우리는 그 지역 농부들이 서구 시장으로 수출할 환금성 농작물을 경작하는 대신 이전처럼 자급을 위한 농경 활동을 할 수 있도록 하는 구호 프로그램을 즉각적으로 지원할 수 있다.

경제에 있어서의 탈중심화와 같이 에너지 생산에서도 탈중심화가 필요하며 이것 역시 선진국과 제3세계 모두에 필요한 것이다. 그러나 개발도상국가들 대부분의 에너지 수급 인프라 구조가 아직까지 한정된 상태여서 그 지역에는 태양열이나 풍력, 생물량biomass이나 수력 에너지 생산 기술을 적용하는 것이 상대적으로 용이할 것이다. 그러나 현재까지 그런 것들은 시도된 바가 없으며 대규모의 중앙집중식 에너지 생산에 기반을 둔 서구식 산업화의 모델이 거세게 밀려왔다. 파괴적인 개발을 진정한 원조로 전환시키는 가장 효과적인 방법 가운데 하나는 탈중심화의 방향에서 재생가능한 에너지 생산 도입을 후원하는 일이다.

최적의 기술이란 첨단 기술에 비해 훨씬 저렴한 비용으로도 활용할 수 있는 것이며 그것이 단순히 회계상의 수치 절감에 그치는 것이 아니라 사회구조와 환경에 미치는 영향을 고려할 때 더욱 그렇다는 것이다. 그 최적의 기술은 특정한 사회적 지리학적 여건에 관한 연구를 통해 얻어지는 것이며 그 기술이 여건을 조절하는 것이 아니라 그런 지역적 여건이 그것을 조절하는 것이다. 어떤 지역에 익숙한 사람이라면 누구라도 알고 있는 것처럼 바람이나 물, 태양과 토양 상태의 변화는 그 지역 내에서 아주 조그만 거리 차이에서도 다양하게 나타난다. 라다크의 경우 사람들이 만드는 벽돌의 형태는 지역마다 달라진다. 각 지역에서 구할 수 있는 진흙의 성질이 서로 다르기 때문이다. 따라서 자원의 활용을 극대화하기 위해서는 지역의 여건에 맞춘 소규모의 생산 설비가 필요하다. 거기에는 자연의 원리에 대한 섬세한 지식 정보를 주의 깊게 청취해야 하는 과정이 수반되어야 한다. 이것은 산업화 사회에서의 그 고압적인 태도와는 전혀 다른 접근 방법이다.

개발이 지역의 자원에 기반을 두고 있다면 그 지역 자원에 대한 지식을 더욱 배양하고 활성화시킬 필요가 있다. 어린이들에게는 세계 공용의 표준화된 지식의 암기 대신 자신들의 환경을 이해할 수 있는 방법을 가르쳐주어야 한다. 이 과정에서 서구식 교육의 편협한 전문성과 도시지향성은 보다 폭넓고 현실감 있는 생태학적 시각에 자리를 내주게 된다. 또 이런 종류의 지역 특성 지식은 총체적인 동시에 구체적인 것이다. 또 그런 식의 접근방법은 전통 지식을 오래도록 지속시키는 한편 재발견하는 방법을 모색할 것이다. 그것은 그물 같이 연결된 특정 지역의 생명체 연대와 함께 수백 년간 이어져온 정서적 상호작용과 경험의 토대 위에 확고한 자리매김을 하게 될 것이다.

지역 기반 지식에 대한 지원은 자연과학을 포함해 교육의 모든 부문으로 확산되어야 할 것이다. 현대 과학의 유럽 집중화를 넘어서기 위해 우리는 중앙집중화를 지양하고 더 폭넓은 인구 층에 용이하게 접근할 수 있는 연구를 장려할 필요가 있다. 인공적인 실험실의 환경 안에 갇혀 있는 변수들 대신 다채로운 문화적 생태적 환경 속에서 활동하는 지역 연구가들의 실험에 주안점을 두어야 한다. 예를 들어 복잡한 첨단기술의 종자은행을 유지하는 대신 농부들에게 지역 특유의 다양한 곡물들을 경작하도록 하여 생물학적 다양성을 지속하도록 해야 한다.

농업은 인간이 필요로 하는 가장 기초적인 것들을 공급하는 것이며 제3세계 인구 대부분의 직접적 생계수단이다. 그러나 농부의 사회적 지위는 사상 유례를 찾아보기 힘들만큼 낮은 상태에 머물고 있다. 경제 정상들이 모인 국제회의석상에서 농업은 더 중요한 다른 현안들의 합의를 가로막는 '장애물' 정도로 치부되는 경향이 있다. 실제 현재의 추세가 계속된다면 다음 세대에 이르러 소규모 농업 종사자는 완전히 소멸되어 버릴 것이라는 전망이다. 우리가 지금 시급히 해야 하는 일은 농업 자체에 그에 합당한 권위를 복원시킴으로써 앞서 언급한 추세를 반전시켜야 하는 것이고 또 농업을 정식 직업의 위상으로 끌어올려야 하는 일이다. 탈중심화의 개발은 그 추진 과정에서 소규모 농경 세대에게 상당한 수익을 가져다줄 것이다. 수출을 위한 환금성 작물 재배 대신 지역 소비용 식량 생산의 비중이 증대되고 그렇게 생산된 작물들이 정부지원하에 구축된 운송체계를 통해 원격지로부터 유입된 작물들과 경쟁하지 않아도 되고, 또 대단위 농장이나 기업형 농경을 위한 자본집약적 농업설비 대신 지역의 조건에 맞는 소규모 농업기술에 더 많은 지원이 이루어진다면 영세농의 수익은 더욱 증대될 것이다. 또한 지원금의 지급이 농약이나 화학비료의 사용에서 생태학적 측면에서 더욱 건강한 재래식 영농 방법으로 이전된다면 농부들은 더 많은 혜택을 누리게 될 것이다.

이미 여러 부문에서 이러한 변화들이 진행되고 있다. 생산자와 소비자 사이의 거리를 줄이는 농민 시장이 속속 등장하기 시작했고 세계 전역에서 수많은 개인과 단체들이 이미 검증된 전통 농경시스템의 성공에 힘입어 지역 기반의 지속가능한 대안들을 탐구하고 있다. 그러나 아직 공식적인 지원은 이러한 추세에 크게 뒤쳐지고 있다. 각국의 정부들이 유기농법의 필요성에 대해 인지하고 있다는 긍정적인 신호들이 감지되고 있기는 하지만 아직까지 경제 측면의 비중은 생명공학이나 대규모 농경산업 쪽으로 편향된 상태이다. 우리는 소규모 다품종 농경에 대한 지원을 국가의 최우선 과제로 삼아 시급히 추진해야 하는 시점에 서 있다.

탈중심화의 개발은 필연적으로 여성의 지위를 향상시키는 동시에 남성과 여성의 가치에 있어 그 균형을 복원하는 데 기여할 것이다. 산업화 문화에서 권력이란 남성들에게 거의 독점적으로 부여되는 것이었다. 산업화 문화의 초석을 이루는 과학과 기술 그리고 경제체제는 그 시초부터 남성 주도로 이루어졌다. 경제개발이 진행되면서 임금노동을 위해 남성들이 도시로 떠나감에 따라 여성들은 실제적으로나 상징적으로나 '뒤떨어진' 존재로 전락했다. 농경 경제체제에서도 기계화의 도입으로 인해 여성들은 주변부로 밀려나게 되었다. 지역의 결속을 강화하는 탈중심화의 개발은 여성의 목소리가 더욱 명확하게 들리도록 할 것이다. 그렇게 되면 여성들은 더 이상 의사결정과 경제 활동의 주변부에 머물지 않고 그 중심에 서게 될 것이다.

오늘날 제3세계의 많은 지역에서 가정은 아직도 온전하고 탄탄한 모습을 보이고 있다. 아이들과 노인들이 바로 옆에서 살을 맞대고 살아가며 함께 성장해간다. 그들은 도움을 주고받으며 안정감을 함께 나눈다. 그러나 지금 그러한 가족의 결속마저도 세대 간의 분열을 촉발시키는 서구식 진보의 막강한 영향력에 의해 위협을 받고 있다. 그러한 흐름을 막기 위해 우리는 정서적으로 건강한 가족과 개인의 보금자리가 되는 공동체의 결속을 지원할 필요가 있다. 그것은 곧 강력한 지역경제를 지원해야 함을 의미한다.

그러한 지역경제체제는 단순한 유토피아적 이상에만 머무는 것이
아니다. 그것은 지난 수천 년 동안 세계의 여러 지역에서 사람들을
위해 훌륭하게 봉사해왔고 성장추구의 중앙집중형 경제체제에 비해
더욱 공정한 부의 분배를 지향했으며 인간생활의 기본적 필요 요소
와 자원의 한계라는 문제에 대해서도 더욱 긴밀하게 응답해왔다. 지
역경제체제의 부활을 지원함으로써 우리는 문화와 생태의 다양성을
유지하는 데 도움이 될 수 있을 것이다.

이러한 생각들은 인습적인 경제개발의 사고 영역 밖에 존재하는
것들이다. 물론 그것들은 인간복지에 있어 그 근본이 되는 것들이다.
또한 그것이 경제개발의 궁극적 목표가 되어야 한다는 것을 우리가
잊어서는 안 될 것이다. 부탄의 국왕은 한 사회의 복지를 가늠하는
지표는 'GNP'가 아니라 'GNH'라고 강조한 바 있다.

라다크 프로젝트

라다크는 정말 낙원 같은 곳입니다.
그런 곳이 파괴되어야 한다니
얼마나 가슴 아픈지 모르겠군요.
— 어느 관광객, 1975년

라다크에 왔던 첫 해에 내가 만났던 관광객들은 대부분 운명론자들인 것 같았다. 그들은 라다크가 외부세계에 노출되면 범죄와 공해, 실업 같은 현상들이 필연적으로 나타날 것이라 이야기했다. 그들의 눈에는 진보라는 것이 단 하나의 형태만을 취할 수 있는 필연적이고 가혹한 과정이었던 것 같았다. 그러나 나는 거기에 동의할 수 없었다. 당시 일어나기 시작한 파괴 현상들을 지켜보면서도 나는 그것이 필요하다거나 불가피한 것이라고는 느끼지 않았다. 오히려 그것은 특정한 정책이나 시각으로 인해 만들어진 하나의 부산물일 뿐이며 개선할 수 있는 것이라 생각했다. 분명 다른 선택이 가능할 것이라는 것을 나는 확신하고 있었다.

바로 그 무렵 나는 경제학자 에른스트 슈마허E. F. Schumacher의 책 《작은 것이 아름답다Small Is Beautiful》를 접하게 되었는데 그 책은 개발이라는 것이 파괴를 의미할 필요는 없다는 나의 확신을 더욱 강화시켜주었다. 나는 도시 지역에 사는 사람들이 겨울철 난방을 위해 수입석탄과 장작을 사는 모습을 지켜보았다. 물론 추운 겨울철에 가축들의 배설물을 모아 근근이 난방문제를 해결하던 그들에게 그것은 분명히 '진보'의 모습으로 느껴졌을지 모른다. 그러나 이미 분명하게 드러난 것처럼 히말라야 산맥을 넘어 연료를 운송해오는 일은 심각한 문제를 일으키고 있었고 가격은 매년 상승하기만 했다. 전통적 자급경제에 속한 가정에서 겨울 내내 난방연료를 안정감 있게 수급할 방법은 없었다. 수입된 연료라도 구하기 위해서는 도시 지역 레의 화폐경제권으로 편입하는 방법 밖에 없었다. 그로 인해 농촌 지역에서 도시 지역으로 향하는 인구 이동현상은 더욱 두드러졌고 그 과정에서 재활용이 가능치 않은 자원에 기반을 둔 인플레이션 경제에 대한 종속성이 탄생했다.

나는 주정부와 인도의 중앙정부 모두에게 라다크의 전통 문화부흥과 재생가능한 에너지 사용 장려를 탄원하는 편지를 쓰기 시작했다. 1978년 인도 정부 내 유관부서와 몇 차례 접촉을 가진 끝에 내가 제안한 태양 에너지 활용 소규모 실험 프로젝트를 실행해도 좋다는 승인을 얻었다. 연중 300일 이상 해가 나는 라다크 지역에서 태양 에너지를 활용한다는 것은 이론의 여지 없는 선택이었다. 프로젝트의 초점은 태양 에너지를 이용해 주택의 난방을 해결하는 것이었지만 우리는 실험적으로 태양열 오븐과 온실도 함께 만들어보았다. 다행스럽게도 복잡하지 않은 우아한 모습의 태양열 주택 난방 시스템이 완성되었고 거기에는 그것을 설계한 프랑스 출신 디자이너의 이름을 따라 트롱브Trombe의 벽이라는 이름이 붙여졌다. 이 시스템은 라다크의 전통 가옥의 구조에 쉽게 설치할 수 있었고, 현지에서 구할 수 있는 재료들을 활용하여 만들 수 있는 것이었다. '트롱브의 벽'이란 남쪽을 향하는 외벽에 두 겹의 유리를 부착하고 햇볕을 흡수하도록 검은색으로 칠을 한 것이다. 다른 쪽의 벽들과 천장은 짚단으로 덮어 열 손실을 줄이는 구조다.

트롱브의 벽은 라다크의 주거 형태에 아주 이상적으로 적합한 난방시스템이라는 것이 입증되었다. 진흙 벽돌은 태양열을 흡수하고 저장하는 데 있어 아주 훌륭한 소재가 된다. 또 태양의 입사각이 낮아지는 겨울철에는 더 많은 에너지를 흡수 저장할 수 있고 상대적으로 입사각이 높아지는 여름철에는 태양열이 유리벽에 거의 닿지 않게 되어 실내는 시원하고 쾌적한 상태가 된다. 시스템 하나를 설치하는 데 드는 비용은 미화 300달러 정도인데 라다크 사람들의 가축인 쪼 한 마리 값이다. 석탄 같은 화석 연료를 사용하는 경우 연간 난방비용은 200달러 정도인데 트롱브의 벽으로 그것을 대체할 경우 2년 이내에 연간 난방비를 완전히 줄일 수 있다.

이 시스템의 설치가 시작되기 전에는 많은 사람들이 그것에 대해 냉소적인 반응을 보이기도 했다. 라다크 최초의 트롱브의 벽을 자신의 집에 설치했던 푼촉 다와마저도 처음에는 그 시스템에 대해 조소를 던졌을 정도였다.

"어리석은 이야기 좀 그만 하세요. 아마 문을 열자마자 열이 빠져나가버릴 거예요."

푼촉 다와의 집에 공사를 할 때도 벽돌공들은 재료로 쓸 짚단을 보고 꼭 생쥐 집 같다고 이야기하며 웃어대기도 했다. 그러나 그 이후 트롱브의 벽을 비롯하여 태양열을 활용하는 대체 에너지 설비들에 대한 관심은 꾸준히 증가해왔다.

라다크에 처음 도착한 이후 나는 줄곧 언어학 연구에 몰입하고 있었는데 민담들을 수집하기 위해 여러 지역을 여행하는 동안 나 자신이 의식하지도 못 하는 사이에 반개발의 캠페인에 깊숙히 관여하고

사부 마을의 주택에 설치된 트롱브의 벽 태양열 난방 시스템.
지역의 장인들에 의해 설치된 이 시스템은 전통적 건축양식과 좋은 조화를 이루고 있다

있음을 깨닫게 되었다. 라다크 말을 할 수 있는 유일한 외국인이었던 나에게 사람들은 계속 서구생활에 관한 질문들을 던졌다. 특히 젊은 이들은 현대화 사회를 과장된 모습으로 이해하고 있었다. 그 결과 그들은 자신들의 문화에 대해 부끄러운 생각을 갖기 시작했고 그것을 전적으로 부정하는 태도를 갖게 되었다. 사람들은 또 자신들이 가난하다고 생각하기 시작했다. 나는 이들에게 서양에 대한 잘못된 인상을 바로 잡아주고 보다 정확한 정보를 제공하는 것이 서양인으로서 내가 할 수 있는 가장 적절하고 유용한 일이라는 것을 점점 더 확신하게 되었다.

무수한 대화와 심지어 라디오에 출연하여 인터뷰를 하는 동안 나는 서양에 대한 왜곡된 이미지에 맞서 라다크를 방어해야 한다는 나 자신의 모습을 발견했는데 그런 과정에서 반개발의 개념이 내 마음속에서 결정되고 있었다. 전통적으로 연극은 라다크 사람들이 즐겨 온 대표적 엔터테인먼트였는데 그래서 나는 그것을 통해 사람들 사이로 더 깊숙이 들어갈 수 있을 것 같다는 생각을 했다. 나는 당시 나와 함께 사전을 만들고 있던 겔롱 팔단과 한 팀이 되어 희곡들을 쓰기 시작했다. 첫 번째 작품은 〈라다크여, 뛰기 전에 잘 살펴보라 Ladakh, Look Before You Leap〉라는 것이었는데 이 작품은 당시 우리가 하던 일의 취지를 잘 요약하고 있었다.

리그진Rigzin은 라다크의 전통문화를 거부하고 현대화된 서구 생활방식을 따라 하기 위해 최선을 다하는 젊은이다. 그는 라다크 음식을 먹지 않고 버터차를 마시지 않는다. 부모들을 구식이라 비웃고 담배

연극 〈라다크여, 뛰기 전에 잘 살펴보라〉의 한 장면

를 피우며 오토바이를 타고 이곳저곳을 돌아다닌다. 그는 친구들과 함께 디스코텍에서 시끄러운 서양의 음악에 맞추어 춤을 추면서 돈과 시간을 소비한다.

어느 날 할아버지가 병을 얻자 그는 부모들에게 서구에서 교육을 받고 돌아온 라다크인 의사를 데려오자고 설득했다. 서구의 생활이 궁금했던 그는 의사에게 소나기 같은 질문을 퍼부어댔다. 그런데 의사의 대답은 그를 의문에 빠뜨렸다.

"미국에서 가장 앞서가는 사람들이 먹는 것은 돌로 빻아 만든 통밀 빵이에요. 우리 전통 빵하고 비슷한 것인데 그게 흰 빵보다 훨씬 더 비싸지요. 그리고 사람들은 천연재료로 집을 짓고 있어요. 우리처럼 말이에요. 보통 가난한 사람들이 콘크리트로 만든 집에서 살지요.
또 '100퍼센트 천연섬유'나 '순모'라는 표시가 있는 옷을 입는 게 유
행이에요. 가난한 사람들은 폴리에스테르 섬유로 만든 옷을 입어요.
예상했던 것하고는 너무 달랐어요. 미국에서 현대적이라 생각되는
것 중에 정말 많은 것들이 우리 라다크의 전통적인 것과 비슷했어요.
실제로 미국 사람들이 저한테 라다크 사람으로 태어난 게 행운이라
고 이야기한 적도 있어요."

　연극의 초연을 보기 위해 레에 있는 공연장에 500여 명의 관객이
모여들었다. 대성공이라 할 수 있는 반응이었다. 그 이후 지역의 지
도급 인사들과 개발감독관 체왕 폰소그Chhewang Phonsog를 비롯한 고위
행정 관리들이 문화적 자부심의 중요성을 강조하는 강연을 갖기도
했다. 그러나 그와는 다른 부정적 반응들도 있었다. 소남 팔조르는
무척 분개하며 내게 연극은 과장된 것이며 실제 라다크는 연극에서
묘사한 것만큼 나쁜 상황은 아니라고 했다. 안타까운 이야기지만 몇
년 뒤 그는 자기 아들이 꼭 연극에 나오는 젊은이처럼 변해버렸다고
고백했다.

　그들의 언어를 통해 나는 라다크 사람들의 사고방식을 이해할 수
있었고 그 사회 속으로 완전하게 흡수되어 버렸다. 서구의 생활양식
이 라다크를 변형시키는 것을 지켜보며 나는 그간 내가 속했던 문화
의 모습을 다른 관점으로 볼 수 있었다. 자본과 에너지 집약적인 우
리의 생활방식이 안고 있는 낭비와 부도덕성의 모습이 나 자신에게
명확하게 들어왔다. 나는 사람과 사람 사이를 갈라놓는 개발로 인해

사회적으로나 심리적으로나 값비싼 대가를 치러야 한다는 사실에 대해 처음으로 이해하게 되었다.

나는 유럽과 북미 지역을 순회하는 강연과 세미나 여행을 시작했다. 전통 라다크의 사회와 생태적 균형에 대해 소개하면서 인습적인 경제개발이 라다크 사회를 어떤 식으로 침식했는지를 설명했고 그 과정에서 서구사회가 안고 있는 문제점들의 근본 원인들을 부각시킬 수 있었다. 나는 서구사회의 청중들에게 우리의 것과는 다른 원칙에 기반을 둔 문화를 간략하게 소개함으로써 그들에게 더욱 인간적이고 지속가능한 생활 방식이 있을 수 있다는 믿음을 전하려고 했다.

라다크와 서구사회를 오가며 계속되어 온 나의 활동은 1980년에 이르러 '라다크 프로젝트'라는 이름의 작은 국제기구로 성장했다. 그리고 그것은 1991년 'ISEC'로 재탄생했다. 그 설립 취지는 생태친화적이고 공동체에 기반을 둔 생활방식을 장려하고자 하는 것이고 그런 진보적 상황을 더욱 부흥시키려는 것이다. 우리는 정치와 경제의 중앙집중화에 시급히 저항해야 하는 당위성을 강조하는 한편 문화교류의 증진을 통해 바람직한 방향에서의 국제적 시각의 형성을 고무시키고자 한다. 우리는 편협한 전문화에서 보다 포괄적인 시각으로의 방향전환이 더 이상의 사회적 환경적 파괴 현상을 방지하는 데 필수적이라 느끼고 있다. 바로 그 포괄적 시각이란 고립되고 분리된 상황인식이 아니라 관계와 흐름을 강조하는 접근 방식이다. 우리의 생각들을 널리 전하기 위해 워크숍과 강연회를 운영하는 한편 교육 목적의 비디오와 출판물을 제작한다. 그 가운데는 에너지, 농업,

건강 등 핵심 분야에 있어 세계적인 추세를 점검하는 일련의 문건들이 포함되어 있다. 라다크에서의 경험에 근거하는 이 문건들은 글로벌 현안들의 논의를 촉진하는 데 있어 유용한 자료가 될 수 있다. 우리는 사람들이 일반적으로 자기가 사는 곳에서 가까운 지역에서 일어난 문제들보다 라다크 사람들이 제기한 문제들에 대해 마음을 더 많이 연다는 것을 알게 되었다. 미국이나 영국에서 강연을 할 때면 나는 미소를 띤 라다크 사람들의 행복해 하는 모습이 진보에 대한 서구인들의 고정관념을 변화시킬 수 있다는 것을 경험했다.

라다크에서 실시하는 프로젝트는 세계에서 가장 현대화된 지역에서는 어떤 식의 노력으로 보다 생태친화적 변화를 실행하고 있는지에 관한 정보를 제공하는 것이다. 우리는 스웨덴이나 미국 같은 나라들이 지속가능한 생활방식을 찾는 모습을 설명하느라 노력했다. 그로 인해 라다크 사람들은 최근의 경향과 선사시대로부터 이어져 온 자신들의 문화적 관습을 비교분석할 수 있게 되었다.

태양열 시스템 트롱브의 벽을 비롯, 일련의 라디오 프로그램과 연극들이 소개되면서 그에 대한 반응이 일기 시작했고 의식 있는 라다크 사람들 사이에는 지속가능한 개발에 대한 관심도가 증대되었다. 라다크 내의 지도급 사상가들과 헌신적이고 신실한 인사들이 그 대열에 합류하기 시작했는데 그들 가운데 많은 사람들은 외국 생활을 경험한 적 있고 현대식 교육을 받았지만 그럼에도 불구하고 자신들의 고유문화에 대한 경애심을 간직하고 있었다. 1983년 우리는 '라다크생태개발그룹LEDeG'이라는 단체를 정식으로 발족시켰다. 현재

40명의 스태프로 운영되는 이 단체는 라다크 지역에서 가장 영향력 있는 비정부기구로 성장했고 라다크 프로젝트와의 연대를 통해 모든 유관분야의 적정 기술 개발을 지속하며 그로 인해 새로운 대안들을 제시하고 있는데 현재는 자체적으로 소화하기 힘들 만큼 외부의 개발 의뢰가 쇄도하고 있다. 트롱브의 벽과 함께 공간 난방을 위한 복사열 직접흡수시스템을 완성했다. 이 밖에 다른 태양열 설비 중에는 밥을 짓거나 야채 요리와 빵을 만들 수 있는 오븐과 온수기가 있는데 이 두 가지 모두 기본적인 열 흡수 원리를 이용하는 간편한 설비들이다. 이와 함께 겨울철 야채를 재배할 수 있는 온실 역시 효과적으로 활용되고 있다.

우리 기술진이 표준 부품만을 사용하여 자체적으로 개발한 수압 펌프도 있다. 이 펌프는 수입 석유를 동력으로 사용하는 대신 중력을 이용해 물을 끌어올린다. 제일 처음 완성한 펌프는 마토Matho 사원이 있는 산 정상까지 150피트의 높이로 물을 끌어올렸는데 그동안 길어온 물을 등에 지고 산을 오르던 승려들은 감탄을 금하지 못 했다. 또 하나의 프로젝트는 전래의 물레방아를 개선하는 것이었는데 새로 개발된 물레방아는 곡식 빻는 속도를 더욱 높였을 뿐만 아니라 작동하는 공구들에 동력을 공급할 수 있게 되었다. 전기에 대한 수요가 증가함에 따라 1989년 이후 우리 기술프로그램은 마을의 조광을 위한 소규모 수력 발전 시스템에 중점을 두기 시작했다.

이와 같은 기술적 대안들은 경제적인 측면은 물론 환경과 문화적인 측면에서도 합리성을 갖는다. 이 대안들은 인간적 규모의 탈중심화 개발을 장려함으로써 전통적 사회 구조들을 훼손하는 것이 아니라 적극적으로 지원한다. 그리고 그것들은 저개발 사회에 사는 가난한 사람들만을 위한 것이 절대 아니다. 우리가 명확하게 밝히고 있는 것처럼 재활용가능한 에너지에 기반을 둔 무공해 적정 기술들은 여타의 어떤 기술과 비교해도 전혀 손색이 없을 뿐더러 선진국과 개발도상국 모두의 장기적 요구 사항들을 효과적으로 해결할 수 있는 대안이 되는 것이다.

우리의 모든 프로젝트는 그 수혜자들이 직접 참여하는 것들이다. 예를 들어 터빈을 건설하는 경우 마을사람들은 직접 부지를 고르고 기존의 수로를 보수하고 저수탱크를 만든다. 그 다음에는 대표로 뽑힌 한두 명의 마을 사람이 6개월간의 워크숍에 참여하여 시설의 운영과 보수 방법을 배운다. 터빈이 완성된 다음에는 마을 사람들이 주체가 되어 작은 발전시설을 짓는다.

LEDeG의 본부는 레의 중심부에 있는 '생태개발센터' 건물이다. 1984년 인디라 간디와 달라이 라마가 참석한 가운데 문을 연 이곳은 우리가 추진하는 일련의 프로젝트와 그 배경이 되는 아이디어들을 라다크의 정책 입안자들과 외부의 방문객들에게 널리 전달하려는 데 목적을 두고 있으며, 개설된 이후 오늘날까지 라다크 지역 내는 물론이고 인도 전역에 이르기까지 폭넓은 관심을 이끌어내고 있다. 주요 방문객들 중에는 정부 관리들을 비롯해, 저널리스트, 교직자, 관광객 등 각계각층의 인사들이 포함되어 있다. 라다크 사람들은 이곳에서 외국 관광객들을 선진국과 개발도상국 사이의 차원을 떠나 대등한

레에 있는 생태개발센터의 모습

입장에서 만날 수 있다. 이곳은 신비스럽게 포장된 서구의 이미지를
현실화하는 한편 서구인들이 라다크의 전통문화에 대해서만이 아니
라 우리가 추진하는 프로젝트들에 대해서도 높은 가치를 두고 있다
는 점을 라다크 사람들에게 보여줌으로써 두 문화 사이의 진정한 교
류를 원활하게 촉진시키는 곳이다.

　건물의 구조 자체는 라다크의 전통 건축양식이 변화하는 사회적
기대감과 욕구를 충족시키기 위해 어떤 식으로 새로워질 수 있는지
를 보여주는 좋은 예가 된다고 할 수 있다. 건물의 한 면에는 태양열
난방이 작동되고 있고 지붕 위에 설치된 태양열급수가열판에 의해
온수가 공급된다. 또 조그만 풍력발전 장비는 건물의 전등에 전력
을 공급한다. 정원에는 태양열 조리기와 건조기, 온실이 있는데 이

모든 설비들은 원활하게 작동하고 있고 각각의 설비마다 그림이나 문자로 된 안내문이 있어 그 원리나 사용법을 한눈에 알 수 있다.

건물 내부에는 태양열 오븐으로 조리한 음식들을 제공하는 식당이 있고 생태문제와 환경친화적 개발에 대한 세계적 관심을 보여주는 다채로운 자료들을 소장한 도서관도 있다. 이곳에서는 또 우리가 개발한 기술들을 숙지하기 위한 자체 워크숍과 지역 주민 대상 연수 과정이 개최되기도 한다. 1989년 우리는 지역의 자급을 돕고 이농현상을 막아보려는 취지로 수공예 프로그램을 시작한 바 있다. 농사일이 거의 없는 겨울철을 이용하여 공예품을 만드는 지역 주민들은 마을에서의 생활을 포기하는 데 따르는 사회적이고 환경적인 비용 부담을 느끼지 않고서도 돈을 벌 수가 있다. 매년 1만 5,000명 정도의 관광객이 라다크를 찾아와 예외 없이 기념품들을 사가곤 하지만 그것들은 라다크 사람이 만든 것도 아니고 라다크 안에서 만들어진 것도 아니다. 생태개발센터를 찾아온 방문객들은 건물의 바깥쪽에서 사람들이 직접 손으로 만든 전통 공구를 사용하며 베를 짜고 은세공과 목각을 하는 모습을 볼 수 있고 건물 내부에서는 재단과 수예 전문가들과 화가들이 젊은이들에게 탱화 그리기와 곤차 만드는 것을 가르치는 모습을 볼 수 있다.

우리는 또 생태 개발에 관한 라디오 프로그램과 출판물 정기 발간을 통해 방대한 분야의 교육 프로그램을 운영하기도 하는데 우리가 출간한 출판물 중 하나는 라다크 최초의 생태학 서적이기도 하다. 교육 프로그램의 주를 이루는 것은 활발히 개최되는 각종 회의와 워크숍, 세미나들이다. 1986년과 1989년에 우리는 라다크 사람들로 하여금 산업화된 국가들의 경험에 관심을 기울일 수 있도록 유도하는 국제회의를 조직했다. 이 밖에 온실과 태양열 오븐 사용법 등에 대해 토론하는 비공식 지역 주민 모임에서부터 라다크 농업의 미래라는 주제를 놓고 라다크 전역의 농민이 참여하는 대규모 회의에 이르기까지 크고 작은 모임들이 활발하게 개최된다. 아울러 우리는 불교와 이슬람교도 공동체의 지도자들을 초청한 가운데 분쟁 방지의 대안을 모색하는 일련의 세미나를 마련하기도 했다. 또 여성들의 모임을 만들어 수공예 교육을 실시하는 한편 석면을 이용한 조리의 위험성을 경고하는 등 농경 현장에서 긴요하게 요구되는 갖가지 정보들을 교환하는 기회를 제공하기도 했다.

전통사회의 기초를 이루던 농업은 식량 지원금과 환금성 곡물 재배에 의해 위협을 받고 있으며 이농현상과 농약과 화학비료 유입에 의해 더욱 위협받고 있다. 많은 라다크 사람들은 농업이 낙후된 산업이라는 인식을 갖게 되었고 실제 농업에 종사하는 사람들은 인공 첨가물의 인체와 토양에 대한 장기적인 위험성을 알지 못한 채 그것을 사용하는 것이 '현대화'된 방법이라 믿고 있다. 우리는 다양한 형태의 모임과 뉴스레터를 통해 유기농법의 장점을 사람들에게 알리는 한편 농업의 위상을 더욱 끌어올리기 위해 최선을 다하고 있다.

지역 주민들의 모임에서는 뜨거운 토론이 벌어지기도 한다. 한 예로 사크티 마을에서 열린 농업 세미나에서 한 젊은 연사가 라다크의 젊은 세대가 전통 농경 방식에 대해 무지할 뿐만 아니라 그에 대해 경멸적인 태도를 가지고 있다는 견해에 대해 격렬하게 반론을 제기하고 있었다. 젊은 연사가 발언을 하는 도중 한 나이 든 청중 한 사람이 그의 말을 막고 나섰다.

"분명히 그렇단 말이요. 젊은 사람들한테 말안장을 한번 올려보라고 해보시오. 아마 거꾸로 올려놓을 겁니다. 쪼 한 마리에다가 멍에를 매라고 하면 무서워서 도망가버릴 거예요. 고개 끝에 가기도 전에 다 떨어져버리는 고무 신발을 비싼 돈 주고 사는 사람들이에요. 우리는 따뜻하고 편한 신발을 직접 만들어 신잖아요. 바늘하고 실을 가지고 다니면서 필요한 게 있으면 바로 그 자리에서 고칠 수 있어요. 우리 두 발로 똑바로 서서 주변에 있는 건 뭐라도 다 이용할 수 있어요. 바로 이런 게 생태계 개발이 아닌가요?"

그는 LEDeG의 스태프를 향해 소리쳤다.

이 프로그램들은 라다크 프로젝트의 도움에 힘입어 LEDeG가 수행하는 것들이다. 우리는 또 라다크학생문화교육운동SECMOL과도 협력관계를 유지하고 있다. 1988년 결성된 SECMOL은 젊은이들을 바람직한 방향의 개발 계획에 참여시키는 한편 공교육에 있어 올바른 대안을 모색하자는 데 그 취지를 두고 있다. SECMOL에 대한 지원의 한 방편으로 우리는 이 기구의 지도자들과 유럽이나 인도의 유관 기구 지도자 혹은 개인 운동가들 중 그들과 뜻을 같이 하는 인물들 사이에 교류를 주선하기도 한다. 우리는 SECMOL과 LEDeG 회원들을 위해 순회 교육 연수프로그램을 마련했는데 이 프로그램을 통해 참가자들은 산업화 시회의 문제점들에 대해 알게 되는 것은 물론 그런 문제를 일으키는 근본 원인들을 직접 체험하게 된다.

해를 거듭할수록 우리의 프로그램은 더욱 활발한 모습을 보이며 확산되었고 더욱 발전하고 있었다. 그러나 모든 상황이 순조로웠던 것만은 아니었다. 라다크는 군사 전략 지역이어서 특별한 경우가 아니면 외국인들에 대해 거주나 취업을 허가하지 않은 곳이다. 라다크에 온 지 2년째가 되던 무렵 〈힌두스탄 타임즈Hindustan Times〉라는 신문에 나에 관한 기사가 실렸는데 그 기사는 나를 '의심스러울 만큼 빠른 기간에 라다크어를 익힌 불가사의한 여자'라 묘사하고 있었다. 분명 그 기사는 내가 라다크에 체류하는 목적이 뭔가 좋지 않은 것임을 자의적으로 암시하고 있었다. 수상과 주지사를 비롯한 정부 고위층 인사들과 개인 면담은 물론 무수한 서신을 주고받으며 추진하는 프로그램에 대한 지원을 받았었지만 몇몇 정보국 관리들은 내가 첨예하게 국경 지역의 정보를 수집하고 있는 미국중앙정보국CIA의 요원이라고 확신하고 있었다. 얼마 후 나는 1989년 있었던 불교도와 이슬람교도 사이의 폭력 사태를 촉발한 장본인이라는 혐의로 기소되기도 했다.

또 도시 지역에서 일하는 사람들 가운데는 우리의 프로그램에 회의를 품는 젊은이들이 있었는데 특히 관광업에 종사하는 젊은이들이 그랬다. 현대적인 것이라면 어떤 것에든 온통 매혹되어 버린 그들은 우리가 시행하는 환경 교육프로그램의 필요성을 이해하지 못했다. 그들의 생각으로는 우리가 마을에 있는 가난한 농부들을 위해 직접적이고 물질적인 도움을 주는 쪽으로 노력하는 것이 바람직한 일이었다.

이념적인 측면에서도 우리의 활동은 어렵게 진행되었다. 우리가 추구했던 것은 기존의 것과 근본적으로 다른 개발의 방향이었기 때문에 이전의 것들 가운데는 우리가 따라갈 만한 모델은 거의 없었다. 우리는 몇 가지 까다로운 문제들에 직면했다. 우리의 노력이 그들에게 도움을 주는 것이 아니라 혹시 해를 입히는 게 아닐까? 라다크 사람들에게는 어떤 형태로든 개발이라는 것이 없는 편이 더 나은 게 아닐까? 개발은 외부의 개입 없이 라다크 사람들에 의해서만 추진되어야 하는 것일까? 어떻게 해야 라다크 사람들은 전통문화의 강점을 손상하지 않고 개발의 영향력에 효과적으로 대처할 수 있을까? 이 질문들에 대한 답을 구하는 과정에서 지난 20년간 라다크 땅을 짓눌러 온 획일성 문화의 엄청난 무게를 실감해야 했다. 경제적인 측면에서나 심리적 측면 모두에서 그 무게는 엄청난 것이었다. 서구사회의 이해관계는 세계 전역에 걸쳐 비문명 사회를 에워싸고 있으며 지역 고유의 바람직한 방향의 개발을 불가능하게 만들고 있다.

현실생활의 상황들은 지극히 복잡한 모습으로 나타나고 있고 겉으로 보기에는 서로 모순이 될 수밖에 없는 반응들을 요구하기도 한다. 때문에 우리가 하는 일은 많은 경우 역설적인 모습으로 비춰지기도 한다. 예를 들어 SECMOL이나 LEDeG의 회원들과 서구의 유관 단체 관계자들 사이의 교류를 주선하는 것처럼 우리는 라다크 사람들과 서구인들 사이의 접촉 기회를 마련하기도 하는데 그런 기회들은 라다크 사람들이 서구사회에 대해 균형 잡힌 이미지를 갖는 데 도움이 될 수 있다.

비슷한 경우로 라다크 프로젝트는 탈중심화를 적극적으로 장려하는 활동을 하고 있지만 사회적 정치적 현실을 고려하면 그 본부를 레에 두는 것이 보다 효과적이라 할 수 있다. 우리가 좋아하거나 싫어하는지에 상관없이 그곳은 라다크 내에서 미래에 대한 가장 중요한 결정이 내려지는 곳이다. 또 한정된 예산을 운영하는 우리로선 그곳을 중심으로 활동하는 것이 라다크의 여러 지역에 가장 원활하게 접근할 수 있는 경제적인 방법이 되기도 한다.

태양열 난방 시스템이 라다크의 생활수준을 분명히 개선시킬 수 있다고는 느꼈지만 만약 석탄이나 석유를 이용하는 재활용이 불가능한 난방 방식이 라다크의 전통 방식을 이토록 손상하지 않았다고 가정하면 나 같은 외국인이 주제넘게 태양열 같은 새로운 시스템의 도입을 주장하는 것은 적절치 않다고 생각했을 것이다. 그러나 그런 것들 때문에 라다크의 전통 방식은 분명히 손상을 입었고 그래서 나는 사람들에게는 선택을 하기 위해 필요한 정보가 있어야 한다고 느꼈고 더 높은 수준의 생활이란 것은 경제의 독립성이나 전통적 가치를 포기할 이유가 없는 것이라고 생각했다. 그러나 우리는 그간의 경험을 통해 단순히 정보를 소개하는 일만으로는 충분치 않다는 것을 깨달았다. 적절한 대안들을 지원하고 보다 더 폭넓게 확산시켜야 할 필요가 있었고 정부를 설득하여 공적 지원의 비중을 자본 및 에너지집약형 시설에서 재생가능한 에너지에 기반을 둔 탈중심화 기술 쪽으로 전환하도록 할 필요가 있었다.

나는 우리가 합의한 사항들이 전혀 문제가 없는 것이라고 이야기하지는 않을 것이다. 구체적인 결정과 그 실행과정에는 분명히 차이가 존재할 것이다. 그러나 나는 궁극적으로 우리의 활동들이 내내 바람직한 방향으로 전개되었고 우리의 노력들이 결실을 맺고 있다는 긍정적인 신호들이 나타난다는 것을 확신하고 있다. 우리는 개발과 관련하여 생태의 중요성을 고려한 장기적 시각이 필요하다는 인식을 끌어올리는 한편 자급구조와 자부심에 기반을 둔 개발의 필요성을 주지시키는 데 나름대로의 역할을 담당했다. 이제 '생태'나 '태양에너지' 같은 용어들은 라다크 전역에서 두루 사용되는 동시에 정확하게 이해되고 있으며 환경문제와 라다크의 미래라는 것을 최우선으로 생각하는 사람들의 수는 점점 늘어나고 있다. 그 가운데 한 사람은 라다크에서 가장 유명한 원예 전문가인 체왕 리그진 라그루크인데 그는 경제적 손해를 감수하면서도 유기 농법으로 회귀해야 한다는 내용의 캠페인을 시작한 인물이다. SECMOL 소속의 소남 앙축과 소남 도르제는 많은 젊은이들이 사회봉사에 참여하여 헌신하는 것을 돕기 위해 정부공무원으로서 특권의 길을 포기하는 용기 있는 결정을 내렸다. 또 특유의 성실성과 예지력으로 라다크 전역에서 명망이 높았던 소남 다와 역시 LEDeG의 임원으로 일하기 위해 정부고위직에서 조기에 은퇴하는 사상 유례없는 결정을 한 인물이다.

라다크 사람들에게는 아직 서구지향적 경제개발의 그 무수한 함정들을 피해갈 수 있는 가능성이 남아 있다. 인구의 상당 부분이 경제적으로 독립된 상태이기 때문이다. 그리고 우리가 추진하고 있는 활동들이 공감을 불러일으키고 있는 듯하다. 지금 라다크 내부에서는 개발이 다른 관점에서 조명되고 있다. 그리고 외부세계의 사람들에게 있어 생태적 개발의 모델로서의 잠재력과 전통문화 수호에 성공하고 있는 라다크의 이야기는 우리 모두의 자연친화적 미래를 위해 근본적으로 필요한 것이 무엇인지를 알려주는 좋은 예가 되고 있다.

에필로그

오래된 미래

오늘날의 서구사회는 아주 분명한 대조를 이루는 두 가지의 상반된 방향으로 가고 있는 것 같아 보인다. 한편에서는 정부와 기업들이 주도하는 주류의 문화가 지속적인 경제성장과 기술개발의 방향으로 거침없이 나아가면서 자연의 한계를 압박하는 동시에 인간의 기본적 욕구를 무시하고 있다. 그리고 다른 편에서는 다양한 분야의 공동체와 사상들을 통합한 비주류의 문화가 모든 생명체는 분리할 수 없이 연결되어 있다는 오래된 지혜에 생명을 불어넣어 왔다.

현재로서는 이것이 소수 그룹의 목소리일 뿐이지만 점점 더 많은 사람들이 진보라는 것의 근본 개념에 의문을 가지기 시작함에 따라 그 소수의 목소리는 더욱 큰 힘을 얻고 있다. 녹색당의 결성이나 환경단체들의 회원수 증가 추세를 통해 우리는 환경보호운동에 대한 참여도가 점점 더 증가하고 있음을 알 수 있다. 소비자 개개인은 자신들에게 경제구조를 변화시킬 수 있는 힘이 있다는 것을 깨닫기 시작했고, 기업들은 환경친화적인 이미지를 보이기 위해 서로 경쟁을 벌이고 있다. 또한 각국의 정부와 유관단체들은 환경문제를 그들이 다루는 정치 사안에 있어 우선적인 위치에 올려놓아야 한다는 압력을 받고 있다.

우리 모두에게는 우리가 사는 사회를 생태적이고 사회적 측면에서의 균형상태로 나아가게 만들 수 있는 여지가 남겨져 있다. 그러나 우리가 단순히 현상을 치료하는 데 그치지 않고 그 이상의 과업을 이루기 위해선 우리 앞에 놓인 위기 상황의 구조적 본질을 이해하는 것이 중요하다. 인종간의 폭력 사태나, 대기와 수질오염, 가족해체, 문화붕괴 등의 문제들은 외관상 연관이 없는 것처럼 보이지만 실제로 그것들은 서로 밀접하게 연결되어 있는 것들이다. 그런 문제점들이 상호연관을 맺고 있다는 것을 이해하고 나면 문제의 본질이 너무나 엄청난 것 같이 느껴질 수도 있지만 그 문제들이 공통적으로 모이는 접점을 찾게 된다면 그 문제를 해결하려는 우리의 시도가 더욱 더 효과적일 수 있다. 그렇게 되면 상황은 각각의 문제를 개별적으로 해결하는 것이 아니라, 전체의 조직에 영향을 미치기 위해서 어떤 실마리를 잡아당겨야 하는가 하는 문제로 압축되는 것이다.

산업사회의 조직은 상당 부분 과학과 기술 그리고 편협한 경제 패러다임 사이의 반응으로 결정된다. 그러한 반응들이 진행되며 사회의 중앙집중화와 전문화는 더욱 가속되기 마련이다. 산업혁명 이후 정치와 경제의 단위는 증대되었지만 개인의 시각은 점점 더 제한되어 왔다. 나는 보다 균형 있고 정상적인 사회를 만들기 위해서는 정치와 경제의 구조를 탈중심화의 방향으로 개편하고 지식을 향한 우리의 접근방식을 보다 폭넓게 할 필요가 있다는 것을 확신하게 되었다. 나는 라다크에서 인간적인 규모의 사회 구조들이 어떤 식으로 땅과의 친밀한 유대관계를 키워왔으며, 어떻게 해서 그토록 활발하고 참여적인 민주주의를 유지했으며, 공동체를 강하고 활기차게 유지하는 가운데 건강한 가정과, 남성과 여성 사이의 균형을 어떻게 해서 그토록 훌륭하게 지켜왔는지를 지켜보았다. 이런 사회구조들은 개인의 행복 유지에 필수적인 안정감을 주는 것이고 역설적으로 들릴 수도 있지만 그런 안정감을 통해 오히려 자유의 개념을 전달해준다.

우리가 추구하고 있는 변화들은 우리의 삶을 너무나도 풍요롭게 만들 수 있다. 그러나 그러한 시도들은 환경단체 내부에서조차 그것이 '희생적'이라는 식으로 치부되는 경우가 많다. 그것은 그런 시도들을 통해 우리가 얼마나 많은 것을 얻을 수 있는가 하는 문제보다는 뭔가를 포기하고 더 적은 것만을 가지고 해내야 한다는 측면을 강조하려는 소극적인 시각 때문이다. 우리는 끊임없는 경제성장과 물질적인 번영에 대해 정신적 · 사회적 빈곤과 심리적 불안감 그리고 문화적 활성화의 상실이라는 대가가 지불되었다는 사실을 잊고 있다. 우리는 우리 자신이 모든 것을 가지고 있다고 생각했지만 젊은이들이 정신적인 공허감을 메우기 위해 마약에 탐닉하거나 사이비 교주

들을 추종하는 모습을 보고 깜짝 놀라게 된다. 아마도 우리가 라다크의 경우를 통해 배울 수 있는 가장 중요한 부분은 행복에 관련된 것이라고 생각한다. 나는 그것을 무척 더디게 깨달았다. 라다크에 온지 몇 년이 지난 후 그간의 선입견이 한 겹 걷히고 난 다음에야 나는 라다크 사람들의 기쁨과 그 웃음의 의미를 있는 그대로 보기 시작했다. 그것은 정말 삶 자체에 대한 순수하고 거리낌 없는 경애심이었다. 나는 라다크에서 마음의 평화와 삶의 기쁨을 자신들의 천부적 권리라고 생각하는 사람들을 알게 된 것이다. 나는 그들이 이루고 있는 공동체와 땅에 대한 깊은 유대감을 통해 물질적 풍요나 기술의 진보같은 것들을 넘어 진정한 의미에서의 풍요로운 삶을 누릴 수 있다는 것을 알게 되었다. 나는 삶에 있어 다른 방식도 가능하다는 것을 알게 된 것이다.

오늘날 글로벌경제의 출현과 날로 증대되는 과학기술의 영향력으로 인해 자연과 인간 그리고 인간과 인간 사이의 관계가 단절되었을 뿐만 아니라 자연과 문화의 다양성이 파괴되고 있다. 또한 그 과정에서 우리는 우리 자신의 존재 자체를 위태롭게 만들고 있는 것이다. 자연의 세계에 있어 다양성이란 절대적으로 피할 수 없는 생명의 근본원리이다. 우리는 하찮게 여기던 벌레나 풀 한 포기마저도 우리의 생존에 중요한 영향을 미칠 수 있다는 것을 깨닫기 시작했다. 놀랄만한 속도로 멸종되어가는 동식물들이 최근 주요한 관심사로 떠올랐다. 생물학자들은 동식물 품종의 다양성이 장기적 관점에서의 생명 유지에 필수적이라는 점을 입증하고 있고 그 가운데 몇몇 학자는 단기적인 이익을 위해 품종을 말살하고 있는 현재의 추세가 얼마나 위험한 짓인지를 경고하고 있다. 세계 전역의 사람들은 멸종 위기에 처한 동식물 보호를 주창하는 민간기구들을 조직하고 있고 그와 더불어 염소나 양, 조랑말과 그 밖의 토종 동물들을 직접 사육하기 시작했다. 사과 농사를 짓는 농부들은 '골든 델리시우스' 같은 단일 교배종 사과가 더욱 확산되기 전에 지역 특산 사과 품종을 더 많이 재배하는 데 열중하고 있다.

현대화가 진행되는 과정에서는 경제개발에 의해 다양성이 증대되었다고 생각하기가 쉬운 일이다. 효율적인 운송과 통신 시스템의 도움으로 다른 문화권에서 생산된 다양한 상품들과 식품들을 한데 모을 수 있을 것 같아 보인다. 그러나 이렇게 다채로운 문화의 경험을 원활하게 만드는 바로 그 시스템이 실제로는 그런 다양성을 깨끗이 지워버리는 한편 세계 전역에 걸쳐 지역마다의 문화 특성을 말살하고 있다. 링곤베리와 파인애플 주스는 코카콜라에 밀려났고 모직과 면으로 된 옷들은 청바지에, 야크와 고원에서 자라던 토종 소들은 저지 젖소에게 그 자리를 내주었다. 다양성이란 것은 한 회사에서 만든 열 가지의 청바지 중에 어느 것을 고를까 하는 문제가 절대 아니다.

문화의 다양성은 자연계의 다양성만큼이나 중요한 것이고 실제로 문화의 모습은 자연환경의 영향을 직접적으로 받는 것이다. 전통문화는 그 지역의 자원으로 의식주의 구조를 형성하면서 특정한 환경의 모습을 반영한다. 오늘날 서구의 문화에서도 그런 지역적 특수성의 흔적들을 발견할 수 있다. 미국 남서부에는 아도비 벽돌을 이용해 지붕을 평평하게 만든 집들이 많이 있는데 그것은 사막지대인 그 지역의 혹독한 기후에 이상적으로 적응하기 위한 것이고, 뉴잉글랜드의 경우는 집을 주로 나무를 사용하여 만들고 눈이나 비가 지붕에 쌓이지 않도록 끝을 뾰족하게 만들어놓았다. 다양한 음식문화를 살펴보아도 그 안에는 해당 지역의 식품 자원의 특색을 알 수 있는데 지중해 지역의 요리에 즐겨 쓰이는 올리브유를 비롯하여 스코틀랜드의 아침식사에 오르는 오트밀이나 소금절인 청어는 그 대표적인 예라고 할 수 있다.

문화와 경제의 고립주의로 후퇴하지 않고서도 우리는 우리가 사는 지역의 전통들을 더욱 부양할 수 있다. 문화의 다양성을 진정으로 존중한다는 것은 우리의 것을 상대방에게 강요하는 것이 아니며 상대방의 문화를 우리의 소비를 위해 포장하거나 악용하거나 상업화하는 것이 아니다.

문화적 다양성을 부흥시키는 가장 효과적인 방법 가운데 하나는 불필요한 무역을 줄이도록 영향력을 행사하는 일이라 할 수 있다. 오늘날 납세자들이 낸 세금은 운송망을 확충하는 데 쓰이고 실효성을 고려하지 않는 그야말로 무역을 위한 무역을 지원하는 데 쓰이고 있다. 우리는 우유에서 사과 그리고 가구에 이르기까지 실로 다양한 상품들을 대륙을 가로질러 실어 나르고 있지만 그 상품들은 대부분 현지에서도 쉽게 만들 수 있는 것들이다. 우리가 정말 해야 하는 일은 지역의 경제를 더욱 강화하고 다양화해야 하는 것이다. 운송비용의 감축을 통해 우리는 쓰레기와 오염을 줄이고 농민의 위상을 개선시키고 공동체의 유대를 일거에 강화할 것이다.

정확하게 어떤 것이 지역적인 것이고 어떤 것이 '불필요한' 무역과 대비되는 '필요한' 무역인지는 절대적으로 정의되기 어렵다. 그러나 분명한 것은 막대한 지원을 받고 있는 국제 무역의 원칙이라는 것은 재평가를 받을 필요가 있다는 것이다. 그것은 보호주의를 고수하는 차원에서가 아니라 세계 전역의 자원을 지속적으로 유지하고 그 활용에 있어 평등함을 유지하기 위해서이다. 그리고 그런 재평가 작업은 진정한 의미에서 자유시장이라 부를 수 있는 지역 기반의 건실한 경제구조 안에서 이루어져야 한다. 부연하면 거대 기업의 조종과 은폐된 지원금의 혜택과 폐기물과 글로벌 경제를 특징짓는 막대한 판촉비용으로부터 자유롭고 건실한 경제 구조 안에서 이루어져야 한다는 것이다.

시장경제의 글로벌화 과정은 권력과 자원을 소수의 영향력하에 집중시킬 뿐 아니라 그 모든 것들을 도시 중심으로 종속시키기도 한다. 서구 도시에서 거주자의 수 자체가 줄어드는 경우가 있기는 하지만, 실제로 도심의 영향력이라는 것은 날이 갈수록 증대되는 것이 현실이다. 정치와 경제 권력이 몇 안 되는 대도시에 점점 더 집중되면서 대부분의 외곽 지역은 심각한 쇠퇴 현상을 겪고 있으며 많은 사람들이 더 멀리 떨어진 지역에서 도심을 향해 통근을 하고 있다.

농경 지역으로 많은 인구가 이동하기에는 땅이 너무 부족하다고 이야기하는 사람들도 있다. 그러나 눈에 보이지 않는 많은 측면을 고려하면 오늘날의 중앙집중화가 실제로 더 많은 공간을 점유한다는 것을 알 수 있다. 거대한 도시와 그것이 유지되기 위해 필요한 물리적 영역 사이의 관계는 먹이사슬의 상단부에서 더 많은 땅이 필요하다는 상관관계와 유사하다. 고기를 얻기 위해 기르는 소의 경우 그것을 사육하는 데 필요한 물리적 공간은 채소밭 정도로 큰 공간은 아니지만 소에 먹일 곡물을 재배할 밭과 물을 끌어들일 수로 그리고 물을 끌어들임으로써 말라버릴 수밖에 없는 땅의 면적을 생각해보면 소 한 마리를 사육하는 데 훨씬 더 많은 공간이 필요하다는 것을 알 수 있다. 대도시의 경우 한 개인이 차지하는 물리적 공간은 소규모 공동체에 흩어져 사는 같은 인구의 사람들에 비해 크지 않아 보이지만 도시 거주민은 에너지 사슬의 상단부에 머물고 있고 1인당 소비율도 훨씬 더 높다. 고속도로와 운송망을 비롯, 식품가공 공장, 그리고 대기와 수질, 토양오염 등의 현상을 고려하면 대도시의 생활이 자연에 더 밀접해 있는 탈중심화의 공동체에 비해 더 많은 자원과 더 많은 공간을 사용하고 있다는 것을 알 수 있다.

탈중심화의 과정은 사회경제시스템 전반에 걸쳐 연속적인 변화를 포함하고 있다. 그러나 우리가 지금 어떤 정적인 실체를 해체하는 것이 아니라 변화를 위한 방향의 전환에 대해 이야기하고 있다는 것을 기억하는 것이 무엇보다 중요하다. 우리 사회의 규모는 매년 성장하고 있고 중심화의 논리는 새로운 극단을 향해 나아가고 있다. 그리고 그런 변화의 속도는 너무나도 급격해서 우리가 탈중심화 프로그램을 지금 당장 추진하지 않는다면 현재 위치에 머물러 있기도 힘들 정도다. 그렇게 현재 위치에 머물러 있게만 되더라도 그것을 하나의 의미 있는 성과라고 할 수 있다.

하나의 그룹에 소속될 필요가 있다는 것은 그 자체만으로도 인간적 규모의 사회 단위 형성을 정당화하는 중요한 이유가 된다. 대가족 구조지만 작은 공동체를 이루고 사는 라다크에서 우리는 대단히 중요한 교훈을 직접 배울 수 있다. 아이들은 여러 연령대의 사람들에 의해 키워지는데 그중에서도 할아버지, 할머니와의 친밀한 유대관계는 각별하다. 대가족 내의 인간관계는 친밀하기는 하지만 핵가족에서와 같이 격렬하지는 않다. 각각의 구성원들은 그런 긴밀한 관계의 사슬 속에서 안정된 도움을 얻지만 부담스러운 무게감 같은 것은 느끼지 않는다. 나는 핵가족제의 특징이라 지적되는 가족 사이의 애착이나 죄책감, 혹은 거부감 같은 것들을 라다크에 사는 동안에는 단 한 번도 본 일이 없다.

분명히 예외가 있을 수는 있지만 일반적으로 대가족제는 그 구성원들에게 더 넓은 공간과 유연함을 제공하는 동시에 정서적으로나 책임감이라는 측면에서는 훨씬 더 적은 부담을 준다. 그것은 특히 노인이나 여성 그리고 아이들을 위해서는 더 많은 도움을 주는 제도이다. 대가족제 내부에서 노인들은 지혜와 경험으로 존경을 받고 있으며 젊은이들에 비해 느린 몸 움직임 같은 것은 그들이 공동체에 좋은 영향력을 미치는 데 있어 전혀 문제가 되지 않는다. 그러나 이와는 대조적으로 서구사회에서는 기술의 변화가 너무나 급격하게 진행되고 있어 경험의 가치는 점점 더 축소되고 있다. 우리는 우리 자신이 살고 있는 이 세상을 너무나 드라마틱하게 변형하고 있는 나머지 노인들이 세상에 제공할 만한 것들을 거의 없애버린 것이다. 서구사회를 다녀온 라다크 사람들은 이야기할 사람 없이 홀로 지내는 노인들이 끔찍할 정도로 냉대를 받고 산다는 이야기를 전하기도 했다. 겔롱 팔단의 이야기는 이랬다.

"할머니들은 손자손녀를 보려고 몇 달씩이나 기다렸는데 막상 아이들을 만나서는 뺨에다 뽀뽀 한 번 한 것뿐이었어요."

핵가족제는 노인들을 배제시키는 것뿐만 아니라 여성들까지도 가두어놓고 있다. 전통사회에서는 여성들이 일과 가정 가운데 하나를 선택해야 하는 상황은 없었다. 가사일이라는 것이 곧 경제의 중심이었고 일과 가정은 하나의 영역이었기 때문이다. 하지만 현대화된 사회에서 여성들은 그 두 가지 가운데 하나를 선택하도록 강요를 받고 있으며 그 어떤 것도 쉬운 선택이 아니다. 일을 갖는 대신 아이들과 함께 집에 머물며 가사일만 할 수도 있지만 그런 경우 그 가사일에 대한 가치를 인정받지 못 한다. 그렇지 않다면 남편으로부터 최소한의 도움을 받으며 가사일과 직장일 모두를 할 수도 있다.

이런 상황들을 종합해보면 핵가족제가 근본적으로 바람직한 역할을 하지 못 한다는 것을 알 수 있다. 이혼율의 증가, 부모와 자녀 사이의 단절감 그리고 충격적인 모습을 보이는 가정 폭력과 성추행 등은 핵가족제 내의 붕괴 현상을 말해주는 보기들이다. 심리학자들은 이런 전형적인 가정을 가리켜 '장애가정'이라 표현한다. 산업사회 내의 가정은 50년 전만 해도 오늘날에 비해 훨씬 건강했고 구성원들 사이에 서로를 든든하게 지지해주는 모습이었다. 바로 이웃에 할머니의 집이 있었고 고모와 사촌들도 이웃에 살았다. 보다 더 큰 공동체와의 결속력은 강하고도 지속적인 것이었다. 그러나 경제활동의 규모가 확장된 오늘날에는 아이들이 자라는 동안 수차례 이사를 가는 가정도 그리 드물지 않다. 실제로 경제적으로, 정서적으로 이제 집안에 할머니를 위한 방은 없다.

서양 사람들과 가족 이야기를 할 때면 사람들은 이런 이야기를 하기도 한다.

"어머니와 같이 산다는 거 좋은 생각이에요. 그렇지만 잘 안 될 것 같아요. 이삼일만 지나도 미칠 지경이 될 거예요."

물론 맞는 이야기일지 모른다. 지금 당장 그런 문제들이 해결되지는 않을 것이다. 우리 사회의 구조상 나이든 노인이 가족 내에 있다는 것은 부담이 되는 일이다. 그러나 우리가 가장 근본적인 인간의 의미에 우선순위를 옮긴다면 그런 문제는 해결될 수 있다.

핵가족의 특징 가운데 하나는 외부세계와의 단절의 경향이 두드러진다는 점인데 반해 그와 극명한 대조를 이루는 라다크의 가족관계는 그 구성원들을 자연스럽게 더 큰 공동체와의 유대관계로 연결시켜준다. 때로는 어느 부분까지가 가족이고 어느 부분까지가 공동체인지 분별하기 힘든 경우도 있을 정도다. 사람들은 자기의 친 어머니 정도 연배의 여성을 거리낌 없이 어머니라 부르고, 형 정도 나이의 사람을 가족인지 아닌지의 구별없이 형이라 부른다.

대부분의 서구인들은 그들이 공동체 의식을 잃어버렸다는 사실을 인정할 것이다. 우리의 생활은 조각이 나 있고 일상에서 많은 사람들과 접촉을 하지만 우리는 서글퍼질 만큼 고독함을 느끼며 이웃이 누구인지도 모르면서 산다. 그러나 라다크 사람들은 정신적으로도 사회적으로도 그리고 경제적으로도 상호보완을 이루는 공동체의 일원으로 살아간다.

탈중심화는 서구사회의 공동체를 부흥하는 데 있어 그 선행조건이 된다. 빈번한 이동은 공동체의 존립을 침식하게 되지만 우리가 한 지역에 뿌리를 내리고 애착을 갖게 된다면 인간관계는 더욱 깊어지며 시간이 흐를수록 더욱 안정감을 유지하게 되는 한편 더욱 든든한 신뢰감을 갖게 된다.

라다크 전통사회에서의 폭넓은 자아개념은 서구문화에서의 개인주의와 대조를 이룬다. 라다크 사람들의 정체성은 상당 부분 이웃과의 긴밀한 연결관계로 형성되고 상호연관을 강조하는 불교신앙에 의해 강화된다. 사람들은 그들을 원 모양으로 둘러싸고 있는 가족, 토지, 이웃, 마을의 연대 속에서 도움과 지지를 얻는다. 서구사회 사람들은 그들의 개인주의에 자부심을 갖는다. 하지만 때로 그 개인주의는 '고립'의 완곡한 표현이 되기도 한다. 우리는 한 개인은 완벽하게 자립적이어야 하고 다른 사람의 도움이 없어도 잘 살 수 있을 만큼 강해야 한다고 믿는 경향이 있다. 나의 친구는 아이가 학교에 입학할 무렵 이혼을 했다. 그녀는 당연히 자신이 불행해졌다고 느꼈다. 그런데 그녀는 그런 비참한 느낌을 자신이 약해진다는 신호로 받아들였다. 그래서 그녀는 무슨 일이든 혼자서 해내는 것을 배워야 한다고 생각했고 텅 빈 집에서도 마음의 평화를 유지하려고 노력했다.

라다크 사회의 그 긴밀한 인간관계는 부담을 주기보다는 자유로움을 주는 것이었다. 그로 인해 나는 자유라는 개념에 대해 다시 생각해보게 되었다. 그것은 겉으로 보는 것만큼 놀라운 것이 아니다. 심리학의 연구는 긍정적인 자아 이미지의 형성에 있어 친밀하고 신뢰할 수 있으며 지속적인 대인관계가 중요한 영향을 미친다는 것을 입증하고 있다. 우리는 그것이 어떻게 건강한 인성개발에 있어 그 기초가 되는지를 깨닫기 시작했다. 라다크 사람들은 자아 이미지 형성이란 측면에서 높은 점수를 얻는다. 그것은 어떤 의도나 의식으로 이루어지는 것이 아니다. 그것은 아마도 자기 자신에 대한 회의가 전혀 없고 깊은 안정감을 지닌 라다크 사람들의 심성에서 비롯된 것이리라 생각된다. 이런 내면적 안정감으로 인해 라다크 사람들은 관용을 갖게 되었고 자신과 다른 점을 가지고 있는 타인들을 기꺼이 수용할 수 있게 된 것이다.

어느 해 여름에 나는 잔스카르 계곡의 인근 마을에서 아동개발과 육아문제에 대해 연구를 진행하고 있었다. 그때 나는 마을에 사는 어머니들에게 자신의 아이가 걸음마를 늦게 한다면 걱정을 하게 되는지를 물어보았다. 어머니들은 웃음을 터뜨렸다.

"왜 그런 것 때문에 걱정을 해야 하죠? 아이는 때가 되면 걸을 텐데요."

주류의 서구문화에서는 어린아이의 키와 체중의 표준치를 가늠하기 위해 점점 더 상세한 백분률표를 만든다. 우리 사회가 그만큼 불안하고 경쟁적이기 때문이다. 한 세대 전 어머니들은 신생아들이 잘

못 되지 않도록 아주 정확한 시간표에 맞춰 우유를 주어야 한다는 이야기를 그대로 따랐다. 또 다른 나의 친구는 자기 딸아이가 배가 고파서 울고 있을 때 우유를 주기로 정해진 시간이 될 때까지 바로 옆 방에서 같이 울고 있었다고 했다.

서구사회의 획일적 문화는 강력한 강제력을 행사한다. 스웨덴의 한 버스정류장에서 나는 두 소년의 옆에 서서 버스를 기다리고 있었다. 소년들은 서로 자기가 신은 운동화를 비교하고 있었다. 한 소년은 눈물을 글썽이며 필사적으로 자기가 신고 있던 신발 안을 뒤졌다. 그 소년은 자기 운동화가 정품이라는 것을 증명해 보이기 위해 신발 안을 뒤져 라벨을 찾고 있었던 것이다. 우리의 성별이나 피부색 혹은

두 자매의 모습. 대가족과 긴밀하게 연계된 공동체의 생활을 통해
라다크 사람들은 정서적으로나 심리적으로나 안정감을 유지하고 있다

연령이 만일 정품이 아닌 것으로 판명된다면 그 상처는 더욱 깊을 것이다. 상업적 대중문화에서 우월한 위치에 있는 것은 백인 남성이다. 그로 인해 여성이나 소수 그룹 그리고 노인들은 불이익을 받는다. 우리는 실제 우리가 가지고 있다고 느끼는 만큼의 개인적 자유를 갖고 있지 않은 것이다.

탈중심화는 우리가 수행해야 하는 가장 필수적인 구조상의 변화이지만 그것은 그에 상응하는 세계관의 변화와 수반되어야 하는 것이다. 날로 증가하는 생태계의 재난 현상은 자연계에 널리 퍼져가는 개체간의 광범위한 상호연관성을 분명하게 보여주고 있는데도 대부분의 학술단체들은 편협한 전문화의 입장만을 고수하고 있는 것이 오늘날의 현실이다. 실제로 산업문화의 병폐의 근본원인이 되는 것 가운데 하나가 바로 이런 환원주의적 시각이다. 역설적으로 들릴지 모르지만 보다 작은 규모의 정치와 경제 단위를 지향함으로써 상호연관성에 기반을 둔 더욱 폭넓은 세계관을 개발할 수 있는 것이다. 우리의 관점을 협소한 시야로 제한하는 대신 공동체와 지역에 대한 친밀한 유대관계를 유지함으로써 상호보완의 이해도를 고양시킬 수 있다. 우리가 지금 우리 자신이 밟고 있는 땅과 우리의 공동체에 유대감을 느끼고 있다면 일상생활의 한 요소로서 상호보완의 실체를 체험할 수 있을 것이다. 삶의 연속성의 한 부분으로서 자신을 정의하는 상호연관성에의 경험적 이해는 분석적이고 단편적이며 이론적인 현대사회의 사고방식과는 완전하게 상반된 것이다.

우리는 살아 있는 세계와 교감할 수 있는 정서적인 관계로 회귀해야 할 필요가 있다. 또한 보다 폭넓은 삶의 패턴과 삶의 과정과 변화에 대해 더 많은 부분을 배워야 할 필요가 있다. 요즈음에는 한 생물학자가 초파리에 대해 연구하고 있다면 다른 것을 연구하는 생물학자와는 사용하는 언어가 달라 의사소통을 하지 못할 정도라고 한다. 생명이라는 것을 조각으로 나누어 그것을 시간 속에 동결시켜버린다면 어떻게 그 생명의 본질에 대해 이해할 수 있다는 말인가? 우리가 고수해온 정적이고 기계적인 세계관은 한계에 이르렀다. 양자물리학자를 중심으로 하는 일군의 과학자들은 이제 실재에 관한 예전의 시각에서 보다 유기적인 시각으로 그 패러다임을 전환해야 할 필요성을 강조하고 나섰다. 전문화의 극단을 향해 나아가는 주류 문화의 흐름에 정면으로 맞서 서로 다른 원칙들을 하나로 연결할 수 있는 종합적인 시각의 전문가들을 우리는 적극적으로 지원해줄 필요가 있다. 이러한 측면에서 가장 희망적인 추세 가운데 하나는 여성의 가치와 여성의 사고방식에 대한 존경심이 보다 높아져가고 있다는 사실이다.

여성의 사고 패턴에 관한 연구는, 여성들이 감성이나 추상적 사고 측면 모두에서 관계나 연결성을 더 중요시하고 있다는 사실을 입증하고 있다. 그러나 그러한 시각은 여성들만이 독점적으로 가지고 있는 특성이라고 볼 수는 없다. 최근에는 남성들도 자기 내면에 있는 여성적 측면을 의식적으로 중요시하기 시작했다. 그러나 과거 수백 년 동안 이처럼 관계와 흐름을 중시하는 사고방식은 무시되어 왔을 뿐만 아니라 산업화에 의해 훼손되어 왔던 것이다. 우리 사회를 주도하고 있는 시각과 사고 패턴은 균형을 잃은 상태다. 여성적인 사고 패턴으로의 전환은 너무 오래 지체된 것이다.

이러한 방향 전환은 경험적 지식과 함께 이루어져야 하는 것인데 여성들은 남성들에 비해 자신의 경험으로부터 추상적 의미를 추출해 내는 능력이 더 뛰어났다고 볼 수 있다. 흥미로운 사실은 이러한 상황이 라다크를 포함한 비서구의 전통문화에서 똑같이 나타난다는 것이다. 자연계의 복잡성을 이해하기 위해서 이론은 경험에 그 바탕을 두어야 한다. 경험을 바탕으로 한 학습이란 역설과 복잡함과 끊임없는 변화와 예상을 뒤엎는 혼란스러운 실재에 기초를 두는 것이다. 그래서 그것은 결국 우리를 겸손하게 만든다. 우리의 연구에서 실험실의 비중보다 현장의 비중이 더 높아진다면 과학적 진보는 더욱 조심스럽게 진행될 것이다. 우리가 만일 새로 등장한 기술이 전체적인 맥락에서 어떤 잠재적 효과를 가져올지에 대해 시간을 두고 검토하게 된다면 의도하지 않은 파괴적인 부작용의 발생을 줄일 수 있을 것이다.

서구사회의 사람들은 실제적인 현실과는 한 단계 떨어진 상태에서 이미지와 관념에 의존하여 생활하는 경향이 있다. 몇 개월 간 영국에서 생활했던 타시 라브기아스는 이렇게 이야기했다.

"영국에서의 생활은 정말 놀라웠습니다. 직접적으로 이루어지는 건 없고 모든 게 간접적이었어요. 사람들은 자연의 아름다움에 대해 글도 쓰고 토론도 하고 화분을 가꾸고 심지어 플라스틱으로 만든 식물로 실내장식을 하고 벽에는 나무 그림을 걸어두지요. TV에서는 언제나 자연을 소개하는 프로그램이 나오지만 실제로 자연과 접촉하지는 않는 것 같습니다."

최근 스웨덴에 갔을 때 나는 스톡홀름 외곽에 있는 친구 캐린의 정원에서 그녀와 함께 점심식사를 했다. 성공적인 변호사이며 10대가 된 두 딸의 어머니인 그녀는 전 해 여름부터 라다크 프로젝트에 참여하여 자원활동을 하고 있었다. 그때부터 우리는 친구가 되었다.

그녀는 내게 이런 이야기를 했다.

"라다크를 가슴에 안고 귀국한 것 같은 느낌이란다. 그곳이 나한테 얼마나 깊은 영향을 주었는지 계속해서 깨닫게 되거든……."

그녀는 스웨덴으로 돌아오며 자신의 생활에 변화가 필요하다는 것을 느꼈다. 그녀는 환경단체에서 자원봉사를 하기 위해 변호사 일을 대폭 줄였다. 그녀는 생활의 속도를 여유롭게 늦추었고 야채를 기르며 딸들과 보내는 시간을 더 많이 늘렸다.

캐린과 같은 사람이 한 사람만 있는 것은 아니다. 생태계 보호의 홍보를 위한 이른바 '에코 빌리지'의 건설이 스웨덴에서 붐을 일으키고 있다. 현재 200개 마을의 건설이 예정된 상태인데 그곳들 모두가 재생가능한 에너지만을 사용하고 효과적인 쓰레기 재활용을 시행할 계획이다. 또 점점 더 많은 사람들이 유기농법으로 재배한 식품들을 구매하고 있고 지역경제를 살리기 위해 거주지 인근 지역에서 재배한 농산물들을 사기 시작했다. 정부에서는 파괴된 천연자원의 보전에 필요한 비용을 국민총생산에서 차감하는 것을 골자로 하는 새로운 환경예산체제를 마련했다.

스웨덴에서의 이런 변화들은 의미 있는 방향 전환이 진행되고 있다는 사실을 반영하고 있다. 세계 전역의 산업사회에서 사람들은 자연과의 보다 나은 균형관계를 추구하고 있다. 바로 그런 과정에서 사람들은 전통문화의 모습들을 돌아보기 시작했다. 죽음을 앞둔 환자들을 돌보는 호스피스 서비스에서 논쟁 해결 방법으로서의 명상법에 이르는 다양한 분야에 이르기까지 가장 오래된 문화와 가장 현대적인 문화 사이에는 눈에 띄는 유사점이 나타나고 있다. 라다크 사람들이 이미 해왔던 것처럼 점점 더 많은 사람들은 주방을 가정 내 활동의 중심으로 삼아 천연 식품들을 즐기고 있고 건강문제의 해결을 위해 예부터 내려온 자연치료법을 사용하고 있다. 육체노동의 가치가 재평가된다든가 혹은 의복과 건축에 있어 천연재료의 선호도가 높아져 가는 등 보다 세세한 상황에서도 변화의 방향이 명확하게 나타난다. 우리는 지금 우리 자신과 지구 사이의 오래된 연결관계 속으로 회귀하고 있는 것이다.

그러나 많은 경우 그런 과정은 우리가 의식하지 않은 상태에서 이루어진다. 우리의 주류문화는 우리로 하여금 과거의 상황과 자연의 법칙을 잊게 만드는 일차원적 시각을 부추기고 있다. 현대사회의 모토가 되어버린 '우리는 절대 과거로 돌아갈 수 없다' 라는 말이 우리의 뇌리에 각인되어 있는 것이다. 물론 우리가 원한다고 해도 과거의 상황으로 돌아갈 수는 없는 일이다. 그러나 바람직한 미래를 추구하는 우리의 노력은 우리 자신을 필연적으로 자연 그리고 인간의 본성과 조화를 이루는 근원적인 패턴으로 되돌려놓고 있다.

인간 내면의 요구에 더욱 적절히 부응하는 삶의 방식을 찾고자 하는 우리의 시도 중에서도 가장 괄목할 만한 진전을 보인 곳은 육아

분야이다. 여성의 입장이 가장 강하게 반영되는 곳이었기 때문에 그런 것일까? 다행스럽게도 자연적 본성에 대한 존중을 회복하게 됨으로써 정해진 시간표에 따라 아이에게 젖을 주는 관행은 사라지게 되었다. 요즘은 어린아이를 안고 다니는 엄마 아빠의 모습들을 흔히 볼 수 있다. 우리는 모든 인간은 무조건적인 사람을 받기 위해 태어났으며 어린아이들은 자신의 존재를 증명해 보이거나 권리를 얻기 위해 힘들일 필요가 없는 가족체제 안에서만 진정한 의미에서의 바람직한 성장을 지속할 수 있다는 것을 배우기 시작했다. 이것은 라다크 사람들이 단 한 번도 잊은 적 없는 가르침이다.

전 세계를 통틀어 심리학에서 물리학에 이르기까지 그리고 농경 현장에서 가정의 주방에 이르기까지 생활의 모든 영역에서 생명의 상호연관성에 대한 자각이 자라나고 있다. 인간중심의 삶과 여성 존중과 영적 가치를 추구하는 새로운 운동들이 속속 이어지고 있다. 그 수효는 점점 늘어나고 있으며 변화에 대한 갈망은 더욱 확산되고 있다. 이러한 추세에는 흔히 '새로운'이라는 수식어가 붙어 있지만 라다크 사회가 증명해 보인 것처럼 그것들은 아주 오래된 것들이다. 이것은 대단히 중요한 의미를 갖는 이야기다. 실제 그것들은 자연의 질서 속에서 우리의 위치를 인지하고 우리와 우리의 이웃 그리고 우리와 자연 사이의 분리될 수 없는 연관성을 인식하게 하는 숭고한 가치들의 재발견을 의미한다.

감사의 글

라다크에 사는 모든 친구들의 도움이 없었더라면 이 책은 완성되지 못 했을 것이다. 그들 한 사람 한 사람의 이름을 모두 다 열거할 수 없다는 사실이 너무나 안타깝다. 하지만 15년이 넘도록 내게 훌륭한 길잡이가 되어준 타시 라브기아스Tashi Rabgyas와 겔롱 팔단Gyelong Paldan에게는 특별히 감사의 말을 전하고 싶다. 또 집필하는 동안 값진 조언과 비평을 아끼지 않았던 소남 다와Sonam Dawa, 그리고 특유의 차분함 속에서도 내게 지혜와 우정의 말을 전해준 체왕 리그진 라그루크Tsewang Rigzin Lagrook에게도 감사의 말을 전한다. 그들 덕분에 나는 라다크라는 곳의 모습을 구체화할 수 있었다. '라다크학생교육문화운동'에서 활동하고 있는 소남 왕척Sonam Wangchuk과 소남 도르제Sonam

Dorje는 내게 라다크의 미래에 대한 희망을 보여주었다. 그들이 내게 보여준 희망에 감사함을 전한다. 또 이안 워럴Ian Worrall에게도 고마움의 마음을 전한다. 그가 없었다면 라다크에 결정적인 도움을 주었던 '라다크 기술개발프로그램'이 탄생할 수 없었을 것이다.

모든 과정에서 내 파트너가 되어준 존 페이지John Page는 그야말로 처음부터 끝까지 마음 깊은 조언과 지지를 보내주었으며, 책의 초고가 완성될 수 있도록 도와준 힐더 잭슨Hildur Jackson은 이 책의 의미에 대해 내게 자신감을 심어주었다.

넘치는 에너지와 보살핌으로 나의 생각들에 생명을 불어넣어준 수전 문Susan Moon, 조너선 울브리지Jonathan Woolbridge, 피터 고어링Peter Goering에게도 감사의 마음을 전한다. 도로시 슈워츠Dorothy Schwartz, 스티브 고어릭Steve Gorelick, 레슬리 보이스Leslie Boies, 매튜 어케스터Mattew Akester는 이 책이 구체적인 모습을 갖출 수 있도록 제작 과정에 도움을 주었으며, 브라이언 쿠크Brian Cooke, 스미튜 코서리Smittu Kothari, 테사 스트릭랜드Tessa Strickland, 피터 버냐드Peter Bunyard, 제인 스피로Jane Spiro, 스테판 하딩Stephan Harding, 안나 메켄지Anna Mckenzie는 매 장마다 정성을 쏟으며 제작을 담당했다. 새로운 서문을 쓰는 데 도움을 준 토드 메리필드Todd Merifield, 데이비드 에드워즈David Edwards에게도 감사의 말을 전한다. 또한 원고 전체를 꼼꼼히 검토해준 커크패트릭 세일Kirkpatrick Sale, 마크 파워Mark Power, 어니스트 캘런바흐Ernest Callenbach, 헨리 오스마스턴Henry Osmaston, 제인 루리Jane Lury, 존 엘포드John Elford에게도 감사의 뜻을 전한다.

그 많은 초고들을 몇 번이고 타이핑하며 훌륭하게 보좌역을 맡아준 일레인 애머런Elaine Amaron과 레나 해든Lena Hadden, 펠리시티 와이트Felicity Wight, 그리고 영국 슈마허칼리지에서 내 수업을 듣는 학생들—지니 키건Ginny Keegan, 캐주어리나 모어먼Casuarina Mohrmann, 브리짓 윌리엄슨Bridget Williamson, 나타샤 아놀드Natasha Arnold, 라야 반 잉겐Raya Van Ingen, 앤서니 위트워스Anthony Whitworth에게도 고마움을 전하고 싶다.

그리고 또 한 사람 매리 앤 스튜어트Mary Anne Stewart를 빼놓을 수 없다. 나는 그녀의 열정과 관심에 힘입어 이 책을 완성할 수 있었다. 내 친구이자 편집자인 대니 모제스Danny Moses에게도 감사를 전한다.

마지막으로 해를 거듭하는 동안 내내 내게 너무나도 값진 도움을 주었던 사람들을 몇 사람 더 소개하고 싶다. '에콜로지및문화를위한국제협회ISEC'의 활동을 통해 '라다크 프로젝트'를 성공적으로 이끌어준 조너선 로스와 다이애너 로즈Jonathan and Diana Rose, 버지니아 머드Virginia Mudd, 에디스 무마Edith Muma, 피터 버클리Peter Buckley, 더그 톰킨스Doug Tompkins가 바로 그들이다. 그들의 우정과 지원은 정말이지 내게 있어 너무나 소중하고 값진 것이었다.

---

* 이 책에 등장하는 인물들의 이름은 그들의 사생활을 보호하고자 하는 뜻에서 대부분 가명을 사용했음을 알려둔다.

사회적 생태적 합리성의 추구

피터 매티슨 Peter Matthiessen

카슈미르Kashmir의 히말라야 지역을 넘어 카라코람Karakoram의 하부에 위치하고 있는 라다크Ladakh는 2,000피트에 이르는 고봉들과 넓은 불모의 계곡으로 이루어진 외딴 곳이다. 히말라야 북부 분기점의 거대한 비그늘에 가려 있는 라다크는 거센 바람과 고원 그리고 부족한 일조량으로 인해 황량하기 그지없는 곳이다. 그곳으로 가려면 티베트를 향하는 북쪽 길보다는 히말라야를 가로질러 아시아 대륙으로 향하는 남쪽 길을 택하는 것이 편리하다. 라다크 사람들은 티베트 방언을 사용하고 있다. 또 아삼Assam, 부탄Bhutan 그리고 북부 네팔의 무스탕Mustang과 돌포Dolpo를 포함하여 히말라야의 접경의 다른 지역들처럼 라다크는 지난 1000년이 넘도록 티베트 불교가 뿌리를 내리고 있는 지역이다.

정치적으로는 1947년 영국령으로부터 분할된 이후 파키스탄의 이슬람교와 인도의 힌두교 사이에서 반자치구 형태를 취하고 있다. 문화적으로는 훨씬 더 오랜 고대의 전통을 고수하고 있는데 2000년 전 타타르 왕국 목축인들의 후손인 이들은 보리 재배법을 익혔고 고지대의 짧은 재배기간을 이용해 콩이나 무순 그리고 감자 등 생명력 강한 농작물을 경작하고 있다. 고도가 조금 낮은 지역에서는 검은 호두나무와 살구 같은 것들을 볼 수 있다.

풍요롭지 못한 토양과 절대 부족한 급수원을 지혜롭게 이용하는 방법을 터득함으로써 라다크 사람들은 그들의 강인한 생명력을 오랫동안 유지할 수 있었고, 또 여기에는 양과 염소, 당나귀와 조랑말 등 척박한 환경에서 잘 적응하는 이 지역 동물들의 도움도 컸다. 그중에서도 특히 눈여겨볼 만한 것은 쪼라는 동물인데, 이것은 이 지역의 토종 암소와 야크yak라고 알려진 검은 색 반야생半野生 숫소 사이의 교배종이다. 이 동물은 지혜로운 라다크 사람들에게 고기와 우유, 버터, 치즈를 제공할 뿐 아니라 노동력과 운송 수단으로 쓰이기도 하며 모직물과 연료를 공급하기도 한다.

수목이 자라지 않는 이 지역에서는 1년 내내 가축들의 배설물을 모아 연료로 사용하는데, 그것들은 음식을 만들기 위해 불을 피울 때 사용될 뿐만 아니라 영하 40도까지 떨어지는 겨울철에 절대적으로 부족한 난방용 연료로 사용되기도 한다.

최근까지도 라다크 사람들은 주거와 의복 그리고 음식 같은 생활에 필요한 기본적인 것들을 외부의 도움 없이 스스로 해결하고 있다. 그런 이유에서 이들에게 절대적으로 필요한 것은 공동노동이라 할 수 있는데, 돌과 진흙, 석회들을 섞어 집을 짓거나 곡물을 수확하거 나 양떼를 몰거나 하는 경우 여러 사람이 서로 돕는 모습을 흔히 볼 수 있다. 계곡의 아래쪽보다는 고도가 높은 지역이 비교적 식물이 자 라기 좋은 곳인데 라다크 사람들은 양들이 그곳에 있는 보리밭이나 야채 재배 지역을 망치지 않도록 조금 떨어진 곳으로 몰고 가 풀을 뜯게 한다. 앞서 이야기한 것처럼 가축들로부터 얻어진 퇴비는 조리 나 난방을 위한 연료로 쓰이고 있으며 사람의 배설물 역시 재와 흙을 섞어 채소밭의 비료로 쓰이곤 하는데 이것들은 환경을 해치는 공해 물질이 아니다. 이곳에서는 아무 것도 그대로 버려지거나 폐기되지 않는다는 점이 눈길을 끈다. 모든 것에는 나름대로의 유용성이 있다 는 것이다.

라다크 사람들의 생활에 있어 핵심은 낭비를 지양하고 대지와 물 을 효율적으로 절약하는 것이다. 다시 말해 검약의 중요성을 강조하 는 것으로 이것은 불교의 가르침이다. 헬레나 노르베리 호지가 지적 한 것처럼 그 가르침의 근간은 역시 인색함을 지양하는 불교에 있으 며, 그것은 부족한 자원에 대해서도 감사함을 잃지 않는 라다크 사람 들의 여유로운 태도에서 쉽게 볼 수 있다. 이들은 붙은 개천의 얼음 을 깨뜨려 물을 얻는데 대개 식수를 얻는 개천과 생활용수를 얻는 개 천이 다르다. 모든 것을 스스로 구하고 스스로 해결해야 하는 이들의 문화는 고통스러운 수고를 필요로 하지만 라다크 사람들은 그 와중에 나름대로의 여유로움을 즐긴다.

경작하는 밭에서 한 어머니가 두 딸과 함께 수로를 열어 밭에 물을 대는 모습을 본 적이 있는데, 그들은 작은 수로를 열어 밭으로 물을 흘려보내더니 땅에 충분한 습기가 공급되자 곧 한 삽 정도의 흙으로 수로를 막았다. 밭 전체에 골고루 물을 퍼지게 하는 그들의 모습이 놀라웠는데, 그들은 물이 어디로 흘러가는지를 너무나 잘 알고 있었고 그것은 정말 감탄할 만한 것이었다. 그들은 밭의 이곳저곳에 한 삽 정도의 흙을 파냈다가 다시 막아가며 물길을 조절하고, 밭으로 난 수문은 바위 하나로 열고 닫는 것을 조절했다. 그 과정에서 그들의 정교한 타이밍이 정말 기가 막힐 정도였다. 때때로 그들은 삽에 기대어 옆 사람과 이야기를 나누었지만, 그러는 중에도 한 눈은 물의 흐름을 놓치지 않고 있었다.

— 본문 p. 70 인용

라다크 사람들은 호피 족을 비롯한 다른 아메리카 원주민들*처럼 삶과 죽음의 두 양상이 순환되어 가는 것이라는 티베트인의 윤회사상을 믿고 있다. 이것은 실제의 생활문화 속에서도 그대로 나타나는데 아메리카 원주민들의 그것과 비교하면 무척 흥미롭다. 라다크 언

---

* 이들은 타타르 족이 히말라야 인근 지역으로 이주했던 것처럼 바이칼 호와 고비 사막 인근 지역에서 아메리카 대륙으로 이주한 것으로 추정되고 있다.

어로 보릿가루는 남피ngamphe이며, 티베트어로는 참파sampa이다. 그
런데 아메리카 원주민 가운데 알곤키안 족이 만든 옥수수 가루는 삼
프samp라고 불린다.

참파와 삼프의 연관성이 대단한 게 아니라고 생각할 수도 있겠지
만 두 종족 사이의 또 다른 몇 가지 유사성들을 살펴보면 이것이 결코
우연한 것만은 아니라는 생각을 갖게 된다. 한 예로 이들 모두는 주거
지를 만들 때 앞쪽을 태양이 떠오르는 방향인 동쪽을 향하도록 하고
있다. 또 겨울철에는 서로 뭔가 이야기하는 것을 금한다는 습관도 똑
같다. 서양 사람들을 신비로움에 빠지게 하는 전래 의술이라든가 일
상사에서 노인과 어린이를 존중하는 문화 역시 그런 공통점 중 하나
다. 아마존 유역에 사는 원주민 부족 중 화를 낸 사람을 숲 속에 가두
는 풍습을 가진 부족이 있는데, 라다크 사람들 말로 숀 찬schon chan은
'화를 잘 내는 사람'이라는 뜻이고 그것은 상대방에 대해 할 수 있는
가장 모욕적인 표현 가운데 하나로 아마존 부족과의 유사성을 살펴볼
수 있다. 화가 나는 경우에 라다크 사람들은 그것을 그대로 표출하는
대신 '치 초앤chi choen'이라고 하는데 이것은 '그게 무슨 뜻이죠?'라는
의미라고 한다. 이들에게 있어 겸손함은 미덕이며, 이 불교신자들에
게 이기심에서 비롯된 자만이라는 것은 자부심과는 전혀 다른 의미로
받아들여진다. 세르파*와 돌포 사람들을 대동하고 히말라야를 여행
하는 동안 그런 모습들을 여러 번 보았다. 그들은 라다크 사람들과 마

---

* 티베트 말로 '동양 사람들'이라는 뜻이다.

찬가지로 순수한 티베트 불교문화 속에서 사는 사람들이다.

　나는 10년 전쯤 저자로부터 초청을 받았지만 지금까지 라다크에 갈 기회가 없었다. 그럼에도 나는 그녀와 계속 교류하면서 라다크와 돌포에 대한 심미적이고 영적인 느낌들을 너무나도 생생하게 간직하고 있다. 두 곳 모두 건조하고 혹독한 기후에 나무 한 그루 없는 황량한 준령들과 간간이 사리탑과 소원을 적은 불교신도들의 깃발 그리고 조각물이 새겨진 돌무더기들만 눈에 띄는 곳이다. 이곳에 서식하는 야생 동물들로는 푸른빛을 띤 양*, 아시아산 늑대 그리고 눈표범 등이 있다. 저자는 계곡에서 양떼를 돌보고 있던 한 라다크 여인에 대해 이야기한다.

　　갑자기 길의 위쪽에서 땔감으로 쓰이는 공 모양의 관목 토막이 비탈을 따라 굴러 내려왔다. 울퉁불퉁한 돌무더기를 구르면서도 튕겨 나가지 않고 아주 부드럽게 미끄러졌다고 한다. 그녀는 한 번도 그런 광경을 본 일 없었던 그녀는 깜짝 놀랐고 조금 더 가까이 다가가 굴러오는 관목 토막을 쳐다보았는데 관목 토막은 양떼가 있는 곳으로부터 불과 몇 야드 앞에서 정지하더니 그녀를 올려다보았다고 한다. 그 관목 토막이 말이다. 그 순간 그녀는 그것이 관목 토막이 아니라는 사실을 알았다. 그것은 눈표범이었다.

─본문 p. 85 인용

---

* 실제로는 염소의 일종이다.

마치 현세에서는 잊혀져버린 낙원에 대한 어렴풋한 기억을 떠올리듯 이곳 라다크 사람들의 생활문화 속의 의식은 기쁨과 함께 슬픈 느낌들을 떠오르게 한다. 그것은 크리스탈 수도원을 보며 알 수 없는 향수에 젖어드는 그런 느낌일까? 그렇지 않다면 아마도 잃어버린 낙원으로 돌아가고 있는 나 자신의 귀향본능에 대한 기억일까? 지구 저편의 유럽 대륙에 사는 서구인들도 알고 있는 조화로운 고대의 생활양식에 대한 기억이 아닐까?

삶을 바라보는 그리고 죽음을 바라보는 라다크 사람들의 시각은 무상함에 대한 이해와 집착을 버리려는 자세에 그 뿌리를 두고 있는 듯하다. 앞으로 어떻게 될 것인가 하는 생각에 집착하는 대신 세상사를 있는 그대로 받아들이는 능력으로 인해 라다크 사람들은 정말 축복받은 사람들처럼 보인다.

자급자족의 경제구조와 재래 기술을 낭만적으로 표현하는 것은 쉬운 일이다. 또한 저자가 언급한 것처럼 트랙터 같은 농업용 기계 대신 가축을 부리는 농사일과 그 수익을 대수롭지 않게 무시해버리는 것 또한 쉬운 일이다. 그런데 사실은 많은 수의 미개발 사회들이 적어도 자연과의 친밀성이라는 측면에서는 문명사회에 비해 오히려 더 강한 힘을 갖고 있으며, 그들의 생활방식이 심리적 안정감에 있어서는 더 능동적인 모습을 보인다고 할 수 있다. 저자의 말을 빌려 이야기하면 그것들이 오히려 "우리의 인간 본성에 더욱 밀접하게 연결되어 있으며 평화로움과 기쁨이 삶의 방식이 될 수 있음을 보여주고 있다"라고 할 수 있는 것이다. 그러한 사회를 경험했던 사람이라면 바로 이런 생각들이 낙관적이거나 낭만적인 것만은 아니라는 것을 입증할 수 있을 것이다. 어쨌든 저자는 정말 실제적이고 철저한 사람임이 분명하다.

많은 경제학자와 개발 전문가들이 공통적으로 가지고 있는 진보에 대한 일차원적인 시각은 경제발전의 부정적 측면을 잘 드러나지 않게 가리는 경향이 있다. 이것은 오늘날 지구촌에서 살아가는 대다수의 사람들에게—특히 제3세계 농경사회에 있는 수많은 사람들—실제 상황에 대한 심각한 오해를 안겨주었고, 경제개발 프로그램들이 사람들에게 수익을 가져다준 대신 그들의 삶의 수준을 떨어뜨렸다는 사실을 왜곡하고 있다.

자본의 힘과 화석 연료의 사용에 기반을 둔 현대 기술은 필연적으로 중앙집중화와 전문화를 초래했다. 또 생계형 혹은 물물교환형 농업경제를 위협하는 시장성 작물 산업의 증산을 가속시켰으며 산업화 문화에 익숙하지 않은 많은 사람들을 각박한 도시 생활의 굴레 속으로 끌어들였다. 좁은 의미에서 보면 현대 기술이 노동시간을 단축하는 데 기여했다고 말할 수는 있겠지만, 협력보다는 경쟁을 더 가속시키는 특성으로 인해 결국 사람들은 생계를 꾸려가는 데 더 많은 시간과 노력을 투여할 수밖에 없게 되었다.

대외무역에 대한 의존도가 증대되면서 문화의 획일화 현상 역시 점점 더 가속되고 있다. 물질적인 면에서나 정신적인 면에서나 동일한 재료와 자원을 통해 경제 활동이 전개되면서 사람들은 옷차림에서부터 음악 듣는 취향까지 천편일률적인 모습을 보이기 시작했다.

또 이런 추세는 사용하는 언어에서도 대부분의 경우 영어를 중심으로 하는 획일화를 가속시켰고, 교육 분야와 사회의 가치 형성 체계에 있어서도 지역문화에 대한 경시 풍조를 초래했다. 현대 교육의 경향 가운데 하나가 바로 지역 기반의 자원 수급체계를 폄하하는 방향으로 흐른다는 것인데, 이것은 학생들에게 자신들의 전통문화뿐만 아니라 자기 자신에 대해서까지 열등의식을 갖게 한다.

갈수록 격화되기만 하는 경쟁의식이 물물교환과 공동작업 위주의 경제체제를 대신함에 따라 경제활동에 참여하는 사람들 사이에는 불만족과 탐욕과 갈등의 요소들이 점점 더 커가고 있으며, 심지어 전쟁 발발의 위험성마저 높아져가는 실정이다. 이러한 형태의 경제 모델은 주변부 경제권역에 속해 있는 사람들로서는 수용하기가 어려운 것이며 자원부족으로 힘겹게 살아가는 라다크 사람들에게는 더욱 힘든 것이라 할 수 있다. 저개발 국가들의 미래는 전적으로 개발 전문 기업들과 IBRD와 같은 대형 금융기관의 손에 달려 있다. 철두철미하게 서방 경제 시스템의 요구에 근거해서 정책을 수립하는 IBRD의 예를 들더라도 이들이 서방 경제체제의 상황에 앞서 자신들의 고객이 되는 저개발 국가 국민들의 복지를 위한 프로그램을 만든다는 것은 상상하기 힘든 일이다.

이 같은 분열 상황이 초래하는 또 다른 부정적 현상은 인구증가라 할 수 있는데 이것은 전 세계적으로 파급되고 있는 문화붕괴 현상에 기인하는 것이다. 최근 몇 년까지도 라다크의 인구는 한정된 대지 면적, 급수원 그리고 자원과 축산 규모를 기준으로 볼 때 적당한 수준을 유지하고 있었다. 저자의 이야기를 다시 빌리면 날로 증가하는 외부세계에 대한 의존도로 인해 라다크 사람들은 그간 유지해온 개인적 책임의식을 등한시하고 있으며 한정되어 있는 자원 상황에 대한 인식마저 흐려지고 있다는 것이다. 낙관론자들은 자원부족 문제를 해결할 수 있는 새로운 방법을 찾을 수 있으며 과학의 힘으로 지구에 있는 무한한 자원을 영구히 활용할 수 있을 것이라 주장하지만, 그것은 자연이라는 것이 인간의 능력으로 결코 변화시킬 수 없는 유한한 것이라는 명백한 현실을 부정하면서, 자신들의 편의를 위해 복지 자원의 분배 요구를 교묘하게 왜곡하는 것이라 할 수 있다. 또한 이 세상의 경제적 가치와 자원들이 어떤 식으로든 절대로 고갈되지 않고 스스로도 원활하게 순환되는 것이라면 지구촌의 경제체제를 인위적으로 변화시킬 필요도 없을 것이다.

적절치 않은 기술을 가지고 개발 전문가가 되려는 사람들이나 지역 후원가가 되려는 사람들이 속속 나타나고 있는데 과연 그들은 현실감각이 결여된 사람들일까? 아니면 부채 문제나 의존성에 대해서 그리고 독자적인 문화와 청정한 자연환경을 유지하고 있던 그곳이 공해로 오염되고 있는 현실에 대해 누구보다도 잘 알고 있으면서도 단기적인 이익을 추구하는 사업들을 통해 의도적으로 그곳을 공해와 좌절감, 슬픔, 분노로 가득하게 만들려는 것일까?

어떠한 상황에도 잘 적응하고 환경에 관계없이 행복함을 느끼게 했던 불교신앙의 힘은 이미 많이 손상되었다. 그들이 당연한 것으로 여겨왔던 삶에 대한 만족감 역시 훼손되었다. 저자가 처음 라다크 땅을 밟은 16년 전만 해도 그곳을 찾은 외부인에게 오래된 나무로 만든 버터 단지를 팔려는 사람은 없었다. 아무리 좋은 대가를 치르겠다고 해도 말이다. 그러나 지금 라다크 사람들은 뭔가를 팔려는 데 혈안이 되어 있는 것 같다. 예전에는 나무로 만든 단지에 넣어두던 버터를 지금은 양철 깡통에 보관한다.

　사회적인 시각에서 볼 때 잘못된 개발로 인한 문화적 손실은 물질적인 손실보다 훨씬 더 크다는 것을 알 수 있다. 저자가 지적한 것처럼 대가족 단위의 소규모 공동체를 형성하고 있는 라다크 사회는 인위적인 이유로 객지생활을 하는 사람들이 많은 사회에 비해 성장을 위한 기반이 훨씬 더 안정되어 있다고 할 수 있다. 또 소가족이나 핵가족 같은 인위적 사회 내에서는 역설적으로 의존성이나 집착 성향이 더욱 두드러지는데, 그것들은 불교의 가르침에 정면으로 어긋나는 것이다. 자신들의 문화에 대해 부끄럽게 여기는 태도와 함께 자신들이 갖지 못 할 것에 대해 간절히 바라는 열망들은 잘못된 기술의 진보와 그것이 야기시키는 부정적 여파들로 인해 점점 커져만 간다. 이른바 전문화라는 개념이 도입됨에 따라 경제활동은 가정의 영역을 벗어난 곳에서 이루어지게 되었고 사회생활은 사업 조직과 타인들에게 영향을 받게 되었으며 그 과정에서 어린이들은 소외되었다. '진보' 라 불리는 문화의 파편들은 일정한 속도로 계속 증가하면서 라다크 사람들을 그들의 땅과 이웃들과 불교에서 말하는 그들의 천성들과 멀어지게 만들었다.

　웬델 베리Wendell Berry는 자신의 책 《흔들리는 미국The Unsettling Of

America》에서 다음과 같이 말했다.

전문화의 법칙이 지배하는 곳에서는 사회가 점점 더 복잡해질수록 그 구조는 점점 더 약해진다. 또한 점점 더 조직화되어 갈수록 그 내부의 질서는 더욱 더 약해지게 된다. 구성원들 사이의 관계에 있어서도 상호간의 필수적인 이해와 형식, 법질서가 상실되는 경우 공동체는 붕괴된다. 원료와 작업 과정, 원칙과 실행, 이상과 현실, 과거와 현재, 현재와 미래, 남자와 여자, 육체와 정신, 도시와 지방, 문명과 야생, 성장과 퇴화, 삶과 죽음 사이에도 내부의 고유한 질서가 상실되는 경우 붕괴는 필연적이다. 한 개인이 이러한 관계 속에서의 책임의식을 잃는 경우에도 마찬가지다.

미래를 보장할 수 있는 유일한 길은 지금 이 순간에 해야 하는 책임 있는 행동이다. 우리의 일상에서처럼 예정된 미래의 필요 때문에 현재의 잘못된 행동들이 쉽게 정당화되는 경우, 우리는 현재를 왜곡하는 동시에 미래를 손상시키게 된다. 조직의 필요 때문에 어떤 행동이 규정되고 지지를 얻는 경우라 해도, 그것만으로 행동의 정당한 이유가 충분한 것이 결코 아니며 시행될 수 있는 것도 아니다. 이 세상의 용도는 결국 지극히 개인적인 문제이며, 이 세상은 정말 많은 사람들의 인내와 세심한 보살핌 속에서만 유지될 수 있다.

저자는 바로 그런 사람들 가운데 하나이며, 그녀의 책은 그렇지 않은 사람들을 향해 큰 소리로 외치고 있다. 지난 몇 년 동안 그녀가 행했던 감동적인 대중 강연회에 참석했던 나는 그녀의 주장이 얼마나 설득력 있는 것인지를 잘 알고 있다. 그것은 단지 그녀가 지닌 지성과 성실함 그리고 훌륭한 인품 때문만이 아니라, 지난 16년에 걸쳐 한 해의 절반을 라다크 사람들과 함께하는 그녀의 깊은 사명의식 때문이리라 생각한다.

다섯 개 국가를 오가며 여섯 개의 외국어를 습득한 노련한 언어학자인 저자는 라다크에 온 첫 해에 라다크 방언을 익혔고, 그때부터 줄곧 이른바 '라다크 프로젝트'를 탄생시키기 위해 그녀가 알아야 하는 모든 사회문제와 환경문제, 그리고 대체 에너지에 관한 정보들을 정성스럽게 기록해두었다. 라다크 사람들에게 인습적 개발 계획에 의해 초래되는 장기간의 부작용에 대해 경종을 울리는 한편 환경에 무해한 태양 에너지 활용 시스템에서부터 어린 학생들을 위한 교육 프로그램에 이르기까지 실제적인 대안들을 소개하기 위해 마련된이 프로젝트는 설립 초기부터 전 세계의 영향력 있는 인물들로부터 큰 반향을 불러일으킨 바 있다. 이 《오래된 미래》는 불교 교리에 담긴 복합적인 원칙들을 소개하고 있다. 저자는 이 불교 교리의 원칙을이해함으로써 라다크의 유구한 사회질서에 대해 보다 더 잘 이해할 수 있었는데 정서적인 측면에서는 물론, 경제의 측면에서도 실효를 거두어오던 이 오래된 휴머니즘의 사회질서인 불교 교리가 지금 외부의 영향으로 인해 치명적 손상을 입을 위기에 처해 있다.

물론 그것이 라다크 사회에 있어 인간적인 기쁨의 요소들이 영원히 사라져버렸다는 의미는 아니다. 이 책이 지닌 장점 가운데 하나는 사회현실에 대해 진정한 해결책을 제시한다는 점이며 희망과 결단의 의지를 가질 수 있는 용기를 전해준다는 점이다. 중요한 것은 저자가 이야기하는 바와 같이 라다크 문화에는 우리가 배울 만한 것이 정말 많이 있으며, 그것들은 결코 무시되거나 무심히 지나쳐버릴 수 없는 것이라는 사실이다.

국제기구 · 단체 및 용어의 약어 정리

CSA · 공동체지원농업기구

EC · European Community, 유럽공동체

GATT · General Agreement on Tariffs and Trade, 관세및무역에관한일반협정

GDP · Gross Domestic Product, 국내총생산

GNH · Gross National Happiness, 국민총행복

GNP · Gross National Products, 국민총생산

IBRD · International Bank for Reconstruction and Development,
        국제부흥개발은행

IFG · International Forum Of Globalization, 국제글로벌포럼

ISEC · International Society For Ecology And Culture,
        에콜로지및문화를위한국제협회

Korea Social Forum · 한국사회포럼

LEDeG · Ladakh Ecological Development Group, 라다크생태개발그룹

MAI · Multilateral Agreement on Investment, 다자간투자협정

NAFTA · North American Free Trade Agreement, 북미자유무역협정

NGO · Non-Governmental Organization, 국제비정부기구

SECMOL · Student's Educational and Cultural Movement of Ladakh,
        라다크학생교육문화운동

Sustainability · 지속가능성

UR · Uruguay Round, 우루과이라운드

Via Campensina · 세계농민조직

World Social Forum · 세계사회포럼

World Water Forum · 세계 물 포럼

WTO · World Trade Organization, 세계무역기구